二見文庫

昼下がりの密会

トレイシー・アン・ウォレン／久野郁子＝訳

My Fair Mistress
by
Tracy Anne Warren

ママへ
愛を込めて

謝辞

編集者のシャーロット・ハーシャーに感謝を込めて。わたしの書く作品を信じ、それらに命を吹き込む手助けをしてくれた。

シーニュ・パイクとリンゼー・ブノワへ——献身的な仕事でわたしを支えてくれたことに深謝する。

わたしのために数えきれないほどたくさんのことをしてくれた、最高の代理人のヘレン・ブライトウィーザーへ。いつもわたしのそばにいてくれることに、心からのハグを贈る！

キャロル・エッセン、クリスティン・フィンチ、メーガン・ベル、クリッシー・ディオン、ヴァレリー・ペリッサーロ、シビル・ソリン、デビー・ケプラー、ミッシェル・ボンフィリオにも謝意を表する。

寛大な心を持ったメアリー・ジョー・パトニーへ。的確なアドバイスとインスピレーションを与えてくれたことに感謝する。

作家仲間のメアリー・ブレイニー、ドロシー・マックフォールズ、ルース・コーフマンに愛を贈りたい。ときにはしゃぎ、ときに弱気になるわたしを、いつも温かく受け止めてくれた。

そして最後に、素晴らしいファンのみなさんへ——すべてはあなたたちのおかげである！

昼下がりの密会

登場人物紹介

ジュリアナ・ホーソーン	未亡人
レイフ・ペンドラゴン	資本家
ハリー・デイビス	アラートン伯爵。ジュリアナの弟
マリス・デイビス	ジュリアナの妹
ヘンリエッタ	デイビス家の親戚
バートン・セント・ジョージ	ミドルトン子爵。レイフの異母弟
ウィリアム・ウェアリング少佐	退役軍人
サマーズフィールド卿	ジュリアナの求婚者
ベアトリス	ジュリアナの友人
イーサン・アンダートン	ヴェッセイ侯爵。レイフの友人
アンソニー(トニー)・ブラック	ワイバーン公爵。レイフの友人
ハースト	バートンの仲間
アンダーヒル	同上
チャロナー	同上
パメラ	レイフの元婚約者
ハンニバル	レイフの使用人
マーティン	執事
デイジー	侍女

1

ロンドン、一八一二年

貸し馬車が停止した。

レディ・ジュリアナ・ホーソーンは身を乗り出して馬車の窓から外をのぞき、思わず目を瞠《みは》った。そこにあるのは想像していたようなごくありふれた普通のテラスハウスではなく、雲ひとつない青空を視界からさえぎるようにそそり立つ、堂々とした三階建ての邸宅《タウンハウス》だった。美しく優雅なジョージ王朝風の建物で、上品な石造りのファサードと精巧な造りの緑の欄干を備えている。まばゆいばかりに輝く真っ白なドアは、最近塗り替えられたばかりのようだ。

きっと御者が住所を間違えたにちがいない。ジュリアナは思った。この美しい屋敷が、これから訪ねようとしている男性の住まいであるはずがない。そして震える手でシルクのハンドバッグのなかを探り、資本家の住所を記した小さな紙片を取り出した。

〝ブルームズベリー・スクエア三六番地〟

ジュリアナはもう一度、屋敷に目をやった――ドアにははっきりと、三と六という数字が並んで表示されている。

ジュリアナは暗い気持ちになった。間違いではない。この屋敷こそ、まぎれもなく件《くだん》の悪党の家だ。

ジュリアナは御者に手間賃をたっぷり渡し、用事がすむまで待っていてくれれば、あとでもっとお礼を支払うと約束した。こうした閑静な住宅街で、貸し馬車を見つけるのはむずかしい。だが自分の馬車に乗ってくる気にはなれなかった。亡くなった夫の家紋が派手に側面を飾る馬車なのだ。自分がここに来たことを、周囲には絶対に知られてはならない。決意が揺らぎ、気後れして家に逃げ帰りたくならないうちに、ジュリアナは勇気を振りしぼって馬車から降りた。

立ち止まり、ぎこちない手つきでウールの外套《ペリース》とその下に着ている赤いサテンのデイドレスのしわを伸ばした。そしてこれ以上ぐずぐずしてはいられないと観念し、足を前に踏み出した。階段をのぼり、玄関のノッカーをすばやく二度鳴らした。

しばらくしてドアが開いた。蝶番《ちょうつがい》にきちんと油が差されているらしく、ドアの音は静かだった。顔を上げると、野蛮そうな馬面の男が鋭い黒い目でこちらを見下ろしている。ジュリアナは小柄なので、男性を見上げることには慣れていた。でも目の前に立つ男は、小山のように巨大だった。こんなに背が高い人間は、いままで見たことがない。まるで大木のようではないか。太古の昔からある深い森に生えた、がっしりしたカシの大木だ。

だがジュリアナをぎょっとさせたのは、男の左のこめかみから頬を通り、あごまで続いている三日月型の傷跡だった。ジュリアナは口が乾くのを感じた。

「ああ？　なんの用だ？」男の低い声は、その風貌と同じように恐ろしかった。

いつもならなめらかに動くジュリアナの舌だが、なかなか言葉が出てこない。

男が不機嫌そうに眉を寄せてこちらを見ている。ジュリアナはなんとか落ち着こうとした。

そして大きく息を吸いこみ、口を開いた。「あの——ミスター・レイフ・ペンドラゴンにお会いしたいのですが。失礼ですが、あなたが？」

〝ああ、神さま〟ジュリアナは祈った。〝この人じゃありませんように〟

男がさらに顔をしかめると、禿《は》げた額の下で黒々とした眉毛が芋虫《いもむし》のように動いた。「ドラゴンは忙しい。どんなにいかしてようと、あんたのような尻軽女に付き合っている暇はねえ。ほかをあたってくれ、姉ちゃん」

そう言うとドアをばたんと閉めた。これほど無礼な扱いを受けたのは、ジュリアナにとって生まれて初めての経験だ。

ショックで震えながら、呆然《ぼうぜん》とその場に立ちつくした。冷たい二月の風がスカートを揺らしている。ジュリアナは外套の前をぐっと合わせた。

あの野蛮な男はなんと言ったのか？　たしか、いかした女がどうとか言っていた。〝尻軽女〟とはどういう意味なのだろう？　まさか、本当にその言葉どおりの意味で使ったのだろうか――侮辱された怒りで全身がかっと熱くなり、ジュリアナは寒さを忘れた。しかもあの男は、わたしを姉ちゃんと呼んだのだ。姉ちゃん、、、、！

唇をぎゅっと結んで歯を食いしばり、ジュリアナは手袋をした手を上げてもう一度玄関をノックした。

ドアが開き、大男が顔を出した。「今度はなんの用だ？　あんた、耳が悪いのか？　ドラゴンは会う気がねえと、さっき言っただろう」

ジュリアナは五フィート一インチの体を精いっぱいまっすぐ伸ばし、つんとあごを上げた。「ちょっとよろしいかしら」貴族然とした口調で言った。亡くなった父が聞いたら、きっと誇らしさで顔を輝かせていただろう。「あなた、なにか誤解なさっているようね。わたしの名前はレディ・ジュリアナ・ホーソーンよ。あなたのご主人と至急お話ししたいことがあるの。これをお渡しして、わたしが待っていることを伝えていただけるかしら」

ジュリアナは自分の名前が浮き出し印刷された小さな白い名刺を、ぶっきらぼうに差し出した。

男は手を伸ばし、ソーセージのような指でその繊細な紙片をつかんだ。だが文字をほとんど見ようともしなかったので、ジュリアナはもしかしてこの人は読み書きができないのだろうかといぶかった。男は名刺を握りつぶし、ドアを閉めようとした。でもその前に、ジュリアナがすばやく体をなかに滑りこませた。

「ここで待たせていただくわ」ジュリアナは美しいタイル張りの玄関ホールの真ん中に立ち、身構えながら言った。「ミスター・ペンドラゴンにそう伝えてきてちょうだい」

大男は値踏みするような視線をさっとジュリアナの全身に走らせた。その暗い目が、ほうと感心したように光った。「どっちにしろ、あんたはあばずれだな」

そう言うとくるりと後ろを向き、ブーツのかかとを鳴らしながら廊下を歩き去った。

ジュリアナは自分の大胆な行動にあらためて驚き、脚をがくがくさせながら震えるため息をついた。素性のいいレディであるジュリアナが、自分の要求を無理やり通さなければならない場面などほとんどない。もしも切羽詰まった状況に置かれているのでなければ、とてもこんなことをする勇気はなかっただろう。というより、そもそもこの屋敷に来る必要もなかったはずだ。

だがことわざにもあるとおり、人間は追いつめられると破れかぶれのことをするものだ。家族の幸せが危機にさらされている。自分はどんなことをしても、それを守らなければならない。

まもなく男が戻ってきたが、これほどの大男にしては驚くほど静かな足音だった。

「会ってくれるってさ」親指を立て、筋骨たくましい肩越しに後ろをさした。「廊下の一番奥、左側の部屋だ」

ちゃんと教育された使用人なら、作法どおりジュリアナを部屋まで案内し、主人に取り次いでいただろう。でもこの粗暴な大男には、作法という言葉など縁のないものなのだ。男はジュリアナに背中を向けると、近くの壁にあった隠し扉を開けてどこかに消えた。きっと階下に行ったにちがいない。

ジュリアナは深呼吸し、これから始まる対決に向けて心の準備を整えた。もしもこの屋敷の主人が使用人と同じような人物なら、自分はとてつもなく大変な試練に身を投じることになる。

〝ドラゴン〟

ジュリアナは弟のハリーがその名前を口にしたとき、どれほど声が震えていたかを思い出した。数日前の夜、ハリーはペンドラゴンという金融業者の手中に落ちることになったいきさつを、お酒の力を借りて打ち明けたのだ。

「許してくれ、ジュールズ」ハリーは茶色の瞳を恥ずかしさで潤ませながら、うめくように言った。「姉さんを裏切ってしまった。いや、ぼくはみんなを裏切ったんだ。そんな金に手を出した自分が悪いのはわかっているが、男には体面というものがあるだろう」

「体面ってなに？　それに、なんのお金なの？」ジュリアナは眉根を寄せ、しばらく考えこんだ。「農場の改良のために借りたお金のことじゃないわよね？　まさかそのお金を全額、カード賭博《とばく》につぎこんだなんて言わないでちょうだい」

ハリーは首をうなだれた。「いや、そうじゃない。少なくとも最初は違った。たしかにちょっとばかりギャンブルはしたけれど——男なら誰でもやるだろう——それだけじゃない」

「それだけじゃないですって？」

ハリーは言いよどんだ。「ある女性に出会ったんだ。若い踊り子だが、あんなに美しい女性に会ったのは初めてだった。彼女が……その……ダイヤモンドのブレスレットに目がなくて」

ジュリアナは唇をぎゅっと結んだが、なにも言わなかった。

「始めはそんなにたいした額だとは思わなかった。少しだけ、また少しだけという感じで借りたんだ。秋になって作物を収穫したら、その利益で全額返せると思っていた。でも今年の作物は思ったほど高い値段で売れず、結局ぼくはテーブルに座ってツキがまわってくるのを待つことになった。あと一手打てば勝てるだろうと思いながら、賭《か》けを続けてしまったんだ」

「でも勝てなかったのね」

ハリーはうなずいた。顔面は蒼白《そうはく》だったが、頬の高い部分にだけ赤みが差していた。「銀行の返済期限が近づき、ぼくはなんとしても金を返さなければと思った。男には面子《メンツ》というものがあるから」

「それでまた別のところからお金を借りたのね。そのペンドラゴンという人からなんでしょう」

ハリーは肩をこわばらせた。「彼は高利貸しじゃないんだ。ぼくはそういう金融業者とは付き合っていない。ペンドラゴンの融資条件は公平だったよ。たしかに金利は銀行より少しばかり高めだが」

「ペンドラゴンという人が公平な人なら、返済期限の延長をお願いすればいいでしょう？事情を話せばきっとわかってくれるはずよ」

「ぼくは融資条件は公平だと言ったが、ペンドラゴンもそうだとは言ってない。あいつは冷徹で非情な人間だ。延長はしてもらえないだろう」

ハリーはいったん言葉を切り、震える息を吸った。「月末までに返せなければ、領地を差し押さえられてしまう。そうなったらもう、手放す以外にない」

「そんな、ハリー」ジュリアナははっと息を呑み、口を手でおおった。

「それに、来月のマリスの社交界デビューのお金も消えることになる」ハリーは言った。「もっともうちが破産したら、マリスの持参金がいくらあるかなど、もうどうだっていいことだろう。父さんがマリスにちゃんと財産分与し、ぼくが勝手に手を出せないようにしてくれていて本当によかった。そうでなければ、いまごろぼくはもっと深みにはまっていた」

そして取り乱したように手で顔をこすった。「ちくしょう、ジュールズ、いったいどうすればいいんだ？　この額の真ん中を銃で撃ち抜き、すべてを終わらせるべきかもしれないな」

ジュリアナはハリーの両肩をつかみ、その目をのぞきこんだ。「そんなことは二度と言わないで。あなたが死んだって、なんの解決にもならないわ。自殺なんてもう絶対に考えちゃだめ。いいわね？　あなたはわたしたちの家族なの。わたしもマリスも、あなたがどれほどひどいあやまちを犯しても、変わらず愛しているわ。なんとかこの窮地を脱け出す方法を考えましょう。わたしに任せてちょうだい。きっとなにかいい方法があるはずよ」

それからというもの、ジュリアナは必死で知恵を絞り、そのことばかり考えてきた。そしてとうとう、あることを思いついた。これならハリーも相手も納得するかもしれない。もちろん向こうには、少しばかり譲歩してもらう必要がある。ことビジネスに関しては非情な男だというハリーの言葉や、彼につけられた竜《ドラゴン》というあだ名を考えると、こちらの条件を呑んでもらえる自信はない。だがどんなに冷酷な人間でも、心の奥深くに優しさのかけらが眠っているはずだ。あとは自分がそれを目覚めさせることができるかどうかにかかっている。

ジュリアナはバッグを握りしめ、獣の巣に向かう騎士のように大またで廊下を進んだ。左側の一番奥の部屋は、ドアが開いたままになっていた。ジュリアナはノックすることなく、黙ってなかに入った。向こうは自分が来るのを待っているのだ。

ダークウッドの鏡板が張られた室内は、薄暗く暖かかった。右手の壁の中央にある大きな暖炉で、真っ赤な炎が燃えている。

〝独特の雰囲気ね〟ジュリアナは思った。〝ドラゴンの棲《す》み処《か》にぴったりだわ〟

そのときまきがはじけ、真っ赤に焼けた灰が大きな音をたてて煙道に吸いこまれた。ジュリアナはぎくりとしたが、そのまま足を奥へ進めた。本のぎっしり詰まった書棚が壁に並んでいる。床にはエキゾチックな中国風の柄をした厚いウールのじゅうたんが敷かれ、全体の色調は茶色と赤だ。

部屋の奥に大きなマホガニー材の机が置かれ、その端にろうそくが灯されている。背後に大きな上げ下げ窓がふたつ見えるが、そこから注ぐ冬の陽射しはあまりに弱々しかった。

机の向こうに男が座り、分厚い革の台帳になにかを書きこんでいた。ジュリアナが近づくと、男はペンを置いて顔を上げた。そのとき初めて、ジュリアナは男の顔をはっきり見た。

偏見だと言われても仕方がないが、ジュリアナは自分がこれから対峙《たいじ》しようとしている相手は、醜くいかめしい顔つきの人物だと思いこんでいた。気むずかしく、残忍そうに唇がゆがみ、年齢のせいだけでなく金貸しという生業《なりわい》のせいで、心も体もすっかり干からびてしまった老人を想像していたのだ。

だが男をひと目見た瞬間、ジュリアナははっと息を呑んだ。目の前にいるのはハンサムでたくましく、男らしい魅力にあふれた男性だった。ジュリアナはその魅力に圧倒された。それに彼は老人などではない。三十代前半といったところの、男盛りを迎えた頑健そうな男性だ。

すっと通った鼻筋にがっしりしたあごという端整な顔立ちには、気品さえただよっている。

日焼けした頬にはうっすらとえくぼが浮かび、意志の強さと同時にどことなく愛敬を感じさせる唇を引き立てている。髪の毛は茶色だが、よくあるような色ではない――毎朝、朝食用のトレーに載って運ばれてくるココアのような、こっくりとした深い色合いだ。髪型は流行の短いスタイルで、ゆるくカールした髪を幾筋か広い額に垂らしているのがよく似合っている。

男はたしかに見事な容姿をしていたが、ジュリアナをなにより強く惹きつけたのは、その瞳だった。きらきら光る鋭い目で、早春の冷たい川の水のように透きとおったグリーンだ。強さと洞察力、それに深い知性をたたえている。人間の内面を見通し、魂まで射抜くような目だ。受胎告知に現われた大天使ガブリエルは、このような姿をしていたのではないだろうか――危険で罪深いほど魅力的だ。

男が立ちあがり、ジュリアナは鼓動が速まるのを感じた。すらりと背が高く、たくましい肩と引き締まったヒップをしている。上着は仕立てがよく、落ち着いたブルーの色調だ。ぱりっとした清潔そうなタイから磨きこまれたヘシアン・ブーツまで、その装いは男が地味好みながら洗練されたセンスの持ち主であることを物語っている。

ジュリアナの無遠慮な視線に、男は不思議そうに片方の眉を上げた。「レディ・ホーソーンでしたっけ？」

ジュリアナははっと我に返り、自分がなぜここにいるのかを思い出した。

「ええ。あなたがミスター・レイフ・ペンドラゴンですね。貸金業をなさっているとお聞きしましたが」

「たしかに投資や金融取引以外に、融資も行なっています。ですが本題に入る前に、まずはコートをお脱ぎになってはいかがでしょう」

ジュリアナは男の魅力にうっとりし、外套を脱ぐのを忘れていたことを思い出した。気がつくと体はすっかり温まり、首筋に汗がにじみはじめている。ジュリアナはうなずき、外套の結び目をゆるめた。

男が後ろにやってきて、毛皮の縁取りのついた外套を脱ぐのを手伝った。完璧にマナーに則《のっと》った手つきで、ジュリアナの体に触れないよう注意している。けれども息遣いが聞こえるほどの近さに彼を感じ、ジュリアナは気もそぞろだった。

ふいに息が苦しくなり、あわてて足を一歩前に踏み出した。

「ハンニバルの無礼をお許しください」レイフは部屋を横切り、ジュリアナの外套を丁寧に椅子の背にかけた。「あれは作法というものに無縁の男でして」

さっきの大男のことを言っているのだろうか。どうやらあの野獣にも、名前があったらしい。

「玄関で来客に応対する使用人を、別に雇ったほうがいいと思いますわ」

レイフが愉快そうに目を輝かせた。「そうかもしれません。でもあの男も、あれでなかなか役に立つところがありましてね」

〝そうでしょうね〟ジュリアナは心のなかでつぶやいた。あの男がどんなことで役に立つのか、容易に想像がつく。たとえば、ハリーのような軽率な若者を震えあがらせることもそのひとつだろう。

「なにかお飲みものはいかがです？」レイフが訊いた。「紅茶にしますか？　それともシェリー酒？」

その唇から出る言葉の一つひとつが、上等の赤ワインのように心地よくなめらかな響きを持っていた。彼は紳士のような話し方をする。発音とイントネーションからすると、ペンドラゴンは教養があり、ちゃんとした教育を受けた人物のようだ。だったらなぜ、仕事をして生計を立てているのだろう。どうして金融業を営み、投資や取引をしているのだろうか。

ジュリアナはレイフの生い立ちに興味を持った。普通の中産階級の生まれでないことはたしかだ。ボンド・ストリートでショッピングしているときに見かけたら、紳士だと思いこんでいただろう。すれ違いざまに軽く会釈し、にっこり微笑みかけていたかもしれない。これなら上流階級の人びとのなかに混ざっても、すんなり溶けこめるにちがいない。身分と家柄を鼻にかけているような人たちにも、きっと受け入れられるだろう。

紳士ではないのに紳士にしか見えないこの男性は、いったい何者だろうか？　ジュリアナの好奇心がかきたてられた。

本人に直接訊いてみたくなり、ジュリアナは口がうずうずした。だがすぐにその衝動をふり払った。

遊びに来たわけじゃないのだと自分を叱《しか》った。ここに来たのは、大きな悲劇に見舞われようとしている家族を救うためではないか――弟と妹は世界じゅうで一番大切な、かけがえのない存在だ。いまはそのことだけを考えなければならない。

「いいえ、お気遣いなく」ジュリアナは飲みものの申し出を断った。「それより、用件をお話してもよろしいでしょうか」

「ええ、もちろん」レイフは机の向こう側に戻り、手前に置かれた椅子を手で示した。「どうぞおかけください。お話を伺いましょう」

レイフはジュリアナが座るのを見届けてから椅子に腰を下ろした。そして黙ってジュリアナの言葉を待った。

ジュリアナは心臓が早鐘のように打つのを感じ、またしても不安で胃がぎゅっと縮んだ。なんと切り出そうかと考えながら、バッグを握りしめて深呼吸をした。

「わたしはレディ・ジュリアナ・ホーソーンと申します」だがジュリアナの声はだんだん小さくなり、その先の言葉が出てこなかった。

「自己紹介はもうすんだと思いますが」

ジュリアナはのどが渇くのを感じ、つばをごくりと飲みこんだ。やはり飲みものをもらえばよかった。だがぐずぐずしていては、怖《お》じ気《け》づいてなにも言えなくなってしまう。ジュリアナは勇気を奮い立たせて口を開いた。「わたしの弟、ハリー・デイビスことアラートン伯爵と取引をなさったそうですね」

レイフは表情を変えずに答えた。「ええ、閣下とはたしかにお付き合いがあります」

「弟があなたから借金をし、その返済期限が間近に迫っていると聞きました」

レイフは優雅にうなずいた。「おっしゃるとおりです」

「そのことでお話があって……アラートン卿の代わりにまいりました」

レイフはあきれたように片眉を上げると、とげとげしい目つきをした。「借金を返済できなくなった閣下に泣きつかれ、あなたが代わりに頭を下げにいらしたというわけですか。あなたの弟君は、もう少しプライドと分別をお持ちの方だと思っていましたが」

ジュリアナの頬にさっと赤みが差し、すでに火照っていた肌がさらに熱くなった。「弟にはちゃんとプライドも分別もありますわ。ハリーはわたしが今日ここに来ていることを知りません。もし知っていたら、きっと激怒したでしょう。でもわたしは、どうしてもあなたにお会いしたくて」

ジュリアナはいったん言葉を切り、声をひそめるようにして先を続けた。「弟はまだ若いんです、ミスター・ペンドラゴン。まだたったの二十歳で、自分の務めをどうやって果たすかを学んでいるところです。わたしたちの父は一年少し前に亡くなりました。残念ながらハリーには、爵位を持つ者としての重圧と責任を引き受ける用意がまだできていませんでした。でも、あの子は善良な人間です。ただ新しい環境に慣れるまで、時間が必要なだけですわ。あなたにお借りしたお金だって、ちゃんと返したいと思っているはずです」

「だったら後先も考えずに浪費なんかしないで、もっと賢くなるべきだったのではありませんか。原因はギャンブル、それとも女性ですか？」

ジュリアナは目を丸くした。

レイフは悲しそうに首をふった。「どうやらその両方のようですね。アラートン卿は派手好きな若者ですから。ですが弟君の不品行については、いっさいわたしの関知するところではありません」

「こういう状況になってしまっては、あなたにおすがりするしかないのです。たしかにハリーの軽はずみな行動に弁解の余地はありません。でもあの子は、自分のしたことを心から悔いています。チャンスさえ与えていただければ、どんなことをしてでもお借りしたお金を返そうとするでしょう。あなたは話のわかる方とお見受けしました。返済期限を延長していただけないでしょうか。せめてあと三カ月――」

「失礼ですが、それでどうなるというんです？　現時点でお金のないアラートン卿が、三カ月後に借金を返済できるとは思えません。どのみち結末は同じです」

「ですが人は誰でも、多少の情けを受ける権利がありますわ」

「だからこそこの街には、立派な教会や慈善団体がたくさんあるんでしょう。でもわたしは投資事業をしているのであって、無分別な人間に恩恵を施す趣味はありません」

ジュリアナは震えそうになるのをこらえた。ハリーの言ったとおりだ。この人には血も涙もない。

レイフは椅子にもたれかかった。「ひとつお訊きしてもいいでしょうか」

「なんでしょう?」

「ご主人はあなたが弟君の代わりにわたしに会いに来ることについて、なにもおっしゃらなかったのですか? それとも、ご主人もこのことをご存知ないと?」

ジュリアナは体をこわばらせた。「わたしは未亡人です。自分のことはすべて自分で決めています」

「なるほど、そういうことですか」

ジュリアナはレイフの言葉に怒りを覚えたが、それについてはなにも言わないことにした。「もし延長していただけないのなら」ジュリアナは話を続けた。「返済方法について、わたしからひとつ提案があります」そしてバッグの口ひもをゆるめ、なかに手を入れた。「わたしが所有している絵画の目録を持ってきました。ティントレットの原画や、カラバッジョの傑作もあります。どちらも非常に価値の高い巨匠の作品です」

ジュリアナは目録をレイフに手渡すと、ふたたびバッグのなかを探った。「それから宝石もいくつかお持ちしました。ネックレスとブレスレット、それにイヤリングです――亡くなった夫が、結婚するときに一式揃いで贈ってくれました。あしらわれているサファイヤとダイヤモンドを合わせると、最低でも五千ポンドの価値はあるでしょう。所有権は完全にわたしにあり、夫の限嗣《げんし》相続財産ではありません」

そう言うとベルベットの布袋を開けて宝石を取り出し、机の上に並べた。それらはろうそくの光を受け、燦然《さんぜん》と輝いている。

レイフは身を乗り出した。「見事ですね」

ジュリアナはその言葉に勇気づけられて先を続けた。「計算してみましたが、これらの価値を合計しても、弟の借金の総額には満たないとわかりました。でもとりあえず絵画と宝石を受け取っていただけるなら、残りの数千ポンドは四月の頭に現金でお支払いします。わたしの四半期の手当が、そのころ振り込まれますので」

レイフは絵画の目録を脇に置いた。両手を尖塔の形に合わせてその上にあごを乗せ、机の向こうに座っている女性をじっと見た。

なんて魅力的なんだろう。官能的で美しい。懸命に訴え、期待に満ちた目でこちらの返事を待っている。そういう女性を、自分は二度も失望させなければならないのだ。

アラートンのやつめ。こんなかたちで家族の幸せと名声を危機にさらすとは、あの若造はいったいなにを考えているのか。自分の姉がここに来ていることをまったく知らないにせよ、あの小君主の無責任な行動はむち打ちの刑に値する。

美しく気高いレディであるジュリアナ・ホーソーンが、自分のような男と取引の話などしてはいけない。彼女は誰かと交渉などするべき女性ではないのだ。自宅で上品な仲間に囲まれ、お茶を飲みながら談笑しているのがふさわしい。それなのに、こうして見知らぬ男の書斎にやってきて、宝石を買い取ってもらおうと必死になっている。

レイフはあごをこわばらせた。そして穏やかだが毅然《きぜん》とした口調で話しはじめた。「絵画も宝石も素晴らしいものばかりです。それでも、弟君の借金を埋め合わせるだけの価値はありません」

ジュリアナが口をあんぐりと開けた。レイフの視線はホタルが火に引き寄せられるように、その愛らしい唇に釘付けになった。ふっくらとしたばら色の唇で、六月の熟れたイチゴのようにおいしそうだ。きっとシルクよりも柔らかな感触がするにちがいない。

レイフはとつぜん湧きあがった欲望をふり払い、話の続きに戻った。「宝石は鑑定する必要があります。本物だと仮定した場合——」

ジュリアナの目がきらりと光った。

「——もちろん本物だと思いますが」レイフは言った。「わたしの予想が正しければ、評価額は全部で二千ポンドを少し超えるくらいでしょう」

「二千ポンドですって、まさか——」

「転売価格はそんなものです。店頭で売られている宝石には、本来の価値よりずっと高い値が付いています。それから絵画ですが、たとえ優れた美術品であっても、取引がむずかしいという特徴があります。売るのに何カ月もかかるかもしれないし、売却価格は予想よりずっと低いと思っておいたほうがいいでしょう」

ジュリアナの唇がへの字に曲がり、美しい茶色の瞳に失望の色が浮かんだ。

レイフは一瞬ジュリアナに同情を覚え、こんなに頼んでいるのだから願いを聞き届けてやってもいいのではないかと、柄にもないことを思った。だがさっき本人にも言ったとおり、数カ月猶予を与えたところで結末は同じなのだ。期限までに借金を返済できない人間は、いくら待ったところで結局返せないことを、自分はこれまでの経験から知っている。それにビジネスに私情を持ちこめば、いずれ足をすくわれることになる。自分はそうした愚かなあやまちを犯す人間ではない。

「差額を埋められるようなものがほかにもあります。見事な銀器のセットや、夫の蔵書が――」

レイフは片手を挙げた。「もう結構です。仮にいままでおっしゃったものの価値があなたの想像どおりだとしても、弟君の負債を埋めることはできません」

「そんなことはないでしょう」ジュリアナは早口で言った。「それで足りるはずですわ」

「弟君の借金がいくらだとお思いですか？」

「一万ポンド少々」

レイフはため息をついた。つまりあの若造は、姉に本当のことを話していないわけだ。思いこみというのは、なんとおめでたいものだろう。

「アラートン卿の負債はその三倍の額です」

「三倍ですって？」ジュリアナは震える声で言った。

「ええ。およそ三万ポンドです」

ジュリアナの顔からさっと血の気が引き、紙のように白くなった。「まさかそんな」

「シェリー酒をお持ちしましょうか？」

ジュリアナがなにも答えないのを見て、レイフは立ちあがった。やがて琥珀《こはく》色の透きとおった液体の入った小さなグラスを手に戻ってきた。

「どうぞ」ジュリアナにお酒を差し出した。「少しお飲みになったほうがいいでしょう」

だがジュリアナは、グラスを受け取ろうとしなかった。そして伏せていた目を上げ、レイフの顔を見た。「ご存知でしょうか。債務不履行に陥ったら、ハリーは領地を失ってしまいます。そうなったら、わたしたち一族が百五十年以上前から所有している故郷の土地を売るしかありません」

レイフはかすかに同情を覚えたが、それを無理やり呑みこんだ。これまでずっと、ビジネスには同情などの感情をいっさいはさまずにやってきたのだ。「ええ、領地のことならよく知っています。アラートン卿が借金の担保として差し入れたものです。率直に言わせてもらうなら、ご先祖が領地に限嗣不動産権を設定しておかなかったのは失敗でした。これまで取りあげられたり、売却せざるをえない状況に陥ったりしなかったのが、不思議なくらいです」

レイフはジュリアナがなんとか平静を取り戻そうと努めているのがわかった。肩で息をするのに合わせ、豪華なシルクのボディスと繊細なレースの肩掛け《フィシュ》の下で、豊かな乳房が上下している。

レイフは思わずその様子を凝視した。

そそるような魅力を持っている。男なら誰でも、あの女らしい体を抱き寄せ、ひざに乗せて愛撫したいと思うだろう。古典的な美女ではないが——イギリス人の美人の基準からすると、肌がやや小麦色すぎる——それでも美しい女性であることに変わりはない。ダークブラウンの髪はつややかで、自分の使っている磨きこまれたマホガニー材の机のように光沢がある。コーヒーにも似た珍しい色の瞳は、砂金を散りばめたように輝いている。それに、あの肌ときたら……桃のようにすべすべし、透明感もある。きっとうっとりするような感触がするにちがいない。もしかするとフランス人かイタリア人の血を引いているのではないだろうか。エキゾチックな魅力にあふれた女性だ。

そのときジュリアナが深いため息をつき、レイフははっと我に返った。

手にシェリー酒を持ったままであることに気づき、グラスをジュリアナの前に置いたが、うっかりかちんという音をたててしまった。レイフは自分がよからぬ想像をしていたことに気づかれないよう、澄ました表情を作った。

「残念ですが、アラートン卿とわたしが交わした融資契約には拘束力があり、書面に記された条件を変えることはできません。さあ、そろそろお引き取りください。わたしが玄関までお送りしましょう。ハンニバルは下でなにか仕事をしていると思いますから、

レイフは机に置かれた黒いベルベットの布袋に手を伸ばし、話はこれで終わりだと言わんばかりにそのなかに宝石を戻しはじめた。

「待って!」ジュリアナが叫んだ。

レイフはサファイヤやダイヤモンドを持った手を止めた。「まだなにか?」

「このまま帰るわけにはいかないわ」ジュリアナは取り乱した口調で言った。「わたしは弟を、家族を助けに来たの。手ぶらでは帰れないわ。なにかほかに方法があるはずでしょう? わたしの持ちもののなかで、あなたが気に入るものがきっとあるはずよ」

レイフはため息をつき、最後の宝石を布袋に入れてひもを結んだ。そして黙ってそれをジュリアナの前に差し出した。

自分はこれまで相手の気持ちを慮《おもんぱか》り、丁寧に言葉を選びながら、どれだけ懇願されてもこちらの考えが変わらないことをわかってもらおうとしてきた。この女性の粘り強さには感

嘆するしかないが、彼女もいい加減に自分の負けを認めて引き下がるべきではないか。本人に悪気がないことはわかっている。だがレディ・ホーソーンはいますぐ家に帰り、浅薄な弟にみずからが犯したあやまちの報いを受けさせなければならない。

自分がいまこの場で、彼女の目を覚まさせてやろう。ここまで筋道を立てて冷静に説得を重ね、ときには現実の厳しさを織り交ぜながら話をしてきたが無駄だった。おそらくもっと直接的なやり方に変えたほうがいいのだろう。彼女を傷つけ、あわてて逃げ帰るように仕向けるのだ。

「きみの持ちもので、ぼくが気に入るものだって？」レイフは低い声でけだるそうに言った。ゆっくりとした動作で机の端に浅く腰かけると、大きな体が小柄なジュリアナの上にぬっとそびえるようなかたちになった。レイフは無遠慮にジュリアナを見下ろした。彼女が部屋に入ってきた瞬間から感じていた欲望を、もう隠す必要はない。全身が火照り、ぎらぎらと燃えるような目になった。

レイフはジュリアナの美しい顔に据えていた視線を下に移し、首筋や胸を品定めするようにじろじろ見た。しばらくそのあたりをながめたあと、お腹から太もも、つま先まで視線を落とした。そして今度はゆっくり視線を上に戻した。

ジュリアナの唇が開き、顔が真っ赤になった。

「マダム」レイフは甘く危険な声でささやいた。「きみの持ちものに興味はないと言っただろう。ぼくが欲しいものはただひとつ、きみを裸にしてベッドに連れていくことだけだ。きみに弟の借金の代わりに体を差し出すつもりがなければ、これ以上話すことはない」

ジュリアナははっと息を呑み、傍目《はため》にわかるほどがたがた震えだした。レイフはジュリアナが立ちあがって荷物をつかみ、悲鳴を上げながら屋敷を出ていくだろうと思って待った。だがジュリアナは椅子に座ったまま、身じろぎもしなかった。ただ赤くなったり青くなったりする顔色だけが、内心の動揺を物語っている。

やがてジュリアナは震える息を吸い、あごを上げた。「もしわたしがそれでもいいと言ったら」蚊《か》の鳴くような声だった。「あなたの条件は？」

2

レイフは仰天し、あやうくバランスを崩しそうになったが、お尻が机からすべり落ちる寸前になんとか体勢を立てなおした。

いまの言葉は本気だろうか？　まさか、そんなはずはない。すぐに自分に言い聞かせた。きっと聞き間違いだ。

「こちらの条件だって？」レイフは凄みのある声で言い、ジュリアナの返事を待った。

ジュリアナはレイフをにらみつける代わりに、指をからめてひざに視線を落とした。

「ええ」か細い声で言った。「あなたの望みを教えて」そして自分のその言葉に、真夏の太陽のように顔を赤くした。「つまり、あなたがなにを望んでいるかはわかってるけど、いつ……その……どこでということとか……一度きりかどうかということを聞きたいの。まさか、いまここでというわけじゃないわよね？」

まるでジュリアナにじかに触れられたように、レイフの体が反応し、股間が硬くなった。

レイフは想像をたくましくした。彼女を椅子から立たせ、広くて頑丈な机に横たえよう。頭がぼうっとなるまでキスをしたあと、スカートをまくりあげ、そして……

このままでは本当に床にしりもちをついてしまうと思い、レイフはゆっくり背筋を伸ばして椅子に戻った。

座り心地のいい革の座面に体を沈め、落ち着きを取り戻そうとした。驚いたなどという言葉ではとても言い表わせない。自分は普段、予想外の展開にあわてることなどめったにないのだ。

彼女はこちらの無礼な申し出を、本気で検討しているのだろうか？

その申し出を口にしたとき、彼女がまさか真に受けるとはつゆほども思っていなかった。こちらがそういうことを言えば、怯《おび》えて家に逃げ帰るにちがいないと思ったのだ。普通の女性ならみんなそうするだろう。

だがそもそも、普通の女性ならこの家にやってきて勇敢にも自分と向き合い、断られるとわかっていながら弟のために頭を下げたりなどしなかったはずだ。ジュリアナ・ホーソーンは並の女性ではない。というより、彼女はマニキュアをした指の先から華奢《きゃしゃ》な足までレディそのものだ。レディならこちらの卑怯《ひきょう》な申し出について考えるまでもなく、即座にはねつけるのが当たり前ではないか。

怒りに震えるのが当然だ。彼女はなぜ怒らないのだろう。卑怯で下劣な男だとののしるのが普通ではないか。

それより、自分はなぜいますぐ立ちあがり、彼女をドアの外に追い出そうとしないのか?

レイフはそわそわして椅子に座りなおしたが、その答えは自分が一番よくわかっていた。目を細め、ジュリアナをじっと見た。レディ・ホーソーンはどこまでこちらの条件を呑むだろうか。それを試してみることにしよう。

「いや、今日はやめておく。それから回数のことだが、一度きりではとても足りない」ひとつ息を吸い、わざと事務的に言った。「世界一素晴らしいセックスでも、三万ポンドの価値はない。ぼくたちの関係は、もっと長期間にわたって続くことになる」

これで帰ってくれるだろう。さあ、外套と尊厳を手に、自分のような素性の卑しい資本家に迫られたりすることのない上品で閉鎖的な世界に戻るのだ。

だがジュリアナは唇をぎゅっと結び、指が折れるのではないかと思うほど強く手を組み合わせた。「ど――どれくらいの期間なの?」

どれくらいの期間? 彼女はいまたしかにそう訊いた。三万ポンドもの借金を帳消しにするには、はたしてどれくらいの期間が相当なのだろう? レディ・ホーソーンを愛人にしてこの欲望を満足させるのに、どのくらいの時間が必要だろうか。これほどの美女の魅力が色あせるのは、何日、何週間、いや何カ月先だろう。いずれ彼女に飽きる日が来ることはわかっているが、それはいつのことだろうか。

レディの貞操の値段は、いったいいくらなのか?

下層階級の女性が、食べものや住む場所を得るため、そして生きのびるために体を売るのは、珍しいことでもなんでもない。だがこの女性は、よくいる娼婦などではないのだ。体を売らなくても、路地裏で餓死《がし》したり凍死したりすることはない。

ジュリアナが自分の申し出を真剣に考えていることに、レイフはふと怒りを覚えた。弟がそんなに大事なのか。あの若い伯爵を経済的、社会的破滅から守るためなら、自分の体を文字どおり見知らぬ男の手にゆだねてもいいというのか。

「その前に」レイフは言った。「教えてくれないか。なぜそんなことまで？」

ジュリアナはさっと顔を上げ、レイフの目を見た。「言ったでしょう。家族を助けたいの」

「弟のことなら聞いた。でもそこまでするほど弟が大事なのか？　もしぼくがきみを三万ポンドの代わりに受け入れ、借金を帳消しにしたとしても、彼が今後ふたたび浪費癖を発揮しないとどうして言いきれるのかい？　アラートン卿がいつかまた財産を使い果たすようなことがあれば、きみの気高い行為はまったくの無になってしまうんだぞ」

「ハリーは二度と賭け事をしないと約束してくれたわ。わたしはその言葉を信じているの。あの子はすっかり落ちこんで、深く反省しているわ。今回のことがいい教訓になったはずよ。ハリーは悪い人間じゃない、ただ間違いを犯しただけなの」

「債務者監獄は間違いを犯した人間であふれかえっている。みな周囲からは善良だと思われていた人間ばかりだ」

「ハリーは善良な人間よ。それに、今回のことで傷つくのは弟だけじゃないわ。わたしには妹がいるの。十七歳で、もうすぐ社交界にデビューすることになっているのよ。あの子に恥ずかしい思いをさせたくないし、お金のために結婚しなくちゃならないような立場に置きたくもないわ。妹には愛を感じられる相手と結婚してほしいの。家族のために、お金目当ての結婚なんかしてほしくない」

レディ・ホーソーン自身が、そういう結婚をしたのだろうか。レイフは思った。自分の心に染まない結婚を強いられたのかもしれない。彼女は若い未亡人だ。三十五歳の自分よりも若い。おそらく二十七歳か二十八歳といったところだろう。まだ女盛りで、これからもっといい時期を迎えようとしている。

〝ホーソーン〟

その名前の地所になんとなく聞き覚えがある。たしか跡継ぎの男子のいない年老いた貴族が亡くなったあと、遠い親戚の手に渡ったという話だ。彼女がその未亡人なのだろうか。もしそうだとしたら、彼女は何十歳も年上の男に嫁いだことになる。

レイフはしばらくじっとジュリアナを見ていた。その肌に触れたくてたまらず、体が火照るのを感じた。自分はなぜこんな会話を続けているのだろうかと、ふと思った。彼女の側の事情や動機など、どうだっていいことではないか。アラートン卿の借金の代わりに体を差し出そうという彼女を、なぜ自分が思いとどまるよう説得する必要があるのだろう。

とはいえ、レディ・ホーソーンをベッドに連れていくことは、本当に三万ポンドの価値があることなのか？　何年か前の自分なら、後ろ髪を引かれながらもきっぱり断っていただろう。というより、断らざるをえなかったはずだ。だが意志の力と成功への強い決意で、いまや自分は大富豪になった。したいことならなんでもできるだけの財力がある。

ここで誘惑に屈するべきだろうか。

もちろん彼女のことは欲しい。欲望で体がうずき、股間が硬くなっている。これほど欲しいと思った女性が、いままでいただろうか。レディ・ホーソーンには、自分を本能的に惹きつけるなにかがある。彼女を見ていると、いつもは冷静で抑制された心がかき乱されてしまうのだ。

彼女を腕に抱き、あのふっくらした柔らかそうな唇にキスをしたい。裸の肌と肌を合わせ、彼女の熱く濡れた部分の奥深くまで入ることができたら、どんな気分になるだろう。

こちらの条件を教えてくれと、彼女は言った。いまここで自分が条件を出しさえすれば、そうした夢想がほぼ間違いなく現実のものになる。

「六カ月だ」レイフはぶっきらぼうに言った。

「六、六カ月？」ジュリアナはダークブラウンの目を丸くした。

「ああ、六カ月だ。借金が返済されるまで、一カ月あたり五千ポンドの計算になる。言っておくが、これはとてもいい条件だ。ほとんどの愛人はその何分の一ももらえない」

ジュリアナは目を伏せてつぶやいた。「つまりわたしは、あなたの愛人になるのね」

「この場合、それが一番適切で無難な表現だろう」レイフはふとなにかで気をまぎらせたくなり、銀のレターオープナーのへりを親指でなでた。「週に最低三回は会ってもらう。本来ならぼくが自由に出入りできる家を用意して、きみをそこに住まわせるべきだろう。だが今回の場合、どうやらそれはむずかしそうだ」

ジュリアナは顔を上げたが、その頰には少し赤みが戻っていた。「もちろんよ。周囲の人たちに、けっしてこのことを知られてはならないわ。わたしたちの関係を誰にも話さないと約束してちょうだい。とくにハリーやその仲間の貴族には、絶対に言わないで」

「ぼくのような素性の卑しい平民に体を売っていることを、誰にも知られたくないというわけか」

ジュリアナは自分の言葉にレイフが気を悪くし、今回の話はなかったことにしようと言い出すのではないかとあわてた。「わ、わたしの評判だけの問題じゃないわ。妹の幸せを考えなくちゃならないの。わたしのせいであの子の名誉を汚すわけにはいかないわ。ほんの少しスキャンダルがささやかれただけで、あの子の社交界でのチャンスが台なしになってしまうかもしれないのよ」

ああ、そのとおりだ。レイフは思った。貴族というものは、とくに同じ階級の人間に対し、ときとして蛇のように残忍になる。女性が上流階級の決まりごとを破ったとなればなおさらだ。

「心配しなくていい」レイフは言った。「誰にも知られることはない。ぼく自身にも守らなければならない評判がある。それにぼくは、あらゆる面で如才がなく慎重なことで知られている。今回の件が、ぼくたち以外の人間にもれることはないと約束しよう」

ジュリアナは安堵《あんど》のため息をつき、体が震えそうになるのをこらえた。

〝わたしはいったいなにをしているの？〟何度も自分に問いかけた。わたしは本当にこの背筋も凍るほど恐ろしい男性と向き合い、ハリーの借金と引き換えに体を差し出す相談をしているのだろうか。ハリーがこのことを知ったら、きっと顔面蒼白になり、絶対にやめろと止めるに決まっている。でも、ほかにどんな方法があるというのだろう。

十一歳のときに母を亡くして以来、わたしはずっと姉というより母親代わりとして、ふたりの弟妹の面倒を見てきた。弟と妹はわたしにとって世界じゅうでたったふたりしかいない家族なのだ。たとえどんな犠牲を払っても、ふたりを見捨てるわけにはいかない。

「わかったわ」ジュリアナはつぶやいた。「あとは日時と場所ね。いくら未亡人だといっても、わたしだって二十四時間自由に外出できるわけじゃないわ。わたしがいなくても、あまり誰も気に留めない時間に会うことにしましょう。午後はどうかしら」

ジュリアナは顔を赤らめた。なんて屈辱的なんだろう！　結婚しているときでも、外が明るいうちに関係を持ったことなど一度もなかったのだ。

「ああ、午後で結構だ。スケジュールを調整することにしよう。それから場所だが、ぼくに何カ所か心当たりがある。検討して連絡させてもらう。あとで使いを送るから、住所を教えてくれ。もちろん充分注意するから心配は無用だ」

ジュリアナはなかばぼうっとしたまま、アッパー・ブルック・ストリートにある自宅の住所を伝えた。だがそれを口にしているうち、自分がどれだけ大変なことをしようとしているのか、だんだん実感が湧いてきた。わたしはこの恥ずべき計画を本気で実行しようとしているのか？　こうしているあいだにも話はどんどん進み、交渉は成立に向かっている。

ジュリアナは吐き気を覚えた。いますぐ外で待っている貸し馬車のところに引き返し、全速力で馬を走らせて安全で快適な我が家に帰りたい。けれどもジュリアナは、それはできないと自分に言い聞かせ、椅子から立とうとしなかった。自宅の住所はもうこの男に知られている。わたしがここに来たのは、彼に絵画などの財産をお金の代わりに受け取ってもらおうと思ったからだった。なのにいま、わたしは自分自身を彼に差し出そうとしている。

「最後にもうひとつだけ、話し合っておかなくてはならないことがある」レイフの低くなめらかな声に、ジュリアナは背中をそっとなでられたようにぞくりとした。「妊娠の可能性だ」

ジュリアナは啞然《あぜん》とし、ショックで言葉を失った。

「子どもができるのを防ぐため、ぼくもできるだけのことはするつもりだ。いくつか方法はあるが、どれも絶対に確実だとは言えない。きみもよく効く薬草など、なんらかの手段を講じてくれ。そうすれば、望まれぬ子が生まれる可能性を低くすることができる。世のなかに庶子をもうひとり誕生させることだけは避けたいからな」

この人は庶子なのだろうか？　ジュリアナは思った。そういえばさっき彼は、自分のことを〝素性の卑しい平民〟だと言っていた。彼の属する階級ならば、夫婦という神聖な関係の枠外で生まれる人はたくさんいる。もしこの人がそうだとしても、こちらにはなんの関係もないことだ。

ジュリアナはため息を呑んだ。昔よく感じていた悲しみが、一気によみがえってきた。けれども、いまここで自分が感じるべきは安堵だけだ。この資本家と同じくらい、自分も彼とのあいだに子どもなど望んでいない。

「そのことなら心配いらないわ、ミスター・ペンドラゴン」ジュリアナはようやく口を開いた。「子どもはできないから」

レイフは眉根を寄せた。「どうして？」

「わたしは子どものできない体なの」ジュリアナは窓に目をやり、ガラスに反射した弱々しい光をぼんやりと見つめた。

「それはたしかなのか？」

そうしたデリケートで個人的な話をしなければならないことに、いたたまれない気持ちになりながら、ジュリアナはレイフの顔を見た。「ええ、間違いないわ。五年間の結婚生活で、わたしは子どもを授からなかったの。夫は前妻とのあいだに娘を三人もうけたわ。それを聞けば、原因がどちらの側にあるか、誰でもわかるはずよ」

レイフは一瞬、神妙な面持ちをした。「それは気の毒に」

「気にしないで。もうすぐ始まるわたしたちの関係を考えたら、わたしに子どもができないのはむしろ喜ぶべきことだわ」

レイフは立ちあがり、ふたたび机の前面にまわった。「では、これで決まりだね？」

涼やかなグリーンの瞳でジュリアナをじっと見た。まるでヒョウが獲物を見るような目だ。ふたりのあいだに距離が空いているにもかかわらず、ジュリアナはその男らしく大きな体に圧倒された。いままでこれほど強く男性の存在を意識したことはない。体が震えそうになるのを懸命にこらえた。

わたしは本当にこの人の手に身をゆだねるつもりなの？　ジュリアナはおののいた。この人に触れられ、キスをされ、抱かれるのだ。ジュリアナの鼓動が乱れはじめた。でも、たった六カ月のことではないか。家族のためなら、六カ月のあいだくらい、どんなことでも我慢してみせる。

「ええ」ジュリアナは蚊の鳴くような声で言った。「決まりよ」

レイフは上体をかがめた。「契約成立のしるしにキスをしようか？」

「やめて！」ジュリアナはぎょっとして叫んだ。「今日はキスなんかしないわ」

レイフが笑うと、頬にくっきりとえくぼが浮かび、端整な顔立ちがますます魅力的になった。「では次に会うときを楽しみに待つことにしよう」

そう言うと机に身を乗り出し、上質な革で装丁された台帳を取りあげてページをめくった。あるページを指で下になぞると、真ん中あたりで手を止めた。「アラートン卿の返済期限は来週の木曜日になっている。ぼくたちの契約を開始するのは、来週の水曜日が妥当だと思うがどうだろう?」

そんなに早く? ジュリアナは狼狽《ろうばい》した。あとたったの八日間ではないか。人生を変える一歩を踏み出す心の準備を整えるのに、一週間ちょっとしかないことになる。しかもそれは、いったん足を踏み入れたら二度と戻れない道だ。

だが、一週間も一カ月も一年も同じではないか。どれだけ時間があっても、自分にとって短すぎることに変わりはない。猶予が与えられたところで、気持ちが楽になることはないだろう。

「いいわ」ジュリアナは怖じ気づく前に言った。「来週の水曜日ね」

レイフはうなずいた。「弟はどうするんだ? なんと説明するつもりかい?」

そうだ、ハリーをどうしよう。なんと言えばいいのだろう? まさか本当のことを話すわけにはいかない。

「なにか考えるわ。ハリーがすんなり受け入れて、あまり根掘り葉掘り質問をしないような話を適当に作るから」

ジュリアナは椅子から立ちあがった。足が少しふらふらしているが、ちゃんと立てたことにほっとした。「遅くなったから帰らなくちゃ。連絡を待ってるわ」

「ああ、すぐに連絡する」

ジュリアナは外套を取ろうと歩き出した。だがジュリアナが手を伸ばす前に、レイフが後ろからやってきて先に外套をつかんだ。そして無言のまま、それを広げて持ちあげた。ジュリアナはしばらくためらっていたが、やがてレイフに背中を向けて外套を着るのを手伝ってもらった。

ジュリアナは急にのどが渇き、心臓が早鐘のように打つのを感じた。男らしくすがすがしいにおいがする。インクとベイラムのにおいに、レイフ・ペンドラゴン自身のにおいがかすかに混じっている。

レイフはジュリアナに外套を着せると、その両肩に大きな手を置き、耳元でささやいた。「来週の水曜日の午後一時までに現われなかったら、きみの気が変わったのだと思うことにする。その場合、きみの弟の融資の条件は、返済期限も含めていままでどおりとさせてもらう。弟に作り話をするなら、あとであわてることのないよう慎重に練りあげたほうがいい」

ジュリアナは肩に置かれた手をふり払い、レイフに向きなおった。「そっちこそどうなの？　わたしにはあなたの言葉以外、なにも頼るものはないのよ。仮に今回の契約の条件を書面にしてもらったとしても、あなたがわたしをだますことに決めたら、わたしは誰にその紙を見せて訴えればいいの？　この六カ月の……契約期間が終わったとき、あなたがちゃんと約束を守ってハリーを自由の身にしてくれるという確証はないわ」

レイフのあごがこわばり、細めた目がきらりと光った。「心配はいらない。ぼくは紳士じゃないかもしれないが、約束は守る男だ。きみが取り決めを守るかぎり、ぼくも同じようにする。嘘もつかないし、きみをだますこともしない。ぼくを信じるかどうかは完全にきみ次第だ。今日のことはなかったこととして忘れ、弟に自分で借金を清算させることにしてくれてもかまわない。さようなら、レディ・ホーソーン。ぼくにはほかに仕事がある」

ジュリアナはレイフを怒らせてしまったことに気づいた。彼は侮辱されたと感じ、気を悪くしたのだ。それでも彼の言葉に嘘は感じられず、その態度もプライドが傷ついたことを示すものだった。そういう態度を取るのは、名誉を重んじる男性だけだろう。今回の約束を実行したとしても、この人はふたりで決めたことをちゃんと守るにちがいない。

「来週の水曜日にお会いしましょう、ミスター・ペンドラゴン」ジュリアナは静かな声で言った。「人は呼ばなくていいわ。出口ならわかるから」

3

「これはどうかしら、ジュールズ？　乗馬服にしたら素敵だと思わない？」

ジュリアナはマリスが差し出した生地の見本を見た。華やかなペルシアンブルーのベルベット生地で、まだ十七歳の妹には大胆すぎる色だ。ジュリアナは片方の眉を上げ、困ったようなおもしろがっているような顔をした。一時間ばかり前にふたりで仕立屋にやってきてからというもの、ずっとこうした駆け引きが続いている。

「わたしの乗馬服にしたら、きっと素敵なものができるでしょうね。マダム・ラクロワに頼んで作ってもらおうかしら。ちょうど新しい乗馬服が欲しいと思っていたところなの」

マリスは下唇を大げさに突き出した。「どうしてわたしがこういうきれいな色を着ちゃいけないの。ピンクや白やペールイエローなんてぞっとするわ！　そんなつまらないパステルカラーの服を着たら、顔がやつれて見えて最悪よ」

「そんなことないわ」ジュリアナは妹の大げさな言い方に、思わず口元がゆるみそうになるのを我慢した。「きっとよく似合うわよ。あなたはどんな色を着たってきれいだわ」

「そうかしら。なんだか地味な感じがするわ。わたしにはこっちのほうが似合うと思わない？」マリスはエメラルドグリーンのサテン生地を手に取った。「どう？」すべすべした頬と黒っぽい髪の横に生地を持ってきた。「きれいでしょう？」

ジュリアナはかぶりをふった。「いくらがんばっても無駄よ。社交界にデビューしたてのレディは、おとなしい色を着るものなの。結婚したらどんな色を着てもいいわ。でも、それまでは……」ジュリアナは肩をすくめ、その先の言葉を濁した。

「結婚してる女性はいいわね！」マリスはため息をついた。「うるさい規則や制約から自由になれるんですもの」

そんなにいいものとはかぎらない。ジュリアナは生地を物色しながら思った。レディが幸せな結婚生活を送れるかどうか、どれほどの自由を手にできるかは、相手次第だといっていい。妹にはじっくり時間をかけ、いい人を選んでもらいたい。マリス自身を幸せにしてくれるような相手を見つけてほしいのだ。

ジュリアナはクリーム地に小さな紫のスミレの柄が散りばめられた、小枝模様の綿モスリンを手に取った。「これなんかどう？　きっと素敵なデイドレスができるわ」

「うーん、そうね」マリスは手を伸ばして生地を受け取り、正面の窓から差しこむ明るい太陽の光にかざした。「ええ、気に入ったわ」そこでひと呼吸置いてから言った。「あれこれわがままを言ってごめんなさい、ジュールズ。あなたが正しいということも、わたしのためによかれと思っていろいろ言ってくれていることも、ちゃんとわかってるのよ。でもわたし、社交界デビューが不安でたまらないの。うまくいかなかったらどうしよう？　誰からも好かれなかったら？　今年はブロンドじゃないと相手にされないと聞いたわ」

「ばかなことを言わないで。みんなあなたのことが大好きになるわ。あなたのその美しい顔をひと目見た瞬間、やっぱりレディはブロンドじゃなくてブルネットが一番だということになるわよ」ジュリアナは妹を勇気づけるように、そのぴちぴちした頬に軽くキスをした。

「心配いらないわ。きっと素晴らしいシーズンになるから、つまらないことをくよくよ考えちゃだめ。楽しむことだけを考えていればいいの。あなたは可愛くて素敵な女性よ。あなたの魅力には誰だって逆らえないわ。紳士ならとくにそうよ」

マリスはぱっと顔を輝かせた。「本当にそう思う？」

「決まってるでしょう。さあ、マダム・ラクロワが用意してくれたピンクのドレスを試着していらっしゃい。似合うかどうか見てみましょう」

「ピンクですって、げえ！」マリスは大げさに身震いし、やれやれという表情を浮かべて子どもっぽく舌を突き出した。そしてにっこり笑うと、おとなしく奥の試着室に向かった。

自分の抱えている問題も、これくらい無邪気なものだったら。ジュリアナは胸のうちでつぶやいた。次に作るドレスの色で迷ったり、社交界で人気者になれるかどうかを心配したりというくらいの悩みなら、どんなによかっただろう。

この一週間というもの、ジュリアナは〝ドラゴン〟との契約からなんとか逃れる方法はないかと、ずっと考えつづけてきた。いまとなっては、彼がなぜそう呼ばれているのかがよくわかる。たんに変わった苗字をもじったあだ名などではない。あの男は本当にけだものなのだ。すばしこく狡猾《こうかつ》な悪魔で、涼しげなグリーンの瞳で人を魅了し、巧みな言葉でだましたあげく、相手が罠《わな》にかかったと気づく間もなく一気に炎で焼きつくす。

ばかげているとは思いつつ、ジュリアナはハリーが自力でこの窮地を脱するのではないかという、かすかな望みを捨てきれないでいた。ハリーが自分を訪ねてきて、お金が用意できたので借金は全額返済したと言ってくれることを、心のどこかで待っていたのだ。だが昨夜、夕食を一緒にとろうと家族の住むタウンハウスを訪ね、ハリーの顔をひと目見た瞬間、その期待は打ち砕かれた。

ハリーは疲れきった茶色の目のまわりにくまを作り、いつも日に焼けていた肌も病人のように青ざめていた。そしてのどの渇いた人が水をがぶ飲みするように、立てつづけにワインのグラスを空にした。

そのときジュリアナは、家族が助かるかどうかは自分にかかっていることを悟った。

でも本当に、わたしにそんなことができるのか？

レイフ・ペンドラゴンのような男の手に、文字どおり自分の体をゆだねるほどの勇気と信念が、はたしてわたしにあるのだろうか。強い意志の力がなければ、とても〝ドラゴン〟の愛人になどなれない。

こちらがその気になりさえすれば、すぐにでも再婚相手が見つかるだろう。友だちからはずっと、新しい夫を探すよう繰り返し言われてきた。あなたはまだ若いのよ。みんなはそう言った。それに魅力的だわ。ご覧なさい、あの人もこの人もみんなあなたに夢中じゃないの。なかでも懲《こ》りずに何度もプロポーズをしてくるサマーズフィールド卿のことは、笑い話になっているほどだ。それ以外にも、自分に気がある男性が少なくともあとふたりいる。どちらも裕福な紳士で、会うといつも結婚をほのめかすようなことを言うのだ。三人のうちの誰でも、こちらが首を縦にふりさえすれば、明日にでも指輪を持ってくるだろう。でもわたしにその気はない。わたしは一度結婚したことがある。そしてもう、二度と夫を持とうとは思わない。

周囲にいる既婚女性は、夫の機嫌を取ったり頼みこんだりしてお金をもらわなくてはならないが、わたしは経済的に自立している。それほど多い収入ではないが、暮らすのには充分な金額だ。必要なものを買い、使用人を何人か雇い、たまに贅沢《ぜいたく》をするくらいの余裕はある。それに、アッパー・ブルック・ストリートにタウンハウスも持っている。夫のバジルが亡くなったあと、完全に自分名義になった屋敷だ。

そう、未亡人の暮らしはなかなか悪くない。自由を謳歌《おうか》し、自分の足で立って生きていけるのだ。そんな素晴らしい生活を捨てる気は毛頭ない。

もちろん、この難局を切り抜けるには結婚もひとつの方法だ。わたしと同じような状況に置かれたら、ほとんどの女性がその方法を選択するだろう。けれどわたしは一度、心に染まない結婚をした。もう二度と同じことはしたくない。

ペンドラゴンとの関係を知ったら、多くの人が眉をひそめ、貴族でもない男性と付き合っているわたしを避けようとするだろう。ああいう男性に体を許すのは危険で恥ずべきことだが、愛してもいない男性と一生添い遂げることを誓ってまたもや空虚な結婚生活を送るくらいなら、六カ月間、彼の愛人として過ごすほうがましだ。

二日後に待ち受けていることを考え、ジュリアナは不安で胃が痛くなった。だがそれと同時に、情熱としかいいようのないぞくぞくした感触が全身に走るのを感じた。

たしかに契約のことを考えると怖くてたまらないが、レイフ・ペンドラゴンが信じられないほどハンサムな男性であることは間違いない。彼のこと――鋭いグリーンの瞳、彫刻のようなあごの線、修道女でもうっとりするようなえくぼ――を思い出しただけで、体が熱くなって肌がぞくりとする。その男性にもうすぐキスと愛撫を許し、自分のすべてを与えるのだ。ジュリアナののどが渇き、脈が速くなってきた。これまで男女の営みをとくに楽しいと思ったことはないが、ペンドラゴンのような男性が相手ならどうだろう。

わたしったら！　ジュリアナは頬がかっと赤くなるのを感じた。

そのとき店の奥で人の動く気配がし、マリスが試着室から出てきた。妹ははじけるような若さと美しさにあふれている。本人は淡い色などいやだと言っていたが、ピンクのドレスがよく似合っている。

ジュリアナは微笑み、自分が味わうことのできなかった幸せを、妹にはなんとしてもつかんでほしいとあらためて思った——なんの心配もなく、思いきり社交シーズンを楽しむのだ。そしてなにより、自分で結婚相手を選ぶ自由を手にしてもらいたい。愛以外の理由で結婚などしてほしくない。

けれどもハリーが破産すれば、そうした夢もすべて消えてしまう。ドレスを作ったりパーティや舞踏会を開いたりするお金が用意できず、マリスの社交界デビューは台なしになるだろう。どんなに助けてやりたくても、自分の財力ではとても必要な費用をまかなうことはできない。

やはりわたしの取るべき道はひとつしかない。どれだけ不安でも、家族の幸せを守るため、あと二日したらやらなくてはならないことをやるのだ。

買い物が終わり、ジュリアナとマリスはクローブナー・スクエアにあるアラートン邸に馬車で戻った。

ジュリアナはハリーが友だちと夜遊びに繰り出す前につかまえようと思い、そのまま実家に残ってマリスとヘンリエッタ・メーヒューと一緒に夕食をとることにした。ヘンリエッタは母方の遠い親戚で、成人した子どものいる未亡人だが、社交界デビューするマリスのお目付け役を喜んで引き受けてくれたのだ。マリスは先月までジュリアナと一緒に住んでいたが、デビューするなら一族の豪奢《ごうしゃ》なタウンハウスからのほうがいいとジュリアナに言われ、最近実家に戻っていた。

おいしい食事と楽しい会話で夜は更けていった。だがいつまで待ってもハリーは帰ってこなかった。

ジュリアナは気まぐれな弟に手紙を書き、アラートン卿が戻り次第これを渡すようにと執事に頼んだ。そしておやすみの挨拶をし、馬車ですぐ近くの自宅に帰ってベッドにもぐりこんだ。

翌朝、ジュリアナはほとんど手つかずの卵料理とトースト、冷めかけた紅茶を前に、渋面を作っていた。そのときようやくハリーが現われ、ダイニングルームにつかつかと入ってきた。ジュリアナは顔を上げ、ほっと安堵のため息をついた。

ハリーはぼさぼさの髪と真っ赤な目をし、一睡もしていないように見える。「手紙を読んだ」椅子を引いてジュリアナの向かいに座りながら、ぼそりとつぶやいた。「朝のコーヒーもまだなのに、どんな急ぎの用があるんだい？　一時間近く前に近侍からまずい薬を無理やり飲まされたが、気分は最悪だ」

ジュリアナはハリーにコーヒーを持ってくるよう、従僕に合図した。従僕は命じられたとおりにすると、お辞儀をしてドアを閉め、部屋を出ていった。

ハリーは目を閉じ、まるでコーヒーが力をくれるとでもいうように、カップの中身をすった。「頭が割れそうに痛い」

「外で飲んでいたのね」ジュリアナはとげとげしい口調にならないよう気をつけて言った。

「ああ、そのとおりだ。破産が目前に迫っている人間に、ほかになにができる？ ぼくは自分が一番いいと思う方法で、この苦しさをまぎらせようとしただけだ」

「昨日の夜、家に帰ってきていたら、そんなにつらい思いをしなくてすんだのに。いい知らせがあるの」ジュリアナは皿を脇によけ、身を前に乗り出した。

ハリーは食べもののにおいで胸がむかむかするらしく、皿をテーブルの端に押しやった。

「いい知らせとはなんだい？ ドラゴンの息が首筋にかかり、二日後に破滅させられようとしているときに、いいことがあるなんて思えないな。こんなことを言っちゃいけないが、誰かがあいつを道ではねてくれればいいのに」

ジュリアナは咳払いをした。レイフ・ペンドラゴンがロンドンの大通りの真ん中で倒れている映像が、ちらりと脳裏をよぎった。ペンドラゴンのことをよく知っているわけではないが、あの人なら誰かに襲われてもすぐに立ちあがって服の埃《ほこり》を払い、確実に犯人を追いつめるにちがいない。

「さあ、物騒なことを考えるのはやめてちょうだい。もうそんな必要はないんだから」

ジュリアナはためらった。いったん作り話を始めたら、後戻りすることはできない。ひとつ深呼吸をして口を開いた。「ハリー、奇跡のようなことが起きたの。あなたの借金を返せるだけのお金が見つかったのよ」

ハリーのダークブラウンの眉が高く上がった。「なんだって？」

「いま言ったとおりよ。先週あなたから一部始終を聞いたあと、返済の足しになるものはないかと思って口座やなにかを片っ端から調べたわ。すると、古い箱が出てきたの」

「箱って？」

「バジルの持ちもので、わたしがしまいこんだまま忘れていたものよ。信じられないでしょうけれど、開けてみたらなかに船会社の株券が入っていたの。いくらの価値があるのかと思って、すぐに事務弁護士に連絡して調べてもらったわ。するとまあ、莫大な価値があるというじゃないの」

「本当に？　い――いったいいくらの価値が？」

ジュリアナはハリーが頭のなかで計算しているのがわかった。自分の本当の負債額に足りないのではないかと、心配しているのだ。

「あなたの借金を全額清算できるだけあるわ。わたしに少なめに伝えた金額じゃなくて」ジュリアナはとがめるように言った。

ハリーはタイをぐいと引っぱった。「どういう意味だい？」

「もうわかってるのよ。ミスター・ペンドラゴンを訪ねたとき、あなたが本当はいくら借りているのか聞いたわ。三万ポンドだそうね」

ハリーは険しい顔をした。「ジュールズ、あんなやつを訪ねるなんて、なにを考えているんだ？ あいつはレディが付き合うような男じゃない」

そしてはじかれたように椅子から立ちあがり、部屋のなかを行ったり来たりしはじめた。だがすぐに立ち止まり、うめき声を上げながらこぶしを握った手で頭を抱えた。昨夜、飲みすぎたことは一目瞭然だ。「ちくしょう。姉さんに話すんじゃなかった」

「いいえ、話してくれてよかったわ。そうじゃなかったら、あなたは返す当てもない借金を抱えたままだったのよ。領地を失い、家族を不幸にしても男のプライドが大切だというの？」ジュリアナは深いため息をついた。「それに、もう終わったのよ。借金は清算したわ」

ハリーは足を止めた。「清算した？ 株券にそれほどの価値があったのか？ 信じられないよ、ジュリアナ、あいつはそれを受け取ったのかい？ 悪夢は本当に終わったんだね？」

ジュリアナは目を伏せ、ペンドラゴンが承諾した支払い方法が本当はなんであるかを考えた。「ええ、終わったわ。あなたは自由の身になったし、領地も無事よ。少なくともいまのところはね」

ハリーは信じられないという顔で笑った。ジュリアナに駆け寄り、その体を力いっぱい抱きしめた。「ああ、ジュールズ、なんてお礼を言えばいいんだ？　どうやって返せばいい？　三万ポンドなんて――途方もない金額だけど、かならず返すから。約束する」

ハリーはジュリアナの体を離し、喜びを爆発させた。「こんなことをしてくれなくてもよかったんだ。でも嬉しくないと言ったら嘘になるな。それにしても、お金を預けてくれればぼくが自分でペンドラゴンのところに行ったのに。きみがあいつと一緒にいるところを想像するとぞっとする」そしてまたもやジュリアナを抱きしめると、音をたてて頬にキスをした。「きみみたいな姉を持ててぼくは幸せだ」

ジュリアナは笑いながらハリーの腕をほどいた。「ええ、いいのよ。けれど、もう二度とばかなことはしないと約束してちょうだい。ギャンブルに手を出しちゃだめよ。もし今後、農場にお金が必要になって借りることがあっても、目的以外の用途に使わないこと」

ハリーは胸に手を当てた。「ああ、もちろんだ。これからはまっとうな農場経営者として、新しい耕作方法や最新の農業機器の話しかしないことにする」

「そこまでする必要はないわ」ジュリアナは笑った。「わたしは財産を失うかもしれないような危険を冒してほしくないだけよ。今度また同じことがあっても、わたしは助けてあげられないわ。バジルの書斎で忘れていた証券が見つかるようなことは、もう二度とないでしょうから」

「それにしても驚いたよ。仰天したと言ったほうがいいかもしれない。ぼくはバジルが株式投資をしていることも知らなかったんだから。彼はいつも、土地と金《きん》が一番だ、そのふたつなら間違いないと言っていた。人というのはわからないな」

そう、人というのはわからないものだ。ジュリアナは思った。ハリーが株券と債務の返済についての作り話を、これほどあっけなく信じるとは意外だった。だが苦境に立たされていたハリーは、こちらの説明にあえて疑問を持ちたくなかったのかもしれない。ようやく窮地を脱することができたのだから、これからもわざわざ疑おうとはしないだろう。

ハリーは身をかがめ、もう一度ジュリアナの頬にキスをした。「どれだけお礼を言っても足りないよ、ジュールズ。きみは最高だ。時間はかかるかもしれないが、お金はかならず返すと約束する。なんとかいい方法を考えるよ」

「あなたとマリスが安全で健やかに暮らせるなら、お金なんてどうでもいいわ。あなたたちふたりは、わたしにとって世界じゅうで一番大切な存在なの。代々受け継いだ財産を大切に守り、誇りを持って家族を導いてちょうだい。わたしがあなたに願うことはそれだけよ」

ハリーはにっこり笑うと、椅子にどさりと腰を下ろした。そしてジュリアナの食べかけの冷めたトーストをつかみ、近くにあったびん入りのイチゴジャムを塗った。

「うまい」トーストをかじって言った。「食欲が戻ってきたようだ。シェフに朝食を作ってもらうことはできるかな？」

「ええ、きっと作ってくれるわ」ジュリアナは呼び鈴を鳴らそうと部屋を横切った。

「それで、借用書はどこだい?」ハリーがのんびりした口調で言った。

「え、なに?」

「ほら、借用書だ。借金を清算したとき、ドラゴンが返してくれただろう。債務が清算されたら、借用書を返すのが慣習になっている」

借用書があったとは。そんなことは考えもしなかった!

「ええ、そうね」ジュリアナはうろたえた。「もちろん返してもらったわ。でも、その……燃やしてしまったの」

「燃やしただって!」

「そうよ。借金は返済したんだから、忌まわしい出来事は過去のものとして忘れたほうがいいと思ったの。あなたももう考えないほうがいいわ」

〝お願い〟ジュリアナは祈るような気持ちだった。〝どうかそれ以上追及しないで〟

ハリーはしばらく顔をしかめていたが、やがてもう一枚のトーストに手を伸ばした。曇っていた表情がだんだん晴れてきた。「たしかに姉さんの言うとおりかもしれない。あの出来事は忘れ、ここから新しく始めたほうがいいんだろうな」

「そうよ」ジュリアナはうつろな声でつぶやいた。自分にはそのことを忘れ、新しく始めるという贅沢が許されていないことを思い出し、胃がぎゅっと縮んだ。自分が交わした契約は、まだ始まったばかりなのだ。

4

レイフは彫刻の施された金の懐中時計のふたを開け、時間を確かめた。

午後一時十分前だ。

時計のふたを閉めてベストのポケットに入れると、居間のソファにもたれ、長い脚を投げ出した。

部屋のなかをぼんやりと見まわし、趣味の悪いブロケードのカーテンに目を留めた。この屋敷も含め、手に入れた不動産を結局はこうやって自分で使っている。もしここを売らずにこのまま持っておくのなら、古臭く重たい感じのする家具をもっとモダンで明るい雰囲気のものに変えるなど、内装に手を入れることにしよう。だがさしあたり、ここは目下の目的のためには充分快適で申し分のない場所だ。

もちろん、その目的がなくならなければの話だが。レイフは暗い気持ちになった。

レディ・ホーソーンとの約束どおり、一時まで、いや、さらにもう十分待つことにしよう。それを過ぎたら馬を走らせて自宅に戻り、若い伯爵の債務を回収する手続きを始めよう。

アラートン卿の姉は、どうやら現われそうにない。彼女が本当にやってくるとは、もともと思っていなかった。弟を必死にかばって嘆願していたが、あとになって考えをあらためたにちがいない。

無理もないことだ。

底なし沼にみずから飛びこんだのはあのろくでなしの弟なのだから、本人が自力でそこから這《は》いあがるべきではないか。とはいえ残念ながら、アラートン伯爵は領地を競売にかけることになるだろう。

あの地所はなかなか素晴らしい。豪壮な館に多くの借地人、二百エーカーの主要農地を誇るケント州郊外の土地だ。自分も入札してみようか。日常的な業務を任せられる優秀な管理人がいれば、結構な額の安定した収入が得られるかもしれない。そもそも、そうでなければアラートン卿に融資をすることもなかっただろう。ジュリアナ・ホーソーンが約束を破ってくれれば、こちらにとってはむしろ好都合だ。

だったらなぜ、自分はこんなにがっかりしているのか？

レイフはため息をつき、ふいに欲望が湧きあがってきたことに困惑した。レディ・ホーソーンをベッドに連れていくことを想像しただけで、股間がうずく。普段の自分は、欲望で判断が鈍るような男ではない。なのにあの女性のことになると、どういうわけか調子が狂ってしまうのだ。自分のなかの冷静で理性的な部分は、彼女にあのような取引の申し出をしてしまったことにいまでも驚いている。一方で、彼女を自分のものにできると思って歓喜し、それが叶えられそうもないとわかると、今度は落胆のうめき声を上げている動物的な自分もいる。

おそらく二度とレディ・ホーソーンに会うことはないだろう。これまで何度か貴族の女性と情事を楽しんだことはあったが、彼女たちはみな退屈な毎日に情熱と刺激を求めていた。それでも自分は、誰ともあまり深入りしないようにしていた。そんなことをすれば、ろくな結果にならないとわかっていたからだ。しかしレディ・ホーソーンのような貞淑な未亡人が相手なら……いや、彼女のようなレディは、愛人を持つにしても慎重に相手を選ぶはずだ。社交界という狭い世界の外にいる男を選ぶことはありえない。

自分にも彼女と同じく貴族の血が流れているとは、なんと皮肉なことだろう。だが世間では嫡出かどうかということで、すべてががらりと変わるのだ。そのことならいやというほどわかっている。これまでの自分の人生は、庶子であることへの中傷や侮辱との闘いの連続だった。両親が夫婦という枠の外で愛し合ったからだ。

ロンドン周辺の州《ホーム・カウンティ》の子爵だった父は、田舎の小さな教区を担当する貧しい牧師の娘、シャーロット・ペンドラゴンと出会ったとき、すでに妻がいた。まだ若かった父は、親が決めた相手との結婚生活に絶望しており、ある日友人とふたりで北部に狩りに出かけた。冷たい秋雨が降るなか、馬で帰路についているとき、びしょ濡れになって歩いている娘のそばを偶然通りかかった。父は娘を馬に乗せ、自分の温かいコートにくるんで家まで送っていった。熱い紅茶を飲みながら、ぱちぱちと音をたてて燃える暖炉の前で毛布にくるまって話をしているうち、ふたりは恋に落ちた。いけないことだと思い、なんとか気持ちを抑えようとしたが、ふたりはその後も逢瀬《おうせ》を重ねて愛を深めていった。そしてミス・ペンドラゴン――良家の子女――の妊娠がわかると、子爵は近くの州に家を用意し、彼女と生まれてくる子どもの面倒を一生見ることを誓った。

そうして生まれてきたのが自分だ。父の最初の子どもで、たくさんの愛情を注がれて育ったが、おおやけに認知されることはなかった。どれだけいいしつけや教育を受け、完璧な作法を身につけていても、そんなことは関係ない。問題はどういう状況で生まれたか、嫡出かどうかということだけなのだ。

レディ・ホーソーンがそのことを知ったら、どう思うだろうか。けれどそれがどうだというのだろう。彼女がこちらをどう思おうが、なにも変わりはしない。

自分はまぎれもなく庶子《バスタード》だ。そしてひどい申し出をした自分のことを、彼女はまさしくろくでなし《バスタード》だと思っているにちがいない。

レイフはもう一度時計を確認した。一時十分だ。

仕方がない。肩をすくめた。白昼夢だったというわけだ。

その数秒後、ドアをノックする音がした。

レイフの眉が高く上がり、あきらめかけていた気持ちにふたたび火がついたように全身がかっと熱くなった。レイフは立ちあがって玄関に向かった。

ドアを開けると、玄関ポーチにジュリアナが立っていた。厚手のマントに身を包み、小さく縮こまっている。無地のグレーのフードを深くかぶっているせいで、鼻と口とあごしか見えない。

レイフはジュリアナを抱き寄せたい衝動に駆られたが、ぐっと我慢した。

「もう来ないかと思っていた」そうつぶやいた。芳《かぐわ》しいジュリアナのにおいが、愛撫のように鼻をくすぐっている。

「貸し馬車を見つけるのに苦労したの」ジュリアナはか細い声で言った。「それにわたしの御者が、なかなか帰ろうとしなかったから」

冷たい突風が吹き、ジュリアナのスカートとフードの縁を揺らした。空はきれいに晴れているが、とても寒い日だ。

「外は凍えそうだ。なかに入ってくれ」

ジュリアナは一瞬ためらったのち、言われたとおりにした。レイフは貸し馬車の御者がこちらを見ていることに気づき、帰るよう合図した。

レイフがドアを閉めると、ジュリアナがくるりとふり返った。「貸し馬車を帰したの？御者に待つように言ったのに」

「今日は外で誰かを待たせるには寒すぎる。心配しなくていい、帰りのことならぼくがちゃんとするから」レイフはジュリアナに近づいた。「さあ、マントを脱いだらどうだ」

ジュリアナはフードをかぶったままだった。まるで衣服で自分を守ろうとしているようだ、とレイフは思った。こんな場所でこんな男と一緒にいてもいいのか、まだ迷いを捨てられないでいるのだろう。

本当にここにやってくるとは、レディ・ホーソーンは勇気のある女性だ。勇敢で度胸がある。もし自分が紳士と呼ばれる男なら、彼女にマントを着せたまま、馬車で家まで送っていたかもしれない。でも自分は、本物の紳士になろうという考えをとうの昔に捨てている。貴族にだけはなるまいと心に決めているのだ。

ジュリアナはおずおずと手を上げてフードを下ろした。その下につば広のボンネットをかぶり、縁についた黒っぽいレースのベールで目を隠している。

レイフの頬がゆるんだ。「正体を知られないよう、用心に用心を重ねたようだな」

「もちろんよ」ジュリアナはひどく真剣な口調で言った。「誰にも気づかれないようにしなくては」

「だいじょうぶだ」レイフもまじめな口調になった。「このあたりはとても静かな環境だ。住人も少ないし、みんな家からあまり出たがらない。だからぼくは、居心地がよくて町なかから少し離れたこの場所を選んだんだ――ロンドンのようなうるさい都会でこうしたところを探すのは、簡単なことじゃない」

　クイーンズ・スクエアのすぐ南に位置するその屋敷は、密会には申し分のない場所だった。美しい二階建てのジョージ王朝風の建物で、周囲の風景にすっかり溶けこんでいる。建物と私道の両脇には成長した常緑のツゲの木と、背の高い裸のニレの木が並んでいる。二エーカーの敷地の前面に高いレンガの壁が立ち、人目につきにくく、プライバシーが守られる構造になっていた。

　レイフがその屋敷をダーベンハム侯爵から買ったのは、ほんの一カ月前のことだ。侯爵はそこをもっぱら、妻には知られたくない秘密のパーティに使っていた。だがあるとき、妻に現場を押さえられてしまい、屋敷を売りに出すことになったのだ。侯爵は鬼のような女房の罵詈雑言《ばりぞうごん》で屋敷が汚され、せっかくの楽しみが台なしになってしまった、とぼやいていた。

　レイフにはそのときの光景が目に浮かぶようだった。

「さあ」レイフは足を前に踏み出した。「ぼくが手伝ってあげよう」

　ジュリアナは後ずさった。「い――いいえ、自分でやるわ」

　そして手をぶるぶる震わせながら、あごの下で結んだ紺のグログランリボンをほどいてボンネットを脱いだ。クロテンの毛のようにつややかなダークブラウンの髪が現われ、かすかにフランス製の練り石けんの香りがした。レイフはジュリアナからボンネットを受け取り、近くにある天板が大理石の机の上に置いた。

ふり返るとジュリアナがマントの留め金をはずそうとして苦戦していた。レイフはジュリアナに近づき、その華奢な手に自分の大きな手をそっと重ねた。「ぼくがやってあげよう」

ジュリアナは一瞬ためらったのち、両手を体の脇に下ろして目をそらした。

レイフは繊細な細工の施された金と真珠の留め金を慣れた手つきではずしたが、マントを脱がせることはしなかった。そしてジュリアナのすべすべした頰を指でなぞりながら、そのまぶたが閉じて唇が震えるのを見ていた。彼女は本当に今回の契約をまっとうする覚悟があるのか？　最後にもう一度だけ引き返すチャンスを与えたら、ほっとしてこちらに感謝するのではないだろうか。

レイフはため息をついた。「本当にこれでいいのかい？　考えなおすならまだ遅くはない」

ジュリアナはぱっと目を開け、あごをこわばらせた。「わたしをもてあそぶのはやめて。借金はもうすべて返したとハリーに言ったのよ。いまさらのこのこ帰り、あれは嘘だったなんて言えるわけがないでしょう。この……取引をする以外に道はないわ」そこで言葉を切ったが、ふいにその顔がかすかな希望の光で輝いた。「もちろん、あなたが借金を帳消しにしてくれるなら別だけど」

レイフは目をしばたたいた。

〝借金を帳消しにする？〟そんなばかな。

一瞬どうしようかと迷ったが、そんなに愚かなことはできないと思いなおした。自分に

〝ドラゴン〟というあだ名がついているのは、人に施しをしてきたからではないのだ――たとえ相手が濃厚なココアにも似た深い茶色の瞳を持ち、咲いたばかりのバラのように魅力的な唇を持つ未亡人であっても同じだ。もしここでいい格好をしようと思うなら、頬へのキスと感謝の言葉だけを受け取り、彼女をこのまま帰さなくてはならないだろう。だが自分には、守らなくてはならない業界内での評判がある。それだけはどうしても失うわけにいかない。

そしてなにより、彼女が欲しい。

彼女を抱きたくておかしくなりそうだ。そう、どれだけばかげた考えが頭をよぎろうと、いまここで慈善事業をするつもりはない。

「だめだ」レイフは突き放すように言った。「契約は続行する。六カ月間ぼくの愛人になるか、明日三万ポンドを支払うかのどちらかだ。どちらにするかは完全にきみにかかっている。でももし愛人契約のほうを選ぶなら、それがきみの意志なのかどうか、ちゃんと自分の心に訊いてみてくれ。ぼくのベッドに来るなら、自分の意志でそうしてほしい」

長い沈黙のあと、ジュリアナはひとつ大きく息を吸ってレイフの目を見た。「わたしは自分の意志であなたのところに来たわ。さあ、マントを脱がせてちょうだい」

レイフはそれまで自分でも気づいていなかった緊張が体から抜けていき、代わりに激しい欲望がこみあげるのを感じた。手を伸ばしてジュリアナの重いマントを脱がせ、階段の下にある衣裳戸棚にかけた。

レイフは戻ってくるとジュリアナの正面に立ち、その顔から足元へとゆっくり視線を落とした。長袖《そで》のドレスはダークグリーンのカシミヤ製で、襟と袖口に黒いリボンの飾りがついている。おしゃれというより防寒目的で選んだにちがいない、地味なドレスだ。質素な服だが、それでも優美な曲線を損ねてはいない。女らしい胸とヒップの形がよくわかる。早くドレスをはぎ取り、その下に隠れている美しい体を見たい。

レイフの胸のうちを読んだように、ジュリアナがつんとあごを上げた。まるでいまこの場で、押し倒されるのではないかと思っているようだ。

それもなかなか悪くない。レイフは心のなかでにやりとした。だが玄関ホールで愛し合う楽しみは、もう少し暖かい季節になるまで取っておこう。

ジュリアナは背筋をまっすぐに伸ばし、これから待ち受けていることに向けて心の準備を整えようとした。けれども、本能が危ないと告げている。レイフ・ペンドラゴンはとても自分が太刀打ちできるような相手ではない。

少しでも分別がある人間なら、いますぐここから逃げるだろう。〝さあ、早く！〟

だが自分はもう引き返すことができない。よく知りもしないこの男性に体を与える約束を、取り消すこともできないのだ。あとはこの取引を最後までやりぬく強さが、自分にあることを祈るしかない。

〝ああ、神様。わたしはいったいなにをしてしまったの？〟

そのときレイフがジュリアナの片方の手を取り、手袋をはずしはじめた。ゆっくりと思わせぶりな手つきで、一本ずつ指を抜いてはずしている。最後に手袋をそっと滑らすようにして脱がせると、ジュリアナの手を自分の手で包んだ。その動作は、キスよりもエロティックに感じられるものだった。

レイフは澄んだグリーンの瞳でジュリアナの目を見つめながら、その手を自分の頰とあごに当てた。ジュリアナの手のひらが、火にかざしたようにぱっと温かくなった。ひげを剃《そ》ったばかりのレイフの肌はすべすべし、引き締まったあごの下にあるたくましい筋肉と骨の感触が伝わってきた。

ジュリアナは頭がぼうっとなり、そのままじっとしていた。心臓が早鐘のように打ち、呼吸が浅くなっている。レイフが顔を少し下に向け、ジュリアナの手のひらをずらしてその真ん中が自分の唇に当たるようにした。そして唇を開き、濡れた舌の先でなぞるようにして、手のひらに円を描いた。ジュリアナののどから小さな声がもれた。レイフはジュリアナの手にキスをしてから下ろし、自分の愛撫の跡をいつまでもとどめておこうとするように、そっと指を丸めてゆるいこぶしを握らせた。ジュリアナはおののき、電流のような衝撃が全身に走るのを感じた。肌が火照ったかと思うと冷たくなり、またすぐ燃えるように熱くなった。

わたしは辱めを受けているのだ。ジュリアナは自分に言い聞かせた。そう、わたしの胸は屈辱と恐怖でいっぱいのはずではないか。夫だったバジルにさえ、こんなことはされたことがない。なのにわたしは、屈辱も感じず、彼の手から逃れようともしていない。拒むわけにいかないからだ。だからわたしは彼にこうした愛撫を許し、されるがままになっている。

レイフがもう片方の手を取り、同じこと――手袋をはずし、手のひらに愛撫とキスをする――を繰り返すあいだも、ジュリアナはじっとおとなしくしていた。だがそれは義務感からではなかった。ようやくレイフが体を離し、ジュリアナの手袋を大理石の机の上にボンネットと並べて置いた。

ジュリアナは両手の皮膚が妙にぞくぞくし、腫《は》れているような感じがした。手首の内側で脈が激しく打っているが、こんな感覚を味わったのは初めてだ。

この人はいったいわたしになにをしたのだろう？　そしてこれからなにをしようとしているのか？

レイフが戻ってきてジュリアナの右手を握った。そしてなにも言わずに優しくその手を引き、先に立って歩き出した。

ふたりは階段を上がり、じゅうたん敷きの廊下を進んで一番奥にある背の高いドアのほうに向かった。レイフが立ち止まってドアを大きく開けると、主寝室と思しき広い部屋が現われた。

全体の色調は茶色とグリーンでまとめられ、いかにも男性の部屋という雰囲気だ。深みのある色のウォールナット材の本棚が居間の壁を飾り、中央には萌黄《もえぎ》色の大きなソファが置かれ、その両側にそろいの革のアームチェアが並んでいる。暖炉では炎がぱちぱち音をたて、その上のマントルピースは金と白の大理石だ。きっとイタリア製なのだろう、正面に子羊と愛らしい羊飼いの娘の柄が彫られている。

奥に見える両開きのドアの向こうに、続き部屋となっている寝室があった。背の高い衣裳だんすと金縁の鏡のついた化粧台が見えるが、どちらも手の込んだ作りをしている。だがジュリアナの目を釘付けにしたのは、大きな天蓋《てんがい》つきベッドだった。本棚やほかの家具と同じ暗い色調のウォールナット材でできており、高さも幅もかなりある。部屋のなかでもひときわ強い存在感を放ち、ほかの家具がかすんで見えるほどだ。十フィートの高さの天井近くまである天蓋から、淡いブロンズ色をした厚手のサテン地のカーテンが吊り下がっている。

ジュリアナは口が渇くのを感じ、立派な観音開きの窓に視線を移した。ガラス越しに明るい陽射しが注ぎこみ、じゅうたん敷きの床に水金《みずきん》のようにきらきら光る弧を作っている。

背後でレイフがドアを閉める気配がした。鍵をかけるかちりという音が、ジュリアナの耳には銃声のように聞こえた。それからレイフはようやくジュリアナの手を放した。

「飲みものはどうだい?」レイフは居間にある大きなサイドボードを身ぶりで示した。上に置かれた銀のトレーに、クリスタルガラスのデカンターとグラスが載っている。

ジュリアナは普段、お酒を飲まなかった。たまにシェリー酒ぐらいはたしなむが、強いお酒を飲むことはない。だがそれと同じく、よく知らない家に上がり、もうすぐ愛人になろうとしている男性と一緒に寝室に入ることもない。

「ええ、いただくわ」ジュリアナは言った。いまはアルコールの力を借り、気持ちを奮い立たせることが必要だろう。

レイフはサイドボードの前に行って飲みものを用意し、ジュリアナがほっとひと息つく間もなく戻ってきた。そして琥珀色のブランデーが一インチの高さまで注がれたグラスを差し出した。ジュリアナはブランデーグラスを受け取り、中身をこぼすまいと両手で抱くようにして持った。においを嗅いでみると、刺激的で甘い香りが鼻をくすぐった。

ジュリアナはそれまで一度もブランデーを飲んだことがなかった。

思いきってごくりと飲んだとたん、むせ返ってのどが焼けるように熱くなった。激しく咳きこみ、ぜいぜいと苦しそうに息をした。

「気をつけて」レイフがジュリアナの背中をさすりながら言った。「一度にそんなにたくさん飲んじゃだめだ。少しずつ口に含んで」

もう二、三回咳をすると、のどの痛みが治まり、呼吸も楽になった。ようやく口がきけるようになり、ジュリアナはグラスを差し出した。「持っていってちょうだい。もういらないわ」

レイフは目を輝かせたが、なにも言わずにグラスを受け取った。そして自分のグラスを口に運び、一気に中身を飲み干した。ジュリアナはびっくりしながらその様子を見ていたが、レイフが平然としていることにさらに目を丸くした。

レイフがサイドボードに向かい、視界から消えた。背後でガラスの当たるかちんという音が聞こえ、ジュリアナはレイフがブランデーのお代わりを注いでいるのだろうと思った。だがレイフはまもなく戻ってくると、ジュリアナの肩に両手を置いた。敏感なうなじにキスをされ、ジュリアナはびくりとして跳びあがった。

「ああ!」レイフが首筋にそっと唇を這わせると、ジュリアナの口からあえぎ声がもれた。なんとか震えまいとしたが、あごと頰、それから耳に優しくなでるようなキスをされ、またもやあえいだ。

「いいにおいがする」レイフがささやいた。「なんのにおいだい?」

「あの、これは……バラ香水よ。いつも服を着る前に少しだけつけるの」

〝わたしったら!〟ジュリアナは自分がなにを言ったのか、レイフにどんな想像をさせてしまったのかに気づいた。

「いい香りだ」レイフは低くかすれた声で言った。

そしてジュリアナに口を開く暇《いとま》を与えず、その耳たぶに鼻を当て、それから優しく嚙《か》んだ。ジュリアナの全身に衝撃と快感が走った。次にレイフは耳の後ろにキスをし、舌でゆっくりと耳の線をなぞった。そっと息を吹きかけられ、ジュリアナは肌がうずいて火照るのを感じた。まぶたを閉じると、ひざから力が抜けていった。

レイフが肩から手を下ろし、ドレスの背中に並んだ小さなボタンをはずしはじめたが、ジュリアナはぼうっとなるあまり、そのことにすぐには気がつかなかった。レイフの手が背中の真ん中あたりに来たところではっと我に返り、彼がこれからなにをしようとしているのかを思い出した。

ボタンがすべてはずされると、ジュリアナは一歩脇によけ、落ちそうなボディスを抱いて胸を隠した。後ろをふり返ったがレイフの顔を見ることができず、視線を足元に落とした。

「自分で脱ぐわ」消え入りそうな声で言い、寝室に向かった。

レイフは意外そうな顔をした。「ああ、わかった」

ジュリアナは片方の手でボディスを抱き、両開きのドアを閉めた。

寝室は暖かく、暖炉で炎が赤々と燃えていた。快適な室温だったが、ジュリアナは体の震えが止まらず、胃がしくしくした。なぜかふいに、何年も前の新婚初夜のことを思い出した。だがいま、ドアの向こうにいる男性は夫ではなく、時間も夜ではない。そして自分は、あのときよりもずっと強い不安に包まれている。

たしかにあのときの自分は、あまりにも無邪気で、これからなにが始まろうとしているのかがよくわかっていなかった。でも少なくとも、今回は痛みに耐える必要はない。もちろんそれも、彼が乱暴でなければの話だ。けれどこれまで優しかったペンドラゴンが、がらりと態度を変えるとは考えにくい。きっとそれほどひどい目にあうことはないだろう。結婚していたときと同じく、じっと横になったまま、ことが終わるまで相手の好きなようにさせておけばいい。

バジルはどんなに長くても十五分で終わった。レイフ・ペンドラゴンもそうであることを願うばかりだ。お抱えの御者に、ボンド・ストリートの服飾品店で買い物をしているから、四時に店の前に迎えに来てくれと頼んである。いまは二時十五分だ。時間はたっぷりある。

レイフが待ちくたびれていらいらしているのではないかと気になり、ジュリアナは急いでドレスを脱ぎ、衣裳だんすにかけた。悪戦苦闘しながらひもをゆるめてコルセットをはずすと、一重のシルクのペチコートとシュミーズだけになった。

ペンドラゴンはネグリジェを渡してくれなかったが、なにも身に着けずにいることなどできない。あの人はまさか、わたしに裸でいろと言っているのだろうか。バジルでさえ、五年間の結婚生活でそんな大胆なことは一度も要求しなかった。

ジュリアナは脚が冷えないよう、ストッキングを穿《は》いたままだった。髪はピンで留め、きれいにまとめてある。あまりひどく乱さないようにしなければ。家に帰るときになっても、髪の毛を整えてくれる侍女のデイジーはいないのだ。

これ以上ぐずぐずしていても仕方がないと観念し、ジュリアナはベッドにかかった厚いサテンの上掛けをめくってシーツのあいだにもぐりこんだ。ひんやりしたリンネルをあごの下まで引き上げ、こうして昼間からベッドに横たわり、情事を始めようとしていることについてあまり深く考えまいとした。

いまにも口から飛び出すのではないかと思うほど、心臓が激しく打っている。ジュリアナはドアに向かって声をかけた。「どうぞ」

そして緊張でなかば吐き気を覚えながら、ドアノブがまわるのを見ていた。

5

ドアを開けたレイフを、予想もしなかった光景が待っていた。

一瞬、ジュリアナが窓から雪の積もった庭へと飛び降り、逃げてしまったのかと思った。だがすぐに、彼女が身を守るようにしっかりシーツと毛布にくるまり、顔をのぞかせているのに気づいた。

きれいな茶色の目を大きく見開き、子どものように心細そうな顔をしている。もし彼女のことをなにも知らなければ、未亡人ではなくバージンだと思っていただろう。だがレディ・ホーソーンはまぎれもなく未亡人だ。これからなにが始まろうとしているのかも、男女の営みのこともよくわかっている。

お互いが深い悦びを得られるようにしなければ。自分の快楽だけを追い求め、相手のことなど考えない男もいるが、自分はそうではない。女性が男と同じくらいの快感を覚えてこそ、セックスは素晴らしいものになる。自分の腕のなかで女性が肉の悦びに我を忘れ、あえぎ声やよがり声を出すのを聞くのは最高だ。

ジュリアナ・ホーソーンにもそうした声を出させよう。何度も何度も快楽に打ち震えさせるのだ。

レイフはタイをはずし、近くの椅子に放り投げた。居間で待っているあいだに、上着とベストと靴は脱いでおいた。とりあえず、シャツとズボンと靴下は着けたままにしておこう。もしことがうまく運べば、彼女に服を脱ぐのを手伝ってもらうつもりだ。

レイフの股間が反応した。ジュリアナの華奢な手が自分の体にそっと触れ、優しく愛撫するところを想像すると、ズボンが急にきつくなったように感じられた。自分が愛人を持つようになってから、ずいぶん長い年月がたった。愛人とは厄介な人種で、こちらにあれこれ多くのことを要求してくるが、お金と労力を費やしてそれを叶えてやろうとはなかなか思えない。とくに関係を持つようになってから数週間が過ぎると、うんざりしてくるのだ。

だがジュリアナ・ホーソーンは、自分が知っているどんな女性とも違う。たしかにお金と引き換えに体を差し出そうとしているかもしれないが、彼女は情婦ではない。粗野で下品なところがまったくなく、その立ち居ふるまいは気品と優雅さにあふれている。

どうしてだか自分でもわからないが、彼女に感じるこの欲望は渇望にも似たものだ。これから六カ月、彼女を愛人にできるのだと思うと嬉しくてたまらない。六カ月もあれば、どんなに激しい情熱の炎も消えるだろう。

レイフは部屋の奥に進みながら、ジュリアナのダークブラウンの美しい目が自分の動きを追うのを見ていた。ところが彼がベッドの前に立ったとたん、ジュリアナはあわててぎゅっと目を閉じた。

どうしたのだろう。レイフはいぶかった。もしかして彼女は、本当に不安を感じているのか？　早くシーツの下の姿を見たい。

ジュリアナは身じろぎもせず、体をこわばらせてなんとか震えまいとしていた。だがレイフの体重でマットレスが沈んだとたん、かすかな震えが全身に走るのを止められなかった。レイフの大きな体がすぐ隣りに横たわっていることを強く意識し、ごくりとのどを鳴らした。彼がじっとこちらを見ているのがわかる。あの涼しげな澄んだグリーンの目で、わたしをしげしげとながめているようだ。彼の体温も感じられる。その体の力強さも伝わってくる。ベイラムの石けんの軽くさわやかな香りがするが、それにどこか素朴で男性的なにおいが混じっている。きっと彼自身のにおいなのだろう。

レイフがゆっくりと、だが迷いのない手つきでシーツと毛布を引っぱった。ジュリアナは下唇を嚙んだ。レイフがシーツと毛布の縁をジュリアナの手からはずし、そっと下にめくった。

ジュリアナの顔が赤くなった。彼はすぐに手を伸ばしてくるだろう。気が向いたら、一、二回キスをするかもしれない。それから胸をもみ、シュミーズをまくりあげ、脚のあいだに入ってくる。

けれどもレイフはなにもしようとしなかった。

ただ黙ってジュリアナの頬を指先でなぞっている。こちらに身をかがめ、耳元で息遣いが聞こえるほど近づいてくることもない。

〝彼はなにをしているの？　隣りに横たわってわたしを見ているだけ？〟

ジュリアナは鳥肌が立ち、緊張で全身がぞくりとした。必死で目を閉じていたが、とうとう我慢できなくなった。

ぱっちり目を開け、レイフの顔を見た。レイフは片肘をついて頭を支えながら、じっとこちらを見ている。その彫りの深い顔に浮かんでいるのは、人が興味のあるものを飽きずに見ているときの表情だ。

「なにをしているの？」ジュリアナは困惑した。

レイフが片方の眉を上げた。「きみを見ている。きみがいつまで目をつぶっているのかと思ってね」

ジュリアナは眉をひそめた。「わたしが目をつぶっているかどうかが、どうして気になるの？」

レイフは魅惑的な笑みをゆっくり口元に浮かべた。「愛し合うあいだ、きみをちゃんと見ていたいんだ。快楽に溺《おぼ》れたきみの目に、どんな表情が浮かぶかを見たい。それに、きみにも同じようにぼくを見てほしいと思っている」

ジュリアナは唇を開き、はっと息を呑んだ。

レイフは指の付け根でジュリアナのあごをなでた。「きみは本当にきれいな肌をしている。すべすべしてなめらかだ。透明感もある」親指を頬から下唇にゆっくり這わせた。「美しい頬に、愛らしい唇だ。思わずキスしたくなる」

レイフに触れられ、ジュリアナは唇がぞくぞくするのを感じた。

「そういえば、まだキスをしてなかったな。たしかこの前、きみに断られた」

ジュリアナはかすかに身震いした。「そうだったわね」小さな声で答えた。

「きっとぼくのキスが気に入ってもらえるだろう。さあ、ここにいるのはぼくたちだけだ。ほかには誰もいない」

レイフが身を乗り出してきたが、ジュリアナは目を閉じなかった。彼の広い肩と、長くがっしりした腕がすぐそこにある。

レイフの自信たっぷりの言葉にもかかわらず、ジュリアナはまったく期待していなかった。キスが素敵だと思ったことは一度もない。ただ湿った唇を押しつけ、ぎこちなく動かすだけのことではないか。

けれども、重ね合わせたレイフの唇は温かくすべすべし、ほとんど湿った感じがしなかった。まるで羽根のようになめらかに、こちらの唇の上を動いている――巧みで自信に満ちた動きだ。強引なところがまるでない。歯に当たって痛くなるくらい、唇を強く押しつけてくることもない。こちらの口を無理やり開けさせたり、舌を入れてきたりもしない。

ジュリアナはほっとし、首や肩から力が抜けるのを感じた。レイフが与えてくれるうっとりするような感覚に、しだいに引きこまれていく。自分がこんなふうに感じるとは思ってもみなかった。ジュリアナはレイフにキスをせがむように唇を開いた。

ふと、もっと先に進みたくなった。

ジュリアナの変化に気づいたように、レイフがほんの少し濃密なキスをすると、その温かく甘い息がジュリアナの口を満たした。さっき飲んだブランデーの味がする。ぴりっとする味だが、もうのどを刺すことはない。

次に舌が入ってきた。ジュリアナはそれが口のなかをまさぐり、身をくねらせるヘビのようにせわしなく動くだろうと思っていた。だがレイフは階下の玄関ホールで手のひらにしたのと同じように、そっと優しい愛撫をしている。舌の先だけを使い、細い線で円を描くように唇をなぞられると、ジュリアナはその部分の皮膚が濡れてうずくのを感じた。

ジュリアナは急に息が苦しくなった。レイフが今度は反対回りに舌を動かし、円を描いた。

ジュリアナは全身をひりひりするような感覚に包まれて陶然とした。

そのときレイフがもらしたうめき声が、かすかな振動となってジュリアナの唇に伝わってきた。レイフは彼女の顔を傾けると、斜めから唇を当てた。それまで経験したことのないさまざまな種類のキスをされ、ジュリアナのこめかみはうずき、まわりの世界がだんだん溶けていった。やがて時間や場所の感覚を忘れ、頭がぼんやりしてきた——彼がときに激しく、ときに優しく、唇を愛撫している。

しばらくすると、レイフは彼女の口を少し大きく開かせた。そして舌を歯や頰の内側に這わせた。それでもジュリアナは冒瀆《ぼうとく》されているように感じなかった。ただ、体の奥から情熱が湧きあがってくるのを感じるだけだ。彼のことが欲しい。好きなだけわたしを奪ってほしい。

ジュリアナは無意識のうちにキスを返しはじめた。唇をレイフの唇に強く押し当て、その動きをまねた。舌をからめ、唇を軽く嚙み、吸うようにキスをすると、脚のあいだがかっと熱くなった。レイフが唇を離すころには、ジュリアナは息を切らし、激しく胸を上下させていた。

レイフがジュリアナの胸に視線を落とした。シュミーズ越しに乳首がつんととがっているのがわかる。レイフにじっと見つめられ、彼女の乳首はますます硬くなった。ジュリアナはかすかに恥ずかしさを覚え、彼が気づいていませんようにと祈りながら目をそらした。

レイフは片方の手をジュリアナの顔に当て、まずは頰、それから首筋にキスの雨を降らせた。

「きみはとても情熱的だ」ジュリアナのとくに感じやすい左耳の後ろに鼻を押しつけながらささやいた。「ぼくの思ったとおりだ」

「バジルからは不感症だと言われたわ」ジュリアナは思わずそう口にした。

レイフは片肘をついた。「バジルって？」

ジュリアナは自分がなにを言ってしまったのかに気づき、顔を赤くした。たとえ相手が親しい友人であっても、これまで結婚生活について話したことなど一度もなかったのだ。それなのに、なぜ彼にそんなことを言ってしまったのだろう。

「わたしの亡くなった夫よ。いまの言葉はどうか忘れてちょうだい。口にするべきことじゃなかったわ」

レイフはジュリアナの胸のふくらみに指先を這わせた。「それで、どれくらいたつんだい？」

レイフの指の感触にジュリアナはごくりとつばを飲み、全身がぞくぞくするのを感じた。

「なんのこと？」

「最後に男と愛し合ってから」レイフは指の向きを変え、今度はジュリアナの胸の真ん中をゆっくりなであげると、鎖骨の線をなぞった。

ジュリアナははっと息を呑んだ。「夫が亡くなったのは五年前よ」

「それはわかっている。最後に恋人がいたのはいつだ？」

ジュリアナは目を丸くした。「恋人を持ったことはないわ。男性は夫だけよ」

レイフの瞳の奥がエメラルドのようにきらりと輝いた。「ぼくは彼に感謝しなくちゃならないな」

「感謝する?」

「ああ」レイフはささやき、ジュリアナの胸の先端に交互にキスをした。「きみの亡くなったご主人は、女性を満足させることを知らない愚か者だったらしい。きみは断じて不感症なんかじゃない。彼のおかげで、ぼくはきみに性の悦びを教える楽しみを手にすることができた」

「でも、わたしが思うに――」

「しっ、黙って」レイフはジュリアナの唇に指を当てた。「頭を使う必要はない。ただ感じるんだ」そしてシュミーズについた細いピンクのリボンの結び目をほどいた。「こうしたらきみはどう感じるだろう」

そう言うとシュミーズの片側をめくって乳房をむきだしにしようとした。ジュリアナは片手でそれを止めた。「やめて」

レイフは顔を上げ、不思議そうにジュリアナの目を見た。「どうしてだい?」

ジュリアナはまつ毛を伏せた。「だ――だって、外はまだ明るいでしょう。毛布にくるまったまま、その……ことを終わらせるんじゃだめかしら?」

「だめだ。きみを見たい。見るということは、セックスの最高の楽しみのひとつだ」

レイフはまたもやシュミーズに手を伸ばした。

「あの、でも――」

レイフは手を止めた。「でも、なんだい？」

ジュリアナは頬がかっと赤くなるのを感じたが、勇気を振り絞って口を開いた。「わたし、胸が大きいの」蚊の鳴くような声で言った。「大きすぎるのよ」

レイフは片方の眉を上げた。「ぼくが見るかぎり、きみの胸の線は女神のように美しい。でもきみがそう言うなら、もっとよく見てみることにしよう」

ジュリアナはますます頬を火照らせた。なにをしてもレイフを止めることはできないと観念し、目をつぶって辛抱することにした。

レイフが白いシルクのシュミーズの前を開き、ジュリアナの乳房をあらわにした。彼がしげしげと自分の体をながめているのを感じたが、ジュリアナはかたくなにまぶたを閉じ、薄目を開けることもしなかった。

レイフがいつまでも黙っているので、ジュリアナはなんとなく辱めを受けているような気分になり、体を丸めて視線から逃れたい衝動に駆られた。だがそのときレイフが片方の乳房に触れ、形と重さを確かめるようにそっと手で包んだ。

「きみは美しい、ジュリアナ」低くかすれたその声は、ささくれた樹皮にこぼれ落ちる甘い蜂蜜のようだった。「目を開けてくれ。神がきみをどれだけ美しい姿に創りたもうたのか、その目でよく見るんだ。きみは自分を恥じる必要などまったくない」

ジュリアナは気が進まなかったが、言われたとおりに目を開けた。レイフの大きな手が自分の乳房を包んでいるところを見てぎょっとしたが、同時にうっとりするような感覚を覚えた。日焼けした彼の手のなかで、自分の乳房はひどく青白く見える。

「ぴったりだ」レイフはそっと乳房をさすった。「きみは素晴らしい。完璧だ」

レイフが親指で乳首をなでると、ジュリアナは息を吞み、続いて小さなあえぎ声をもらした。彼が親指をゆっくり動かし、焦《じ》らすような手つきで乳首のまわりに円を描いている。

「気持ちいいかい？」レイフは思わせぶりに親指を動かしながら訊いた。

ジュリアナは声が出せずにうなずいて答えると、シーツの上で身をよじった。

「これはどうだろう？　気に入らなかったら言ってくれ」

そう言うとレイフはさっと上体をかがめ、乳房を口に含んだ。ジュリアナの頭が枕にこすれた。レイフが乳房を強く吸い、いたぶるように舌を動かしている。こうした官能の世界があることなど、ジュリアナはそれまで想像したこともなかった。

ぎゅっとこぶしを握り、声が出そうになるのを必死で我慢した。だがレイフに乳首を軽く嚙まれた瞬間、その努力も水の泡となった。

ジュリアナは叫び声を上げた。

レイフは敏感になった彼女の肌の上で笑みを浮かべ、もう二、三回舌を這わせてから反対側の乳房に移り、そちらもたっぷり口で愛撫した。ジュリアナはレイフのつややかな髪に手を差しこみ、その顔をぐっと自分の乳房に押しつけて、触れてほしい場所へと導いた。

レイフがその望みを叶えると、ジュリアナの脚のあいだに熱いものがあふれた。体の奥が激しくうずき、満たされたいと泣いている。こんな経験はいままでしたことがない。なのに彼は魔術でも使ったように、わたしの体を燃えあがらせている。

ジュリアナの心の声が聞こえたのか、レイフがペチコートのすそに手を伸ばし、太ももまでまくりあげた。

昔の記憶が脳裏によみがえり、ジュリアナは無意識のうちに体をこわばらせた。だが硬くなった乳首にそっと息を吹きかけられた瞬間、なにもかもが頭から消え去って恍惚《こうこつ》感だけが残った。レイフはジュリアナの震える腹部にキスをしながら、太ももの内側に手を這わせた。レイフの愛撫とキスに夢中になり、ジュリアナの思考は停止した。ここがどこかも、いまが何時かも思い出せない。彼が舌をへそに入れると、ジュリアナの脚のあいだがうずいた。レイフはジュリアナのお腹に顔を乗せたまま、エロティックな賞賛の言葉をつぶやいた。そして手をさらに奥に進め、長い指をジュリアナのなかに深く差しこんだ。

ジュリアナはまたしても熱いものがあふれるのを感じ、自分の体の反応に戸惑った。だがレイフはそのまま指を動かしている。そしてもう一本、指を入れた。ジュリアナは彼の指の感触に、自分の名前すら思い出せなくなるほどうっとりし、正体のよくわからない激しい欲求が突きあげてくるのを感じた。

そして本能に突き動かされるまま、レイフにもっと触れてほしくて大きく脚を開いた。呼吸が乱れ、口ではあはあと息をした。

「そうだ」レイフは手の動きを速めながらささやいた。「考えるんじゃない。感じてくれ、ジュリアナ。感じるんだ」

ジュリアナは腕で顔をおおい、レイフに言われたとおり快感に身をゆだねた。

〝ああ、なんて素晴らしいの！〟

ふいに体のなかで、なにかがふくらんでくるような気がした。ジュリアナは唇を噛み、うめき声をこらえようとした。だが彼は好きなだけ声を出すよう、指でジュリアナを促している。

もうこれ以上我慢できない。ジュリアナの全身が激しい情熱の炎で包まれると同時に、レイフが親指でそっと敏感な部分をなでた。

ジュリアナの背中が弓なりになり、マットレスから浮きあがった。目もくらむような快楽の波にもみくちゃにされ、ジュリアナは手足から力が抜けてすすり泣くような声を出した。

しばらくしてようやく我に返り、呼吸も整って口がきけるようになった。「ああ、神様」

レイフは笑い、燃えるような瞳でジュリアナを見た。「神はなにもしていないと思うが、きみを悦ばせることができたのならそれでいい」

ジュリアナはレイフの顔を見つめ、やがてほほえんだ。めまいのするような快感がまだ体に残っている。「いけない人ね」

「ああ、どうやらそうらしいな。もう一度いけないことをしようか?」

ジュリアナが口を開く前に、レイフの指がふたたび彼女のなかで動き出した。ジュリアナはなすすべもなく横たわっていた。自分は彼の奴隷だ。彼の手の動きの一つひとつに支配され、体がその愛撫を切ないほど求めている。やがてジュリアナの全身はふたたび情熱の炎に包まれ、頭がぼうっとしてきた。

レイフは指を動かす速度をゆるめることなく、もう片方の腕をジュリアナの背中に差しこんでその体を起こした。そしてまたもや乳房を口に含み、むさぼるように吸った。

ジュリアナは恍惚となり、レイフのこと以外なにも考えられなくなった。

彼の手。

彼の唇。

レイフに抱かれて愛撫を受けながら、ジュリアナは快感に身悶えした。そしてふたたび絶頂に達し、歓喜の叫び声を上げながら彼の腕のなかで体を震わせた。

レイフが顔を上げ、情熱的に唇を重ねてきた。ジュリアナの心からもう恐れは消えていた。そして同じように激しいキスを返し、夢中で唇を吸った。すべてを忘れ、彼が与えてくれる悦びに身をゆだねた。

レイフが肩で息をしながら体を離したが、その目は欲望でぎらぎら燃えていた。「ペチコートも脱いでくれ。そうでないと、この手で引き裂いてしまいそうだ」

ジュリアナはその大胆な言葉に驚いたが、抵抗はしなかった。レイフがウエストの結び目をほどき、透けるようなシルクの下着を頭から脱がせた。

いまや身に着けているのは、薄いストッキングとリボンの飾りのついたガーターだけだ。レイフがさっきよりもさらに熱い視線を彼女の裸体に注いでいる。ジュリアナはふと恥ずかしくなり、顔を赤らめながら胸の前で腕を組んだ。

だがレイフはジュリアナの腕をそっと取り、体の脇に下ろした。

「隠さないでくれ」きっぱりと、だが優しく諭すような口調で言った。「きみの体は、どこも隠す必要などない」

ジュリアナはごくりとつばを飲み、レイフの目を見た。その美しいグリーンの瞳に嘘はなく、ただ燃えあがる情熱の炎だけが見える。ジュリアナの不安がだんだん薄らいだ。

彼は本当にこちらの体を素晴らしいと思っているのだ。ジュリアナの唇の端にかすかに笑みが浮かんだ。

レイフが微笑みを返すと、その頰にくっきりとえくぼが浮かんだ。ジュリアナはつま先が文字どおり丸まり、胃のあたりがかっと熱くなるのを感じた。

乳首が硬くなった。

レイフは片方の乳首を指でもてあそびながら、身をかがめて濃厚なキスをした。ジュリアナはため息をもらし、レイフの腕に身をゆだねた。やがてレイフがジュリアナの髪に手を差しこむと、小さな銀のピンがそこらじゅうに散らばった。

「ああ！」ジュリアナの長い髪がはらりと肩に落ちた。レイフはその髪を一房手首にからめると、顔をつけて息を深く吸いこみ、うっとりしたように目を閉じた。しばらくそのままにしていたが、やがて顔を上げて低い声でささやいた。「服を脱がせてくれないか」

ジュリアナはその言葉にはっとした。

いまのは聞き間違い？

だが彼のひどく真剣な表情を見ると、聞き間違いではなさそうだ。ジュリアナの胸で期待と不安が交錯し、脈が激しく打ちはじめた。これまで男性の服を脱がせた経験など、一度もないのだ。

どうしよう？

レイフは落ち着くよう自分に言い聞かせ、ジュリアナが頼みを聞き入れてくれるかどうか、黙ってその反応を待った。ここまでじっくりと時間をかけ、彼女の欲望に火をつけた。自分は奥手で魅力がないのだという彼女の思いこみを打ち砕き、本当はとても情熱的な女性であることを教えてやった。

彼女の亡くなった夫が、傲慢《ごうまん》で自分のことしか考えない男だったのはあきらかだ。ジュリアナのことを冷淡に扱い、本人の気持ちなど無視して自分の欲望だけを満たしていたのだろう。きっと彼女のことを、跡継ぎをつくる機械ぐらいにしか思っていなかったにちがいない。彼女が子どもを産んでくれなくて、どれだけがっかりしたことだろう！

だがそれはもう過去のことだ。このベッドのなかで、彼女がそうしたひどい扱いを受けることはない。

レイフはジュリアナの裸体をしげしげと見た。つややかな黒い髪が夜のとばりのように肩をおおい、ウェストのあたりまで広がっている。そのあいだからのぞいている丸くて豊かな乳房は、自分の手にぴったり収まる形とサイズだ。ウェストはきゅっとくびれ、ヒップは女らしい丸みを帯び、長い脚はしなやかですべすべしている。

ジュリアナが動こうとしないのを見て、レイフは自分の申し出はやはり大胆すぎたのだと思った。彼女の内気さを考えれば、それも無理のないことだろう。まだこれから何カ月もあるのだから、少しずつこちらの望みを叶えてもらえるようにすればいい。

そのときジュリアナが手を伸ばし、レイフのシャツの袖に触れた。まるで下腹部にじかに触れられたように、レイフの股間が反応した。ジュリアナはひとつずつカフスボタンをはずしはじめた。それが終わると、今度は襟元に並んだ三つのボタンをはずそうと手を伸ばした。

レイフの欲望がさらにかきたてられた。ジュリアナのひんやりした手が火照った首筋に触れるのを感じながら、じっと我慢した。

一つ。二つ。三つ。

永遠にも思われる時間が過ぎたころ、ようやくジュリアナがボタンをはずし終えて襟を開けた。レイフのシャツの胸がはだけた。ジュリアナは視線を落とし、かすかに眉を寄せた。ジュリアナのほっそりした手がためらったように動きを止めるのを、レイフは息をひそめて見ていた。彼女は先を続けるだろうか？ はたしてその勇気があるだろうか。

ジュリアナがシャツをつかみ、すそをズボンから引き出すと、レイフはひそかに天に感謝した。ジュリアナはぎこちない手つきでレイフの頭からシャツを脱がせた。そして軽くふってしわを伸ばし、ベッドの脚部にきちんとかけた。その動きに合わせて乳房が揺れるさまが、なんとも官能的だ。

レイフは思わずうめき声を上げそうになった。ジュリアナを押し倒し、いますぐこの拷問を終わらせたいという衝動に駆られたが、こぶしを握りしめてこらえた。ズボンを脱ぎ捨てて彼女の脚のあいだに体を割り入れ、キスを浴びせて欲望を満たしたい気持ちはやまやまだ。でも彼女を怯えさせ、ふたりのあいだにせっかく築かれつつある信頼関係を壊したくはない。レイフはぐっと唇の端を噛み、最後には素晴らしい快感が待っているのだからと自分をなだめた。

ジュリアナが少し背をそらし、レイフの裸の胸に視線を落とした。珍しいものでも見るような目で、その体――広い肩、長い腕、黒っぽい毛の生えた厚い胸――をながめている。

レイフはジュリアナがこちらを魅力的だと思ってくれることを祈った。自分がシャツを脱ぐと、これまでの女性は決まって嬉しそうな声を上げ、裸の体に両手を這わせたがったものだ。

だがジュリアナはなにも言わず、ただごくりとのどを鳴らして上体をかがめ、靴下を脱がせはじめた。レイフは頬がゆるみそうになるのをこらえた。彼女はわざとズボンを避けたのだ。やがてジュリアナが脱がせた靴下をシャツの上に置いた。

レイフは両肘をついて上体を支えながら、ジュリアナが最後に残ったズボンと、その生地をぴんと張らせている大きなふくらみを前に逡巡《しゅんじゅん》するのを見ていた。やはり自分で脱ごうかと思ったそのとき、ジュリアナが意を決したように息をひとつ吸いこみ、ズボンについた金のボタンをはずしはじめた。

レイフは自分の股間がさらに硬く大きくなったことに驚いた。彼女の手がもっとも触れてほしい部分のすぐそばを触っている。その様子と手の感触に、下半身がずきずきとうずいた。もうこれ以上我慢できない。レイフはジュリアナの腕をつかみ、その体を抱き寄せて自分の上に乗せた。髪の毛に手を差しこみ、唇を重ねて激しいキスをした。

ジュリアナは驚いたように小さな声を出したが、すぐに体の力を抜いてレイフの胸に顔をうずめ、そのがっしりした胸の横をおずおずと手のひらでなでた。

「そうだ」レイフはささやいた。「ぼくに触れてくれ。そう、それでいい」

レイフに促されるまま、ジュリアナは肩や腕、胸や背中に手を這わせ、それからお腹に触れた。

そのあいだ、レイフもジュリアナの体に触れていた。両手を滑らすようにしてなめらかな肌をなで、その熟した体をすみずみまで愛撫した。

レイフは限界に達していた。

ジュリアナは全身で脈が打つのを感じながら、肩で息をした。熱い血が体じゅうを駆けめぐってこめかみがうずき、台風の目に捕らえられたように心臓がどきどきしている。おそらくそのとおりなのだろう。わたしは欲望が支配する、荒れ狂う情熱の嵐に巻きこまれているのだ。そしてわたしをそこから救い出せるのは、レイフ・ペンドラゴンしかいない。

彼はわたしを操り、動きを完全に支配し、欲望で身悶えさせている。自分がそんなふうになることなど、ほんの少し前までなら考えただけで顔が赤くなっていただろう。ジュリアナは身をよじりながら、レイフに導かれるまま仰向けになって脚を開いた。

本当なら恐怖を感じるべきなのだ。早く先をと願うのではなく、怖くて震えるのが当たり前ではないか。だが自分はいま、男性と結ばれることを生まれて初めて強く望んでいる。

レイフを迎え入れたとき、ジュリアナは歓喜に包まれた――彼に貫かれ、恍惚として意識が遠のいた。ジュリアナはあえぎ、快楽の波に溺れた。

知らなかった。愛の営みがこれほど素晴らしいものだとは。ジュリアナはレイフにキスをしながら、その味やにおいや音を楽しんだ。いままで想像したこともなかった悦びに、体が打ち震えている。

ジュリアナはレイフの名前を叫んだ。彼の男性の部分は大きく、彼女をいっぱいに満たしていた。ジュリアナは激しい官能の喜びに身を任せた。

彼が腰を動かすと、ジュリアナの唇からすすり泣くような声がもれた。レイフは奥まで深く突いたあと、今度は焦らすように浅く腰を動かしている。ジュリアナの全身が燃えあがり、頭のなかが真っ白になった。体の奥から突きあげてくる欲求にすべてを忘れた。

ジュリアナは無我夢中だった。両手でレイフにしがみつき、それから彼に促されて両脚を背中にからめた。泣き叫ぶような甲高い女性の声が聞こえてきたが、それが自分の声だとは信じられなかった。

レイフは速度をゆるめることなく、彼女を激しく揺さぶった。このままでは自分は文字どおり死んでしまうのではないかと、ジュリアナは思った。やがてすべてが静止し、雷に打たれたような衝撃が全身に走った。ジュリアナの震える体を歓喜の波が呑みこみ、目の前にきらきら輝く星のようなものが見えた。

レイフが彼女のヒップをつかみ、激しく腰を動かしている。しばらくして彼が叫び声を上げ、体を硬直させた。ジュリアナのなかに温かいものが流れこんできた。

そのままレイフと肌を密着させて横たわりながら、ジュリアナは泣きはじめた。

それは悲しみではなく、歓喜の涙だった。

6

ジュリアナは午後のお茶の時間に間に合わなかった。自宅に戻り、家族や友だちが自分を待たずにお茶を飲んだことを知り、ほっと胸をなでおろした。

レイフ・ペンドラゴンとの愛の営みの余韻で、まだ肌がうずいている。ジュリアナは階段を上がって寝室に向かい、メイドにお風呂を用意するよう命じた。熱いお風呂にでも入らなければ、明日の朝はきっと動けなくなるだろう。今日の午後、生まれてこのかた使った覚えのない筋肉を使ったのだ。

そのときの快感を思い出し、ジュリアナの全身がぞくりとした。

たった数時間でこんなに変わるなんて。今日の昼、ペンドラゴンとの密会の約束を守ろうと家を出たとき、自分はこれから待ち受けている屈辱に耐える覚悟を決めていた。わたしは立派な道を選んだのだと、繰り返し自分に言い聞かせた。愛する者のため、自分を犠牲にする英雄的な行為なのだとさえ思おうとしたのだ。

だが彼に触れられ、キスを受け、眠っていた性の悦びを揺り起こされたときの自分は、犠牲になってなどいなかった。そして屈辱ではなく、天上にいるような幸福感を味わった。無力感を覚える代わりに自由を感じ、いままで自分でも気づいていなかった感覚や感情を目覚めさせられた。

快楽に溺れるのが立派な道だろうか？　ジュリアナは自嘲《じちょう》気味に思った。次の逢瀬のことを思って肌を火照らせるのが、どうして英雄的な行為だといえるだろう。

お風呂の準備を終えたデイジーが小走りに近づいてきて、ジュリアナがドレスを脱ぐのを手伝った。ジュリアナはデイジーがなにか変だと思ったり、服についたベイラムのかすかな香りや肌の火照りに気づいたりしないことを祈った。

髪の毛についてなにか言われないかということも心配だった。幸いなことにレイフは優秀な侍女さながらに、器用な手つきで髪の毛をきれいにとかしてくれた。そして豊かな長い髪を手際よく頭の高い位置でまとめ、ふたりで笑いながらシーツや床から拾いあげたピンで留めてくれた。

でもデイジーはなにも言わず、ジュリアナにローブを着せると、ひとりでゆっくりくつろげるようにと静かに部屋を出ていった。

ジュリアナは風呂桶《おけ》に入るためローブとシュミーズを脱いだが、自分の体を見下ろし、デイジーにシュミーズを脱ぐのを手伝ってもらわなくてよかったと思った。太ももの内側に青いあざがふたつついている。それらを指でなぞりながら、レイフにキスマークが残るくらい強く吸われたことを思い出した。

〝そう、わたしは印《マーク》をつけられたんだわ〟湯気の立っているお湯に浸かりながら思った。体の奥までレイフ・ペンドラゴンの印がついている。

〝レイフ〟

ジュリアナは胸のうちでため息混じりにその名前を呼び、銅製の風呂桶の縁にもたれかかって目を閉じた。

今日の午後、レイフが髪をまとめ終わったときのことだ。彼はブラシを置き、耳元でそっとささやいた。

「次はもっと早く来てくれ」低く甘い声だった。「正午に来てくれれば、時間を気にしなくてすむ。今日の逢瀬で、ぼくの欲望はますますかきたてられた。きみに教えたいことがたくさんある。二時間じゃとても足りない」

頰から首筋へとキスの雨が降り、後ろから胸をもまれてジュリアナは震えた。ごくりとつばを飲み、ただうなずくことしかできず、彼の愛撫が与えてくれる悦びに身を任せた。

でもあの人はここにはいない。ジュリアナはレイフのことを頭から追い出そうとした。レイフ・ペンドラゴンは契約を交わした相手なのだ。彼は自分の人生――現実の生活――に本当の意味で関わっている人ではない。彼と過ごす時間は実生活からきっちり切り離し、普段は思い浮かべることもしないようにしよう。

今夜は出かける予定になっている。マリスとヘンリエッタと食事をし、その後お芝居に行く約束だ。ハリーは今朝、すんでのところで破産を逃れたお祝いというわけか、仲間三人と一緒にロンドンを離れ、南部で行なわれるボクシングの試合を見に行くという手紙をよこした。そういうわけで、今夜は女性三人で出かけることになった。マリスはまだ正式にデビューしていないが、劇場に行くくらいなら問題はないだろう。

外出を取りやめ、大きく揺さぶられた心身を落ち着かせるため、家で静かに過ごしたいという気もする。でもマリスはミセス・シドンズがマクベス夫人を演じる舞台を観たいと、何カ月も前から自分にせがんでいたのだ。そのマリスをがっかりさせるわけにはいかない。

ジュリアナはため息をつき、石けんを手に取った。


「お芝居を楽しんでる？」幕間で劇場が明るくなると、マリスが訊いた。

ジュリアナははっと我に返り、こちらの返事を待っている妹の顔を見た。「もちろんよ。どうして？」

「なんだか上の空といった感じに見えるわ」

ジュリアナはそのとおりだと思いながら、顔が赤くならないよう祈った。レイフのことは考えないとさっき決めたばかりなのに、彼と一緒に過ごした午後のことばかり思い出し、体がうずいている。もどかしいようなうっとりするような感覚に包まれ、肌がぞくぞくするのを感じながら、第一幕は台詞《せりふ》がほとんど耳に入らなかったのだ。

「ちょっと疲れただけよ。少しそのへんを歩けば、気分がすっきりして次の幕は集中できると思うわ」

「ええ、そうしましょうよ」マリスが勢いよく椅子から立ちあがった。「パンチかレモネードを売ってるんじゃないかしら。なにか冷たいものが飲みたいわ。このなかはひどく暑いもの」

自分も一緒に行くというヘンリエッタと連れ立ち、ジュリアナとマリスは劇場の廊下に出た。あたりにはオーデコロンや獣脂のろうそくのにおいが立ちこめている。飲みもののカウンターに続く階段に向かっていると、薄茶色の髪をした長身の男性が角を曲がって現われた。

男性は立ち止まり、温厚そうなブルーの瞳を輝かせてお辞儀をした。「こんばんは。ここでみなさんにお目にかかれるとは、なんて嬉しい驚きでしょう！　この時期、社交界は閑散としていますから、今夜ここに来ているのはわたしくらいのものではないかと思っておりました」

ジュリアナは男性を知っていた。社交界の人間なら誰でも、ミドルトン子爵ことバートン・セント・ジョージを知っている。とはいえ、ジュリアナと彼とはたんなる顔見知り程度の付き合いだ。

「ええ。社交シーズンが始まるまで間がありますので、ほとんどの方たちはまだ領地にいらっしゃいますものね」

ミドルトン子爵はうなずいた。「おっしゃるとおりです。よろしければ、お連れの方たちに紹介していただけますか、レディ・ホーソーン？」

「もちろんですわ」

ジュリアナがふたりを紹介すると、バートンはヘンリエッタの手を取ってうやうやしくお辞儀をし、それからマリスに視線を移した。マリスの頰は真っ赤に染まっていた。

「レディ・マリス、紳士を代表して申し上げます。あなたのような美しい女性を社交界にお迎えできることを、大変光栄に存じます。男があなたにしつこくつきまとうのは目に見えていますから、護身用にわたしの剣をお貸しいたしましょうか」

マリスの目が丸くなり、頰がますます紅潮した。「わたしはまだデビューしておりません。王妃へのご挨拶がすんでいませんから」

「それは待ち遠しいですね。王妃に急ぐようお伝えいただけませんか」

「もうそのへんにしてください、閣下」ジュリアナはバートンの思わせぶりな言葉をどう受け止めていいかわからず、軽くとがめるような口調で言った。「このままだと妹の頭はうぬぼれでいっぱいになり、去年の博覧会で見た熱気球のように膨れてしまいますわ」

「ミドルトン卿」ヘンリエッタが口をはさんだ。「あなたはもしかして、亡くなったデビッド・セント・ジョージ閣下のご親戚ですか?」

バートンはヘンリエッタを見た。「ええ、そのとおりです。デビッド・セント・ジョージはわたしの父です。もう天に召されてしまいましたが」

「まあ、そうでしたの。わたしはまだマリスぐらいの年齢だったころから、お父上を存じておりました。お父上もとてもハンサムな方でしたわ。レディの注目を一身に集めていらっしゃいました」

「ええ、ミセス・メーヒュー。父はなかなかの好人物で、男性からも女性からも人気がありました。ところで、みなさんはどちらへ行こうとなさっていたのですか? ボックス席にお戻りになるところだったのでしょうか」

「いいえ、飲みものを買いに行くところでした」

「わたしが買ってまいりましょう。下の階は下層階級の人びとでごった返しています。育ちのいいレディが近づいてはいけません」

ジュリアナは眉をひそめ、またもやレイフのことを考えた。彼は劇場にボックス席を持っているだろうか。もしそうであれば、これまでに一度くらい見かけたことがあるはずだ。けれどいくら裕福で洗練されていても、レイフは自分たちと同じ貴族階級ではない。ミドルトン子爵のように、爵位がなく庶子である彼を〝下層階級〟だとみなす人も多いだろう。ジュリアナは物思いにふけり、返事をしなかった。

ヘンリエッタがジュリアナに代わり、飲みものを持ってくるというバートンの申し出を受けた。バートンはお辞儀をして微笑み、くるりと後ろを向いた。

「なんてハンサムなの！」バートンの姿が消えるやいなや、ヘンリエッタは言った。「でもあの人はきっと母親似ね。父親にはまったく似ていないもの」そしてからかうような目でマリスを見た。「それで、あなたは子爵のことをどう思ったの？　あちらはあなたをとても気に入ったようだけど」

三人はボックス席に引き返すことにした。マリスは扇で顔をあおいでいた。「上品で洗練された人ね。とても紳士らしいし」

そう、ミドルトン子爵はそういう人物だ。ジュリアナは思った。貴族の典型といってもいい。だが彼が近くにいると、どういうわけか自分はいつも奇妙な胸騒ぎを覚えるのだ。たぶん自分がおかしいのだろう。ミドルトン子爵は親切で感じがよく、非の打ちどころのない紳士ではないか。それでも、彼の人間性がどうであれ、ひとつだけはっきり言えることがある。マリスの相手には大人すぎるということだ。

ここは話題を変えたほうがよさそうだと思い、ジュリアナはヘンリエッタとマリスが飛びつきそうなファッションの話を切り出した。

すぐに三人の話題は、ミドルトン子爵からリボンや袖の長さ、帽子の羽根飾りを染めるのに一番素敵な色のことなどに移った。

バートン・セント・ジョージはゆっくりした足取りで劇場の階段を下りた。途中で中産階級の男性ふたりが階段を上がってきたが、彼らがすぐに道を空けようとしなかったので、乱暴に肘で押しのけるようにしてすれ違った。そしてふたりの抗議の声を無視してそのまま歩き去った。

〝うるさいばばあめ〟心のなかでつぶやき、大またで歩いた。ヘンリエッタ・メーヒューが小娘のように目をきらきらさせて父のことを話すのを聞きながら、自分は笑顔を崩さずにいるのが精いっぱいだった。父は彼女の存在にすら気づいていなかったのではないか。彼女のようなばかな老女は、自分の身のほどを知るべきだ。直接話しかけられてもいないのに、自分からしゃしゃり出て口を開くとはどういうことか。

男がちゃんと管理せずに、女を好き勝手にさせておくからああなるのだ。アラートンはあの三人の手綱をもっと締めるべきではないか。だがあの若造は、一家の長としての役割を果たすにはあまりに気が弱いお坊ちゃんだ。姉に毅然とした態度を示すどころか、すっかりその言いなりになっている。

ジュリアナ・ホーソーン。グラマーで魅力的な女だ。巣を出て羽ばたきたがっている、小さなウズラを思わせる。もう何年も前、彼女を口説こうと考えたこともあったが、面倒そうな相手なのでやめることにした。控えめで思慮深く、こうと決めたらてこでも動かない頑固さと、旺盛すぎる自立心を持っている。必要とあらば、誰かに敢然と立ち向かうことも辞さないだろう。

だからいまだに未亡人のままなのだ。

妻にするならおとなしい女にかぎる。優れた性である男に頭を下げ、その言いつけに喜んで従うような女がいい。自分の妻も従順だった。少なくとも、男に従い、ちゃんと言うことを聞くということがどういうことかを自分が教えてやってからは、すっかりおとなしくなった。死ぬ直前の彼女は、よく訓練されたプードルのようだった。怯えてぶるぶる震えながらも、主人である自分にふり向いてもらい、優しい言葉をかけられることをつねにどこかで待っていた。

残念なことに、彼女の利用価値は寿命より早く尽きてしまった。

彼女を突き落とすとき、自分は同情さえ覚えたものだ。階段から落ちる彼女が手すりに激突したときの首がぽきりと折れる音、こちらを見上げるグレーの目、壊れた人形のようになった体をいまでも覚えている。

そして本人だけでなく、いまや彼女の残した財産も消えようとしている。

バートンはウェイターにレモネードを三つと、自分用にポートワインをひとつ頼んだ。カウンターを指で叩き、ウェイターが飲みものを用意するのをいらいらしながら待った。

バートンはため息をついた。そろそろ再婚相手を探さなくては——もちろん裕福で、どんどん減っているこちらの財産を穴埋めしてくれる女でなければならない。領地から得られる収入は底をつき、小作料はぎりぎりまで値上げした。あとできることといえば、結婚ぐらいしかない。

デイビス家の末娘は、器量がよくて内気そうだった。前妻と同じく、きっと従順な妻になるだろう。彼女をベッドに連れていくときの様子が目に浮かぶようだ。

ウェイターがトレーを抱えて戻ってきた。飲みものがなみなみと注がれたグラスがその上に載っている。バートンはウェイターについてくるよう命じ、ジュリアナたちの待つボックス席に向かった。

そうだ。バートンは思った。レディ・マリスがいくら財産を持っているのか、こっそり調べてみよう。もしそれなりの持参金があることがわかったら、彼女を口説くのだ。美しい娘と結婚できるのなら、わざわざ不器量な遺産相続人の女を探す必要はない。


「それで、チャロナーは餌《えさ》に食いついたのか?」

レイフはスコッチウィスキーを重厚なカットガラスのタンブラーふたつに注いだ。かちんという小さな音をたててクリスタルのデカンターに栓をし、酒類の並んだ戸棚《リカーキャビネット》に戻した。そして書斎にいるもうひとりの人物にグラスを手渡した。

獅子《しし》のような金色の髪をしたヴェッセイ侯爵ことイーサン・アンダートンが、うなずきながらグラスを受け取った。レイフは友が椅子にもたれかかり、ヘシアン・ブーツを履いた長い脚を投げ出してすっかりくつろいでいる様子をながめた。

イーサンとはもうずいぶん長い付き合いになる。最初の出会いはまだハロー校の生徒だったころ、けんかをしていたときのことだ。自分が五人の少年から口汚くののしられて殴られているとき、イーサンが助けに入ってくれたと記憶している。数では負けていたものの、自分たちふたりは大立ち回りを演じ、あざだらけになりながらも相手をこてんぱんにやっつけ、その日以来無二の親友になった。それからほどなくして、もうひとり仲間が加わった――トニーことアンソニー・ブラックで、当時十歳にしてすでにワイバーン公爵の名を継いでいた。自分たち三人はいろんな点で違っているが、だからこそ、普通では考えられないような堅い絆《きずな》で結ばれているのだともいえるだろう。

学校を卒業してからの自分たちは、それぞれ違う人生を歩いてきた。つらい時期もあったが、それでも完全に連絡が途絶えることはなく、三人のあいだの友情は今日までずっと色あせることなく続いている。イーサンとトニーが、自分の大嫌いな貴族という人種であることも気にならないほどだ。ふたりは貴族としてはまれに見る例外なのだ――誇り高く、人間としての魅力がある。秘密を守り、正義と復讐を求める友への手助けさえ惜しまない。

レイフはチャロナーのことを考えた。あの悪党に長年待ち望んだ罪の報いを受けさせるときが来たら、どんなに胸がすっとするだろう。

「ああ、見事に食らいついたよ」イーサンが琥珀色の瞳をいたずらっぽく輝かせながら答えた。「飢えたマスが、釣竿《つりざお》の先のミミズに食いつくように飛びついてきた」

レイフは大きな革のデスクチェアに座り、背中をもたせかけながらイーサンの言葉を聞いた。グラスを少し傾け、中身をそっと揺らした。それからひと口飲み、強いが口当たりのいいウィスキーを味わった。「チャロナーは怪しんでなかったか？」

「いや、まったく。お前の予想どおり、ブルックス・クラブの賭博室《とばく》でぼくとトニーの話を盗み聞きしていた。あいつの目が強欲そうに光るところを見せたかったな。ぼくたちの会話を耳にしたとたん、カードゲームで勝つことなどどうでもよくなったようだ。株で大もうけする話を聞かせてやったんだから、こちらの狙ったとおりに動くに決まってる」イーサンはそこでいったん言葉を切り、グラスを口に運んだ。「チャロナーにだけ聞こえる声で話すよう、トニーにも念押しした。希少なインドのシルクや象牙《ぞうげ》、それに山のような金塊でひと財産を築くチャンスに出くわすことなど、人生でそうそうあることじゃないだろう」

「ああ、チャロナーの場合は一度もないだろうな」レイフは言った。「ただ、貴重な貨物を積んだ商船が、イングランドの領海に入れなかったことをあいつに知られたら話は別だ。でもあいつの情報網では、四隻の商船すべてが四日前にジブラルタル海峡でフランス人に拿捕《だほ》され、積荷を奪われて沈没させられたことはつかめないだろう」

「当局ですら、その情報をまだつかんでないんじゃないか」イーサンは皮肉まじりに言った。

「お前がどうしてそうした機密情報を絶妙のタイミングで手に入れることができるのか、いつかかならず白状してもらうからな。密輸業者のネットワークとつながりがあるのか、それともスパイを使ってるのか?」

レイフは笑みを浮かべるだけでなにも答えず、机の上に置かれたサテンノキの箱を開けてイーサンに葉巻を勧めた。「チャロナーが今朝、株を買ったことは間違いないんだな? 船と積荷を失ったことが噂《うわさ》になれば、〈クラッチャー・アンド・サンズ・シッピング〉の株価はたちまち大暴落するだろう」

イーサンは身を乗り出し、両切り葉巻を手に取った。カッターを使い、片端を切り落とした。「間違いない。チャロナーが七万五千ポンド相当の株式を買うのを、ぼくはこの目で見た。証券取引所から出てきたとき、あいつは両手をこすり合わせて含み笑いをしながら、まずなにを買おうか——葦毛《あしげ》の馬と新しい馬車にしようか、それともスコットランドの狩猟小屋にしようか——と、ぶつぶつひとり言を言っていた。本人の弁によると、もうすぐ〝皇太子《プリニー》より金持ちになる〟そうだ」

「運命の皮肉だな。船が本当に入港したら、そのとおりになっていただろう。でもあいつは破産し、債権者に追いまわされることになる。債務を清算できなければ刑務所に放りこまれ、とても快適とは言いがたい環境で暮らさなければならない」

「あの男のしたことを考えれば、債務者監獄に送りこむだけでは足りないくらいだ。あいつには絞首刑こそふさわしい。ぼくとトニーに貴族院の有力議員何人かに話をさせてくれれば、チャロナーを死刑にすることもできたのに」

レイフは首をふり、荒々しい手つきで葉巻の端を切った。「もし議員がお前たちの話を信じたとしても——事件が起きたとき、お前たちがヨーロッパ大陸にいたことも忘れてはいけない——裁判所はチャロナーやほかの連中に対するぼくの訴えをとりあってはくれないだろう。このところのお前とトニーの協力には感謝するが、あいつら四人の標的はこのぼくだったんだ。連中一人ひとりに報いを受けさせるのは、ぼくの役割だと思っている。少なくとも、この世で与えられる報いはぼくの手で受けさせるつもりだ。最終的な罰は悪魔が与えてくれるだろう。あいつらが全員地獄に行くのは間違いないからな」

自分の運命は誰が決めるのだろうか？　レイフは思った。自分もあの四人と一緒に、地獄の炎で焼かれるのだろうか。罪を犯したからではなく、愛する者を守れなかったために。いまでもパメラの身に起きたことを考えると、自責の念と悲しみで胸が張り裂けそうになる。美しく愛しいパメラは、知らず知らずのうちにあの男の罠にかかり、犠牲になってしまった。

レイフはグラスの中身を飲み干し、つらい気持ちをアルコールでまぎらせようとした。そしてお代わりを注ぎに立ちあがった。

「次はミドルトンか？」イーサンが訊いた。

その名前に、レイフはこぶしをぐっと握りしめた。バートン・セント・ジョージ——四人のなかで一番の悪党だ。

「いや、あいつは最後だ。あの男を破滅に追いこんだとき、誰がその糸を引いたのかを本人にちゃんとわからせてやりたい。もう長いこと待ちつづけてきたんだ。もう少しぐらい辛抱できる。アンダーヒルは破滅したし、チャロナーもこれで終わりだろう。次の標的はハーストで、最後に……ミドルトンだ」

レイフは吐き出すようにその名前を口にした。口にするのもおぞましい名前だ。激しい憎悪がよみがえり、全身が震えた。レイフは怒りを抑えながら、ウィスキーをなみなみと注いだ。

「気をつけろよ」イーサンが椅子から立ちあがり、暖炉に向かった。マントルピースの上に置かれた器から細長いアシを一本取り出して暖炉にくべると、それをたきつけにして葉巻に火をつけた。そして先端が赤くなった葉巻を深々と吸いこんだ。アシを暖炉に放りこみ、首を後ろに倒して細い煙の筋を吐いた。

「よけいなお世話かもしれないが」イーサンは言った。「ボトルを空けたりしたら、明日の朝はひどい頭痛で後悔することになるぞ」

「ぼくの頭だ。自分の好きにさせてもらう」

だがレイフは腹立たしげにひと口ウィスキーを飲むと、ほとんど手つかずのグラスを近くのトレーに置いた。

イーサンは椅子に戻り、どさりと腰を下ろした。「それに、明日はおそろしく魅力的な未亡人と逢い引きの約束があるそうじゃないか。お前だって最高の状態で臨みたいだろう」

レイフはイーサンをじろりとにらんだ。「ハンニバルには、よけいなことをぺらぺらしゃべるんじゃないと教えたつもりだったんだが。あいつとはあとでまた、じっくり話をしよう」

「心配しなくていい。ハンニバルはほとんどなにもしゃべらなかったし、彼女の名前は頑として言わなかった」イーサンはゆっくり葉巻を吸った。「その未亡人の正体を教えてくれないか？」

レイフはこちらをからかうようなイーサンの目を見つめ、緊張が解けるのを感じた。自分とジュリアナの秘密は無事で、この部屋より外にもれることはない。

「いや、どうしても教えるわけにはいかない。そのことは忘れてくれ」

イーサンは金色の眉を片方高く上げた。「へえ、そんなにかばうところを見ると、彼女はお前にとって特別な女性なんだな」

〝特別な女性？〟そう、ジュリアナ・ホーソーンは特別という言葉では足りないくらいの女性だ。そのジュリアナと会うことを思い、レイフの股間が硬くなった。彼女が自分の腕のなかで体をくねらせるさまを思い浮かべた。強い麻薬さながらに頭をぼうっとさせるにおいを味わい、蜂蜜のように温かくなめらかな肌に舌を這わせよう。

レイフははっと我に返り、ジュリアナのことを無理やり頭から追い払った。ジュリアナ・ホーソーンのことは、もうこれ以上話してはいけない。

「ところで」レイフは自分も葉巻に火をつけようと、暖炉の前に立った。「トニーは領地に戻ったそうだな。お前の話だと向こうでなにか問題が起きたらしいが、いつごろこちらに帰ってくる予定なんだ？」

7

クイーンズ・スクエアの屋敷にやってきたジュリアナを、レイフは情熱的なキスで迎えた。湖に投げられた小石が水面を跳ねていくように、ジュリアナの鼓動が乱れた。

レイフは名残り惜しそうに体を離した。

「外套《がいとう》とボンネットを脱がせてあげよう」低く澄んだ声でささやいた。

そしてジュリアナの返事を待たず、マントの留め金をはずしてさっと肩から脱がせた。それを衣裳戸棚にしまうのももどかしく、階段の手すりにかけた。次に手の込んだ作りのベルベットの帽子を脱がせ、階段の親柱の頂部装飾《フィニアル》に載せると、エメラルド色のリボンが下に垂れて揺れた。ジュリアナが自分で手袋をはずし、レイフに渡した。レイフはそれを脇に置き、ジュリアナの手を取って歩き出した。

ジュリアナはレイフに手を引かれて歩きながら、ひそかに身震いした。

この前となにも変わっていないのに、こんなにすべてが違って見えるとは。

前回初めてここに来たとき、自分はすっかり怯えていた。それまで面倒で屈辱的な義務だとしか感じなかった男女の営みで、まさか悦びを知ることになるとは思っていなかった。家族への思いだけが、不安で胃がおかしくなりそうな自分を支えていたのだ。

それなのに今日、自分のなかには恐怖も不安もなく、ただ期待のようなもので胸が騒いでいる。レイフと一緒に靴音をたてて木の階段をのぼり、わくわくして全身が熱く火照っている。分厚いトルコじゅうたんの敷かれた廊下を静かに歩きながら、わくわくして全身が熱く火照っている。寝室の居間に入ると、スパイスの香りと素朴な甘いにおいがジュリアナの鼻をくすぐった。

ジュリアナは大きく息を吸いこみ、笑みを浮かべた。ホットワインだ。

小さな銅のピッチャーが炉辺に置かれ、中身が冷めないようにしてある。そのそばには彫刻の施された繊細な銀のカップがふたつある。寝室にちらりと目をやると、そちらもやはり準備が整えられていた。暖炉でぱちぱちと音をたてて炎が燃え、ベッドの上掛けとシーツがめくられている。枕もふっくらとして、こちらを誘っているようだ。

ジュリアナの胸のざわめきが、さっきよりもさらに強くなった。みぞおちに手を当て、それがなにを意味するのかを考えた。

〝ああ、わたしは彼が欲しいんだわ〟ジュリアナは生まれて初めて、男性と愛し合うのを待ち遠しいと思った。これからあのベッドで彼に抱かれ、お互いの肌を愛撫するのだ。

ジュリアナはかすかにめまいを覚えた。

「今日の朝はどんなふうに過ごしていたんだい？」レイフがあらたまった口調で尋ね、ジュリアナの手を放した。

今日の朝ですって？　いますぐ寝室に行き、わたしをベッドに押し倒すこともできるのに、どうしてそんなどうでもいいことを訊くのだろうか。もしかすると、わたしの緊張をほぐそうとしているのかもしれない。なんといっても、自分たちが会うのはまだこれが二回目なのだ。本物の紳士なら、レディを急かしてベッドに連れていったりはしないだろう。だんだんわかってきたことだが、レイフ・ペンドラゴンは、貴族のなかでもとくに身分の高い紳士と同じくらい洗練されたマナーの持ち主だ。

レイフが炉辺の前に立った。

「そうね」ジュリアナはレイフがホットワインを注ぐのを見ていた。「いつもと同じように過ごしていたわ」

「具体的に言うと？」

「特別なことはなにもしていないのよ。朝食を食べてお風呂に入ったわ。それから今日は女中頭と一週間の献立や使用人のことで話し合う日だったの。あとは少し縫い物をしたくらいかしら」

レイフはジュリアナにワインを差し出した。

「刺繍《ししゆう》だね」

「ええ、いまはハンカチに刺繍しているの」ジュリアナはカップを受け取った。手に温もりが伝わり、体が冷えていたことに初めて気がついた。中身をすすり、ぴりっとして甘く、芳《ほう》醇《じゅん》でこくのある味を楽しんだ。

レイフがジュリアナの手から、飲みかけのカップを受け取った。

「一緒のカップで飲もう」そう言うとジュリアナの顔に視線を据えたまま、さっき彼女が口をつけた部分に唇を当てた。

レイフが中身をひと口飲むたび、のどが上下に動くのを見て、ジュリアナはどきりとした。

レイフはワインを飲み終え、濡れた唇をなめた。

そして大きなウィングチェアに腰を下ろし、ひざを軽く手で叩いた。

「ここにおいで」

ジュリアナははっと息を呑んだ。わたしにひざに座れと、本気で言っているのだろうか？

ジュリアナの内心の問いに答えるように、レイフが手を差し伸べた。ジュリアナはしばらくその手を見つめていた——男らしい大きな手のひらに、わたしに悦びを教えてくれた上品な長い指をしている。

ひざががくがくしそうになり、あわてて足を前に踏み出すと、レイフに手を引かれてひざの上に座った。レイフがジュリアナの腰にしっかり腕をまわし、その体を抱き寄せた。

「うん、想像していたよりもっといい」レイフは低い声でささやいた。

わたしをこんなふうにひざに抱くことを、前から考えていたというの？　ジュリアナは嬉しさを覚え、ボディスの下で乳首がつんととがるのを感じた。太ももに硬くなったレイフの股間が当たっている。だがレイフは平然とした顔をしていた。

そしてジュリアナの背中を手のひらでなではじめた。ジュリアナの体が震え、手足から力が抜けていった。

「それで、ハンカチになにを刺繡してるんだい?」

「え、なに?」

「花かな? ハンドバッグにしのばせるのにぴったりの、愛らしい柄を刺繡してるんだろう?」

ジュリアナは目をしばたいた。彼は本当にハンカチの話をしているのだろうか? 深呼吸し、頭をすっきりさせようとした。

「ハンカチは……その……わたしのじゃないの。弟のためにモノグラムを刺繡しているわ。もうすぐハリーの誕生日なの。ハンカチなら男性でも使うでしょうから」

「そうだな。とてもいい贈りものだと思う。きみの手作りとなれば、なおさらだ」レイフはジュリアナののどにキスをしながら、ドレスの背中に並んだボタンの一つ目をはずした。

ジュリアナのまぶたが半分閉じた。

「何色にしたんだ?」レイフが二つ目のボタンをはずした。「刺繡糸のことだよ」

刺繡糸ですって? どうしてそんなことを?

「あの、ブルーよ」ジュリアナはため息をもらした。「白いシルクの生地に、濃紺の糸を使ってるの」

レイフはジュリアナのうなじからあご、耳へと唇を這わせた。そしてふっくらとした耳たぶを軽く噛んだ。

ジュリアナの全身に衝撃が走り、耳たぶからつま先までかっと熱くなった。背中を弓なりにそらすと、太ももに当たっているレイフの男性の部分がさらに大きくなった。

「きみの好きな色は？　何色だい？」

「わたしの好きな色？」ボディスが肩から落ち、綿ビロードの長い袖が肘のあたりまで脱げた。

「ああ、そうだ」

「あの……そうね……む――紫かしら。そう、紫よ」

「高貴で情熱的な色だな。いい色だ。いつかぼくのために紫色のドレスを着てきてくれないか。きみの輝くような美しさが際立つだろう」

レイフは器用な手つきでコルセットのひもをゆるめはじめた。「好きな食べものは？　きみの好物を教えてくれ」

ジュリアナはぼんやりした頭で必死に会話に集中しようとした。体は情熱でとろけそうになっている。

「わたし、あの……選べないわ。好物はたくさんあるから」

「ひとつ挙げるんだ」

コルセットのひもがゆるめられると、締めつけられていた上半身が一気に楽になった。ジュリアナは懸命に頭を働かせた。「チョコレート。チョコレートが好きよ」

「ボンボンかい、それともミルクに溶かしたもの？」

「そうね、ミルク入りかしら。よく朝食に……熱いコ、ココアを飲むの」

レイフはジュリアナの鎖骨にキスを浴びせた。「なるほど、そうか」

「どういう意味？」

「きみは熱いのが好みなんだろう。熱くて湯気が立っている、濃厚なやつが好きなんだね」

ジュリアナの体の奥がうずいた。

レイフがひもを解き終え、コルセットをはずして床に放った。シュミーズの薄いシルクの生地を通し、乳首がとがっているのがかすかにわかる。ジュリアナは身震いした。あとは細長い白のリボンを引っぱるだけで、彼の手が自分の乳房に触れるのだ。

ジュリアナは浅い息をつきながら、陶然として待った。

「本は？」

「なんですって？」

「本だよ。きみの好きな作家は？　それとも大方のレディのように、ファッション雑誌をめくるほうが好きなのかい？」

ジュリアナは眉根を寄せた。こんなに頭がぼうっとしているのに、好きな作家や本のことを話せというのか？

レイフのがっしりした太ももの上で、もどかしそうに体をくねらせながら、ジュリアナはなんとか返事をしようとした。

「本は……よく読むわ……それに……ファッション雑誌も好きよ。でも、どうして？　なぜそんなことを訊くの？」

レイフがこちらの目をじっと見ている。ジュリアナはそのグリーンの瞳が欲望で燃えているのを見て、彼もまた自分を抑えているのだということに気づいた。「きみのことが知りたいんだ」

「どうして？　わたしたちは期限付きの契約をしているのよ。わたしがどういう人間であるかなんて、どうだっていいことでしょう？」

そう、それが現実だ。自分たちは愛人契約で結ばれた関係なのだ。こちらも欲望を感じているのだし、わざわざ長たらしい会話をする必要はないだろう。彼はただこちらを押し倒し、思いを遂げればいいだけではないか。

「期限付きだろうとなんだろうと、ぼくたちは恋人同士だ」レイフは言った。「いまこの瞬間、きみはぼくのものだ。ベッドをともにする女性のことを、ぼくは知りたいと思う。きみのことが知りたいんだ。ジュリアナ・ホーソーンはどういう女性なのか。好きなものはなにか。なにを考え、なにを望み、なにを夢見ているのかを知りたい」

レイフの言葉がジュリアナの心に染み入り、心臓がふたつ続けて打った。彼はこの短い時間のうちに、何年も結婚していた夫よりも強い興味と関心をわたしに持ってくれたのだ。

ジュリアナの情熱の炎がますます燃えあがり、体が溶けた蠟《ろう》のように感じられた。

「ジェイン・オースティンよ」

「なんだって？」レイフは自分の質問を忘れたようにささやいた。

「さっき……好きな作家は誰かと訊いたでしょう。ジェイン・オースティンよ。『分別と多感』はよかったわ」

レイフが微笑むと、うっとりするほど魅力的なえくぼが頬に浮かんだ。「詩人を挙げるかと思ってた。たとえばバイロン卿とか」

ジュリアナは首をふった。レイフが頭をかがめ、またものどに鼻を押しつけている。

「バイロン卿はちょっと、く――暗すぎるもの」

レイフがジュリアナの胸の谷間に唇を這わせた。

「た――たしかに天才かもしれないけど……自分自身にもその才能にも酔いすぎだわ。わたしは……ミス・オースティンのほうがずっと好きよ」

「ぼくはきみのほうがずっと好きだ」レイフはうめくように言った。

そしてジュリアナの後頭部を手で支え、唇を重ねた。質問をやめ、たくましい腕でしっかりとその体を抱きながら、悦びを自由に表現するよう彼女を促している。

ジュリアナは甘い吐息をもらし、体じゅうを駆けめぐる快感に無我夢中になった。レイフがようやくシュミーズのリボンを解き、乳房をあらわにした。肩ひもを下ろし、片方の手で彼女の乳房を包むと、乳首を親指でなでてさらに硬くとがらせた。ジュリアナののどから小さな声がもれた。レイフが開いた口のあいだから舌を入れてきた。

なんて素敵なんだろう——温かいワインと男の人の味がする。彼のキスは、官能的で抗《あらが》うことのできない力を持っている。ジュリアナはキスを返して舌をからめ、自分でも気がつかないうちに愛撫を始めていた。レイフの硬い歯となめらかな頬の内側に舌を這わせ、熱く濡れた唇を吸った。

今度はレイフがうめき声を上げた。ジュリアナは笑みを浮かべた。

レイフを抱きしめて両手をその体に這わせたいという衝動に駆られ、ジュリアナは腕を上げようとした。けれどもドレスとシュミーズが肘に引っかかり、どうしても上げることができない。

身をよじってみたが無駄だった。

レイフがそれに気づき、ジュリアナの上腕に両手をかけた。だがそこで手を止め、服を脱がせるのをやめた。

そしてジュリアナの体を少し後ろに倒し、ご馳走をむさぼるように乳房を口に含んだ。乳首のまわりに円を描くように舌を動かし、次に歯で軽く嚙んだ。

ジュリアナはおののき、レイフの唇と舌の感触に恍惚となった。乳房を交互に愛撫され、頭がどうにかなりそうだ。

ふいにレイフが顔を離した。ドレスの袖とシュミーズの肩ひもを下に引っぱり、ジュリアナの上半身をむきだしにした。

レイフはジュリアナのヒップを手で支え、ひざから下ろして立たせた。

〝さあ〟ジュリアナは心のなかでつぶやいた。〝早く寝室に連れてって〟

足が震え、ベッドまで無事にたどり着けるかどうか自信がない。でもきっとレイフが抱きかかえてくれるだろう。

レイフは彼女のドレスを脱がせ、近くのソファに放った。

だがジュリアナの予想に反し、レイフは立ちあがろうとせず、そのままズボンのボタンをはずしはじめた。いきり立った彼の股間に、ジュリアナの目は釘付けになった。

レイフは手を伸ばし、ジュリアナに後ろを向かせた。

そしてペチコートのすそをウエストまでまくりあげ、太ももや下半身に手を這わせた。ジュリアナは彼がなにをしようとしているのかわからないまま、激しい欲望に身悶えした。脚のあいだに熱いものがあふれ、ひざががくがくしている。

「レイフ、お願い」このままでは倒れてしまうと思い、ジュリアナはか細い声で懇願した。

レイフは両手でしっかりジュリアナの体を支えた。

「だいじょうぶだ。さあ、ここに座ってごらん。きっと気持ちよくなれるから」

〝座るですって?〟

その言葉がなにを意味するのか考える暇もなく、ジュリアナはレイフに後ろから抱き寄せられ、両脚を開いた格好でひざの上に乗せられた。レイフは両ひざを広げ、ジュリアナの脚をさらに大きく開かせた。

ジュリアナはそのときになっても、レイフがなにをするつもりなのか、まだよくわからなかった。そのとき彼がジュリアナの体をぐいと後ろに引き寄せ、自分の硬くなったもので貫いた。

ジュリアナはようやくすべてを理解した。

「ああ!」叫び声を上げた。「ああ、神様」

「そうだ」

レイフはジュリアナの手を取り、椅子の肘掛けをつかませた。そして腰を上にふり、彼女のなかに深く入った。

「足首をぼくの脚にからめて、前かがみになるんだ」レイフの温かく荒い息がジュリアナの首筋にかかった。

〝前かがみになる？　どうやって？〟

そのときレイフがジュリアナのウェストに腕をまわし、その体をしっかり支えた。ジュリアナは上体を折って腰を後ろに突き出し、レイフを奥まで迎え入れた。

首をうなだれ、肩で息をした。まるで炎に放りこまれたように体が燃えている。彼がわたしを抱き、わたしのなかに入っている。自分たちは肉体だけでなく、心までひとつになったようだ。

レイフはジュリアナのうなじと頬にキスをした。それから腰を激しく、次に優しく動かした。深く浅く突き、彼女を揺さぶっている。

ジュリアナはまぶたを閉じ、めまいのするような快感に酔いしれた。彼の動きに合わせ、体がひとりでに動き出した。

レイフがうめき、さらに激しく突くと、ジュリアナは快楽の叫び声を上げた。爪が食いこむほど強く、彫刻の施された木製の肘掛けをつかんだ。はあはあとあえぎながら、もうこれ以上我慢できないと思った。

ジュリアナが限界に近づいているのがわかったように、レイフは彼女の首筋にキスをし、ひざを広げてその脚をさらに大きく開かせた。勢いよくひと突きすると、ジュリアナの大切な部分の筋肉がけいれんしたように動いた。

激しい官能の嵐に巻きこまれ、ジュリアナは我を忘れた。ぼんやりした頭で自分の叫び声を聞いた。手足が震え、信じられないほどの快感が全身を駆けめぐっている。

レイフがジュリアナの上体を自分のほうに引き寄せ、両手を広げて太ももを前から押さえた。彼女がひざから落ちないよう注意しながら、何度も何度も突きあげている。ジュリアナの欲望にふたたび火がついた。

レイフが荒々しい叫び声を上げて絶頂に達したほんの数秒後、ジュリアナもクライマックスを迎えた。ふたりは体を震わせながら、抱き合うようにして椅子に崩れ落ちた。

しばらくしてレイフはジュリアナの顔を引き寄せ、甘くとろけるようなキスをした。

「ベッドに行こう」レイフがささやいた。ジュリアナはうなずいたが、ふたりともそのまま動けなかった。

ジュリアナはレイフの胸に顔をうずめ、汗ばんだ肌をそっと手でなでた。

「教えてちょうだい」小声で言った。「あなたの好きな色はなに？」

レイフは目を丸くし、口元にゆっくり笑みを浮かべた。そして首を後ろに倒し、声を上げて笑い出した。

8

ジュリアナはパンチをすすり、鼻にしわを寄せてカップを脇に置いた。

〝まずいわ〟この甘ったるい後味を口のなかから消してくれるような飲みものが、なにかないだろうか。だが〈オールマックス〉で出される飲みものとしては、これでもまだましなほうだ。というより、主催者《パトロネス》――社交界のトップに君臨するレディたち――に、もっといいものを出そうという気がないのだから仕方がない。

マリスのことがなければ、そしてこれが正式な社交シーズンの幕開けでなかったら、自分は今夜、この場所にいなかっただろう。けれども入場の許可を得て、ここで毎週開かれる舞踏会に出席することは、マリスが社交界で成功するために大切なことなのだ。

ジュリアナは口に残ったパンチの味に顔をしかめながら、マリスがカドリールを踊るのを見ていた。妹が楽しそうな顔をしているのが、せめてもの救いだ。

自分もあんなふうに楽しめたらよかったのに。ジュリアナはため息をついた。

レイフがそばにいたら、きっと楽しい時間を過ごせただろう。だが彼と味わう楽しみは、人の集まる舞踏会場におよそふさわしいものではない。この前レイフと会ったときのことを思い出し、ジュリアナは体が火照るのを感じた。あと一日でまた会えるのだと思うと、口が渇いてきた。

ふたりの関係が始まってから一カ月がたつが、自分はどんどんレイフに夢中になっている。一緒にいるときは彼のことしか考えられない。離れているときも、完全に頭から離れることはない。

昨日は家計簿をだめにしてしまった。レイフのことを考えてぼうっとし、ふと気づくと指が真っ黒になり、せっかく書いた文字もペンから垂れたインクで汚れていた。

レイフは夢のなかにも現われる。そして自分はじっとり汗ばみ、肌を火照らせながらベッドの上で寝返りを打つ。なにより腹立たしいのは、目を覚まし、隣りにいるはずのないあの人の力強い腕に抱かれて安心できたらと思うときだ。

自分は彼と一緒だと安心できるのか？　ジュリアナは自問した。その答えがイエスであることに困惑し、レイフのことを頭から追い払おうとした。

そのときダンスが終わり、マリスがパートナーに連れられて戻ってきた。パートナーの紳士はジュリアナと挨拶を交わすと、お辞儀をして立ち去った。

「ああ、助かったわ」その若い紳士が声の届かないところまで離れるやいなや、マリスは小声で言った。「あの人がいまにも闘犬《マスチフ》みたいによだれを垂らすんじゃないかと思ってひやひやしたわ。ダンスのあいだじゅう、わたしの体をじろじろ見ていたのよ」

ジュリアナは眉根を寄せた。「さっさと消えてくれてよかったわね。今度ダンスを申し込まれたら、なにか理由をつけて断るのよ」

「ええ、もちろん。そうするわ」

「彼のことはともかくとして、楽しんでる？」

マリスのダークブラウンの瞳がぱっと輝いた。「ええ。細かいことを言えばきりがないけど、素晴らしい舞踏会よ。でも、わたしがデビューした先週の舞踏会はもっと素敵だったわ。あんなになにもかもがうまくいくなんて、いまでもまだ信じられないくらい」

たしかに先週の舞踏会は成功だった。大成功と言ってもいいだろう。社交界の花形がたくさん出席していたが、そのなかにはそうした場所にめったに顔を出さない皇太子もいた。すでに何人かの紳士がアラートン邸にやってきて、マリスにいい香りのする花束を贈ったり、散歩や馬車での外出に誘ったりしている。

いざ結婚を考えるときになっても、マリスが相手に不自由することはないだろう。あとは妹に言い寄ってくる紳士のなかに、いい男性がいることを祈るだけだ。

レイフがいたら、今夜の舞踏会についてどう思うだろうか。きっとここにいる全員のことを、鼻持ちならない俗物《スノッブ》だと言うにちがいない。大きな声では言えないが、じつは自分もそう思っている。

上品で洗練されたレイフ・ペンドラゴンなら、貴族の誰と並んでも引けをとらないだろう。けれども出自が理由で、彼は社交界から締め出されている。昔の自分は階級による差別や社会的な不公平について、とくに疑問を感じたことはなかった。いままでレイフのような人に会ったことがなかったからだ。

彼がここにいてくれたら。ジュリアナはまたもや背中がぞくりとした。体と体を密着させ、ワルツの調べに合わせてダンスフロアで踊ることができたら、どんなに素敵だろう！　女性たちはみな羨望《せんぼう》と憧れのまなざしを向けるにちがいない。やがて舞踏会が終わり、帰路につく馬車のなかで、レイフがこちらに熱いキスをする。そして情熱に火がついたふたりは理性を忘れてしまうのだ。

「ジュールズ、暑くない？　パンチを飲む？」

マリスの声にジュリアナは我に返り、顔を赤らめた。

「い――いいえ、いらないわ」なんとか落ち着きを取り戻そうとしながら言った。「念のために言っておくけど、パンチはひどい代物よ」

ジュリアナは扇を広げてあおぎ、自分の顔が赤いのは部屋が暑いせいだと、マリスやまわりの人たちが思ってくれることを祈った。

自分はいったいどうしてしまったのか？　まだ幼い妹と一緒に舞踏会に来ていながら、レイフ・ペンドラゴンのことばかり考えているなんて！　彼のせいで、自分はどんどんふしだらになっている。

そのときひとりの紳士が近づいてきた——バートン・セント・ジョージだ。正装用の黒い上着とひざ丈のズボンに身を包み、真っ白なシャツにきりりとタイを締め、上品で洗練された装いだ。

「こんばんは」バートンは優雅にお辞儀をした。

ミドルトン子爵と会うのは、先日、劇場で会ったとき以来だ。ジュリアナは肌がざわざわするのを感じたが、さっきまでレイフのことを考えていたせいだろうと自分を納得させた。

「閣下」ジュリアナは笑顔を作った。

三人はしばらくあたりさわりのない会話を交わしていたが、やがてバートンがマリスに向かって言った。「ミス・デイビス、次のダンスを踊っていただけませんか?」

マリスは驚いたような顔をした。「まあ、光栄です。でも次の曲はワルツのようですわ。わたしはまだワルツを踊ることを許されていません。代わりに姉をお誘いいただけないでしょうか」

「マリス、ばかなことを言わないで。わたしはここにいるわ。わたしがめったにダンスをしないことは、あなただって知ってるでしょう」

バートンは笑みを浮かべた。パートナーが変わったことに、がっかりしている様子は見られない。「では、今日はその数少ない機会のひとつにしていただけないでしょうか。どうかわたしと踊ってください」そう言うと腕を差し出した。

「ほら、早く、ジュールズ」

「あなたはどうするの？」

「向こうにサンドラ・コナイバーがいるわ。彼女と少しおしゃべりしてくるから」

相手を傷つけずに断る理由が見つからず、ジュリアナはバートンの申し出を受けることにした。腕に手をかけ、フロアに進み出た。

まもなく楽団が陽気な楽曲を演奏し、フロアにいるカップルがいっせいに踊りはじめた。

ジュリアナは首を少し後ろに倒してバートンの顔を見上げ、なんて背が高いのだろうと考えた。これほど長身の男性はなかなかいないだろう。それでもレイフの身長にはおよばず、肩幅も彼より狭い。優雅でなめらかな動きだが、もともとダンスの才能に恵まれているというよりは、練習してうまくなったのではないか。レイフはきっと違う。レイフ・ペンドラゴンのように自信に満ちあふれ、運動神経のいい男性は、なにも考えなくても正しいステップを踏むことができるのだ。

これ以上、レイフのことばかり考えて過ごすわけにはいかない。ジュリアナは自分を戒め、話題を探した。「それにしても、閣下には驚かされましたわ」

「ほう、どういうことでしょう？」

「今夜ここでお目にかかれるとは、思いもしませんでした。あなたのようなタイプの紳士が、

〈オールマックス〉にいらっしゃるとは意外です」

バートンは薄茶色の眉を片方上げた。「わたしのようなタイプの紳士、ですか。どういう紳士のことなのか、具体的に教えていただけませんか？」

「退屈なカントリー・ダンスを踊り、味のないパンチを飲み、一点一ペニーのホイストをすることを、少々物足りなく思うような方のことです」

バートンは笑い声を上げた。「まいりました。おっしゃるとおりです。〈オールマックス〉に集まるのは有名で洗練された方たちばかりですが、わたしは普段あまり足を運ぶことはありません」

「あなたがいらっしゃるのを見て、みなどうしてだろうと噂してますわ」

「そうなんですか？　それは嬉しいですね。わたしは注目されるのが大好きですから」そこでいったん言葉を切り、まじめな顔をした。「わたしが男やもめになってから、数年がたちました。愛するエレノアを亡くした日から数えて、そろそろ四年と三カ月になります。ご主人を亡くされたあなたなら、わたしの悲しみをわかってくださるでしょう」

「ええ」ジュリアナは小声で答えたが、後ろめたさでちくりと胸が痛んだ。

バジルと結婚したのは、愛からではなかった。そうするように父から言われたのだ。自分はまだ世間知らずの十八歳で、親に従順な娘だったため、父の望むとおりにした。でも、悲しいですって？　いや、バジルの死を心から悲しいと感じたことはない。気の毒だとは思ったが、どこかにほっとする気持ちがあったのも事実だ。

ジュリアナはバートンの言ったことについて考えた。彼が亡くなった妻のことを、それほど引きずっているとは知らなかった。いまだに悲しみに暮れているということは、よほど愛していたのだろう。人びとに一目置かれる貴族であるにもかかわらず、これまで何度か、ミドルトン子爵の乱れた女性関係についての噂を耳にしたことがある。でもたいていの男やもめがそうであるように、彼も仕事に没頭したり、たまに羽目をはずしたりすることで、悲しみをまぎらわせていたのかもしれない。

「それで今夜、こうしてやってきたわけです」バートンが言った。「あまり気は進まなかったのですが、独身のレディがたくさんいるところに来れば、よい出会いがあるかもしれないと思いまして。わたしもだんだん独り身が寂しくなってきました。それにわたしのような立場の男には、跡継ぎが必要です。エレノアとのあいだには、残念ながら子どもができませんでした」

ジュリアナはますます同情を覚えた。子どものいないつらさなら、自分が一番よく知っている。

「事故でしたよね？」小声で訊いた。「奥様が亡くなられたのは」

バートンのブルーの瞳に、苦しげな色が浮かんだ。「ええ、痛ましい事故でした。エレノアは夢遊病で、それで――」ダンスを続けながら言葉を詰まらせ、反射的にジュリアナの手をぎゅっと握った。だがすぐにこみあげる感情を抑え、落ち着きを取り戻した。「階段から落ちてしまい……申し訳ありません、この話はしたくありません」

「もちろんですわ。変なことをお訊きしてすみませんでした」

「いいえ、とんでもありません。でも、もう少し明るい話題にしましょうか」

「ええ、そうですわね」

バートンは気持ちを切り替えようとするように一瞬黙り、それから口を開いた。「社交シーズンの滑り出しは上々ですね。上流階級の人びとの多くがロンドンに戻ってきていますし、あなたの妹君も楽しんでいらっしゃるようです。出すぎたことを申し上げますが、レディ・マリスはすでに社交界で評判になっています」

「ええ、妹はとても人気がありますわ」ジュリアナは微笑んだ。「でもわたしは、きっとそうなると思っていました。あの子は魅力的な娘ですから、誰からも好かれるのです。マリスの作法は気取らず感じがいいと、王妃からもお褒めの言葉を頂戴しました」

「ほら、あそこに妹君がいらっしゃいます」バートンが言った。

ジュリアナは後ろをふり向き、広間の壁際に立っている人びとのなかに、マリスの姿を見つけた。ウィリアム・ウェアリング少佐と楽しそうに話をしている。少佐は端整な顔立ちをした率直な人柄の青年で、数週間前にスペインでの戦闘から戻ってきたばかりだ。

上着の袖の片方がピンで留めてある。気の毒に、片方の腕を失ってしまったのだ。そのせいで騎兵隊将校の任を解かれ、前線から退いたと聞いている。父親はグラッシンガム伯爵だが、兄が二人いるため、将来の選択肢は限られ、金銭的にもあまり恵まれていないらしい。それでも本人がその気になれば、内務省か貴族院に席を見つけることはできるだろう。

ジュリアナが見ていると、マリスは少佐の無事なほうの腕に手をかけて歩き出した。頬が六月のバラのようにピンクに染まり、横に並ぶ少佐の暗い色調の装いに、淡いクリーム色のドレスがよく映えている。

「妹君は本当に美しいですね」バートンが惚《ほ》れ惚《ぼ》れしたように言った。

「ええ、でもまだ子どもですわ」

「ですがもう社交界にデビューなさったわけですし、そろそろ結婚を考えてもいい年頃です」

ジュリアナはバートンが妹にあからさまな興味を示していることに不安を覚え、体をこわばらせた。「マリスには結婚相手を選ぶ時間がまだたっぷりあります」

バートンは戸惑った顔でジュリアナを見た。「もしかして、わたしを牽制《けんせい》なさっているのですか?」

ジュリアナは、いっそそうだと答えたい気がした。大人で世慣れたミドルトン子爵は、まだ幼い妹にふさわしい相手ではない。しかし、マリスは若いが賢い娘だ。自分の将来のことはちゃんと自分で考え、正しい道を選んでくれるだろう。

きっとそうに決まっている。

レイフがここにいたら、どう思うか聞いてみたい。

でも彼はここにはいないし、これからもこうした場所に来ることはない。ジュリアナは自分たちの身分が違うことを思い出した。それに家族のことは自分が決めるべき問題だ。どうしてレイフの考えを聞いてみたいなどと思ったのだろう。

あの人は自分の愛人であって、夫ではないのだ。

そう、もしもミドルトン子爵がマリスに求愛し、あの子が彼のことを心から愛するようになったら、自分は邪魔をするつもりはない。よけいな干渉はするまいと、前に心に誓ったではないか。マリスが安全で幸せに暮らしてくれさえしたら、なにも言うことはない。

「まさか、とんでもありません」ジュリアナは不安な気持ちをふり払った。「妹に関心のある紳士にはどなたにも、あの子を気遣ってくださるようお願いしています。マリスはまだ社交界をよく知りません。優雅な物腰や整った顔立ちに、すぐぼうっとなってしまわないともかぎりませんから」

「なるほど、それはわたしが優雅で見栄えがよいという褒め言葉に受け取ってもよろしいのでしょうか。けれどもご心配にはおよびません。わたしが妹君によこしまな気持ちで近づくことは、断じてありません」

「ありがとうございます、閣下。心配はしておりませんわ」

〝だったらなぜ、こんなに落ち着かない気分になるのだろう？〟

「それでは、わたしがレディ・マリスをお誘いするのを認めていただけるのですね？」

ジュリアナは一瞬ためらったのち答えた。「ええ、妹に異存がなければ、わたしはかまいません。どうぞ誘ってやってください」

「じゃあ次は月曜日だね」翌日の午後、レイフはひざまずいた姿勢でジュリアナの片方の足をひざに乗せ、キッド革のハーフブーツのひもを結びながらささやいた。

「できるだけ早く来るわ」ジュリアナは答えた。いまでは、彼を否定することは自分を否定することだと思うようになっている。

鏡台のスツールに座ったジュリアナは、うつむいたレイフの横顔をじっと見つめた。無意識のうちに手を伸ばしてその髪に触れ、次に耳とあごをなでた。伸びはじめたひげのせいで肌が少しざらざらし、見た目もどこか放蕩《ほうとう》者か殉教者を思わせる。

わたしはすっかり彼の虜《とりこ》だわ。ジュリアナはひそかに微笑んだ。

どんなに激しく愛し合っている最中でも、レイフがわたしへの気配りを忘れることはない。たとえそのために自分が我慢しなくてはならなくても、わたしの快楽を優先させてくれる。そうした彼の気遣いに胸が温かくなり、自然と笑みが浮かぶ。彼のことを知れば知るほど、どんどん好きになっていく。レイフの思いやりが、本来なら苦役でしかなかったはずのものを、このうえない喜びに変えてくれたのだ。

情熱的な愛の営みで満足していたにもかかわらず、ジュリアナはレイフに触れていたいという気持ちを抑えることができなかった。指を首に這わせ、タイのすぐ下の肌をなでた。ブーツのひもをきれいな蝶《ちょう》結びにすると、レイフはジュリアナのふくらはぎをストッキング越しにぽんと軽く叩いた。そしてその脚を床に下ろし、スカートのすそを整えた。レイフは立ちあがり、ジュリアナに手を差し出した。「準備はいいかい?」

ジュリアナはうなずき、別れを惜しむようにため息をついた。

それからレイフの先に立ってドアに向かった。

「待ってくれ。あれはなんだ?」

レイフがベッドのところに戻り、じゅうたんからなにかを拾いあげた。ふり返った彼の手に、小粒の真珠のついた細い金の鎖が載っている。「きみのブレスレットだ。さっきぼくがはずしたあと、床に落ちてしまったんだろう」

「まあ、大変! わたしったら、どうしてこんなにそそっかしいのかしら。もしなくしたら、立ちなおれないくらい落ちこむところだったわ」

レイフは眉をぴくりと動かした。「贈りものかい? 誰か大切な人からもらったんだね」

「母よ。亡くなる前の年、わたしの誕生日にプレゼントしてくれたの」

レイフは真剣な面持ちになった。「無事に見つかってよかった」

ジュリアナの手を取り、ブレスレットを手首にまわして留め金をはめた。そして手のひらの中央にキスをした。

「本当は使わないほうがいいことはわかってるの。もし壊したりなくしたりしたら、取り返しがつかないから」

「でも大切なものを、見えないところにしまっておいてもつまらないだろう? きみの母君も、せっかくの贈りものを暗い箱のなかに入れっぱなしにされるより、身に着けてもらったほうが嬉しいと思うんじゃないかな」

ジュリアナは微笑んだ。自分もずっとそう思っていたのだ。だが同じような考え方をする人は、あまり多くない。「そうよね。どうもありがとう」

「なにが?」

「わたしの気持ちをわかってくれて」

レイフは頬にえくぼを浮かべ、顔を近づけてきた。

それを見つめるジュリアナの胸が、ひとつ大きく打った。

レイフは腰をかがめ、最後にもう一度情熱的なキスをした。ジュリアナは目を閉じ、小さな悦びの声をもらしてキスを返した。

それから二日後の夜、バートン・セント・ジョージはある場所を訪ねた。

ハンカチで埃《ほこり》を払ってから椅子に腰を下ろし、古い友人であるスティーブン・ハースト卿がウィスキーのお代わりを注ぐのを見ていた。

ハーストは手を震わせながら、グラスの中身を二、三口で飲み干した。分厚い唇についたアルコールが垂れ、あごに溜まって小さな滴となった。滴はしばらくそこにとどまっていたが、やがて落下してタイを汚した。ハーストはシャツの袖口で口をぬぐい、もう一杯ウィスキーを注ごうとデカンターに手を伸ばした。

バートンはそうしたハーストの姿に不快感を覚えて目をそらし、居間のなかをぐるりと見まわした。何年か前まで、この部屋はとてもきれいで快適だった。上等の家具が置かれ、全体が温かみのあるブルーと金の色調で上品にまとめられていた。だがそれはまだ彼の両親が生きていたころの話だ。称号を譲り受けてからというもの、ハーストは一族の財産を湯水のように使っている。

空気を入れ替え、屋敷じゅうを徹底的に掃除したほうがいい。いまやアルコールやむっとするような葉巻の煙のにおいが部屋に充満し、どこもかしこも埃だらけだ。チッペンデール様式のエンド・テーブルの上の皿には、食べかけの腐ったチーズが載っている。なんというざまだ。この男はどこまで堕落するつもりなのか。普通なら家事をするメイドを雇うところだろう。けれどもハーストのところには、若い娘がなかなか居つかない。器量の善し悪しにかかわらず、この男が誰でも見境なくベッドに連れていこうとするからだ。逃げ出さなかった娘のうち、自分が知っているだけでも六人が妊娠し、ハーストに通りに放り出された。

この男も少しは分別というものをわきまえるべきだ。紳士は理性を捨て、動物的なふるまいをしてはいけない。清潔で快適な環境を保つのもおろそかになるほど、本能に溺れてしまうなどもってのほかだ。

どんな理由を並べても、これほど無分別で自堕落な生活をしていいことにはならない。自分はどうしてまだハーストに愛想を尽かさないのか。たしかに彼は少年時代からの友だちだ。だが友への忠誠にも限界というものがある。

「急用とはいったいなんだ、ハースト?」バートンは苛立ちを隠そうともせずに言った。「ぼくが予定を早々に切りあげてここに来たのは、お前に泣きごとを聞かされるためなのか?」

「泣きごとなど言ってない」ハーストは濡れた手をぼさぼさの茶色の髪で拭いた。「とげのある言い方をしないでくれ」

バートンは立ちあがった。「だったら帰らせてもらう。ここに座ってお前が泥酔するところを見ているより、ほかにもっとおもしろいことがある」

「い——いや、ミドルトン、帰らないでくれ。ぼくが悪かった。ど——どうか座ってくれ。きみの……きみの助けが必要なんだ」

「どういうことだ？」

ハーストは身を乗り出し、どんより濁った目を大きく見開いた。「ペンドラゴンだ。あいつはぼくたちを狙っている。一人ひとり始末するつもりらしい。次はきみとぼくの番だ」

バートンは吹き出した。「ばかなことを言うな。前にも言ったとおり、ペンドラゴンはぼくたちの敵ではない。あいつは国内の商取引の大半に首を突っこんでいるかもしれないが、ぼくたちを狙ってなどいない。第一、やつの言うことやこちらに対する中傷に、真剣に耳を貸す人間がいると思うか？」

「誰かが耳を貸そうと貸すまいと、あの男にとってはどうでもいいことだ。あいつはひそかにぼくたちを破滅させようとしている。チャロナーのことを聞いたかい？」

バートンは興味をそそられ、椅子に座った。「チャロナーがどうした？」

「債務者監獄にいる。昨日の朝、逮捕されてフリート刑務所に放りこまれた。領地を担保にして莫大な金を借りたが、返済できなくて差し押さえられたそうだ」

「ペンドラゴンが手形を持っていたのか？」

ハーストは首をふった。「いや、そうじゃない。チャロナーは倒産した船会社の株を大量に買っていた。でも四隻の船が沈み、チャロナーの財産は吹っ飛んでしまった」

かすかに緊張していたバートンの肩から、ふっと力が抜けた。「投機株に大金をつぎこむとは、ばかな男だ。そういう理由で破産したのなら、自業自得じゃないか。ペンドラゴンはたしかにずる賢い男だが、チャロナーの件とは無関係だろう」

「うまく言えないけど、あいつが絡んでいる気がしてならない。フランク・アンダーヒルのことを聞いたあとでは、とくにそうだ」

バートンはアンダーヒルのことを考えた。

無謀でいつもほらを吹き、自信過剰のフランクは、悪ふざけが過ぎてわざと危ないことをするようなところがあった。まだ若かったころ、自分たちはいつも一緒だった。アンダーヒル、ハースト、チャロナー、そして自分の四人だ。みなで国じゅうどこにでも行き、女を買っては酒を飲み、賭《か》け事に興じた。だが時間がたつと、人は大人になる。どんなに仲のよい友だちでも、しだいに疎遠になるものだ。

三年前、アンダーヒルはサウザンプトンに滞在中に行方不明になった。その当時、彼の身になにが起きたのか、たしかなことは誰にもわからなかったが、当局は強制徴募隊に捕らえられたのだろうと考えた。すぐに捜索が行なわれたが、アンダーヒルの消息は杳《よう》として知れなかった。

そしていまから二カ月前、家族のもとに英国海軍から手紙が届いた。それはアンダーヒルが一般水兵として、海軍を脱走したかどで処刑されたことを伝えるものだった。手紙にはまた、裁判に続いて処刑が実行されるまで、アンダーヒルの本当の身分を確認できなかったことに対する謝罪が綴《つづ》られていた。

家族は深い悲しみに沈んだ。そして友人や彼を嫌う者たちのあいだでは、謎の多い彼の死についてさまざまな憶測が流れた。アンダーヒルが死んだのは、本当にただの不幸な偶然だったのだろうか？　あるいは誰かが裏で糸を引き、彼を破滅に追いやったのではないか？

「アンダーヒルの話を聞いたとき、ぼくは背筋が凍りついた」ハーストはウィスキーをあおった。「それからいつも用心している」

誇大妄想の大酒飲みめ。バートンは心のなかでつぶやいた。ただの物影に怯えているのだ。この男はどうやら、本当に転落の道を歩きはじめているらしい。

「こんなことを言っても、慰めになるかどうかはわからないが」バートンは小ばかにした口調で言った。「ここはロンドンの中心部だ。アンダーヒルが誘拐されたのは不幸だったが、港町のような危険な場所に出入りしていた本人が悪いんだ。おおかた酒を飲んで売春婦を探しているとき、捕まってしまったんだろう」

「ああ、でもアンダーヒルはサウザンプトンでなにをしていたんだ？　あいつが行くような場所とは思えない」

「彼がそのころなにをしていたかなんて、誰にもわからないだろう。お前の気休めになるなら言うが、ぼくはアンダーヒルが姿を消したとき、自分でも少しばかり調べてみた。だがなにもおかしな点は見つからなかった。あの年、強制徴募隊の活動は活発だった。あの男はただ運が悪かっただけだ」

ハーストは眉をひそめ、もう一杯ウィスキーを注いだ。「だったら、チャロナーのことはどうなんだ？　四人のうちの二人だぞ。ぼくにはおかしいとしか思えない」

「たんなる偶然だ。チャロナーは金のことになると、まともじゃなくなる。あいつが債務者監獄に入ったと聞いても、ぼくは驚かない。気をつけないと、お前も同じ運命をたどることになるぞ」

バートンは顔をしかめて部屋のなかを見まわし、非難するような目でハーストを見た。

「しゃきっとしろ、ハースト。こんなふうに酒ばかり飲んでいるから、変なことを考えてしまうんだ」

「でもペンドラゴンのことは？」

「あいつがどうした？　お前はペンドラゴンを買いかぶりすぎだ。あのつまらない男のことは、ぼくが何年も前に叩きのめしてやった。お前は忘れたほうがいいことをほじくり返して、取り越し苦労をしているだけだ。あいつはぼくたちのもとに遣わされた復讐の天使なんかじゃない」

「あいつはむしろ悪魔だ」

「お前はあいつのことを恐れているようだが、ぼくは違う。ミスター・レイフ・ペンドラゴンのことを考えて眠れなくなることなどない」バートンは吐き出すように言った。

あの男の名前を口にするだけで虫唾《むしず》が走る。バートンは体の脇でぐっとこぶしを握りしめた。ものごころついたときから、ペンドラゴンは自分の人生を邪魔する憎むべき存在だった。まだ子どもだったときでさえ、その名前を聞くと嫌悪感がこみあげてきたものだ。だが自分はあるとき、ペンドラゴンに立場をわきまえさせてやった。あの素性の卑しい男が無謀にも自分に復讐を試みるようなことがあれば、もう一度思い知らせてやるまでだ。そう、こてんぱんに叩きのめしてやる。

ペンドラゴンは非情だと言われているかもしれないが、この世界にバートン・セント・ジョージほど無慈悲な男はいないのだ。

バートンは椅子から立ちあがった。「酒をしまえ、ハースト。そして誰か雇って、この豚小屋のような家を片づけさせるんだ。風呂にも入れ」鼻にしわを寄せた。「におうぞ」

ハーストはぶつぶつ文句を言った。

バートンはそれを無視した。「お前の御託《ごたく》をこれ以上聞くつもりはない。もし今夜のようなことでもう一度ぼくを呼びつけたら、痛い目にあわせてやるからな。わかったか?」

ハーストは大きくうなずき、嵐に舞う木の葉のように手を震わせた。そして震えを抑えようと、ひざの上でこぶしを握った。「わかったよ、ミドルトン」媚《こ》びるようにつぶやいた。

「じゃあこれで失礼する」バートンは帽子をかぶり、ステッキを持った。「もう少し気分のいいときに訪ねてきてくれ。ボクシングの試合か競馬でも観に行こう。世のなかにスポーツほど楽しいものはないだろう?」

9

「これはなに?」ジュリアナはクイーンズ・スクエアの屋敷の居間に足を踏み入れながら言った。

きらめく海を思わせる大きなブルーの綿ブランケットが暖炉の前に敷かれ、火床ではまきがぱちぱちと小気味のいい音をたてて燃えている。その脇に枝編み細工のバスケットが置いてあるが、ふたが閉まっているので中身がなにかはわからない。

レイフがジュリアナのあとから部屋に入ってきた。「軽食だ。なにか軽くつまむのも悪くないだろう。さっき玄関で交わした挨拶のせいで、きみもお腹が空いたんじゃないか。ぼくは腹ぺこだ」

ジュリアナの肌には、レイフの情熱的な挨拶の余韻がまだ残っていた。ここで会うようになってから何週間かたつが、レイフはかならず玄関先で自分を熱く抱擁し、それから寝室に連れていく。

一度などは待ちきれずに自分をその場で抱きかかえ、玄関ドアに背中を押しつけて奪ったこともある。ノッカーがドアに当たるとんとんという音を聞きながら、ふたりで夢のように素晴らしいクライマックスを迎えた。

レイフの魅力はたくさんあるが、なかでも自分が一番好きなのは、こちらをつねに驚かせ、うっとりさせてくれるところだ。ベッドのなかでも外でも、彼はいつもなにか新しいことをしてこちらを楽しませてくれる。

たとえば今日の軽食もそうだ。自分の知っている男性のなかに、こうした簡単だが思いやりのある演出で、女性を喜ばせることを思いつく人がほかにいるだろうか。

ジュリアナは微笑み、ブランケットに腰を下ろそうとした。だがレイフがジュリアナの体に軽く触れ、それを止めた。

「まだ座っちゃだめだ。まず服を脱いでくれ」甘く低い声で言った。

ジュリアナはまたしてもレイフに驚かされた。「でも食事をするんでしょう」

「ああ、そうだ」

レイフは上着を脱ぎ、近くのソファに放り投げた。「ピクニックをしよう。ただ、今日は屋外《アウト・オブ・ドア》に出るのではなく服を脱ぐ《アウト・オブ・クローズ》んだ」

ジュリアナは口をあんぐり開けた。「裸のピクニックというわけなの？」

レイフはいたずらっぽく笑い、片方の眉を上げた。「いい考えだろう？」

「でも寒いでしょう。きっと凍えてしまうわ」ジュリアナは小さな声で言った。

「暖炉で火が燃えているからだいじょうぶだ。もしそれでも寒ければ、体を温める方法をほかに見つければいい」

ジュリアナは困惑と同時にわくわくするような気持ちを覚え、肩掛け《フィシュ》をはずした。椅子に繊細な生地でできたフィシュをかけていると、レイフが靴と靴下を脱ぎ、次にズボンを脱ぎはじめた。

レイフが服を脱ぐのを見ているうち、ジュリアナは口につばが湧いてきた。引き締まった太ももとがっしりしたふくらはぎが目に入り、鼓動が速まるのを感じた。シャツと糊《のり》の効いたタイだけを身に着け、半裸になったレイフの姿は、なぜか全裸のときよりもエロティックに感じられる。

彼が寝室の入口に立ち、長くたくましい腕を頭上に伸ばしてドア枠をつかむところを見てみたい。ジュリアナはその姿を想像して身震いした。

熱い目でレイフを見ながら、唇をなめた。

レイフが近づいてきた。「なにを考えてるんだい？　おいしそうな獲物を見つけた雌ギツネみたいな顔をしているぞ」そしてドレスを脱ぐのを手伝おうと、ジュリアナに後ろを向かせた。

「あら、わたしはただ、あなたがまだタイをしているなと思って見ていただけよ」

「なるほど」レイフはジュリアナがとくに感じやすいうなじに唇を当てた。「あとではずすことにしよう。細長い布がいつ役に立つか、わからないからな」

先週のことを思い出し、ジュリアナは全身がぞくりとした。レイフはこちらの手首を頭上で縛った状態で愛し、信じられないほどの高みに昇らせてくれたのだ。いまでもあのときの快感をはっきり覚えている。

レイフはジュリアナのゆるくカールした後れ毛を指先でつまみ、軽く引っぱった。「コルクのように弾力がある」そうつぶやいた。「ワインの栓にできそうだ」

ジュリアナの口元に笑みが広がった。レイフはジュリアナのドレスを脱がせた。それをきちんと整えて脇に置くと、今度はコルセットに取りかかった。慣れた手つきで、あっという間に彼女を裸にした。

そしてジュリアナの頭から手際よくピンをはずし、ダークブラウンの豊かな髪を指でとかして背中に垂らした。部屋を横切り、サイドテーブルにピンをまとめて置いた。ふり返ってジュリアナの裸体にさっと視線を走らせると、澄んだグリーンの瞳が欲望で光った。

レイフはゆっくりとタイをはずし、服の山の上に放った。そして思わせぶりに微笑み、シャツのボタンをのんびりした手つきでひとつずつはずしはじめた。ジュリアナの顔を見つめたまま、シャツを頭から脱いだが、脱いだあともその場を動かずじっと立っていた。

ジュリアナはレイフの体をまじまじと見た。

がっしりした肩と、自分の愛撫を待っているような厚い胸をしている。平らなお腹と引き締まったヒップの下に、たくましい太ももとふくらはぎ、形のいい長い脚がある。そして脚のあいだには、驚くほど大きく突き出した男性の部分が見える。

ジュリアナはため息をつきそうになるのをこらえた。レイフの魅力の虜になってから、自分はどんどん大胆になっている。男性がみんな彼のような体をしていたら、服を着ることは罪になるにちがいない。

アダムを見つめるイブになったような気分で、ジュリアナはレイフに手を引かれてブランケットに向かった。隣り合わせに座り、脚を伸ばした。

暖炉で炎が燃え、部屋のなかは充分暖かかった。ジュリアナはふいに空腹を感じ、レイフがバスケットのふたを開けるのをわくわくしながら見守った。

バスケットから出てきたのは、丸ごと一羽のローストチキン、軟らかいバター風味のチーズ、ビスケット、そして蜂蜜の入った小さなびんだった。だがバスケットのなかにはもうひとつ、容器が入っていた。

「これはあとで食べよう」レイフはシャンパンの栓を抜きながら言った。中身をグラスふたつに注ぐと、泡立つ液体がきらきらと金色に輝いた。レイフはグラスのひとつをジュリアナに手渡し、目と目を見つめ合いながらシャンパンを飲んだ。冷たいアルコールがジュリアナの舌をぴりっと刺した。

「うん、うまい」レイフは手を伸ばし、指先でジュリアナの頬の線をなぞった。「でも、シャンパンそのものより素晴らしいことがなにかわかるかい？」

ジュリアナはレイフの指の感触に肌がぞくぞくするのを感じながら、首を横にふった。

「いいえ」

「きみと一緒に飲んでいることだ」

ジュリアナは嬉しさで頬を染め、思わず微笑んだ。そしてまつ毛を伏せ、シャンパンをもうひと口飲んだ。その直後に鼻をぴくりと動かし、小さなくしゃみをした。

「気をつけて」

「泡で鼻がむずむずしたの」

「幸運な泡だ」レイフはにっこり笑った。

ジュリアナは少女のようにおかしくなり、くすくす笑った。

〝幸運なのはわたしだわ。レイフと一緒にいられるんですもの〟

レイフはすっかりくつろいだ様子でグラスを脇に置き、肉汁たっぷりのチキンと、風味の強いチーズを載せた軟らかいビスケットをジュリアナの口に運んで食べさせた。そして自分にも同じことをしてくれるよう、ジュリアナに頼んだ。ひと口食べるごとにジュリアナの指をきれいになめ、手のひらに舌を這《は》わせ、手首の内側の柔らかい皮膚に鼻を押しつけた。

ジュリアナは笑い声を上げ、レイフの顔を引き寄せた。彼の唇が優しい初夏の風のように、そっと自分の唇をくすぐっている。ジュリアナは口を開けて舌をからませ、おいしい食事だけでは足りないとでもいうように、レイフの味を楽しんだ。

ゆっくりと時間が流れ、ジュリアナは何杯もワインを飲んだ。頭がぼうっとし、目の前がくらくらしている。だが自分が酔っているのは、アルコールのせいではない。レイフのせいだ――彼は中毒性の薬のようにこちらの血中に入りこみ、果てしない欲望に身悶えさせている。会えば会うほど、もっと彼のことが欲しくなる。

今回の取引に同意したとき、自分たちの関係はもっと単純なものになるはずだった。お金と引き換えに体を差し出すだけで、それ以上のものが生まれるとは思わなかったのだ。だが彼が初めて自分に触れた瞬間から、炎に油が注がれたように、ふたりの情熱は一気に燃えあがった。

彼に体を許そうと決めはしたが、そのときは自分がまさか恋人を持つことになるとは夢にも思っていなかった。けれどレイフ・ペンドラゴンは、いまではまぎれもなく自分の恋人だ。セックスのことだけを言っているのではない。自分がレイフに感じているものが純粋に肉欲だけなら、話は簡単だった。だが自分は、染料が布に染みるように気持ちまでレイフに吸い取られている――いったん染みこんだら、完全に色を抜くことはできない。

レイフに抱いている感情については、なるべく考えないようにしている。危険な禁断の領域をあまり深く探ってはいけないと、自分を戒めているのだ。こちらに対して絶対的な力を持っている男性に欲望を感じるのは、間違ったことなのかもしれない。けれども最近では、自分が与えられているとてつもない快楽に比べると、彼が求めてきた対価は小さすぎるのではないかという気さえする。

いったい、どちらがどちらを利用しているのだろう?

レイフが蜂蜜のびんのふたを開け、人さし指をなかに浸した。そしてジュリアナの唇に蜂蜜を塗りはじめた。ジュリアナははっと息を呑んだ。ねっとりした温かい感触に、唇がうずいている。

レイフはジュリアナにキスをした。

唇をなめ、文字どおり彼女の口から蜂蜜を味わった。

ジュリアナは大胆にもレイフのまねをして蜂蜜に指を浸し、彼の口から頬にかけて長い線を二本描いた。そしてその線を舌でなぞり、甘い蜂蜜とそれよりもっと甘い彼の味を楽しんだ。目を閉じたレイフののどから、うめき声がもれた。

ジュリアナは燃えあがるような欲望を感じ、レイフをぎゅっと抱きしめた。レイフがジュリアナの体じゅうに手を這わせ、情熱的なキスを浴びせた。

レイフが息を切らしながら、ふいに顔を離した。「忘れるところだった」

「なにを?」ジュリアナはぼうっとしながらつぶやいた。

「デザートだ」

「デザートが欲しいの? いま?」

「ああ」レイフはジュリアナの濡れた唇にもう一度キスをした。

「きみも中身を見たら、きっと食べたくなる」

ジュリアナは好奇心を覚え、レイフの体を放した。レイフが身をかがめ、バスケットのなかから布のかかった小さな鉢を取り出した。そしてその磁器製の鉢を床の上に置いて布をはずすと、そこには丸々とした新鮮な赤いベリーが山盛りに入っていた。

「ラズベリーだわ」ジュリアナは驚き、ため息混じりに言った。「こんな季節に、いったいどうやって手に入れたの？　ありえないわ」

レイフは無造作に肩をすくめた。「ありえないことじゃない。しかるべき人脈があれば手に入る。きみはラズベリーが好きだと、前に言っていただろう」

何度も会っているうちに、ジュリアナはレイフに自分の好きなものをいくつも教えていた。

ジュリアナはうなずいた。「でもまさか、こんな夢のようなことがあるなんて。それにしても、なんておいしそうなの」

ジュリアナはひとつつまみたくて、手がうずうずした。

「さあ、食べてくれ。そのために買ったんだ。きみと楽しむために」

ジュリアナはにっこり笑い、クリスマスの日の子どものようにわくわくした。ベリーを一粒つまんで口に放りこみ、甘酸っぱい味を堪能した。それから夢見心地でもう二粒食べた。

次にくすくす笑いながらひとつかみ口に入れると、果汁が一筋、唇の端から垂れた。

「失礼」レイフは深い森のようなグリーンの瞳でジュリアナを見つめながら、頭をかがめて頬についた果汁を舌ですくった。

ジュリアナは快感でぞくりとした。

「おいしい」レイフがささやいた。

ジュリアナはごくりとのどを鳴らした。「なんて素敵なデザートなの！　ありがとう、レイフ」

「どういたしまして」レイフはジュリアナの頬を指でなぞった。「きみに名前で呼んでもらえて嬉しい。ぼくをレイフと呼んでくれることは、あまりないだろう」

ジュリアナははっとした。「そうかしら？　あなたのことを考えるときは、いつも名前で呼んでるわ」

レイフはジュリアナの髪を一房、指にからめてもてあそんだ。「ぼくのことを考えることがあるのかい、ジュリアナ？　つまり――ここで会っていないときにも？」

ジュリアナは、違うと答えなければと思った。別れた瞬間に、あなたのことは忘れてしまうと嘘をつくのだ。家に帰り、現実の生活に戻ったとたん、あなたの存在はすっかり頭のなかから消えてしまうと言わなければ。

だがジュリアナは、どうしてもそう言えなかった。

「ええ」小声で答えた。「そうよ。しょっちゅうあなたのことを考えているわ」

レイフは一瞬、真剣だがどこか謎めいた表情を浮かべ、目をそらした。

「そうか」そう言うと体を起こしてひざまずいた。「仰向けになってくれ」

ジュリアナは片方の眉を上げた。「どうして？」

「いいからそうするんだ」レイフはいたずらっぽい笑みをゆっくり口元に浮かべた。「後悔はさせないから」

わかってるわ。ジュリアナは胃がきゅっと縮むのを感じた。どんなことをするつもりかは知らないけれど、彼がわたしを失望させることは絶対にない。

ジュリアナはためらう気持ちをふり払い、言われたとおり仰向けになった。レイフがなにをするのか見ているうちに、期待で全身がぞくぞくした。

レイフは蜂蜜のびんを手に取り、今度は二本の指を浸した。

「また蜂蜜？」

「ああ。また蜂蜜だ」

だがレイフは蜂蜜を塗った手を、唇ではなくジュリアナが予想もしていなかったところに持っていった。

ジュリアナははっと息を呑んだ。レイフが乳首に蜂蜜を塗っている。つんととがった乳首の上に、つやつやした蜂蜜を玉のようにして載せると、レイフは手を止めた。

次に未使用のスプーンを一本取り出した。それで蜂蜜をすくい、ジュリアナのへそのまわりに円を描くように垂らした。それからもう一度びんにスプーンを入れ、甘い蜜をへその穴に落とした。小さなくぼみの縁まで蜂蜜を入れられ、ジュリアナの腹筋が反射的に緊張した。ジュリアナはたまらず、脚をもぞもぞさせた。

「しっ、動かないで」レイフが言った。「終わるまでじっとしてるんだ」

ジュリアナはごくりとつばを飲んでうなずき、体を動かすまいとした。彼が金色の蜜を次はどこに垂らすのだろうと思うと、心臓がどきどきし、いまにも胸を破って飛び出しそうだ。

レイフは間を置かず、今度は下腹に円を描いた。そして黒っぽい毛が三角に生えた部分のすぐ上にも蜜を垂らした。ジュリアナは蜂蜜を落とされながら、唇の端を嚙んで必死にこらえた。レイフが果物の入った鉢に手を伸ばし、蜂蜜で描いた円の中心にひとつずつラズベリーを載せている。ジュリアナは大きく目を見開き、言葉を失った。

果物を載せ終えたレイフは、自分の作った素晴らしい料理をながめるシェフのような目でジュリアナを見た。

「さて」低い声でささやいた。「今度はぼくがデザートを楽しむ番だ」

そう言うと片方の乳房を手で包み、口を開けてかぶりついた。歯と唇と舌を器用に動かし、乳首に載ったデザートを味わっている。ジュリアナはなすすべもなく横たわったまま、狂おしさに身悶えした。レイフがもう片方の乳房も同じように愛撫を始めた。その指と唇の感触に、ジュリアナの全身は情熱の炎に包まれた。

レイフの唇が乳房を離れ、だんだん下に移った。ジュリアナは歓喜の叫び声を上げた。へそに舌を差しこまれると、のどからうめき声がもれた。レイフが焦らすように舌を動かし、花から蜜を吸うハチドリさながらに蜂蜜をなめている。

ジュリアナは魔法のようなレイフの愛撫を受けながら、頭がくらくらした。閉じたまぶたの裏に、小さな赤い光が躍っているのがぼんやりと見える。目をつぶったまま身をよじり、彼に触れようと手を伸ばした。

レイフはジュリアナの震える太ももに手を這わせながら、さらに唇を下に進め、最後のラズベリーを舌ですくった。顔を上げてにっこり笑うと、ラズベリーを飲みこんで満足げな声を出した。それからふたたびジュリアナの下腹に顔をうずめ、舌をゆっくり動かして残った蜂蜜をきれいになめた。

ジュリアナの脚のあいだに熱いものがあふれた。心臓が口から飛び出しそうに激しく打っている。早くこのエロティックな拷問を終わらせ、情熱的なキスをして自分を奪ってほしい。だがジュリアナの思いをよそに、レイフは彼女の脚のあいだにひざまずいた。両脚を大きく開かせ、ジュリアナがいままでキスをされることなど考えたこともなかった場所に顔をうずめた。

ジュリアナはショックと恥ずかしさで、レイフを押しのけようと手を伸ばした。だが彼の頭に指が触れたときには、震える手を無意識のうちにその髪に差しこみ、ぐっと自分のほうに引き寄せていた。ジュリアナは快楽の波にもみくちゃにされ、あえぎ声を上げた。

レイフが最高においしいお菓子にかぶりつくように、容赦なく唇と舌を動かしている。ジュリアナの唇からすすり泣くような声がもれた。

〝お願い。そう、もっと、もっと〟

これほど素晴らしい官能の世界があったなんて。

ジュリアナは恍惚となり、すべての抑制を忘れた。レイフの熱い抱擁に身をくねらせながら、自分を解き放った。

大きな波に呑みこまれるような衝撃とともに、ジュリアナは絶頂に達した。だがその波が引く間も与えず、レイフがふたたびジュリアナの体に火をつけた。ジュリアナはどうすることもできず、ただ彼に導かれるままもう一度快楽の海に溺れた。

レイフはジュリアナの腰の下に両手を差し入れ、脚をさらに大きく開かせて愛撫を続けた。ジュリアナはそれからもう二回絶頂に達した。二回目のときには、彼に軽く嚙《か》まれて大きな叫び声を上げた。

そして天上にいるような悦びに包まれたまま、乱れた息を整えようとした。

ジュリアナの大切な部分の筋肉の震えも収まらないうちに、レイフが上体を起こして座った。そして彼女の脚を自分の太ももの上に乗せ、その体を深く貫いた。

レイフがあごをこわばらせ、歯を食いしばりながら激しく腰を動かしている。ジュリアナは自分がもう一度クライマックスを迎えられるとは思っていなかったが、彼に突かれているうちに、またしても欲望を覚えた。そしてレイフに合わせて腰を動かした。ジュリアナがふたたび絶頂に達した直後に、レイフも体を震わせてクライマックスを迎えた。

レイフは見るからにぐったりした様子で、崩れるようにしてジュリアナの隣りに横たわると、その体を抱き寄せてキスをした。ふたりは手足をからめ、深い満足に包まれて眠りに落ちた。

それからしばらくして、レイフは片肘をついて体を起こし、ナイトテーブルの上に置いてあった懐中時計を手に取った。金のふたを開け、時間を確認した。

一緒にベッドで寝ていたジュリアナが目を覚まし、猫のように伸びをした。「もう起きなくちゃいけない時間かしら?」

レイフは懐中時計のふたを閉め、元の場所に戻した。「いや、まだだいじょうぶだ。疲れているなら、もっと寝てればいい」

あれだけ情熱的に愛し合ったのだから、彼女が疲れているのも無理はない。自分もへとへとになった。初めてベッドをともにしたときと同じように、今日も激しく彼女を愛した。ジュリアナが相手だと飽きることがない——逢瀬《おうせ》を重ねるたび、ジュリアナ本人にも彼女とのセックスにもどんどんのめりこんでいく。

正直に言うと、いまごろはそろそろふたりの関係に飽き、激しい欲望の炎も消えているか、少なくとも小さくなっているにちがいないと思っていた。だがジュリアナとベッドをともにすればするほど、もっと彼女のことが欲しくなり、次の逢瀬が待ち遠しく思えてくる。分別のある男なら、彼女との関係を見なおそうと考えているだろう。なんといっても、ジュリアナに特別な感情を抱くのは自分のためにならないのだ。

でもだからといって、別に自分は彼女に恋をしているわけじゃない。

ジュリアナのことは好きだが、ただそれだけのことだ。彼女は優しく情熱的で、温かいユーモアのセンスを持った頭のいい女性だ。一緒にいると退屈せず、会話をしていても楽しい。いままでの愛人とは知的な部分での共通点がほとんどなく、彼女たちがベッドの外で話すことといえば、どんな宝石が好きかとか、最近こんなものを買ったとか、次はなんの舞台を観たいかといったことばかりだった。

だがジュリアナとは、芸術や音楽、文学やヨット遊び——ふたりとも大好きだがめったに楽しむ機会のないスポーツだ——のことをよく話す。ときには初歩的な哲学の話をすることもある。彼女となら、悲劇詩人ソポクレスの信念や、アリストテレスの英知について語り合うこともできるだろう。古代ギリシアの先人たちがいまも生きていて、ジュリアナと会ったなら、きっと感銘を受けていたにちがいない。

ジュリアナはあらゆる面でレディそのものだ。欲深いところがまるでない。通りの角に立ってタンバリンを叩き、手のひらを広げて歌を歌う気はさらさらないだろうが、それと同じくらい、こちらになにかねだろうという考えもないようだ。欲とは無縁の女性と言っていい。それにほかの多くのレディのように、見境なく恋人を作るような女性でもない。自分が彼女の二番目の男性であることが、なによりの証拠だ。といっても、自分の手引きで肉の悦びに目覚めた彼女は、ふたりの関係が終わったら新しい恋人を探そうとするかもしれない。自分との契約が終了したあと、ジュリアナは男の肌を恋しいと思うだろうか？　こんなふうに人目を忍んで会わなくてはいけない相手ではなく、おおっぴらに付き合える血筋のいい貴族の男を見つけるのだろうか。

ジュリアナがほかの男と愛し合うことを考えると、体の脇に下ろしたレイフの手に力が入り、胃がぎゅっと縮んだ。

「この傷はどうしたの？」ジュリアナの無邪気な声が耳元で聞こえた。

レイフははっとし、それ以上考えるのをやめてふり返った。ジュリアナの指が、自分の首の上のほうについた傷をなでている。その指の感触にレイフはぞくりとした。

二日前に髪を切ったばかりなので、いつもより傷が目につきやすくなっているのだろう。十字の形をしたその傷のことは、たまにちらりと思い出すことはあるが、普段はほとんど忘れている。

レイフは顔を近づけてジュリアナの目をのぞきこみ、その溶けたチョコレートのような色の瞳に好奇心が宿っているのに気づいた。「ああ、これか。鉄製のバールで殴られたんだ」

ジュリアナは目を丸くした。「まあ、誰かに襲われたの？」

レイフはうなずいた。「ギリシア神話の怪物《ハルピュイア》が、頭のなかで大暴れしているんじゃないかと思うほど痛かった」いまでもそのときの激痛と、首筋に滴った血がすりきれた綿織物《キャンブリック》の服の襟を汚すさまを覚えている。

「なんて恐ろしいのかしら。怪我はひどかったの？」ジュリアナは心配そうにレイフの裸の肩をなでた。

レイフは片頬で笑った。「相手が負った傷よりはましだ。ぼくは殴られても気を失わず、すぐに素手で反撃に出た。その悪党は、それから二度と同僚の港湾作業員を襲って盗みを働こうとはしなかった」

ジュリアナは眉を上げた。「同僚の港湾作業員ですって？　どういうことなの？」

レイフは真実を話したらジュリアナがどう思うだろうかと考え、あごをこわばらせた。もう何年も前のことだが、自分にはどんなに過酷で人に見くだされるような仕事でもやらなければならないどん底の時期があった。一文なしでいつも腹を空かせ、じゃがいも一個か前日の売れ残りのパンを買えるだけのお金を稼げるなら、どんな仕事でもありがたく引き受けた。

だがどれだけ苦しくても、物乞いだけはしなかった。それに手を汚して働くことを、恥ずかしいと思ったことは一度もない。単純な労働だが、一生懸命やった。

「ぼくはかつて、ロンドンの波止場で働いていたんだ」

「船会社を持っていたのね」

「いまは持っている。ぼくはいくつかの会社の筆頭株主だが、そのなかには船会社も二社ある。けれどもその当時、ぼくは港湾作業員だった。正規の社員ですらなく、一年近く日雇いで働いていた」

「でもわからないわ。あなたは教育を受けているし、はっきり言ってわたしの知っているほとんどの公爵より裕福よ。なのにどうして、普通の日雇い作業員として働かなくちゃならなかったの？」

レイフは体を少し後ろにずらして枕を床に放り、腕を枕代わりにした。「ぼくは自分が労働者だったと言っただけだ。普通かどうかということは言っていない」

ジュリアナはレイフに体をすり寄せ、胸に前腕を乗せた。「そうね、あなたには普通という言葉はまったく似合わないわ。それで、あなたのような人がどうしてロンドンの波止場で働くことになったの？」

「話すと長くなる」レイフはジュリアナにすべてを話すつもりはなかった。「とりあえず、ぼくが貧乏になったのは自分で望んだからではないし、当時の暮らしはあまり快適ではなかったとだけ言っておこう。でも、そのときの体験はとてもためになった。生きのびることやうまく立ちまわること、それにビジネスのことについて、紳士が受ける教育ではとても学べないことをぼくはたくさん学んだ。たった数年で、成功するために必要なことをすべて身につけたんだ。そして考えていたよりもはるかに大きな成功を手にした。たしかにぼくは、ほとんどの公爵より富に恵まれている」

ジュリアナは円を描くようにレイフの裸の胸をなでながら、彼の話したことについて思いをめぐらせた。乳首に指先が触れると、レイフがジュリアナの手をつかんだ。「そんなことをして、ぼくをまたその気にさせるつもりかい」

ジュリアナはレイフの顔を見上げた。「そうよ。でも少し待って。その前にもっと話を聞きたいの」

「なんの話を？」

「あなたのことよ。どこで育ったの？　ロンドン？」

「いや。ウェスト・ライディングだ」

レイフは幼少時代をその地で過ごしたが、父の強い勧めでハロー校に通うようになってからは、夏休みなど長期の休暇のときに帰省するだけだった。それでも母の住むウェスト・ライディングは、彼にとってかけがえのない故郷であり、庶子であることをいやというほど思い知らされる世界から逃避できる場所だったのだ。

だがいまにして考えれば、父が母の言うとおり家庭教師を雇うのではなく、自分を学校に行かせることにしてくれてよかったのかもしれない、とレイフは思った。さんざんつらい目にあわされたが、そのおかげで自分は強くなり、こぶしと頭を使って生きのびることを学んだ。そしてそのとき身につけた腕力と才覚が、ロンドンに来たばかりのころに文字どおり自分の命を救ったのだ。

「ずいぶん北のほうなのね」ジュリアナはつぶやいた。「どうしてロンドンに来たの？　それとも田舎の生活が物足りなくて、故郷を出ようと思ったのかしら？」

レイフはジュリアナのなめらかな髪を一房、手でもてあそんだ。「故郷を出たかったから出たんじゃない。ぼくはいまでも、風の吹く丘や谷、頑丈な造りの家、大きな石垣のある故郷の土地を愛している。でもあの場所には、ぼくができることはなにもなかった。ぼくはヒツジを育てる農夫じゃないし、貴族として生きるという選択肢も与えられていなかった」

「それで、金融の仕事に就こうと思って家を出たのね？」

レイフは物思いに沈んだような顔で、口元に笑みを浮かべた。「じつを言うと、最初は法律を勉強するつもりだった」

「そうなの？」

「そんなに驚かなくてもいいだろう。ぼくが一度は法廷弁護士を目指したということが、そんなに信じられないかな？」

「ええ、信じられないわ」ジュリアナは一瞬、間を置いたのち言った。「あなたは頭もいいし、弁も立つ人よ。でもどういうわけか、あなたが長服を着て髪粉のついたかつらをかぶり、裁判長の前でうやうやしくお辞儀をしている姿が想像できないの――そんなのあなたには似合わないわ」

「たしかにぼくは、誰かにぺこぺこ頭を下げるようなタイプじゃないからな」

ジュリアナはうなずいた。「そうした窮屈な世界で生きるには、あなたは自由すぎる心を持った人だもの。法律家なんかになったら、きっと息が詰まっていたんじゃないかしら」

レイフはジュリアナの鋭い指摘に驚いたが、表情には出さなかった。彼女の言うとおりだ。自分はこの仕事を愛している。巨額の資金を運用し、市場の裏をかいて利益を得る過程と、それにともなうスリルが大好きだ。

最初の百万ポンドを稼いでから、投資は自分にとってゲームになった――とても現実的で真剣なゲームだが、わくわくするものであることに変わりはない。膨大な利益を生む次の案件を探すことほど、自分の血を騒がせ、興奮させるものはほかにない。

もちろん、ジュリアナは別だ。彼女の姿を目にし、そのささやきを聞くだけで、血が騒いで胸がわくわくする。

レイフはジュリアナの頬を手で包み、その体を引き寄せてキスをした。またしても欲望が湧きあがり、股間がうずいた。

ジュリアナはキスを返してから背中をそらした。「ところで、どうして途中で断念したの？」

「なにを？」

「法律家になることを」

レイフはため息をつき、もう少し詳しく話してやることにした。

「簡単な理由さ。金がなくなったんだ」

「誰も援助してくれる人はいなかったの？　ご両親は？」

「両親はもういなかった」その原因は話したくない。とくに母の亡くなった状況については、思い出したくもない。

「あなたに残されたものはなにもなかったの？」

レイフの目のまわりの筋肉がぴくりと動いた。「ああ、なにもなかった」

ジュリアナの顔に浮かんだ表情を見て、レイフは付け加えた。「でも両親のことを悪く思わないでくれ。ふたりが自分たちの意志でどうにかできる状況じゃなかったんだ。父の領地には厳しい限嗣《げんし》相続財産権が設定されていた」

「お父様は貴族だったの？」

「ああ、そうだ」

「お母様は？」

「牧師の娘だ。罪を犯して神の恩寵《おんちょう》を失ったが、ぼくに言わせれば天使のような女性だった」

ジュリアナはまだ聞きたいことがたくさんあるというように、目を輝かせた。「それであなたは、波止場で働くことになったのね？」

「ちゃんとした身元保証人がいなかったから、ほかに働ける場所はほとんどなかった」

ジュリアナはもっと詳しく話を聞きたそうな顔をし、唇の端を嚙んだ。

だがジュリアナがそれ以上質問をする前に、レイフが言った。「手短に説明すれば、ぼくは作業員として働きながら、同僚に頼まれて手紙の代読や代筆をして謝礼をもらっていたんだが、そのことがあるとき主任の目に留まった。ぼくが読み書きができるだけでなく、数字にも強いということがわかると、主任はぼくを事務員として登用した。それからぼくは、ビジネスに必要なことをすべて学ぼうと決めたんだ」

「会社はどうしたの？　まだ営業してるのかしら？」

「ああ、だが経営陣は替わった。ぼくはその会社を数年前に買収し、その後転売して結構な利益を得た」レイフはジュリアナを抱き寄せた。「今度はぼくからきみに質問がある」

「わたしに？」

「ああ。きみは上のほうがいいかい？」そう言うとジュリアナをくるりと仰向けにした。「それとも、下のほうがいいかな？」

レイフはふざけてうなり声を上げ、ジュリアナにキスをした。ジュリアナは笑いながらキスを返し、質問の答えを教えた。

10

ジュリアナはバイロン卿の『イギリス詩人とスコットランド批評家』を書架から取ってぱらぱらとページをめくり、一、二詩句読んだ。口元に笑みを浮かべてレイフのことを思い浮かべ、自分がこの本を手に取ったことを知ったらなんと言うだろうかと考えた。きっと意地悪な口調でこちらをからかったあと、抱き寄せてキスを浴びせるだろう。そして自分は、バイロンのことも詩集のことも忘れてしまうのだ。

ジュリアナは本を棚に戻し、ほかの本を物色しはじめた。バイロン男爵の詩は、あまりぴんとこないときがある。いまの自分の気分には、ロマンチックな作風のロバート・バーンズがぴったりだ。どんなに抵抗してみても、レイフのことを思うと甘く切ない気持ちになるのを止められない。

ジュリアナは本選びに集中しようとし、棚から適当に一冊を抜き取った。ジグッズボディ牧師の書いた『悪徳と永遠の断罪への道——現代の罪に関する論文』だ。ジュリアナは題名を目にし、思わず跳びあがりそうになった。〝悪徳ですって！〟あわてて本を元の場所に戻して歩き出した。

レディが探しているというのに、ロビー・バーンズはいったいどこにいるのだろう？　しかも自分は、聖職者が地獄の業火について書いた本を目にした直後だというのに、もうレイフのことを考えはじめている。

自分とレイフがしていることは、罪に当たるのだろうか？

そんなことはない。たしかに始まりは普通じゃなかったかもしれないが、自分たちはなにも悪いことはしていない。ほかの人がなんと思おうと、自分に罪の意識はない。

でも本当にそう言いきれるのか？

ジュリアナはそれ以上そのことについて考えるのをやめ、狭い通路から広い場所に出た。マリスが大きな書棚の前で本を選んでいるのが目に入ってほっとした。

自分とマリスはときどきこうして〈ハチャーズ書店〉に立ち寄り、なにかおもしろそうな本が入荷していないか探している。ヘンリエッタはキューに住む友だちのところに行き、今日は一緒に来なかった。最近は訪ねてくる紳士に応対したり、外出に付き添ったりとマリスのことで大忙しで、ゆっくり考えごとをする時間もないのだそうだ。そして静かな午後を過ごす日が一日ぐらいないと、年を取った自分の体がもたないと言って笑った。

ヘンリエッタの言うことはもっともだ。ジュリアナは思った。最近のマリスはいつもの友人たちとの付き合いに加え、紳士が何人も訪ねてくるなど、あちこちからひっぱりだこになっている。ミドルトン子爵も足しげく通ってくる紳士のひとりだ。芸術と音楽を愛するダウトン卿という若者も、アラートン邸の応接室によく顔を出している。そしてハンサムでがっしりした体つきのウェアリング少佐も、たびたびマリスを訪ねてくる。

確信があるわけではないが、妹はウェアリング少佐に惹かれているのではないだろうか。少佐が訪ねてくると、マリスはきらきらと目を輝かせ、いつもよりたくさん笑っている。散歩や公園での乗馬に誘われるといそいそと出かけ、帰ってきてからとても楽しそうにその日の出来事を話してくれるのだ。

だが妹は舞踏会に夜会にと飛びまわり、次に出かけるときに着るドレスや晩餐《ばんさん》にエスコートしてもらう紳士のことでいつも頭がいっぱいで、それ以外のことまで考える余裕がないらしい。マリスが忙しくしているのはいいことだ。社交シーズンが終わるまで、思いきり楽しむといい。

けれども、このところ予定が目白押しなのは妹だけではない。自分も目がまわるほど忙しい――といっても、その理由はマリスとはぜんぜん違う。パーティやお茶会や舞踏会に出ながら、午後にレイフとも会っているからだ。

社交シーズンが真っ盛りのいま、レイフのところに行くのはますますむずかしくなり、予定を変更しなければならないことも少なくない。午前中に会ったことも何度かある。二、三時間仮眠をとってから、知り合いのほとんどがまだ寝ている時間に、こっそりクイーンズ・

スクエアの屋敷に向かった。

ありがたいことに、レイフは予定の変更を気にしていないようだ。仮に内心ではあまり快く思っていないとしても、それを口に出して言うことはない。いまはこちらの時間が完全に自由にはならないことを、ちゃんと理解してくれている。自分には妹に対する責任がある。そしていつどこに行くかということや、誰に見られているかということに、いままで以上に気をつけなければならないのだ。

ふたりとも、最初の取り決めや債務の残高について口にすることはない。でもあと四カ月たてば、ハリーの借金は清算される。自分は自由の身になり、もしそう望むならレイフの前から永遠に姿を消すことができるのだ。

自分はそれを望んでいるのだろうか？

そのとき足音が聞こえ、ジュリアナの思考は中断された。視線を上げると、サマーズフィールド伯爵がいかにも貴族らしい顔をほころばせながら、こちらに歩いてくるのが見えた。

「レディ・ホーソーンではないですか！　こんなところでお会いできるとは、思ってもみませんでした。なんて嬉しい偶然なんでしょう！」

伯爵が優雅にお辞儀をし、背筋を伸ばして満面の笑みを浮かべると、口元から白くそろった歯がのぞいた。

ジュリアナは仕方なく笑い返した。そうしていけない理由はない――サマーズフィールド卿は感じのいい男性だ。そしてとても粘り強い男性でもある。こちらが何度断っても、懲りずに結婚を申し込んでくる。あまりにひんぱんに申し込まれ、そのつど断っているうちに、最近では伯爵のプロポーズそのものがゲームのように思えてきた。

こちらとしては、彼の気持ちを傷つけることを心配している。けれどもサマーズフィールド卿はプロポーズを断っても、そのたびに自分はまったく傷ついていない、あなたの気が変わるまで友だちでいましょうと言うのだ。

本当のところ、彼はそれほど真剣ではないのではないかという気がする。もし自分がイエスと言えば、伯爵は喜ぶより先にあわてふためくのではないだろうか。でもゲームはあくまでもゲームだ。ふたりともそんなことは絶対に起こらないと、どこかでわかっているのだ。サマーズフィールド卿のことは好きだし尊敬もしているが、たんなる好意以上の感情は抱いていない。彼のプロポーズを受けるつもりはまったくない。

「閣下、お会いできて光栄です。こんなに気持ちよく晴れた日は、外でお過ごしだとばかり思っておりましたわ」

「ここに太陽と見まがうばかりに輝く美女がいるのに、わざわざ屋外に出ていく必要があるでしょうか」

「お願いです、閣下。つまらないお世辞はやめてくださいと、前にも申し上げたでしょう？いますぐ口を閉じてください」ジュリアナは微笑んだ。

サマーズフィールド卿は仕立てのいい淡青《クラレンス・ブルー》色の上着の胸に、手袋をした手を当てた。

「そのお言葉はあんまりではありませんか。目の前に美女が現われたら、わたしは立ち止まって賛美の歌を歌わずにはいられません。そしてあなたこそ、そうした歌にふさわしい女性です。大勢で合唱したくなるくらい、あなたは美しい。そう思う気持ちを抑えることはできません」

ジュリアナはくすくす笑い、首をふった。「もう充分です。それ以上お世辞をおっしゃったら、わたしの頭はうぬぼれでいつもの三倍に膨れあがり、最後に破裂してしまいます。そうなったら、まわりにどれだけ迷惑をかけることか」

伯爵が大きな声で笑うと、近くにいた数人の客がふり返った。

「ほら、みんなが見ています」ジュリアナは言った。

「もっと注目を浴びましょう。わたしと駆け落ちしませんか？　馬車を飛ばせば、恋人たちの聖地グレトナ・グリーンまですぐです」

「わたしは本を選びますわ。ところで閣下は、どんな作家の本を探しにいらしたのですか？」

男性の笑い声のしたほうに顔を向けたレイフは、手に持った本を思わず落としそうになった。

ジュリアナだ。

ほんの数フィート離れたところに、ジュリアナが立っている。青リンゴ色のデイドレスに身を包み、ぱっと輝くような美しさだ。アップにまとめたつややかなダークブラウンの髪をしゃれたデザインの帽子の下にたくしこみ、うなずくたびに白い羽根飾りが揺れている。

レイフの心臓がひとつ大きく打ち、ジュリアナと一緒のときはいつもそうなるように、全身がかっと火照った。これほど彼女にのめりこんでいるのに、どうして店に入ったときにすぐ気がつかなかったのか。

ジュリアナが穏やかな笑みをたたえ、そばにいる男の言葉に、ときおり声を上げて笑っている。

あの男は誰だ？

レイフは奥歯をぎりぎりと噛んだ。ふたりが知り合いであることは間違いない。あの態度からすると、昔からの親しい友人同士のようだ。

仲のよさそうなふたりの様子が、ひどくレイフの癇《かん》に障った。

レイフは手元をほとんど見ずに本を棚に戻した。二歩進んだところで、ここがどこでどうしてジュリアナに声をかけてはいけないかを思い出し、足を止めた。書店のような場所で、自分たちが知り合いであることを明かしてはいけないのだ。おおやけの場では、他人としてふるまうことを彼女に約束している。レイフは体の脇でこぶしを握りしめ、ジュリアナに歩み寄って一緒にいる男性から引き離したい衝動と闘った。

相手の男が彼女に欲望を感じているのはたしかだ。ジュリアナはそれをわかっているのだろうか。目の前にいる男が下心を抱き、ずらりと並んだ革装丁の学術書などどうでもいいと思っていることに、彼女は気づいているのか。

男が腕を前に差し出した。ジュリアナが笑いながら男の腕に手をかけるのを見て、レイフの目のまわりの筋肉がぴくりとした。

レイフは自分でも気がつかないうちに音をたてていたらしかった。ジュリアナがふり返り、彼をまっすぐに見た。美しい目を大きく見開き、ひどく驚いた顔をしている。もしレイフの見間違いでなければ、その目は嬉しそうに輝いていた。だが次の瞬間、その輝きは消え、代わりに心配そうな表情が顔に浮かんだ。

レイフは片方の眉を上げ、周囲にわからないようにごく軽くうなずいてみせた。

ジュリアナはレイフをじっと見つめた。

彼がいる。どうしよう!

かすかに笑みを浮かべると、うつむいて表情を見られないようにした。

もしこれがふたりきりなら、レイフはどこか奥まったところに自分を連れていき、抱きしめてキスをするだろう。ジュリアナは心臓が胸を破って飛び出すのではないかと思いながら、ゆっくり深呼吸をして気持ちを落ち着かせようとした。驚きのあまり、全身で脈が激しく打っている。

レイフは貴族の誰にも負けないくらい、堂々として見える。体にぴったり合った暗緑色の上着が、がっしりした肩と、淡いグリーンのガラスのかけらのように輝く瞳を引き立てている。それに寸分の狂いもなく結ばれたタイ、黄褐色のベストに同系色のズボン、磨きこまれたヘシアン・ブーツ、しゃれた角度に傾いたビーバー帽という装いだ。

ジュリアナは身震いし、まるでレイフに直接触れられているように、その存在を強く意識した。それと同時に、自分たちの社会的な立場が違うことをしみじみと実感した。秘密の関係以上に、自分たちのあいだに立ちはだかっているのは、身分の違いという越えられない壁なのだ。

もしまわりに誰もいなければ、自分はなにも考えず、まっすぐレイフに歩み寄っていただろう。そうできたら、どんなにいいことか。だがサマーズフィールド卿が目の前に立っているし、妹もすぐ近くにいる。ここを動くわけにも、声をかけるわけにもいかない。表面上は赤の他人のようにふるまわなければならないのだ。ジュリアナは下唇を噛み、レイフのほうを見ないようにした。

「おや、あそこにいるのはレイフ・ペンドラゴンではないでしょうか」伯爵がささやいた。

「最近の金融界ではロスチャイルドと拮抗《きつこう》し、資産総額もほとんど変わらないと聞きました。つい先日も、ウェリントン将軍がスペインへの侵攻作戦を続行できるよう、資金調達を手伝ったそうです」

ジュリアナは驚いた。レイフが金融界の大物だとは知っていたが、軍を資金面で支えているとは思わなかった。胸に温かいものがこみあげてきたが、同時にレイフを無視しなければならないことへの後ろめたさがつのった。

「不思議ですね」サマーズフィールド卿が言った。「ペンドラゴンはあなたを見ているようです」

ジュリアナはぱっと顔を上げ、伯爵の言ったとおりであることを見て動揺した。

〝レイフはいったいどういうつもりなの？〟

「あの人がなぜこちらを見ているのか、さっぱりわかりませんわ」ジュリアナは素知らぬ顔で言った。

サマーズフィールド卿は微笑んだ。「あなたの美しさに、きっと目が釘付けになっているのでしょう」

「それにしても、じろじろ見るとは失礼ですね」

〝ああ、レイフ、わたしを見るのはやめて！〟

「こんにちは、閣下」マリスがふいにふたりの背後から現われた。「ふたりでなにをひそひそ話してるの？　まあ、あの人は誰かしら？　あんなにハンサムな男性は見たことがないわ」

伯爵がわざとらしく片方の眉を吊りあげた。「失礼、それはわたしに対する侮辱でしょうか？」

マリスはすっかり打ち解けた様子でくすくす笑った。「まあ、そんな。閣下もとてもハンサムでいらっしゃいますわ」

伯爵は笑みを浮かべた。「ありがとうございます、レディ・マリス。わたしを慰めてくださったんですね」

「あの人、こっちに来るわ」マリスがはずんだ声を出した。「わたしたちに話しかけるつもりかしら？」

ジュリアナは生きた心地がしなかった。レイフが自分をちらちら見ながら、こちらに向かってくる。

〝まさか、わたしに話しかけるつもりじゃないでしょうね〟

彼に声をかけられて、初めて会ったふりができるほど、自分は演技がうまくない。一言なにかを言うか、彼の顔をちらりと見ただけで、みんなに真実を悟られてしまうだろう。レイフが自分の恋人であることは、すぐに世間の知るところとなるにちがいない。

レイフがどんどん近づいてくる。ジュリアナはパニックに陥った。だがあとほんの数フィートというところで、レイフがふいに左に向きを変え、自分は本を探しているのだと言わんばかりに書棚の並んだ通路に消えた。

ジュリアナはため息をついた。自分が息を止めていたことにそのとき初めて気づき、かすかにめまいを覚えた。

「残念だわ」マリスが言った。「自己紹介してくれたら、外見と同じくらい声も素敵なのか確かめられたのに」

〝ええ。外見以上に素敵な声をしているわ〟

ジュリアナは気持ちを鎮め、マリスに向かって言った。「自己紹介だなんてとんでもないわ。さあ、欲しい本が見つかったのならそろそろ帰りましょう」

マリスは戸惑ったような顔でジュリアナを見た。「ごめんなさい、ジュールズ。あなたを怒らせるつもりはなかったの。まあ、なんだか顔色が悪いわ。だいじょうぶ？」

サマーズフィールド卿がうなずいた。「そのとおりです、レディ・ホーソーン。急に具合でも悪くなられたのですか？」

「ちょっと頭痛がするだけですわ。すぐによくなると思います」

「わたしにいい考えがあります」サマーズフィールド卿は微笑み、腕にかかったままのジュリアナの手を手袋越しにさすった。「〈ガンター〉でケーキとアイスクリームでも食べませんか。わたしにおふたりをエスコートさせてください。紅茶もたっぷり頼みましょう。お茶を飲んで甘いお菓子を食べれば、すぐにご気分もよくなると思います」

ジュリアナは気が進まなかった。レイフとばったり出くわすという出来事のあとでは、いますぐ家に帰ってほっとしたい気分だった。だがマリスを見ると、行きたそうな顔をしている。

「ええ、ありがとうございます。喜んでお供いたします」ジュリアナはレジに立ち寄ってマリスが選んだ本の代金を支払い、外に出た。サマーズフィールド卿の馬車に乗りこんでいるとき、レイフが店から出てくるのが見えた。

一瞬、目と目が合った。レイフは不機嫌そうな表情を浮かべている。そしてくるりと背を向け、そのまま歩き去った。

〝ああ、どうしよう〟

それからしばらくして、馬車が動き出した。

翌日、ジュリアナは不安な気持ちのまま、クイーンズ・スクエアの屋敷に足を踏み入れた。レイフにいつものように迎えられ、情熱的なキスをされると、ジュリアナはほっと胸をなでおろした。

そして微笑みを浮かべながら、レイフの先に立って軽やかな足取りで階段を上がった。居間に入るとソファに腰を下ろし、レイフが飲みものを用意しにサイドボードに向かうのを見ていた。

蜜蠟とレモンのいいにおいがあたりにただよい、室内はいつものようにきれいに片づいている。ここに来るときはいつもふたりきりなので、使用人はどうしているのか、前にレイフに訊いてみたことがある。すると日雇いの家政婦が三人、逢い引きの約束のない日にやってきて、掃除をしているとのことだった。そしてハンニバル——何週間も前、勇気を振り絞ってブルームズベリーの屋敷のドアをノックした自分を芯から怯えさせた大男だ——が週に一度足を運び、食料品やその他の生活必需品を補充しているらしい。

ガラスの当たるかちんという音に続き、ワインを注ぐ音がした。血のように鮮やかな色をした赤ワインだ。レイフが左右の手にグラスを持ち、ジュリアナに近づいてきた。

ジュリアナが最初のひと口を飲んでいるとき、レイフが訊いた。

「それで、彼は何者なんだ?」

ジュリアナは顔を上げ、あわててワインを飲みくだした。思わずむせそうになり、ひとつ咳をした。「なんですって?」

レイフは眉根を寄せた。「〈ハチャーズ書店〉でのことだ。一緒にいた男は誰なんだい?」

「ああ、サマーズフィールド卿のこと?」

「なるほど、そういう名前なのか。彼とはどれくらい親しいんだ?」

いつものように低くなめらかな声だが、ジュリアナはレイフの口調にかすかにとげとげしい響きを感じた。

ジュリアナはため息を呑みこんだ。やれやれ、やはり昨日の話をしなくてはならないらしい。〈ハチャーズ書店〉での出来事はなかったことにして忘れたかったが、どうやらそうはいかないようだ。

「彼のことはよく知ってるわ。閣下とわたしは知り合いなの」

レイフはワインを何口か立てつづけに飲んだ。「ただの知り合いにしては、やけに親しそうだったじゃないか。きみは他人の前で、いつもあんなふうに笑うのかい?」

「他人だとは言ってないでしょう。あの人とわたしは友だちのようなものよ。おおやけの場で会えば、挨拶ぐらいするわ」

「彼とはほかにどんなことをするんだい? もちろん、おおやけの場での話だが」

「ダンスやおしゃべりをしたり、ときには深夜の晩餐にエスコートしてもらうこともあるわ。これで満足かしら?」

レイフはジュリアナの隣りに座り、片方の腕を無造作にソファの背もたれの上に伸ばした。ジュリアナにはレイフの体がいつもより大きくなったように感じられた。なんとなく威圧感がある。おもしろそうな獲物を見つけた大きな猫のようだ。

レイフはジュリアナの頭からピンを二本はずし、長い髪の毛を一房、肩に垂らした。そしてそれをゆっくりと指にからめた。「あの男はきみを欲しいと思っている」

レイフの指の感触に、ジュリアナはぞくりとした。「そうね。でもあの人がわたしを手に入れることはないわ。そのことなら本人に何度も言っているのよ」

レイフのエメラルド色の瞳がきらりと光った。「つまり彼は、きみへの欲望をおおっぴらにしているというわけか？」

「ええ、でもそれが本気かどうかは怪しいものだわ。サマーズフィールド卿は女性が大好きで、チャンスがあれば誰かれかまわず口説いて楽しんでいるのよ。わたしは大勢のなかのひとりにすぎないわ」

レイフの手が一瞬止まったが、すぐにまた動きはじめ、ジュリアナの髪を無造作に指にからめたりほどいたりした。「いや、彼は本気だ」

「そうかもしれないわね。会うたびに結婚を申し込んでくるから」

「プロポーズされたのか？」レイフはそこで言葉を切り、ワインをゆっくり口に含むと、グラスを脇に置いた。「それで、きみはなんて答えたのかい？」

「断ったに決まってるでしょう」ジュリアナはレイフの声音に、またしても苛立ちのようなものを感じた。「あなたがやきもちを焼くことはないわ」

レイフは眉をしかめた。「やきもちなんか焼いてない」

レイフの顔に浮かんだ表情に、ジュリアナは口をつぐんだ。だがレイフは、ジュリアナがなにか言いたそうな目をしていることに気づいた。

身を乗り出し、ジュリアナの頰を手で包んだ。「ぼくは自分のものを、ほかの誰かと共用したくないだけだ」

レイフに唇を奪われ、ジュリアナは鼓動が速まるのを感じた。力強く情熱的なキスで、ワインと彼自身の味がする。ジュリアナは目を閉じ、キスを返した。

やがてレイフは、ジュリアナの頬から耳へと唇を這わせた。「それから、ほかの男が目の前できみを口説くのを、指をくわえて見ていなくちゃならないこともごめんだ」そう言うとジュリアナの耳たぶを軽く噛み、頬にキスをした。

「え? ああ、書店でのことね。あの人は別にわたしを口説いていたわけじゃないのよ」レイフと目が合い、ジュリアナは言いなおした。「というより、わたしからそう仕向けたんじゃないわ。昨日のことは申し訳ないと思ってるけど、人前であなたに声をかけるわけにはいかなかったの。わかってくれるでしょう?」

ジュリアナはどきどきしながら返事を待った。

「社交界の堅苦しい決まりごとやあからさまな差別を認めるわけではないが、ぼくたちが言葉を交わしたりしたら、周囲の目にどんなふうに映るかということはわかっている」

「もしマリスのことがなければ……」

「いや、もういいんだ。きみの妹がいるのは見えたし、ぼくを紹介できないということもわかっている。心配しなくていい」

ジュリアナは無言のまま、ひげを剃《そ》ったばかりのレイフの頬にそっと手を当てた。

「きみたち姉妹はそっくりだ」

「よく言われるわ。そういえば、マリスがあなたのことをとてもハンサムだと言ってたわよ」

レイフはにやりとした。「そうなのかい？　もしかして、ぼくの機嫌を取ろうとして言ってるのか？」

ジュリアナはからかうように、マニキュアを塗った指でレイフの下唇をさっとなでた。「もしそうだとしたら、わたしの作戦は的中したかしら？」

レイフは声を上げて笑った。「なかなかいい作戦だ。でもまず、ひとつはっきりさせておきたいことがある」

「なんのこと？」

「わかっているだろう」レイフはジュリアナの指を軽く嚙んだ。「きみの大切なあの貴族のことだ」

「彼はわたしの大切な人なんかじゃないわ。さっきから言ってるでしょう」

「そうか。だとしたら、縁を切るのはそんなにむずかしいことじゃないな」

ジュリアナは眉根を寄せた。「縁を切るですって……まさか、そんなことできないわ」

「どうしてだ？　もう会わないと言えばいいだけのことだろう」

ジュリアナは深いため息をついた。「あの人と会ったりなんかしてないわ。それに、そんなに簡単にはいかないのよ。サマーズフィールド卿とわたしは同じ貴族社会にいるの。彼を無視しようとするなんて、あまりに不自然だわ。縁を切るなんて論外よ。そんなことをしたら、よけいな噂が立ってしまうでしょう」

レイフはあごをこわばらせた。「つまり、彼との付き合いをやめる気はないということかい？」

「おおやけの場で、サマーズフィールド卿に対して礼儀を欠くようなことはできないということよ。念のため言っておくけど、あの人はわたしを自宅に訪ねてきたりはしていないわ。わたしと彼のあいだになにかあると疑ってるの？　まさか、ベッドをともにしてるなんて思ってないわよね？」

「そうじゃない。きみはそんなことをする女性じゃないとわかっている」

「だったら心配しないで」

レイフは本当に嫉妬《しっと》している、とジュリアナは思った。レイフ・ペンドラゴンのような男性が嫉妬で取り乱すなんて、そうそうあることではないだろう――しかも相手はこのわたしなのだ。レイフがこんなにむきになっているのは、男性特有の独占欲のなせるわざだろうか。どうせいつか飽きるのに、犬が自分のおもちゃをほかの犬に取られまいとしているようなものなのかもしれない。それとも、たんなる独占欲以上の意味があるのだろうか？　そしてわたしは、そうあってほしいと思っているのか？

「でも、何度も結婚を申し込まれたんだろう？」

「それがなんなの？　わたしはラッセル・サマーズフィールドとも誰とも結婚するつもりはないわ」

「どうしてそう言いきれるんだい？　もしきみの気が変わったら？　いつか彼のプロポーズを受けようと思うかもしれないだろう」

ジュリアナはかぶりをふった。「あなたも知ってのとおり、わたしは結婚の経験があるのよ。もう二度とごめんだわ」

レイフが険しかった表情をふと和らげ、同情したような顔をした。「男がみんな、きみのご主人と同じだとは思わないでくれ。身勝手で残酷な生きものじゃない男もいる」

「わかってるわ。でも未亡人として暮らすうちに、自立して生きることは素晴らしいと思うようになったの」

「誰かと一緒にいたいとは思わないのかい？　孤独が怖いと感じたことは？」

「もう一度不幸な結婚生活を送るくらいなら、ときどき襲ってくる孤独に耐えるほうを選ぶわ。わたしはいまの自分に満足しているの」

本当にそう言いきれるのか？　ジュリアナは自問した。もし愛を告白してくれるのがレイフでも、自分は同じ答えをするのだろうか。レイフがひざまずいて結婚を申し込んできても、ほかの紳士にしているようにあっさり断ることができるのか。

けれども、そんなことを考えるのはばかげている。仮にそう望んだとしても、自分とレイフがずっと変わらない絆で結ばれることはない。

そもそも、自分はそれを望んでいるわけではない。そうではないか？

いまこのときを楽しむのだ。一緒にいられる時間に感謝して、それ以上のものを求めてはいけない。

ジュリアナは自分にそう言い聞かせ、微笑みながらレイフの首に抱きついた。ゆっくりと唇を重ね、長いキスをした。しばらくすると顔を離して言った。「サマーズフィールド卿に勘違いさせるようなことはしないと約束したら、それで納得してもらえるかしら？」

「軽口を叩き合ったりしないかい？」

「できるだけ避けるわ」

「楽しそうに笑ったりも？」

ジュリアナはわざと深刻な顔をした。「教区司祭のようにまじめくさった態度で接することにしましょう」

「深夜の晩餐は？」

「たとえ空腹で倒れることになっても、彼と食事はしないわ」

レイフはやれやれというように笑みを浮かべた。「そこまでする必要はない。舞踏会に行く前に、夕食をたくさん食べておけばだいじょうぶだ」

ジュリアナは笑った。

「よし、決まりだ。だが約束は守ってくれ」

「かならず守るわ」

レイフはジュリアナの頭から残りのピンをはずし、長い髪をはらりと肩に垂らした。

ジュリアナもレイフの髪に手を差しこみ、その顔をぐっと引き寄せた。「さあ、今度はわたしのお願いを聞いてくれる？」

レイフは片方の眉を上げた。「なんだい？」

「おしゃべりをやめて、ベッドに連れてってちょうだい」

レイフはジュリアナに唇を重ね、息が止まるような熱いキスをした。しばらくして立ちあがり、ジュリアナを抱きかかえた。

「レディのお望みとあらば、喜んで」

11

レイフは賭場《とば》の薄暗い室内を見まわした。煙草の煙が立ちこめ、そこに獣脂ろうそくの燃えるつんとしたにおいが混じってひどく空気が悪い。平民も紳士も身分の別なくひとつの場所に集まり、大声を上げて騒ぎながら、ベーズでおおわれたいくつものテーブルを囲んでいる。

大広間で行なわれているのは、さいころ賭博のハザードと賭けトランプのフェローだ。あちこちでさいころがふられてカードが引かれ、勝負がつくたびに歓声とうめき声が同時に上がる。より高度なカードゲームを落ち着いてゆっくり楽しみたい者のために、ピケットやホイスト、ブラックジャックができる部屋もいくつか別に用意されている。混んだ広間に目指す相手が見つからず、レイフが足を踏み入れたのも、そうした部屋のひとつだった。

ウェイターが近づいてきて飲みものを勧めた。レイフは首をふり、いらないと合図した。酒で思考力が鈍るのは避けたかった。そもそもここに来たのは遊ぶためではないし、用がすんだら一分でも長居をするつもりはない。

ギャンブルはとても人気のある娯楽で、なかにはそれが生きがいになっている者もいる。

だが賭け事がもたらす興奮に病みつきになり、人生が崩壊してしまった例をこれまで自分はたくさん見てきた。自分は堅物でも清教徒でもない。人間には自由意思があり、人生を棒にふりたければそうするのも本人の勝手だと思っている。でもその人間に、家族まで道連れにする権利があるだろうか。

自分はある若者に、その権利はないということを教えにやってきた。

ようやくその若者の姿を見つけ、レイフはつかつかと部屋の奥に進んだ。そして若者の右の後方でいったん足を止め、その肩越しに無言でゲームの行方を見守った。

ブラックジャックは確率と予測に基づいたゲームで、すでに引かれたカードがどれで、次に出てくる可能性の高いカードはなにかを、集中力と技術で見きわめなければならない。ディーラーの持ち札はクイーンと四の合計十四だ。一方の若者は五と二の表札を持ち、三枚目を伏せている。

レイフはアラートン卿が伏せた札の端をちらりとめくり、元に戻すのを見ていた。若い伯爵が次の手をどうするかを思案するあいだ、長い沈黙が流れた。

「スタンドだ」ハリーが言った。

「カードを引きます。スペードの四。ディーラーの合計は十八です」

ディーラーは慣れた手つきでハリーのカードをめくった。「プレーヤーの合計は十七。こちらの勝ちです」

硬貨とカードがあっという間に回収された。

「ヒットするべきでしたね、アラートン卿」レイフはハリーに近づきながら言った。「あなたが優位に立つ確率は高かった」

ハリーはダークブラウンの瞳を光らせてふり返った。声をかけてきたのが誰かを見て、険しかった表情を少し和らげた。「ペンドラゴン。元気かい？」

レイフはうなずいた。

「驚いたな」ハリーは言った。「きみがこういうところに来るとは知らなかった」

「普段は来ません。でもそちらは、またギャンブルを始められたようだ。おひとりですか？」

ハリーは首をふった。「いや、友だちふたりと一緒だけど、ハザードがやりたいと言うんでぼくだけこっちに来たんだ。ハザードなんて愚かな人間がやるものだろう。運がすべてで頭は使わないんだから」

「ゲームの大半は運頼みだが、それを喜ぶのは人間のなかにある愚かな部分です」ハリーがその言葉の意味に気づいて腹を立てる前に、レイフは言った。「ちょっと静かな場所に行きましょう。お話したいことがあります」

ハリーは気乗りしない様子で一瞬返事をためらったが、すぐに肩をすくめた。テーブルに残った数枚の硬貨をポケットに入れ、椅子から立ちあがった。

部屋の隅に誰もいない小さなテーブルがあり、ふたりはそこに向かい合わせに座った。ハリーがブランデーを持ってくるようウェイターに合図をすると、すぐにグラスが運ばれてきた。

レイフはハリーがブランデーを飲むのを見ていた。本当にそれが飲みたいからというより、大人に見せたくて飲んでいるのではないかという気がする。いかがわしい賭場に出入りしているのも、もしかするとそれが一番大きな理由ではないだろうか――若者は往々にして友人に見栄を張り、自分がいっぱしの男であることを誇示したがるものだ。

「ところで、話とはなんだい？」ハリーはすっかりくつろいだ様子で、グラスを軽く揺すった。「取引は終わったはずじゃなかったかな。借金は全額返済した。もう何週間も前に、姉が代わりに清算してくれたと聞いている」

「ええ、たしかに。レディ・ホーソーンがわたしを訪ねてこられて、あなたの借金を清算なさいました。でも今夜お話したいのは、そのことではありません」

ハリーは怪訝《けげん》そうな顔をした。「だったら、なんの用だい？」

「あなたの最近の行状のことです、閣下。ギャンブルを再開したようだというあまり芳しくない噂が耳に入ってきましてね。この前わたしに助けを求めてきたときと同じように、またずるずると深みにはまっているんでしょう」

「そんなに悪い状況じゃない。数百ポンド負けているだけだ」ハリーはレイフと目が合い、すぐに視線をそらした。「いや、数千ポンドかな。とにかく、誰だって勝つときと負けるときがある。ギャンブルは都会の紳士の生活の一部なんだ。そのうちぼくにも運命の女神が微笑み、大当たりするときが来る。そうなるに決まっている」

「もしそうならなかったら？　運命の女神は気まぐれだ。それにわたしの記憶違いでなければ、あなたがそもそも借金で身動きが取れなくなったのは、自分にツキがまわってくると思いこんでしまったからではなかったかな」

ハリーはグラスをくるくるとまわした。「なにが言いたいんだ？　またぼくに融資をしようというのかい？」

「その逆です。あなたにギャンブルをやめてもらいたい」

ハリーは信じられないという表情でじっとレイフを見つめ、やがて吹き出した。「なんだって！」

「いま言ったとおりです、閣下。あなたのしていることはあまりに無茶だ。自制することを覚えなければ、遠からず破産してしまうでしょう。そうなったらもう終わりです」

ハリーはブランデーを飲み干し、かちんと音をたててグラスをテーブルに置いた。「ぼくならだいじょうぶだ」

レイフは身を乗り出し、声をひそめた。「はっきり言わせていただけるなら、あなたが破産してもそれは自業自得というものだ。でもあなたには面倒を見なければならない人たちがいる。小作人や使用人の生活はどうなるんです？　仮にそうした人たちや受け継いだ財産のことなどどうでもいいと思っているとしても、ご家族のことは愛しているでしょう。レディ・ホーソーンがあなたに代わってわたしに頭を下げたのは、あなたがふたたび転落するのを見るためではない。理解に苦しむが、姉君はあなたを心から愛し、信じているようだ。その信頼を裏切るようなまねはやめなさい。あなたの無鉄砲な行為で、姉君のような善良な女性の顔に泥を塗るべきではない」

ハリーはしばらくのあいだ、ぽかんと口を開けてレイフを見ていた。やがて顔を真っ赤にし、傍目にもわかるほどわなわなと肩を震わせた。

レイフはハリーがなんとか落ち着きを取り戻そうとするのを見ていた。

「きみはたしかにぼくより年上かもしれない」ハリーはようやく口を開いたかと思うと、激しい口調でまくしたてた。「でもぼくの私生活のことは、そっちにはなんの関係もないはずだ。それに姉について、知ったふうなことを言ってもらいたくない。い——いますぐ謝ってくれ」

ハリーの大きな声に数人の客がふり返ったが、レイフがじろりとにらむとあわてて目をそらした。

「静かにするんだ」レイフはぴしゃりと言った。「ここにいる人たちに話を聞かせる必要はない」

ハリーは顔をしかめながらも、声を落とした。「きみにはぼくに説教する権利なんかない。父親でもないくせに」

「ええ、そのとおり。もしわたしが父親だったら、ずっと前にあなたをきっちりしつけていたはずだ。でも父上を亡くしたあなたには、正しい道に導いてくれる大人の男が周囲に誰もいません。だからわたしが、しぶしぶながらその役目を買って出たというわけです。今後いっさい、賭場へは出入りしないと約束していただきたい。闘鶏や熊いじめ、競馬、ボクシングも含めて、賭け事からはきっぱり足を洗ってもらいましょう」

ハリーは胸の前で腕を組んだ。「もしいやだと言ったら？」

「その結果はあなた自身の身に降りかかってくる」

「どんな結果だい？　ペンドラゴン、きみはやり手という評判かもしれないが、いったいどうやってぼくを止めるつもりなのかな。それに、きみがどうしてわざわざそんなことをするのか、さっぱりわからない」

ジュリアナのことがなければ、お前を助けるために指一本でも動かすつもりはない。レイフは胸のうちでつぶやいた。だがろくでなしの弟がしていることを知ったら、ジュリアナは打ちのめされるだろう。取り返しのつかない事態になる前に、この若者の目を覚ますことができたら、ジュリアナは自分の弟がまたしても恥ずべきふるまいをしたことを知らずにすむのだ。

「理由ならあります。あなたを止めるということ自体に関しては、わたしには別にどうでもいいことだ。ただし、これだけは言っておきましょう。あなたはもう、こうした店では歓迎されないし、信用状況に関する評判も芳しくない。借金を埋めるためにお金を借りようと思っても、誰もあなたには融資してくれないでしょう」

ハリーの手がわなわなと震えた。「ロンドンの金融業者のすべてが、きみの言うことを聞くとは思えない」

「そうですね。わたしの顔が利くのは、まっとうな金融業者だけです。念のためにつけ加えておくと、高利貸しはわたしよりはるかにものわかりの悪い連中だ。返済期限の延長など申し出たら、大変なことになりますよ」

「きみだって、ものわかりがよくなんかなかったじゃないか。もう少しでぼくの領地を取りあげるところだったんだから」

「ええ、でも連中はあなたの命を取りあげるでしょう。そうそう、まずは少々痛めつけることから始めるかもしれません。親指を折るか、手の甲を潰すか、それとも足を……」

ハリーがごくりとつばを飲むと、のど仏が釣竿《つりざお》の浮きのように動いた。

「手かひざの骨を折っても金が返ってこなければ、今度は内臓がひとつかふたつ破裂するまで徹底的に殴るだろうな。それでもだめとなると、連中はほかの手段で自分たちの言い分を訴えようとするでしょう」

「ど——どんな手段で？　どういうことだい？」

レイフは無造作に椅子にもたれかかった。「つまり、たとえ高貴な身分の男性であっても、ときどきテムズ川に浮かびあがることがあるということです。ときには手足を切断されて樽《たる》に詰められ、石けんのようにどろどろになった腐乱死体で発見されることもある」レイフは鋭い目でハリーを見据えた。「あなたがそうなったという話を、わたしは聞きたくない」

ハリーはブランデーを飲みすぎたように、真っ青な顔になった。

「さて、閣下。わたしの言うことを聞いて、ギャンブルをやめていただけるかな？」

ハリーは目を大きく見開いたままうなずいた。

「お返事が聞こえませんでした。もう一度お願いします」

「あ——ああ。今夜かぎりでやめるよ。約束する」

「賢明なご判断だ」レイフが顔を上げると、ふたりの若者がおぼつかない足取りで部屋に入ってきた。ふたりともすっかり酔っているようだ。「それから、付き合う仲間も変えたほうがいい。趣味が酒やギャンブルじゃない友だちをお探しなさい」

ハリーは顔をしかめたが、こくりとうなずいた。

レイフは椅子を後ろに引いた。「お話ができてよかった。さて、わたしはこれで失礼させていただこう。もう夜も更けましたし、明日は朝早くから仕事があります。おやすみなさい、閣下」そう言って立ちあがった。

「おやすみ」ハリーは目を伏せたままつぶやいた。

レイフは歩き去ろうとしたが、ふと足を止め、ハリーの耳元に口を近づけてささやいた。

「そうそう、忘れるところだった。あなたの気が変わるといけないと思いましてね。わたしの友人がすぐそこにいます」

レイフはハリーが肩越しにふり返り、入口のすぐそばに巨大なハンニバルの姿を認めて目を丸くするのを見ていた。ハンニバルはハムのように太い腕を、がっしりした胸の前で組んでいる。

「あなたのことを詳しく話してあります。彼からも少々お話があるそうです。あとはふたりでゆっくりしてください」

「ゆっくりするだって？」ハリーは悲鳴のような声を上げた。

「ええ。あなたを埠頭にお連れしたいそうだ。いまごろはきっと夜景がきれいでしょう」

レイフはうなずき、くるりと背を向けた。

このあとハンニバルがアラートンを心底縮みあがらせることになっているが、絶対に手は出さないように念押ししてある。あとはこの若者が、これでようやく目を覚ますことを祈るだけだ。

ジュリアナはアラートン邸の居間に入り、暖炉のそばの椅子に腰を下ろした。もうすぐみんなが下りてくる。マリスとヘンリエッタが着替えをすませたら、一緒に家族だけの夕食をとる予定だ。その後、三人でファリスブルック邸の舞踏会に行くことになっている。上流階級の人びとが三百人以上集まると聞いているので、身動きも取れないほどの混雑になることは間違いない。

エスコートしてくれるのはミドルトン子爵だ。

ジュリアナははたしてそれでよかったのだろうかと考えた。このところ子爵と妹がよく会っていることについても、喜んでいいのかどうかわからない。マリスの本命はウェアリング少佐だとばかり思っていたが、最近にかぎっていえば、どうやらそうではなさそうだ。アラートン邸によく顔を出していた少佐は、二週間ほど前からぴたりとマリスを訪ねてこなくなった。

少佐と妹はけんかでもしたのだろうか。一度マリスに訊いてみたことがあったが、なにも言いたくなさそうだったので、それきりその話はしていない。そしてマリスはミドルトン卿とどんどん親しくなり、乗馬や馬車での外出やダンスなどに同行している。

そういうわけで今夜も、ミドルトン卿が馬車で自分たちを迎えに来てくれることになった。ハンサムで魅力的なミドルトン卿は、結婚相手として申し分のない男性だ——社交界の人たちはみな間違いなくそう思っている。きっとわたしの取り越し苦労にちがいない。ミドルトン卿のマリスへの愛情は、たぶん本物なのだろう。

ジュリアナはため息をついた。今夜、自分たちをエスコートしてくれるのがレイフだったなら。

ジュリアナは自分がそれを切望していることに気づいた。口元に笑みを浮かべ、レイフが黒の燕尾服《えんびふく》とサテンのひざ丈ズボンを身に着けたら、どんなに素敵だろうと考えた。彼の腕に手をかけて舞踏会場に足を踏み入れたら、きっと夢見心地になるだろう。

でも、そんなことを想像するなんてばかげている。レイフが排他的な社交界のパーティで歓迎されることはない。どれだけ裕福でマナーが洗練されていようと、かのレディ・ファリスブルックが、レイフのような人物を屋敷に招くことはありえない。

明日になれば会えるではないか。けれども最近では、最初に取り決めた逢瀬の時間では物足りないと思うようになっている。ほんの数時間、人目を忍んで会うだけでは満足できないのだ。

そのとき入口で足音が聞こえた。ジュリアナはマリスかヘンリエッタだと思ってふり返ったが、そこにいたのはハリーだった。黒の燕尾服で正装して、糊の効いた真っ白なタイを完璧な形に結び、部屋に入ってくる。

ジュリアナは見違えるようなハリーの姿に驚き、片方の眉を上げた。しかも珍しく、半ズボンまで穿いている。

「素敵な格好じゃない!」ジュリアナはハリーに笑いかけた。「舞踏会にでも行くの?」

ハリーは片方の袖《そで》を少しまくりあげながら、暖炉のそばの椅子に腰を下ろした。「ああ、ファリスブルック家の舞踏会だ。もしみんながよければ、今夜はぼくも一緒に行こうかと思って」

ジュリアナはますます驚いた。「まあ、いいに決まってるじゃないの。マリスもヘンリエッタも喜ぶわ」

ハリーはうなずいた。「夕食も一緒にとろうと思ってる。もう長いこと、家で夕食を食べてないし」

いったいどういう風の吹きまわしだろう？　ジュリアナは思った。まだ若く、これから一人前の洗練された紳士になろうというハリーは、おとなしく家にいることを好まない。最近は、友だちとの付き合いをなによりも優先させていたはずだ。

「ええ、そうね。しばらく家族四人で夕食をとってないわ。最後にみんなで食事をしたのは、社交シーズンが始まる前じゃなかったかしら」

ハリーはうなずいて目を伏せ、盛装用の靴の底で暖炉の前の大理石の床をこすった。

「どうかしたの、ハリー？」

ハリーはぱっと顔を上げ、一瞬ジュリアナの目を見ると、すぐに視線をそらした。「いや、なんでもない」

長い沈黙が訪れた。ハリーは深いため息をつき、席を立ってジュリアナの隣りの椅子に座った。そしてあごを上げ、ジュリアナの目をまっすぐ見た。「ジュールズ、きみに謝らなければならないことがある」

「なんのこと?」

「まず、自分の務めを放り出していたことだ。もっと姉さんとマリスのことを考えなくちゃならなかった。外出のときはぼくがちゃんとエスコートし、ふたりが楽しく過ごせるよう気を配るべきだった」

ジュリアナは戸惑ったような笑みを浮かべた。「わたしたちのことならだいじょうぶよ。心配しなくていいわ。ヘンリエッタとわたしは社交界でのふるまいをちゃんと心得ているし、エスコートしてくれる男性にも不自由していないもの。今夜もあとでミドルトン卿が馬車で迎えに来て、舞踏会に連れていってくれることになってるのよ」

ハリーは眉根を寄せた。「これからはそんな必要はない。ぼくが連れていくから——どこかに行きたいときは、いつでもそう言ってくれたらいい」

「それはとても嬉しいけれど、お友だちはどうしたの?」

ハリーは肩をすくめた。「このところ、長すぎるくらいの時間を仲間と過ごしてきた。少しぐらい距離を置いても、あいつらが気を悪くすることはないだろう。それにもうすぐ社交シーズンが終わり、みんなも領地に戻る。ぼくにもデイビス邸でやらなくちゃならないことが待っている。ケント州に帰るのが楽しみだ。田舎の暮らしは平和で静かだし、面倒なこともないからな」

ジュリアナはハリーの言葉に耳を疑った。どんな出来事があったのか、誰になにを言われたのかは知らないが、ハリーの改心は喜ぶべきことだ。伯爵としての義務を進んで引き受けようとしている弟を見て、ジュリアナは心から安堵《あんど》した。といってもハリーにはまだ学ばなければならないことがたくさんあるし、これから先、間違いを犯すこともあるだろう。でも弟は正しい道に進もうとしている。そう確信できたのは、ジュリアナにとって初めてのことだった。

「それにもう金輪際、ギャンブルはしない」ハリーはひどく真剣だが、どことなく落ち着かない顔で言った。「ぼくは……その……ようやく目が覚めたんだ。うっかりしていると、最後にはとんでもないことになるかもしれない。おぞましい結末を迎えるのはごめんだ」

ハリーは一瞬青ざめたが、すぐに普段の顔色に戻った。そしてジュリアナの手を取り、しばらく握りしめて離さなかった。「それから、この前はぼくを助けてくれて本当にありがとう。きみはぼくなんかにはもったいない姉だ。これ以上、心配はかけない。もう二度と、姉さんを失望させないと誓うよ」

「わかってるわ。気にしなくていいのよ」

〝そうよ、なにも気に病むことはないわ〟

わたしがレイフ・ペンドラゴンの愛人になり、自分の作った借金をまだ返済しているところだと知ったら、ハリーは愕然《がくぜん》とするだろう。だがもし時計の針を巻き戻せるとしても、そうしようとは思わない。レイフと出会えなくなってしまうからだ。彼の腕に抱かれることも、ふたりで秘密の時間を過ごすことも、互いの欲望を満たすこともなくなる。誰も知らないわたしを彼にさらけ出す機会も、永遠に失われてしまうのだ。

そう、レイフは親しい友人よりも深くわたしのことを知っている。ジュリアナの胸がどきりとした。

女性の話し声が廊下から聞こえてきた。

ハリーはジュリアナに向かって微笑み、マリスとヘンリエッタを迎えるために椅子から立った。ジュリアナはほっとし、自分もふたりに挨拶をしようと立ちあがった。

暖かい五月の陽光が寝室の窓から注ぎこみ、じゅうたんやベッドの足元に丸めた上掛けの上をゆらゆら踊っている。ジュリアナはシーツを身にまとい、レイフの肩に頭を乗せてぴったり寄り添っていた。

「……それで、砂糖と塩がすり替わっていたことがわかったの」ジュリアナは話の続きをした。「食事中にあれほど悲惨な目にあった人たちを見たのは初めてよ。主催者のレディ・ミルトンがショックで心臓発作でも起こすんじゃないかと心配したわ。彼女だけじゃなくて、皇太子も含めた百人の招待客がみんなそのシュークリームを食べたのよ」

「塩クリームだったというわけか」レイフはくすくす笑った。「それはさぞ見ものだっただろうな」

「ええ、そのとおりよ。全員がいっせいにフォークを下ろし、ワイングラスに手を伸ばしたの。みんな苦しそうに咳きこんでいたわ！　一瞬、ここはダイニングルームじゃなくて、結核療養所じゃないかと思ったくらいよ」

レイフは声を上げて笑った。「ぼくもその場にいたかった」

「あなたにもいてほしかったわ。わたしだけいまだにその味が舌に残っているなんて、不公平だもの。ああ、気持ちが悪い！」

レイフはにっこり笑いながら、顔を傾けてジュリアナに唇を重ねた。ジュリアナはまぶたを閉じ、熱いキスを受けた。

「うん、おいしい」レイフはささやいた。「砂糖菓子のように甘い味がする」

ジュリアナは微笑み、レイフの髪に手を差しこんだ。「あなたは罪の味がするわ。もっと味わわせてちょうだい」

レイフはまたもや笑い声を上げ、ジュリアナを抱き寄せてその望みを叶えた。

それからしばらくして、ジュリアナは心も体もすっかり満たされ、けだるそうに伸びをした。「ああ、起きたくないわ」

「だったら起きなければいい」レイフはジュリアナの背中をゆっくりなでた。「ここにいてくれ」

そうできたらどんなにいいだろうと、ジュリアナは思った。一日じゅう、いやひと晩じゅう、ふたりでこのままベッドにいられたら。

ジュリアナはため息をついた。「それはできないわ。マリスとお芝居を観に行く約束をしているの。ドルーリー・レーン劇場で上演されているシェリダンの『悪口学校』よ」

「あれはいい芝居だ」レイフはジュリアナの額にキスをした。「ぼくも桟敷席のチケットを買い、ボックス席のきみを見上げて楽しもうかな」

「やめてちょうだい」ジュリアナはレイフを軽く叩いた。「あなたのほうを見るまいとしているうちに、まわりに様子がおかしいと気づかれてしまうわ。わたしを誘惑しないでちょうだい」

レイフはふざけてうなり声を上げた。「きみを誘惑するのは大好きだ。とても楽しい」

ジュリアナはレイフの豊かな髪に手を差しこみ、甘くとろけるようなキスをした。そろそろ起きなければ帰る時間に間に合わないと思い、ため息をつきながら顔を離した。「ああ、もうやめなくちゃ。このままだと帰る気をなくしてしまうわ。いま何時かしら?」

「さあ、何時だろう。時計を見てこようか?」

「いいえ、わたしが見てくるわ。あなたはここにいて」ジュリアナはレイフのたくましい胸に手をつき、体を起こしてベッドを出た。

裸のまま部屋を横切り、椅子の背にかけてあったレイフのベストを手に取った。シルクの裏地のついたポケットから懐中時計を取り出し、光沢のある金のケースを手のひらに乗せると、かすかな温もりが伝わってきた。ふたを開け、針の位置を確かめた。

三時十七分。思ったほど遅くはないが、どのみちそろそろ帰り支度を始めなければならない時間だ。

ふたを閉めようとしたそのとき、内側に文字のようなものが刻まれているのが見えた。ジュリアナはふと好奇心に駆られ、それを読んだ。

〝時が流れても、愛は永遠に。あなたのパメラより〟

ジュリアナは心臓をわしづかみにされたような気がした。

レイフにちらりと目をやり、こちらを見ていないことを確認すると、後ろを向いてもう一度文字を目で追った。

パメラという女性は誰なのか？

姉妹や母親でないことはたしかだ。彼にきょうだいがいるという話は聞いたことがないし、母親ももう亡くなっている。そもそも、懐中時計は女性が身内の男性に贈るのにふさわしいものではない。それにこの銘刻は、どう見ても愛の言葉だ。

ジュリアナの鼓動が激しくなった。レイフにはほかに恋人がいるのだろうか？　もしかすると、結婚しているのではないか？

ジュリアナの胃がぎゅっと縮み、胸に酸っぱいものがこみあげてきた。これまで何度となく会っていながら、自分は彼が結婚しているかどうか、一度も確かめようとしなかったのだ！

ジュリアナは絶望的な気持ちでふり返り、レイフを見た。不安のあまり、思わず声が険しくなった。「パメラって誰なの？」

「うん？」レイフは寝返りを打ち、眠そうな目でジュリアナを見た。「何時だったかい？」

「時間なんかどうでもいいわ」ジュリアナはつかつかとレイフに歩み寄り、懐中時計を突き出した。「パメラって誰？」

時計を目にした瞬間に眠気が吹き飛び、レイフはしばらくのあいだそれをじっとながめていた。上体を起こしてシーツをはがすと、ベッドを出てズボンを拾いあげた。そして無言のまま服を着はじめた。混乱した気持ちを鎮めるため、少し時間が欲しかった。

「それで？　答えてくれるの、くれないの？」

〝答える気はない〟レイフはそう言いたかった。ちくしょう、自分はいったいどうしてしまったんだ。ジュリアナに時計を見せるとは。自分はこうしたことにもっと慎重だったはずだ。パメラのことは、たとえ相手がジュリアナであっても話したくない。

というより、ジュリアナにだけは話したくない。

レイフは自分を呪いながらズボンのボタンをかけた。どうしてこんなにうかつだったのか。たぶん安心しきっていたせいだろう。ジュリアナといると、ほかの誰といるときにも感じたことのない安らぎと居心地のよさを覚えるのだ。自分はすっかり気を許し、時計のことさえ忘れていた。

レイフはシャツを頭からかぶった。「誰でもない。これでいいかな?」

ジュリアナは眉根を寄せた。「誰でもない人が、わざわざあなたの懐中時計に愛の言葉を刻むかしら? 彼女は誰なの、レイフ?」そこで言葉を切り、不安でいっぱいの顔をした。「あなたの奥様?」

レイフは驚いて顔を上げた。「そんなふうに思っているのか?」

「どう思っていいかわからないわ。あなたの態度は普通じゃないもの」

レイフはジュリアナの手のひらに乗った時計を見つめた――自分の幸せと不幸の象徴だ。ずっと前に処分しておくべきだったということはわかっている。貴金属商に売るか、溶かして別のものに鋳直せばよかったのだ。あるいは早朝のテムズ川に行き、冷たい水の墓場に葬るべきだったのかもしれない。

だが、それだけはどうしてもできなかった。この時計はパメラからの贈りものだ。それを処分するということは、パメラ本人を棄て、その思い出を汚し、彼女を愛した人びとを冒瀆《ぼうとく》することのような気がした。この時計となかに彫られた文字を見るたび、つらすぎる思い出がよみがえるのはたしかだが、それは自分が喜んで背負うべき十字架だ。

パメラがこれをくれた日のことを思い出す。真っ青な瞳は不安と期待で視線が定まらず、ばら色の頰の横で金色の巻き毛が揺れていた。彼女はとても美しく、とても若かった。あまりに若すぎたというべきだろう。まだたったの十七歳と二カ月だったのだ。

パメラは時計職人だった父親にせがみ、この時計を作ってもらった。最新の設計で、なめらかに動く針が秒単位で時を刻む時計だ。両親は一人娘だったパメラの言うことなら、なんでも聞いてやったにちがいない。けれども、彼女にはわがままなところがまるでなかった。あれほど優しく気立てのいい娘を、自分はほかに知らない。彼女は誰からも好かれていた。近所に住む男たちはパメラとすれ違うと帽子を取って挨拶し、女たちは微笑みながら、あんなに愛らしく性格のいい娘に恵まれて両親は幸せだと口々に言っていたものだ。

パメラは父親の店を手伝っていたので、時計作りについて少々知識があった。銘刻を誰にも見られたくなかった彼女は、それを自分の手で彫った。だが熱意に腕が追いつかず、〝永遠〟という文字が少しばかりゆがんでしまった。それでもそうした欠点ゆえに、この時計は自分にとってますますかけがえのない大切なものとなったのだ。

自分は彼女を愛するのと同じように、この時計を愛でた。

レイフはジュリアナと目が合い、なにか言わなければならないと観念した。彼女になにも話さないわけにはいかないだろう。

「安心してくれ。パメラは妻じゃない」

ジュリアナの肩からふっと力が抜けるのが傍目《はため》にもわかった。「それでも、あなたにとって大切な女性なんでしょう」

「大切な女性だった」レイフはベストを羽織ると、せわしない手つきで金のボタンをかけた。「パメラはチープサイドの職人の娘だった。ぼくはずっと昔、その場所に住んでいたことがある。ぼくたちは結婚の約束をしていた」

「結婚の約束？ そのあとなにがあったの？」

「彼女が死んでしまったんだ。さあ、もうこの話はやめにしないか。きみが不安を感じる必要はないと、これでわかっただろう」

「ええ、詳しい話を聞きたいとは思うけど、不安は消えたわ」ジュリアナが手を差し出すと、レイフが時計を取ってベストのポケットに戻した。「かわいそうに、つらい思いをしたのね」

「もう忘れてくれ。彼女が亡くなったのは、はるか昔のことだ。哀れみはいらない」

ジュリアナはレイフに近づき、その頬を両手で包んだ。伸びはじめたひげで少しざらざらした肌を、温かく柔らかな手でそっとなでた。「哀れみじゃなくて慰めならどう？」そうささやいた。「それならいいでしょう？」

ジュリアナはレイフの顔を引き寄せ、軽く触れるように唇を重ねた。そよ風のように優しく、イブの差し出すリンゴのように魅惑的なキスだった。

ほんのつかのま、レイフは誘惑に屈しまいとがんばったが、しょせん無駄な努力だった。ジュリアナの裸の体をぐっと抱き寄せ、むさぼるようにその唇を吸った。

ジュリアナはレイフの胸に渦巻く激しい感情を黙って受け止めた。レイフの体が欲望で燃えあがった。ジュリアナが与えてくれる快楽と安らぎが欲しい。そしてなにもかも忘れたい。

だがジュリアナは、自分を抱きかかえてベッドに連れていく間をレイフに与えず、ズボンに手をかけた。そして驚くほど器用にボタンをはずすと、手をなかに滑りこませた。

レイフの体に思わず力が入った。ジュリアナのほっそりした小さな手が、自分の股間に触れている。まるでそれ自体が意志を持っているように、いきり立ったものがさらに硬く大きくなった。レイフの口からうめき声がもれた。ジュリアナとその愛撫が与えてくれる悦び以外のことは、すべて頭から消えた。

ジュリアナはしばらくそのまま愛撫を続けたあと、男性の部分をズボンから出した。そして先端をそっと優しくなでた。レイフは体を震わせ、いまにも絶頂に達しそうだったが、かろうじて持ちこたえた。

それ以上我慢できず、ジュリアナをベッドに連れていった。最悪の結ばれ方だとわかっていたが、すぐに彼女の脚を開かせてなかに入るつもりだった。けれど彼女は横になることを拒み、レイフを仰向けにさせた。レイフは彼女が自分の上に乗り、温かく柔らかな部分で包んでくれるつもりだろうと思って待った。

だがジュリアナは今度もレイフの予想を裏切り、ひざまずいて大切な部分を口に含んだ。レイフは顔を上げ、ジュリアナが自分の硬くなったものを唇と舌で愛撫するのを、ぼんやりした目で見ていた。彼女の長い髪が扇のように太ももに広がっている。

その光景と愛撫の感触に、レイフはまたしても絶頂を迎えそうになった。今回もなんとかこらえたが、彼女のなかに入りたいという衝動をもはや抑えることはできなかった。

ジュリアナを自分の上にまたがらせ、深く貫いた。顔を上げて彼女の乳房を吸い、硬くなった乳首を舌で転がすと、その唇から歓喜の声がもれた。レイフは乳首を軽く噛み、腰をまわすようにして深く激しく彼女を突いた。やがて熱く濡れた部分をぴくぴく震わせながら、ジュリアナがクライマックスを迎えた。

レイフはもう二、三回、激しく腰を動かした。そして彼女に続いて絶頂に達した。まるで生気がすべて抜け出ているのではないかと思うほどの快感が、体じゅうを駆けめぐっている。これほどの悦びと深い満足は、いままで経験したことがない。

レイフはジュリアナを抱きしめた。ふたりとも疲れきっていたが、同時にこのうえなく満たされていた。

だんだん頭がはっきりしてくると、ふたりは部屋が薄闇に包まれていることに気づいた。

ジュリアナはレイフと抱き合ったまま体を起こした。「どうしよう、お茶の時間に間に合わないわ」

レイフはくすくす笑い、ジュリアナの腕を上から下になでた。「ほかのものを食べるのに忙しかったからな」

ジュリアナはレイフの肩を叩いた。「口を慎んでちょうだい。もう二度とやってあげないわよ。さあ、急いで着替えを手伝ってくれるかしら。早く帰らないとみんなが心配するわ」

「ああ、わかった」レイフはジュリアナを抱き寄せ、最後にもう一度キスをした。「それから、きみにお礼が言いたい」

ジュリアナはきょとんとした顔をした。「なんのこと？」

「ぼくを慰めてくれてありがとう。ぼくが一番必要としていたことを、きみは与えてくれた」

ジュリアナは微笑むと、もう五分だけ遅刻することにした。

12

車輪がわだちにはまり、四輪馬車《ランドー》が揺れた。ジュリアナはぎくりとし、揺れが収まるまで、しばらくのあいだ革の手すりにつかまっていた。

向かいのシルク張りの座席に座っているマリスも、手すりをつかんで体を支えている。とつぜんの揺れで、窓外に流れる田園風景をながめるどころではなくなったようだ。

ジュリアナはマリスと顔を見合わせて笑みを交わすと、ふたたび本に視線を落とした。ふたりは郊外で開かれる週末のハウスパーティに行くところだった。ジュリアナはマリスにも、道中の暇つぶしに小説かなにかを持ってくるよう勧めていた。だが妹は馬車のなかで読書をすると頭が痛くなるので、それだったら数時間、退屈に耐えたほうがましだと言った。

マリスがため息をつき、ふたたび窓の外に目をやった。

ジュリアナはページをめくり、文字を目で追おうとしたが、一行も読まないうちにいつものように別のことで頭がいっぱいになった——レイフのことだ。

いまごろなにをしているのだろう？　元気だろうか？　まだロンドンに戻ってはこないの

か？

ジュリアナもマリスと同じように、もう少しでため息をつきそうになった。レイフがウェスト・ライディングの地所に急な用ができたと言ってロンドンを離れてから、長く不安な二週間が過ぎた。それまで自分はレイフが地所を所有していることすら知らなかった。しかもそれは、彼の生まれ故郷であるイングランド北部のウェスト・ライディングにあるという。そのことを知ったのは、前回レイフに会ったときだ。

「すまない」レイフはジュリアナを出迎えると、一階の居間のソファに座らせ、自分もその隣りに腰を下ろして言った。「これから出かけなくちゃならない。地所のひとつで問題が起きて、どうしても行かないわけにはいかないんだ」

「なにがあったの？」ジュリアナは心配そうな顔でレイフを見た。

「ひどい雷雨に見舞われたらしい。何人もの農民の家の屋根や納屋が壊れ、避難所が必要になった。ぼくの自宅も、よりによって木がなぎ倒されて図書室の窓を破り、大きな被害が出ているそうだ。執事が一刻も早く戻ってきてくれと、手紙に書いてきた」

「それはすぐに帰らなくちゃ。どれくらいかかる予定なの？」

「はっきりしたことはわからない。一週間、いや、二週間かな」レイフはジュリアナの手を取り、指の付け根にキスをした。「本当は今朝、発つつもりだったんだが、きみに会わずには行けなかった」

ジュリアナは川の水のように透きとおったグリーンの瞳を見つめ、優しく微笑んだ。「嬉しいわ」

レイフはジュリアナに唇を重ねた。しばらく会えなくなるとわかっているので、いつにもまして情熱的なキスだった。

しばらくしてレイフはジュリアナをメイフェアまで送り、そこで貸し馬車を拾った。ジュリアナはそれでボンド・ストリートに行き、いったん降りてからお抱えの御者が馬車で迎えに来ているところまで歩いた。

それきりレイフには会っていない。

その日以来、連絡もない――手紙を送るのはやめようと、ふたりで話し合って決めたのだ。でもいまとなっては、手紙を書いてくれるよう頼めばよかったと後悔している。レイフに会えなくなってから、一日一日が恐ろしく長く感じられる。

彼も寂しいと思っているだろうか？　ばかげたことだとわかっていても、ジュリアナはレイフに会えなくておかしくなりそうだった。そしてそう思う自分に、危機感を覚えた。

そこでジュリアナは、マリスと一緒にハウスパーティに来ないかというミドルトン子爵の誘いを受けることにした。パーティはエセックス州にある子爵の領地、ミドルブルック・パークでほかに十数人の客を招いて開かれるとのことだった。ヘンリエッタも招待されたが、馬車で長旅をするのは気が進まないといって辞退した。本当なら一緒に来るはずだったハリーも、ひどい風邪を引いて家で寝ていることになった。今朝ロンドンを発つ前、ジュリアナは約束を破ってレイフに手紙を書き、週末は留守にするが来週早々に帰ることを伝えた。もちろん、レイフが自分より先にロンドンに戻ってくると考えてのことだ。

馬車がでこぼこの道に差しかかり、車輪のたてる音が大きくなった。野生のライラックのにおいがふわりとただよってきた。その甘い香りとマリスのついた深いため息に、ジュリアナの思考は中断された。

妹を見ると、唇をへの字に曲げ、瞳から完全にいつもの輝きが消えている。気負わない週末のパーティに参加するため郊外に向かっている若い娘にしては、ちっとも嬉しくも楽しくもなさそうだ。

ジュリアナは形ばかりの読書をやめ、本を閉じて座席の脇に置いた。「どうかしたの？」

マリスは暗い目で、ちらりとジュリアナを見た。そしてすぐにいつもの顔に戻って微笑んだ。ジュリアナには妹が無理やり笑顔を作っているのだとわかった。

「どうもしないわ」マリスは陽気な声で言った。「なんでそんなことを訊くの？」

やはりおかしい。マリスはたしかにいつも明るいが、これほど陽気にふるまうことはない。

「本当にだいじょうぶ？」

マリスはなにか言いたそうな顔でしばらくジュリアナを見ていたが、口を開こうとはしなかった。

「パーティのことが心配なの？　なにかがあるという予感がするのね。でもそれは当然のことだわ。最近のミドルトン子爵の態度を見ていたら、あなたが本命であることはすぐにわかるもの。そこへもってきて、今回のハウスパーティへの招待でしょう。女なら誰だって、プロポーズが間近だと思うわ」

マリスは顔を曇らせ、握り合わせた手に視線を落とした。「ええ、ヘンリエッタもそう言ってたわ。今週末、結婚を申し込まれるにちがいないって」

「ヘンリエッタの言うことが間違いだったらどうしようと不安なの？」

マリスがなにも答えないのを見て、ジュリアナの脳裏にふと別の考えが浮かんだ。

「それとも、プロポーズされたらどうしようと心配しているの？」

マリスの瞳がきらりと光ったが、その奥にかすかに罪悪感のようなものが見て取れた。

「子爵はとても魅力的でハンサムだわ。そんな人の花嫁になれると思ったら、嬉しくてたまらないはずなのに」

「でも嬉しくないのね？」

「わからないわ」マリスはスカートを指でつまみながら言った。「子爵のことは好きだけど、ずいぶん年が離れているし、それに……わたし……自分でもよくわからないの」

よけいな干渉はするまいと決めていたが、途方に暮れている妹を見て、ジュリアナは黙っていられなかった。「自分の気持ちがわからないということは、まだ決める時期じゃないということよ。もしプロポーズされても断りなさい」

マリスは唇を震わせた。「そんなことできないわ。こうやって週末のハウスパーティにまで招かれたのよ。わたしの本心がどうだろうと、子爵はきっとこちらが結婚を承諾すると思ってるわ。彼にそう思わせたのはわたしなの。プロポーズされたら、イエスと答える以外にないでしょう」

「そんなことは絶対にないわ。あなたには愛する人と結婚してほしいと、前に言ったでしょう？」

「ええ、でももしそういう人が現われなかったら？　どうせいつかは結婚しなくちゃいけないんだもの。だったら、相手が子爵でもいいわけでしょう？」

「彼はあなたの運命の人じゃないのよ。それになにより、あなたには幸せになってもらいたいの」

マリスを見ているうち、ジュリアナの頭にあることがひらめいた。

「誰か好きな人がいるんじゃない？　ウェアリング少佐でしょう？」

マリスの顔が熟れたイチゴのように真っ赤になった。「あの人のことなんか、なんとも思ってないわ。第一、最近はぱったり訪ねてこなくなったし、向こうはわたしに興味がないのよ」

マリスはまつ毛を伏せ、悲しそうな顔をした。

「少佐はあなたのことが大好きだというふうにしか見えなかったわ」ジュリアナは優しい声で言った。「彼はどうして訪ねてこなくなったの？　けんかでもした？」

「いいえ、でも……そうね、そうかもしれない。ああ、ジュールズ、わたしは彼に本気で好かれてるんだと思ってた……もしかすると、愛されているんじゃないかとまで思ってたわ。チルトン邸の園遊会《ガーデンパーティ》でキスまでしたんだもの――」マリスは口に手を当て、目を丸くした。「まあ、どうしよう。変なことを言っちゃった」

妹がまだまだ純情であることがわかり、ジュリアナはほっとした。「キスをしただけなら、たいしたことじゃないわ」

マリスはうなずいた。「ええ、そのときが最初で最後よ。でもそれ以来、あの人はわたしを訪ねてこなくなったの……どうしてだかさっぱりわからないわ。きっとわたしのことが嫌いになったのね。というより、わたしのことを……女性として見られなかったのかもしれない」

「そうかしら。あの人はきっと、あなたのことを女性として好きになりすぎたのよ」

「どういう意味？」

「少佐にはお兄様がいて、将来の見通しはけっして明るいとはいえないわ。あなたへの気持ちは本物でも、ハリーに結婚の許しを請うのは無理だろうと思ったのよ。そういう状況なのに、いつまでもあなたのまわりをうろうろするのはよくないと考えて、自分から身を引いたんじゃないかしら」

「それが本当だとしたら、どうしてわたしに話してくれなかったのかしら。ふたりで暮らしていけるだけの持参金なら充分あるのに、わたしの前からいなくなるなんてばかだわ」

「財産目当ての結婚だと言われるんじゃないかと心配だったのよ。男の人には面子《メンツ》があるでしょう。なかにはとくにプライドの高い人もいるわ。それに、少佐が血の流れるスペインの戦場で失ったものは、腕だけではなかったんじゃないかしら」

「そうね。ウィリアムはたしかに心に苦しみを抱えていたわ。でも仮にジュールズの言ったとおりだとしても、それがわたしから離れていった理由だとは思えない。やっぱりあの人は、わたしのことなんかなんとも思ってなかったのよ。もし愛していたら、お金があろうとなかろうと、わたしの前から消えたりしなかったはずだわ」

マリスはほっそりした指をひざの上でからませ、首をうなだれた。「あの人とはもう終わったの。わたしは前に進まなくちゃいけないわ。だからミドルトン子爵を選ぼうと決めたのよ。なのに、いざそのときが近づいてくると……」そう言うと顔を上げ、ジュリアナの目を見た。「ああ、ジュールズ、どうしたらいいの？」

「さっき言ったでしょう。断りなさい」

「でも子爵は傷つくわ。もしかすると怒るかもしれない」

マリスの言うとおりかもしれない、とジュリアナは思った。優しそうに見えるミドルトン卿だが、よりによって自分の生まれ育った故郷で結婚を断られて、はたして冷静でいられるだろうか。少なくともパーティの雰囲気は台なしになるだろう。そして自分とマリスは人びとのひそひそ話す声を背中に聞きながら、ロンドンに逃げ帰ることになる。

さて、どうしようか？

「その場で返事をしちゃだめよ。二、三日考えさせてほしいと言うの。自分はまだ若いし、これがデビューして最初の年だから、気持ちがちゃんと固まるまであわてて結婚を決めたくないと言えばいいわ。子爵はがっかりするだろうけど、そう言われたら引き下がるしかないでしょう。どう、できるかしら？　自分でそう言える？」

「ええ。やってみるわ」

「もしかするとプロポーズなんかされなくて、ただの取り越し苦労で終わるかもしれないわ。どちらにしても、ほかにもお客様がたくさんいるんだから、肩の力を抜いて楽しみなさい。ロンドンに戻ったら、ハリーからミドルトン子爵に断ってもらいましょう」

マリスはほっとした表情を浮かべた。「ハリーは断ってくれるかしら？」

「もちろんよ。ハリーはあなたのお兄さんで、いまは保護者でもあるの。パパが生きていたら、きっと同じことをしてくれたわ」

ふたりはしばらく、車輪の鳴るがたがたという音を聞いていた。

やがてマリスがにっこり微笑んだ。今度は本物の笑顔だった。「ありがとう、ジュールズ。気持ちが楽になったわ」

ジュリアナは身を乗り出し、マリスの手を握った。「いつでもわたしに相談してちょうだい。これからは、なにかあっても自分だけで抱えこんではだめよ。いいわね」

「ええ」マリスは笑いながら言った。「約束するわ」

「さあ、次は肖像画の回廊にご案内いたします」

ふくよかでリンゴのように赤い頬をした、ミドルトン子爵の女中頭のミセス・トンプソンが、よく通る陽気な声で言った。そして金の色調でまとめられた豪華な広間を出て、二階の長い廊下を先頭に立って歩き出した。

ジュリアナはマリスと笑みを交わし、ほかの何人かの招待客と一緒にミセス・トンプソンのあとに続いた。こうしてミドルブルック・パークに残り、屋敷のなかを案内してもらうことにしたのはレディがほとんどだ。それ以外の人たちは、朝食が終わると馬に乗って広大な領地の見物に出かけていった。

子爵はマリスにも一緒に来てもらいたがっていた――マリスのためにわざわざおとなしい雌馬まで選んでいたのだ。だがマリスは前日の長旅で疲れているからと断った。そして笑みを浮かべ、お昼の軽食のときにお会いしましょうと言った。子爵は仕方なくお辞儀をし、その場を立ち去った。

一見、微笑みを絶やさず楽しそうにしているが、ジュリアナにはマリスが本当は不安でたまらないのだとわかっていた。ミドルトン卿はパーティの主催者としてやるべきことがたくさんあり、これまでのところマリスと一対一で話をしようとはしていない。だがロンドンに帰るまであと二日近くあるのだ。もし子爵がマリスにプロポーズをするつもりなら、その時間は充分ある。

「……こちらの肖像画は、エリザベス女王の御代までさかのぼります」一行が長い肖像画の回廊に足を踏み入れると、ミセス・トンプソンが言った。きれいに磨かれたオーク材の床板に、こつこつという柔らかな靴音が響いている。

「忠実に勇ましく女王陛下にお仕えしたことを称えられ、初代ミドルトン子爵ことグレゴリー・セント・ジョージ閣下はこの土地と爵位を賜りました。先ほども申し上げましたが、こうしてグレゴリー卿はミドルブルック・パークの発展を担うことになられたのです。こちらが閣下の肖像画で、隣りに並んでいるのが奥様と三人のお子様です。この回廊には、全部で四十二枚になるセント・ジョージ一族の肖像画が飾られています」

みなと一緒に回廊をゆっくり進みながら、ジュリアナは時代の流れを感じさせる一族の肖像画をながめた。世代とともに服装や髪型が変わるのが興味深く、なかには思わずにやりとさせられるものもあった。最初のほうに並んでいるのは、先の細くとがったバンダイク型のあごひげを生やし、フリルの襟の服を着た先祖たちの肖像画だ。やがてそれがびっくりするほど高くふくらませたポンパドゥールの髪型、パニエのスカート、フロックコート、リボンで飾ったハイヒール——男性も履いている——という装いの肖像画に変わり、最後の数十年間でようやく現代的な格好に近づいてきた。

女中頭が立ち止まり、みなも足を止めた。「そしてこれがご主人様のお父上、故デビッド・セント・ジョージ閣下です。それはそれは親切で寛大なお方でした。わたしがまだ小さかったころから、とても優しくしていただいたのを覚えています。しょっちゅう旅をなさっていましたが、お戻りになるたびに、わたしたち子どもにハッカ入りキャンディーをお土産にくださったものです」

子ども時代の思い出を語るミセス・トンプソンの熱い口調に、何人かがくすくすと笑った。ジュリアナは微笑み、肖像画を見上げた。

心臓がひとつ大きく打ち、耳鳴りがしはじめた。そこに描かれているのは、ジュリアナの恋人の姿だった。

髪は黒っぽく、瞳は川の水のように涼やかなグリーンだ。がっしりしたあごをし、頬には魅力的なえくぼが浮かんでいる。

〝レイフの頬〟

〝レイフの目〟

〝レイフの顔だわ！〟

部屋が急にぐるぐるまわりはじめたように感じられた。全身から血の気が引き、口がからからに渇いている。

ジュリアナは自分でも気がつかないうちに、小さな悲鳴を上げていた。

マリスがふり返り、不思議そうな顔でジュリアナを見た。「ジュールズ、どうかしたの？」

「いいえ。だいじょうぶよ」ジュリアナは目の前がくらくらしていたが、なんとか答えた。

頭が混乱し、信じられないという思いでもう一度、肖像画を見上げたが、そこに描かれた男性とレイフ・ペンドラゴンがそっくりであることは疑いようがなかった。ジュリアナは呆《ぼう》然《ぜん》とその場に立ちつくした。

肖像画の男性は、刺繍《ししゆう》の施されたひざ丈の上着に、袖口にレースのついたシャツという古めかしい格好をしている。それにシルクのひざ丈ズボンと靴下を合わせ、足元は大きなバックルのついた靴だ。髪粉のついていない長い髪を後ろでひとつに束ね、黒いシルクのリボンで結んでいる。

まるで数十年早く生まれたレイフを見ているようだ。

それでもよく見ると、わずかに違う点がいくつかある。肖像画の男性のほうが唇が薄い。眉も太く、レイフに比べるとやや垢《あか》抜けない印象だ。それになんといっても、いかにも貴族らしい輝きを目に宿している。レイフの目にこれと同じ輝きはない。

いったいどういうことなのか？　資本家のレイフ・ペンドラゴンと貴族のデビッド・セント・ジョージが、どうしてここまで似ているのだろう？

考えられる理由はひとつだけだ。

人びとがばらばらに散り、自由に回廊の見物を始めた。ジュリアナはマリスにひとりで見学してくるように言い、女中頭のまわりから人がいなくなるのを待った。やがて目が合うと、ミセス・トンプソンに歩み寄った。

「ちょっとよろしいかしら」ジュリアナは小声で言った。「これはバートン卿のお父様の肖像画でしたわよね？」

ミセス・トンプソンはうなずき、ふっくらした手をお腹の前で握り合わせた。「ええ、そのとおりです。デビッド卿が爵位を継いだ数年後に描かれたものですが、その当時バートン卿はまだ小さなお子様でした」

レイフはこの一族の血を引いているにちがいない。たぶん従兄弟《いとこ》なのだろう。それ以外の理由は考えたくない。

「デビッド卿にごきょうだいは？」

「いいえ、いらっしゃいません」

「では、ほかにお子様は？」ジュリアナは口ごもりながら、思わずそう尋ねた。「デビッド卿にはバートン卿以外に男のお子様がいらっしゃるの?」

ミセス・トンプソンは一瞬怪訝そうな表情を浮かべたが、すぐにいつもの顔に戻った。

「いいえ、バートン卿のごきょうだいは、フィリスお嬢様とバネッサお嬢様だけです。さあ、そろそろ参りましょう。まだたくさんご覧に入れたいものがあるのに、すっかり遅くなってしまいました」

ミセス・トンプソンはジュリアナのそばを離れ、みなに集まるよう合図をした。そしてかかとをこつこつ鳴らし、先頭に立って歩き出した。

ジュリアナは一行から少し遅れて歩きながら、最後にもう一度ふり返り、肖像画をちらりと見た。心臓がどきりとした。そこに描かれた男性は、やはり恋人と同じ顔をしている。だがその人物は、恋人のレイフ・ペンドラゴンではなく別人だ。

デビッド・セント・ジョージ。レイフの父親だ。

それからの時間は、まるで奇妙な夢でも見ているようにゆっくりと過ぎていった。ジュリアナの頭のなかは肖像画と、それが示す驚くべき事実のことでいっぱいだった。

レイフがデビッド・セント・ジョージの婚外子であることが本当なら、それは彼とミドルトン子爵が兄弟であることを意味する。

つまり、異母兄弟だ。

こんな偶然があるのだろうか。

レイフの父親が貴族であることはわかっていたが、まさかその肉親が自分の親しい知人だとは思ってもみなかった。レイフはこれまで親戚のことについて、なにも話してくれたことがない。母親の違うきょうだいがいることも、まったく教えてくれなかった。

けれども、ふたりのあいだでミドルトン子爵の話題が出たことはないのだから、それも当たり前といえば当たり前のことだ。それに自分は、きょうだいがいるのかとレイフに一度も尋ねたことはない。その可能性について考えたこともなかった。母親にとって自分はたった一人の子どもだというレイフの言葉を聞いたとき、父親にとってもそうなのだと勝手に思いこんでいた。

もちろんそれは、先代のミドルトン子爵が本当にレイフの父親であればの話だ。でも、それ以外に考えられない。そうでなければ、ふたりがここまで瓜ふたつであることの説明がつかない。

蛾《が》が炎に群がるように、ジュリアナの頭のなかを数えきれないほどたくさんの疑問が飛びかった。その夜は何度も寝返りを打ちながら、次はいつレイフと会えるだろう、会ったらなにを言えばいいだろうと悶々とし、ほとんど眠れなかった。

翌日の日曜日になると、今度は別のことで頭がいっぱいになった。ミドルトン卿がマリスにプロポーズしたのだ。

事前に馬車のなかで話し合っていたとおり、マリスはその場で断ることをせず、二、三日返事を待ってほしいと子爵に言った。まわりに野次馬のいないロンドンに戻ったら、丁重に、だがきっぱりと断るつもりだ。

マリスの話によると、ミドルトン卿は返事を待ってくれという言葉をあっさり受け入れたらしい。内心ではがっかりしていたにちがいないが、表面上はとても優しかったという。子爵はその後もにこやかな顔でパーティの主催者としての務めを果たし、マリスにもそれまでと変わらない気さくな態度で接した。

メイン料理がブランデー風味のスグリのソースをかけたひな鳥のロースト、デザートが絶品のチーズスフレという豪華な夕食が終わると、招待客はみな音楽室に集まった。

美しいが富に恵まれていないミス・ダルリンプルという女性が、音楽好きな紳士の弾くピアノに合わせて歌っている。はずむような歌声とピアノの音色を上の空で聞きながら、ジュリアナはぼんやりと室内を見まわした。

みなふたりを見つめ、音楽に聞き入っている。だが、自分とミドルトン卿だけは別だ。子爵は誰にも見られていないと思っているらしく、マリスをじっとにらんでいる。いままで見たことのない表情だ。目が怒りで燃え、わがままな子どもがお気に入りのおもちゃを取りあげられたときのような不機嫌な顔をしている。

ジュリアナはかすかに手を震わせながら、かたかた音をたててティーカップを受け皿に戻した。そしてそれを近くにあったサイドテーブルに置いた。顔を上げると、ミドルトン卿と目が合った。

ジュリアナは息が止まりそうになった。だが子爵は明るいブルーの瞳を輝かせながら、にっこり微笑んだ。ついさっき、恐ろしい顔をしていたことなど嘘のようだ。でも、あれは見間違いではなかった。回廊に飾られていた肖像画の男性がレイフにそっくりであることも、子爵の目が怒りで燃えていたことも、自分の思い違いなどではない。

どちらとも、自分の心を激しくかき乱す事実だ。

ジュリアナはミス・ダルリンプルのほうを見ながら、音楽を聴いているふりをした。

明日、ロンドンに帰ることになっていてよかったと、つくづく思った。レイフが戻っているといいのだけれど。話したいことがたくさんある。弟であるミドルトン子爵について、レイフが知っていることも教えてもらわなければ。

やはりロンドンに戻ってくるとほっとする。レイフは書斎を横切り、大きなデスクチェアに腰を下ろした。体重がかかり、革がかすかにきしむ音がした。タイの結び目をゆるめ、ベストのボタンの上ふたつをはずしながら、留守中に届いた郵便物をぱらぱらとめくった。

とりあえず地所の問題は片づいた。小作人の家や納屋は修理中だ。自分の屋敷も、図書室からがれきや泥を運び出し、割れた窓に木の板を打ちつけた。新しい窓ガラスももうすぐ届くことになっている。

一番残念だったのは、蔵書が被害を受けたことだ——百冊近くの本が汚れ、そのうち五十冊はびしょ濡れで捨てるしかなかった。近いうちに〈ハチャーズ書店〉に行き、だめになった蔵書と同じものが手に入るかどうか訊いてみよう。すべてそろうといいのだが。

でもまずは、それよりもっと大切でもっと楽しみな用事がある。レイフは笑みを浮かべた。ジュリアナをまたこの腕に抱けるのだと思うと、股間が反応した。もうすぐ唇と唇を重ね、女らしい柔らかな体を抱けるのだ。

けれども、恋しいのはセックスだけではない。ジュリアナ本人のことも恋しい。聡明で優しいジュリアナが部屋に入ってくると、その美しさと気品で、あたりがぱっと明るくなる。ロンドンを発ってからというもの、彼女のことを考えない日はなかった。というより、彼女のことばかり考えていた。自分がそこまでジュリアナにのめりこんでいることに、本当なら不安を覚えるべきだろう。でも、こうなったことを自分は後悔していない。ジュリアナと一緒に過ごせる時間に感謝し、その一瞬一瞬を楽しんでいる。

いますぐ馬にまたがり、彼女のところに行きたい。

もちろん、それはできないことだ。ジュリアナとは、人目につかないクイーンズ・スクエアの屋敷でしか会わないと約束している。

レイフはため息をつき、椅子に座りなおした。もう二週間も待ったのだ。心は逸《はや》るが、あと一日か二日くらい待てるだろう。それにジュリアナは、いまごろきっと妹と一緒に舞踏会に行っているにちがいない。もしかすると、どこかの高慢な貴族と踊っているのではないか。ジュリアナのダンスのパートナーが外見も中身もぱっとせず、魅力のない男であることを祈るばかりだ。とくにあのサマーズフィールドという伯爵のことが気にかかる。彼には近づかないと約束してくれたジュリアナの言葉を、自分は信じている。だが問題は、向こうから近づいてくることなのだ。

レイフはつまらないやきもちだと苦笑して首をふり、郵便物に視線を落とした。クリーム色の厚い羊皮紙の手紙が目に入り、ふと手を止めた。表に自分の名前と住所が流麗な文字で書かれている。

誰か使いに頼んで届けさせたのだろう。蠟印で封がされているものの、切手もスタンプも見当たらない。ジュリアナの筆跡を目にしたことは数えるほどしかないが、差出人が彼女であることはあきらかだ。

いつ届いたのだろうか？　なぜ手紙を？　ロンドンに戻ったことを自分が手紙で知らせるまで、連絡を取り合うのはやめようと言ったのはジュリアナのほうだ。レイフは銀のレターオープナーを手に取り、封を開けた。

〝親愛なるレイフへ

手紙を書くのはよそうと言ったのはわたしですが……〟

レイフは微笑み、続きを読んだ。

〝……家を留守にすることになったので、そのあいだにあなたが帰ってくるといけないと思い、ペンを執《と》りました。マリスと一緒に週末のハウスパーティに行ってきます。わたしたちふたりと主催者を除いて、十人以上の招待客が参加すると聞きました。月曜日にロンドンに戻ります。もしそのときまでに帰ってきていたら、どうぞ連絡をください。念のため、わたしの滞在先を教えておきます。エセックス州ミドルブルック・パーク、ミドルトン子爵ことバートン・セント・ジョージ閣下の屋敷です〟

レイフはしばらくのあいだ動けなかった。手紙に書かれた名前を目にしたとたん、こぶしで思いきり頭を殴られたような衝撃を受けた。胃のあたりがかっと熱くなり、胸に苦いものがこみあげて口のなかにいやな味が広がった。

ああ、なんということだ。ジュリアナは本当にあの悪党の巣に行ったのか。妹とふたり、あの悪魔のような男の手中に落ちたというのか。

だがミドルトンの家に行ってはいけないということが、ジュリアナにわかるはずがない。彼女はあの男の犯した罪を知らないのだ。自分が注意すればよかった。同じ貴族社会に生きるふたりが、知り合いになるかもしれないことぐらい、容易に想像できたはずではないか。でもまさか、屋敷に招かれるとは――そこまでは考えもしなかった。

レイフはもう一度、手紙に目を通した。ジュリアナは月曜日に戻ってくると書いている。つまり今日だ。

いまごろは無事に自宅に戻り、なにも知らずに毛布にくるまっているだろうか？　彼女と妹の身に、なにか悪いことが起きていないといいのだが。

もっとも、ほかのたくさんの招待客の目があれば、ミドルトンもうかつに手は出せないだろう。それでもあの男を甘く見てはいけないことを、自分はよく知っている。ミドルトンはどんなに恐ろしいことでも平気でやってのける人間だ。

ジュリアナが無事であることを確認するまでは安心できない。レイフは手紙を放って立ちあがった。

13

ジュリアナはブラシで髪をとかしながら、レイフを想った。

今日は長い一日だった。イングランドの田園地帯を走る馬車に何時間も揺られ、ロンドンに戻ってきた。マリスと一緒にまっすぐアラートン邸に向かい、ヘンリエッタにハグで迎えられた。ようやく起きあがれるまでに快復したハリーも、笑顔で出迎えてくれた。

そしてそのままアラートン邸に残って家族と一緒に夕食をとることにした。旅行用ドレスのままだったが、へとへとに疲れていたので、いったん自宅に帰り、ドレスを着替えてからまた戻ってくる気にはなれなかった。みなで食卓を囲みながら、マリスとふたりで週末の出来事を報告した。マリスが子爵にプロポーズされたことも、それを断るつもりであることも話した。

だがもちろん、レイフの父親らしき人物の肖像画のことについては黙っていた。頭のなかはそのことでいっぱいだったが、誰にも言えないことはわかっていた。肖像画を見たことは、新しい秘密として自分の胸のうちにしまっておかなければならない——次にレイフに会うまでは。

自宅に戻るとすぐ、二階の寝室に向かった。そしてデイジーに手伝ってもらい、お風呂に入ってお気に入りの淡いラベンダー色のシルクのネグリジェに着替えた。デイジーが疲れた顔をしているのを見て、今夜はもう休みなさいといって下がらせた。

もうすぐ真夜中になろうとしている。ジュリアナはスツールに腰かけ、鏡台の前で長い髪に豚毛のブラシをかけていた。子どものころからの儀式のようなもので、こうしていると不思議と気持ちが落ち着くのだ。

レイフはもう戻ってきただろうか？　彼にまた会えるのだと思うと、ジュリアナの脈が速くなり、口元が自然にほころんだ。うっとりと夢を見るように、まぶたを半分閉じた。

そのとき寝室の窓を軽く叩く音がした。ジュリアナの目が大きく見開き、ブラシが手からすべり落ちて床に転がった。暗い窓の向こうから、誰かが部屋のなかをのぞいている。心臓が激しく打ち、寝静まった屋敷じゅうに響きわたるほど大きな悲鳴がのどまで出かかった。

だが叫ぼうとしたその瞬間、その顔にどこか見覚えがあるような気がした。ジュリアナは口に手を押し当て、大声が出るのを抑えて小さな悲鳴にとどめた。体を震わせながらスツールをぐっと握りしめ、レイフが窓を上げるのを見ていた。

「ああ、レイフ、心臓が止まるかと思ったわ！」そう言って胸に手を当てた。心臓がいつもの三倍の速さで打っている。

レイフは窓枠をまたぎ、頭をかがめた。「すまない。驚かせるつもりはなかった」

「驚くに決まってるでしょう。どうやってのぼってきたの？」

「トレリスだ」レイフは部屋のなかに入ると、ズボンについたツタをつまみあげ、外に放り投げた。「窓に鍵をかけたほうがいいな」

「今夜まで、その必要を感じたことはなかったわ」ジュリアナの胸はまだどきどきしていた。

震える脚で立ちあがり、窓のところに行って桃色のベルベットのカーテンをさっと引いた。

「誰かに見られたらどうするつもりだったの？」ジュリアナはレイフに向きなおった。

「見ていたのは庭の花だけだ」レイフはそこで言葉を切り、腕を広げた。「二週間も会えなかったというのに、それがきみの挨拶かい？　小言しかくれない気かな？」

その言葉にジュリアナの緊張がふっと解けた。「まさか、違うわ」

ジュリアナは裸足のままレイフに駆け寄り、首に抱きついた。レイフがジュリアナの腰に手を当ててその体を抱きあげ、唇を重ねた。レイフのたくましい腕が、ジュリアナの背中をしっかり支えている。

ジュリアナは小さな声をもらし、会えなかった寂しさをぶつけるように夢中でキスを返した。舌と舌をからめ、レイフの手の感触と官能的なキスの味を楽しんだ。だんだん頭がぼうっとし、彼が与えてくれる悦び以外のことは考えられなくなった。肉体だけでなく、自分の魂まで震わす悦びだ。

しばらくすると、ジュリアナの息苦しさに気づいたように、レイフがふと顔を離した。ジュリアナは顔を上げ、レイフも呼吸が苦しかったのだとわかった。

「うん」レイフはささやいた。「こっちのほうがずっといい挨拶だ」

ジュリアナはレイフの頰に額を当てた。「文句を言っているわけじゃないけれど、どうしてここに来たの？　手紙をくれるものだとばかり思っていたわ。明日にでもあなたの屋敷に行ったのに。ただ一言、来てくれと書いてくれればよかったのよ」

手紙という言葉を耳にし、レイフは肩がこわばるのを感じた。ジュリアナがミドルトンのパーティに行ったと知り、居ても立ってもいられずに馬に飛び乗ったときの、不安でたまらない気持ちがよみがえってきた。

レイフはジュリアナをぎゅっと抱きしめた。「きみが無事であることを確かめたかったんだ」

ジュリアナはわずかに背をそらし、首をかしげた。「どうしてそんなことを思ったの？　家を留守にするという手紙を読まなかった？」

「ああ。今夜、自宅に戻ったときに受け取った」

ジュリアナは眉根を寄せた。「だったら、わからないわ。なにがそんなに心配だったの？」

「問題はきみがどこに行き、誰の屋敷に泊まったかということだ。ああ、きみが無事で本当によかった。きみはわかってないんだ、ジュリアナ。ミドルトン子爵を信用してはいけない」

「わたしもそう思いはじめていたところよ。でもあなたがそう言うのは、子爵が本当に危険な人だからなの？　それとも、彼が弟であることをわたしに知られたくないから？」

レイフの腕から力が抜け、ジュリアナの足が床に着いた。「なんだって？」

「びっくりさせてごめんなさい。でもわたし、知ってしまったのよ、レイフ。ミドルブルック・パークの屋敷の回廊で、先代の子爵の肖像画を見たの。あなたのお父様の肖像画を」

「その人物がぼくの父親だと、どうして思ったのかい？」レイフは感情を押し殺して言った。

「そんなの一目瞭然だわ。先代の子爵とあなたは、瞳の色からあごの形までそっくりだもの。違うかしら？　それでも、デビッド・セント・ジョージ閣下は父親じゃないと言い張るつもり？」

ちくしょう、なんてことだ。レイフは心のなかで悪態をついた。ジュリアナがよりによってあの肖像画を目にし、真実に気づいてしまうとは！

自分がその肖像画を見たのはたった一度しかなく、それがあることすらほとんど忘れていた。三十五年間の人生のなかで、自分はミドルブルック・パークを一度だけ訪ねたことがある。父の気まぐれで連れていかれたのだ。あれは自分が十四歳で、学期が終わって故郷に向かっているときのことだった。父は息子である自分に領地を見せようと、ふと思いついた。父の妻とほかの子どもたちは、夏休みで屋敷を留守にしていた。というより、留守にしているはずだった——けれども、ただひとり、バートンだけが残っていた。

自分とバートンは、庭園のひとつでばったり顔を合わせた。それは最悪の出会いだった——少なくともバートンの側は、最初からこちらに対する敵意をあらわにしていた。異母兄の存在を知っていて、ずっと前から憎しみをつのらせていたらしい。当時、十三歳だったバートンは自分をひと目見た瞬間、それが誰であるかに気づいたのだ。

バートンはこちらを侮辱する言葉をふたつ三つ吐き、いきなり殴りかかってきた。自分もすばやく応戦した。そうして殴り合いのけんかをしているとき、父が現われて自分たちを引き離した。

その出来事があるまで、自分は父に目鼻立ちがそっくりであることについてあまり深く考えたことがなかった。そして父が亡くなってからは、そのことを深く考えるのをやめた。まさかジュリアナがミドルブルック・パークに行き、あの肖像画を見るとは夢にも思っていなかった。

ジュリアナがミドルトン邸に泊まり、バートンの手のすぐ届くところにいたのだと思うと、レイフはあらためて背筋が寒くなった。

「それで、どうなの？」ジュリアナが言った。「あれはお父様なのね？」

「ああ、父だ。でもきみは、ぼくが貴族の庶子であることを知っていたじゃないか。そんなに驚かなくてもいいだろう」

「そうじゃないの。わたしはただ、あまりの偶然にびっくりしているだけよ。バートン・セント・ジョージ閣下があなたの弟だなんて、ぜんぜん知らなかったわ」

レイフはジュリアナの体を放し、一歩脇によけた。「たしかにぼくたちには同じ血が流れているかもしれない。でも、これだけは言っておく。セント・ジョージは断じてぼくの弟などではない」レイフは部屋のなかを行ったり来たりした。「さあ、今度はぼくからきみに訊きたいことがある。いったいなぜ、あいつのハウスパーティに行ったりしたんだ?」

ジュリアナが表情をこわばらせた。レイフは自分がジュリアナを責めるような言い方をしたことに気づき、しまったと思った。けれども、質問したこと自体はまったく後悔していなかった。

ジュリアナはネグリジェのすそを整え、腕を組んだ。「子爵はこのところ、マリスをたびたび訪ねてきているの。それでわたしたちを屋敷に招待したのよ。ハウスパーティには行ったけど、なにもやましいことはないわ」

レイフは眉をしかめた。「訪ねてきている、だって? まさかミドルトンは、きみの妹に言い寄っているんじゃないだろうな?」

「ええ。この週末に結婚を申し込まれたわ……」

レイフは胃がぎゅっと縮むのを感じ、ジュリアナの言葉が一瞬、聞こえなくなった。

「……でもマリスは、断ることにしたの」

レイフは髪を手ですきながら、何歩か前に進んだ。「ああ、よかった！　あいつはとんでもない悪党だ。どんなことがあっても、妹と結婚なんかさせるんじゃない。近づかせるのもだめだ。きみも近寄らないでくれ」そう言うとジュリアナの肩をつかんだ。「あいつに近づかないと約束するんだ、ジュリアナ。今後いっさい、あいつとは付き合わないと言ってくれ」

ジュリアナは目を丸くした。「ええ。あなたがそこまで言うならそうするわ。でも、どういうことかしら。あの人はあなたになにをしたの？」

〝なにをしただって？　本当のことを知ったら、ジュリアナは恐怖で凍りつくだろう〟自分も長い歳月が流れたいまでさえ、思い出すと耐えられないのだ。あの音、あの光景、そしてあのにおい——たびたび夢でうなされ、自分のせいなのだという思いが鋭く胸をえぐる。その罪悪感が心のなかから完全に消える日は、一生来ないだろう。

「正直に言うと、わたしも子爵と一緒にいるとなんとなく落ち着かない気分になるの。でもあの人は社交界で認められているし、人気もあるわ」

「悪魔はえてして上流社会で歓迎されるものだ」

「どういう意味？　あの人にだまされたり嘘をつかれたりしたの？　教えて」

〝それよりはるかにひどいことだ〟レイフは心のなかでつぶやいた。

そして一瞬目を閉じ、意を決して口を開いた。「パメラのことを話しただろう」

「ええ。あなたが結婚の約束をしていた女性でしょう。亡くなったと言ってたわよね」

レイフはのどを絞めつけられているような気がして、ごくりとつばを飲んだ。「九年前、ミドルトンとその三人の仲間は、ぼくへの復讐のためにパメラを誘拐してレイプし、拷問を加えた」

ジュリアナは悲鳴にも似た声を出し、口に手を当てた。

だがレイフには、ジュリアナの声がほとんど耳に入らなかった。あの夜のことが鮮やかに脳裏によみがえってきた……

廊下の大時計がひとつ鳴った。真夜中を過ぎ、屋敷は闇に包まれてしんと静まり返っている。レイフはあくびをし、インクのびんにふたをしてペンを置いた。そろそろ寝る時間だ。残りは明日やることにしよう。

結婚式まで一カ月を切ったうえ、ここグレイスチャーチ・ストリートの新居の改修工事のことでなにかと時間を取られ、このところ目がまわるほどの忙しさだ。もうじき花嫁としてやってくるパメラのために、この屋敷を完璧な状態にしておきたい。

それに加え、ビジネスの案件の整理にも追われている。この数年、仕事がとてもうまくいき、もう一生、雀《すずめ》の涙ほどの賃金で働くことを心配する必要はなくなった。だが自分はこれで満足しているわけではない。もっと上を目指すつもりだ。自分の力をもってすれば、ほとんどの人が想像もできないような大きな成功をつかむことができるだろう。

そしてこれから、自分のそばにはパメラがいる。たくさんの愛情を注ぎ、思いきり甘やかすつもりだ。シルクやサテンのドレスを着せ、望みはなんでも叶えてやろう。いずれ子どもができたら、家族みんなで一年のうち何カ月かは田舎で過ごすのだ。そのときのために、ウエスト・ライディングの屋敷の改修工事もすでに始めている。

最近になってようやく、父が自分に遺してくれた財産を受け取ることができた。セント・ジョージ一族が、ずっと遺言書無効の申し立てをしていたのだ。相続した二万ポンドはすでに投資している。それが金融界で一大帝国を築くという自分の夢を、さらに後押ししてくれるだろう。だがなにより大切なことは、それを正当な相続財産として認められたということだ。これでやっと過去に区切りをつけることができる。

レイフはあくびをしながら立ちあがり、ろうそくを消しはじめた。

そのとき表の通りから、敷石を踏む馬のひづめの音と、車輪の回転する騒々しい音が聞こえてきた。そのまま通りすぎるかと思っていたら、馬車は屋敷の前でとまった。男が低い声でなにかを命じている。

やがて玄関を激しく叩く音がした。

こんな時間にいったい誰なんだ？　誰かが訪ねてくる予定はない。

使用人はもうみな寝ているとわかっていたので、レイフは大またで歩いて玄関ホールに向かった。そして用心しながらドアをそっと開けた。

外にいる人物を見て、レイフはあごをこわばらせた。

黒い四輪馬車《バルーシュ》の開いた扉のそばに、バートン・セント・ジョージが立っている。扉をはさんだ反対側に立っているのは、セント・ジョージの友人のアンダーヒル卿だ。馬車のなかにもふたりの男が座っているのが見えるが、暗い街灯の下では顔がよくわからない。

「なんの用だ、セント・ジョージ？」レイフは苛立ちを隠そうともせずに言った。

「聞いたかい？」バートンは仲間に向かって言った。「いまの失礼な物言いを。自分より身分の高い人間に対して、ずいぶん横柄な男だ」やれやれというように片手を上げると、高級な黒のマントがひるがえった。「贈りものを届けに来てやったぞ、ペンドラゴン」

レイフは顔をしかめ、不吉な予感に包まれた。まるでじっとりと湿った手で、背中をなでられているようだ。セント・ジョージはなにを言っているのだろう？　自分たちはお互いを嫌っている。彼が自分に贈りものなどくれるはずがない。

「さあ、みんな、運び出してくれ」バートンはおどけた口調で言った。「ぼくたちが内緒で用意した贈りものを、ペンドラゴンに渡すんだ」

ひとりの男が馬車から飛び降りた。もうひとりの男はなかにとどまり、先に降りた男が大きな包みを馬車から下ろすのを手伝った。そしてふたりでその包みを運び、階段の上り口にどさりと落とした――中身はわからないが、茶色い古毛布でくるまれた大きな荷物だ。

レイフは心臓が早鐘のように打つのを感じながら、さまざまなおぞましい可能性について考えた。犬の死骸だろうか？　それとも波止場のごみ置き場から拾ってきた、腐った魚だろうか。でも腐敗臭はしない。ただかすかに、金属のような甘い血のにおいがするだけだ。もしこれが動物なら、どうしてわざわざこんな手の込んだことをするのだろう。玄関先に死骸を放り投げておくだけで、悪質な嫌がらせとしては充分ではないか。

「中身を見ないのかい？」バートンはあざけるように言った。「なにが入っているか知りたいだろう」レイフが動こうとしないのを見て、包みに近づいた。「ぼくが手伝ってやろうか」

そしてブーツの先で包みを蹴《け》った。

苦しそうなうめき声が毛布の下から聞こえた。

まさか、人間なのか？

レイフはとっさにレンガの階段を駆け下り、丸く縮こまった包みの横にひざまずいた。毛布をめくった瞬間、思わず息を呑んだ。

なかに入っていたのは女性だった。裸同然の姿で、身に着けているのはずたずたに破れた血だらけの下着だけだ。青白い肌のあちこちに、青や赤や紫の無残なあざができている。目と唇と頬が腫《は》れあがり、顔が判別できない。金色の長い髪が、汗と乾いた血でべとべとになっている。

〝金色の髪〟

レイフはのどにこみあげてきた苦いものを飲みくだし、震える手を伸ばした。指先が触れた瞬間、女性は哀れな声を出して逃げるように身を縮めた。そのとき首にかかった細いチェーンが見えた。弱々しい街灯の明かりを受けて、金属がきらりと光った。ロケットのふたに繊細なワスレナグサの柄が彫られている。初めてデートしたとき、パメラに贈ったのと同じものだ。

〝まさか！〟レイフは心のなかで叫んだ。〝違う、絶対に違う、これはパメラじゃない！〟

涙がひとりでにあふれて頬を伝い、視界がぼやけた。そのとき耳元で満足そうな悪魔のささやき声がした。

「お前が結婚するという話を聞いたとき、アンダーヒルとチャロナーとハーストとぼくは、なにかとびきり特別な贈りものをしたいと思った。それで花嫁を調教しておいてやろうという話になったんだ。彼女も最初のうちこそあまり協力的ではなかったが、しばらくするとすすり泣くようなうめき声を何度ももらしていたぞ。お前の婚約者は下品なあばずれだ。きっとお前のこともベッドで楽しませてくれるだろう。もっとも、お前がほかの男のお古でもいいならの話だが」

バートンは気の利いた冗談でも言ったように、くすくす笑った。

激しい怒りがレイフの胸に湧きあがった。だが立ちあがってバートンを殴る代わりに、レイフはそのままひざまずいていた。体が麻痺《まひ》したように動かず、わなわなと震えながら声にならない声で叫んだ。

「ぼくの邪魔をするなと警告したはずだ、ペンドラゴン。二度と同じ間違いをするんじゃないぞ」

足音が遠ざかっていった。凍りついたまま、なんとか顔を上げると、四人を乗せた馬車が走り去っていくのが見えた。男の笑い声が夜の闇にこだまし、やがて消えていった……

レイフは身震いし、現実の世界に戻った。

「あの男がパメラを傷つけたのは、ぼくを叩きのめすためだったんだ。そしてあいつの狙いどおり、ぼくは叩きのめされた」

「ああ、神様」ジュリアナは目に涙を溜め、恐怖とも同情ともつかない声でつぶやいた。

レイフの目に涙はなかった。燃えあがる憎しみの炎と復讐への強い思いで、涙はとうの昔に乾いている。

ジュリアナはレイフの手を取り、ベッドに連れていった。そして自分の隣りに横たわらせ、その体を抱きしめた。まず頬に、それからこめかみにキスをした。

「わたしに話して」ジュリアナはレイフの胸をそっと慈しむようになでた。

レイフはしばらく口を開こうとしなかった。そのときの記憶はあまりに生々しく、あまりに強烈だった。けれどもジュリアナの優しい手の感触に、それまでずっと眠っていたある種の感情が揺り起こされた。そして自分でも気がつかないうちに話しはじめていた。

「殴られて拷問を受けたパメラを、ぼくはすぐさま家のなかに運びこんで医者を呼んだ。出血がひどく、夜が明ける前に死んでしまうんじゃないかと心配したが、パメラは奇跡的に一命を取りとめた。そして時間がたつにつれ、だんだん回復した。少なくとも、肉体的には元気になった。食事もしたし、睡眠もとっていた。表面だけ見ると彼女は生きていた。でもぼくが知っていたパメラは、もうどこにもいなかった。彼女はいつも笑みを絶やさず、よくころころと笑っていた。人間のよい面ばかりを見ようとする、天使のような心を持っていたんだ。なのにあの連中が彼女からそれを奪い去り、瞳の輝きも消してしまった」

レイフは胸が詰まり、いったん言葉を切った。「そのことがあってから、パメラはぼくの顔をまともに見られなくなった。ほんの少し体に触れただけで、びくりとするんだ。それがぼくだからじゃない。ぼくが彼女を傷つけたのと同じ男だからだ。ぼくにはどうすることも、なにを言うこともできなかった。しかも、あの連中が罰せられたという報告すらしてやれなかったんだ」

レイフは体を起こし、ベッドを出て暖炉の前に立った。火かき棒を手に取ると、火床に置かれた火のついていないまきに突き刺した。

「でも、警察には届けたんでしょう？」

レイフはうつろな声で笑った。「ああ、彼女の父親と一緒に、いわゆる当局というところに出向いてセント・ジョージたちのしたことを訴えた。ところが連中はこちらの顔を見てにやにやしながら、パメラがどんなことをして彼らを誘惑したのかと訊いてきた。セント・ジヨージもその仲間も、みな身分が高く富に恵まれた貴族だ。特権階級に属し、社会的に大きな力を持っている。チープサイドの時計職人と、どこの馬の骨かもわからない実業家が四人の裕福な貴族を告発したところで、いったい誰がその話を信じてくれるだろうか」

「でもあなたは四人を見たのよ！　ミドルトン卿はあなたに自分のしたことを認めたんでしょう。自分たちが彼女になにをしたかを」

「ああ、だが仮に当局に事情を聞かれたところで、あいつらはただ一言、知らないと答えればいいだけだ。当然ながら警察は、事情聴取などしなかった。そして嘘の告発をしたとして、ぼくを牢屋に放りこんだ。パメラの父親も投獄されそうになったが、ぼくが彼の分の刑期も勤めるからといって当局を説得した。ロンドン刑務所に二週間だ」

「レイフ、そんな！」ジュリアナは身を乗り出した。その顔にはショックと激しい怒りが浮かんでいた。

投獄された日、レイフは法を尊重する心を捨てた。人間は自分で自分の始末をつけ、持てる力を利用して正義を実現しなければならないということを思い知ったのだ。

「セント・ジョージとその仲間の強姦魔は、いまもなにごともなかったような顔をして暮らしている」レイフは暗い声で続けた。「無垢《むく》な若い女性を暴行したことを反省しているそぶりも見せず、しゃあしゃあと生きているんだ。パメラの犯したあやまちはたったひとつ、ぼくを愛したことだけなのに」

〝あいつらを殺してやりたい！〟レイフは当時のことを思い出し、心のなかで叫んだ。最初は彼らをひとりずつ見つけ出し、眉間を銃で撃ち抜いてやるつもりだった。だがそれではあまりに易《やさ》しすぎると思いなおし、一人ひとりにふさわしい苦しみを味わわせてやることにした。長い時間がかかったが、自分の計画はようやく実を結びつつある。

アンダーヒルとチャロナーは破滅し、あとのふたりが報いを受ける日も近い。ハーストは酒に溺《おぼ》れ、ほぼ自滅したも同然だ。セント・ジョージも金銭面でじわじわと追いつめられている。不思議なことに投資がことごとく失敗し、焦りをつのらせているのだ。

四人が転落していくさまを見ると、胸がすっとする。

「パメラはどうなったの？　亡くなったと言ってたけど」

「そうだ。連中に殺された。あの悪党たちが彼女の家に上がりこんできて、首に縄をかけて殺したも同然だ」

レイフはふり返り、ジュリアナのつらそうな目を見た。「事件から三カ月たったある日、パメラは首を吊った。彼女は……自分が妊娠していることがわかったんだ。遺書が残っていたが、そこには自分のお腹のなかで恥ずべき子どもが育っていると思うと耐えられない、ごめんなさい、と書いてあった。彼女はあの夜までバージンだった。ぼくと所帯を持ち、お腹の子を自分たちの子どもとして育てることなどできないと思ったらしい。ぼくとは結婚できないと書いてあった。男に触れられるのが耐えられないから、もう誰とも結婚できないと」

レイフは深呼吸をして先を続けた。「パメラはぼくのことを愛していると遺書に綴《つづ》っていた。どうか自分のことを許してほしい、とさえ書いていたんだ。悪いのは彼女ではないのに、どうしてそんなことがわからなかったのだろうか。許しを請わなければならなかったのは、ぼくのほうだ。いまでもまだ、彼女に許してほしいと思っている」

「あなたは間違っているわ。自分を責めちゃだめよ」

「そうだろうか？　悪いのはぼくだ。ぼくがいなかったら、パメラがセント・ジョージに狙われることもなかった。屋敷のことがなければ、あの男もあんなまねはしなかっただろう」

「屋敷って？　どういうことなの？」

レイフは一瞬ためらったのち、口を開いた。「ヨークシャーの田舎にある母の屋敷だ。ぼくはそこで育った」

ジュリアナはひざの上で両手を強く握り合わせ、レイフの彫りの深い顔にさまざまな感情が浮かんでは消えるのを見ていた。

彼が失ったもの、これまで耐えてきた思いを考えると、胸が締めつけられるようだ。レイフのもとに駆け寄って慰めてやりたいが、いまの彼はこちらの思いやりを哀れみだと感じて心を閉ざしてしまうかもしれない。ジュリアナは座ったまま、レイフが続きを話すのを辛抱強く待った。

レイフはまたもや火かき棒でまきを突いた。それからしばらくして、真鍮製《しんちゅうせい》の棒をもとあった場所に戻し、ジュリアナのほうを向いた。

「生まれは複雑でも、ぼくは幸せな子ども時代を過ごした。まわりの子どもたちからしょっちゅうののしられたり殴られたりしたが、両親がぼくを愛してくれていることも、ふたりが愛し合っていることもわかっていた。父はできるかぎりぼくたちと一緒に過ごし、ぼくが大きくなってからはきちんと教育を受けさせた。そして快適な暮らしができる屋敷に母を住まわせ、使用人を何人か雇って上等のドレスを欲しいだけ買えるお金を与えた。けれども母が本当に欲しかったのは父だったんだ。父がやってくると、母の顔が嬉しそうに輝いていたのを思い出すよ。父が帰ったあと、母はひとりで部屋に閉じこもって泣いていた」

レイフはズボンのポケットに手を入れた。「父にもうひとつの家庭があることは知っていた。ぼく以外に息子がひとりと娘がふたりいるが、そのことを口に出してはいけないとわかっていたし、なにも知らないふりをしなければと自分に言い聞かせていた。ときどき、異母きょうだいのことを考え、ぼくが嫡出子でバートンが庶子だったら、どういう気分になるだろうかと思ったこともある。でも、とくに向こうがうらやましいとは感じなかった。母のことも故郷のことも愛していたからだ。そのふたつだけは、絶対に失いたくないと思っていた」

レイフは鏡台の前に行き、その上に並んでいるものにざっと視線を走らせた。ふとなにかで気をまぎらせたくなったように、バラ香水のふたをはずしてびんを鼻先に持っていくと、一瞬、気持ちよさそうに目を閉じた。そして慎重な手つきでびんにふたをし、鏡台の上に戻した。

レイフはひとつ大きく息を吸いこみ、口を開いた。「セント・ジョージがぼくを憎んでいることはわかっていたが、その恨みがどれほど深いものであるかを知ったのは、父が死んだときだった。父はなんの前触れもなく、ぼくが二十歳になった年にとつぜん亡くなった。大学で故郷を離れていたぼくは、新聞で偶然そのことを知ったんだ」

そのときの悲しみと、実の父親の死を知らされなかった屈辱感がよみがえり、レイフは表情をこわばらせた。「だが母は、もっと残酷な状況で父の死を知らされた。父が亡くなってから何日もしないうちに、ふたりの男が馬に乗って母の屋敷にやってきたそうだ。それは一月の後半で、外は凍てつくように寒く、地面は雪でおおわれていた。男たちは玄関を激しく叩き、子爵が死んだからここを出ていくようにと母に命じた——しかも、一分たりとも猶予は与えないと言ったそうだ。荷造りをすることも、身のまわりのものや思い出の品を持ち出すことも許されなかった。屋敷とそのなかにあるものはすべて、新しく爵位を継いだバートン・セント・ジョージのものだからと言われたらしい」

ジュリアナの胸が締めつけられた。それでもなんとか自分を抑え、レイフのもとに駆け寄るのを我慢した。

「セント・ジョージは地所を取りあげて父の売春婦を路上に放り出すよう、男たちに命じたんだ。そして男たちはその命令を忠実に実行し、母を着の身着のままで追い出した。隣人のところに身を寄せることも許さなかった。近所の村に張り紙をし、母を助けた者は、家を追い出すと警告したらしい。でも幸運なことに、宿屋の主人がその命令を無視し、ぼくが知らせを受け取るまで馬小屋に母をかくまってくれた。ぼくは取るものも取りあえず駆けつけた。でもぼくが到着したとき、母は寒さとショックで胸膜炎を起こしていた」

レイフは下を向いた。いまなお悲しみの記憶は鮮明だった。「それでも母は、どうにか旅ができる程度には快復した。どこにも行く場所がなかったので、ぼくは母をロンドンに連れていくことにした。ほかにどうすればいいか、わからなかったからな。そして残っていた手当をはたいて部屋を借り、母の服と食料、暖炉用の燃料を買った。それから二、三週間は母の容態も安定していたが、その後また急速に悪化した。医者を呼んだが、もうできることはないと言われたよ。それからまもなく、母は息を引き取った」

ずっと昔、母親を亡くしたときのことを思い出し、ジュリアナの頬を一筋の涙が伝った。

ジュリアナは手の甲で濡れた頬をぬぐった。「それからどうしたの」

レイフは気持ちを落ち着かせ、ふいにひどく疲れたようなため息をついた。「ぼくは社会に出て、それなりに成功した。母に財産を残してくれなかった父のことを、長いあいだ恨んでいたよ。ところがぼくの友人で貴族のトニーが、あるとき父の遺言書の写しを手に入れた。それによると父は、ぼくたち母子にちゃんと財産を残してくれていた。セント・ジョージの家族が、なんとしてもこちらにその金を渡すまいとしていたんだ。

父はウェスト・ライディングの屋敷も母に渡すつもりだったはずだ。母は以前、父から不動産権利証書にきみの名前を記したと言われたことがあったらしい。そのことをぼくに何度も話していたよ。たぶんセント・ジョージが証書を改竄《かいざん》し、地所が自分のものになるように画策したんだろう」

レイフは片方の手をぎゅっとこぶしに握った。「セント・ジョージは屋敷を母から盗み、母をごみのように道端に捨てたんだ。そこでぼくは時機が来るのを待ち、〝弟〟がぼくに屋敷を渡さざるをえない状況になるよう、裏で糸を引いた」

ジュリアナの背筋がぞくりとした。「なにをしたの?」

「やつの債権をひそかに買いあげたんだ。そのなかには裁判所が全額強制償還できる約束手形もいくつかあった。償還日が来たとき、セント・ジョージは債権者がぼくであることを知った。そしてぼくは彼に取引を持ちかけた。家名に泥を塗り、資金難に陥っていることを世間に知られるよりは、未決済手形と引き換えにウェスト・ライディングの屋敷と土地を差し出してはどうかと言ったんだ。セント・ジョージは取引に応じる以外になかった。でもぼくのしたことは、あいつを激怒させたらしい。ぼくの間違いは、あいつの怒りがどれほど激しいものであるか、わかっていなかったことだ。ぼくは屋敷を手に入れたが、パメラを失った。まさに悪魔の取引だ」

レイフは顔を上げたが、そのガラスのように澄んだグリーンの目は自己嫌悪でいっぱいだった。「そういうわけで、パメラを殺したのはぼくでもある」

「彼の取った行動は、あなたの責任ではないわ」ジュリアナは首をふった。「あの人のしたことは、言葉にできないほどひどいことよ。過去にあなたとのあいだになにがあったにせよ、それがなんの罪もない女性を襲い、虫けらのように痛めつけていい理由にはならないわ。彼は倫理観のかけらも持たない怪物よ。あなたの話を聞くかぎり、絞首刑になるべきだと思うわ。悪いのは彼よ。あなたじゃない」

ジュリアナは立ちあがり、レイフのもとに行った。「あなたは悪くないわ。もうこれ以上、自分を責めて苦しむのはやめて。パメラだってそんなことは望んでいないはずよ。懐中時計に彫られた銘刻を見たわ。女なら誰だって、あれほど愛している男性には幸せでいてほしいと願うものよ」

そう言うとレイフの背中に腕をまわし、その体を強く抱きしめた。レイフはジュリアナの腕から逃れたいと思ってでもいるように、体をこわばらせたまま動かなかった。だが次の瞬間、ジュリアナを力いっぱい抱きしめ、その髪に顔をうずめた。

ふたりは長いあいだそのまま抱き合っていた。そうしていると体の内側から力が湧いてきて、心が慰められた。相手の体温と心臓の鼓動を感じる。自分たちは生きているのだ。ふたりは本能に導かれるまま、互いを抱きしめる腕に力を入れた。レイフがジュリアナに唇を重ね、そっと優しいキスをした。ジュリアナは唇を開き、もっと濃密なキスをするようレイフを促した。

ジュリアナはめまいを覚え、大きな悦びに包まれた。レイフの動きに合わせ、舌と舌をからませて唇を吸っていると、頭がぼうっとしてきた。

全身が情熱の炎で燃えている。ジュリアナはレイフに体を押しつけ、どんどん激しさを増すキスに酔いしれた。

そしてレイフの胸から肩に両手を這わせ、ありったけの思いをキスに込めた。レイフも情熱的なキスで応じ、ジュリアナの背中を親指でなでた。

ジュリアナは甘いため息をつき、背中を弓なりにそらした。ヒップを優しくもまれると、猫のような声が唇からもれた。レイフに抱きかかえられ、ジュリアナの足が床から離れた。

そしてすべての抑制を忘れ、夢中でレイフの唇を吸った。会えなかった長い二週間を取り戻すように、ふたりは激しく相手を求めた。

レイフは二、三歩進んだところで、ふと足を止めた。そこがクイーンズ・スクエアの屋敷ではなく、メイフェアにあるジュリアナの自宅の寝室であることを思い出したのだ。欲望をなんとか抑え、しぶしぶ唇を離した。「そろそろ帰らなければ」そう言うとジュリアナの下唇をさっと嚙み、もう二度ほどキスをした。

「ええ、そうね」ジュリアナはため息混じりに言い、レイフのあごから少しざらざらした頬へと唇を這わせた。そして舌の先で耳の線をなぞり、そっと息を吹きかけた。

「泊まっていって」ジュリアナはレイフの豊かな髪の毛に手を差しこんだ。

レイフは身震いした。

レイフはジュリアナの首筋に顔をうずめると、その下腹に自分の硬くなったものを衣服越しに押しつけた。

今度はジュリアナが身震いする番だった。

「誰かに見つかるかもしれない」レイフはそうささやきながら、もう何歩かベッドのほうに進んだ。

「そうかもね」ジュリアナはレイフの腰に両脚を巻きつけた。「ああ、でもやめないで」

レイフが欲しくてたまらず、そのためならどれだけ危険を冒してもかまわないという気分だった。

レイフは低いうめき声を出し、ジュリアナをベッドに連れていった。ジュリアナはレイフがすぐにこちらのネグリジェをはぎ取り、自分も服を脱ぎ捨てて裸になるだろうと思いながら、マットレスに横たわって待った。

レイフが上着を脱ぎ、タイをゆるめて床に放った。シャツのボタンをはずすと、足をふるようにして靴を脱いだ。だがそこで服を脱ぐのをやめ、マットレスにひざをついてジュリアナの隣りに横になった。

そしてジュリアナの頭をゆっくりなで、その髪をひんやりした枕に扇のように広げた。ジュリアナはうっとりし、脈が速くなるのを感じた。手を伸ばしてレイフに触れようとしたが、彼はジュリアナの手をつかんで体の脇に下ろした。

「いいから」そう言ってジュリアナの頬にキスをした。「ぼくの言うとおりにしてくれ。夜明けまでまだ時間がある。ふたりで思う存分、快楽を味わおう。なにもあわてることはないだろう?」

ジュリアナはうなずいた。体の力を抜き、黙ってレイフに従うことにした。彼はきっと自分を悦ばせ、素晴らしい官能の世界に連れていってくれるだろう。

レイフはゆっくりと愛撫を始めた。優しくジュリアナの体をなで、あちこちにキスを浴びせた。ネグリジェを脱がせることなく、その生地越しにジュリアナの体を燃えあがらせた。ジュリアナは脚のあいだに熱いものがあふれるのを感じた。そしてもどかしさで脚をもぞもぞさせながら、レイフが早くネグリジェを脱がせ、肌に直接、触れてくれるのを待った。

だがレイフは薄いシルクの生地越しに愛撫を続けた。乳房を口に含んで強く吸うと、その部分の生地がしっとり濡れた。ジュリアナはすすり泣くような声を出し、唇の端を噛んでまぶたを閉じた。満たされそうで満たされない欲望に、頭がどうにかなりそうだ。それでもレイフは、彼女の願いをすぐには叶えようとしなかった。

レイフがようやくネグリジェを脱がせてジュリアナを全裸にすると、彼女の唇から歓喜の声がもれた。「ああ、レイフ、早く抱いて」ジュリアナはレイフに触れようと夢中で手を伸ばした。

けれどもレイフはジュリアナの手をかわし、体を起こしてシャツとズボンを脱いだ。「もう少し辛抱してくれ」ふり向きながらささやいた。「お楽しみはこれからだ」

ジュリアナはこれ以上待てないと言いたかったが、声を出すことができなかった。彼の大きな手が、自分の裸の体をすみずみまでじっくりなでている。

レイフがジュリアナに唇を重ねて情熱的なキスをし、その首筋に顔をうずめた。うなじを軽く噛まれ、舌でなめられ、最後にキスをされると、彼女の唇からうめき声がもれた。

レイフはそれと同じこと――軽く噛み、舌でなめ、キスをする――を繰り返し、ジュリアナの体じゅうを愛撫した。ジュリアナは恍惚《こうこつ》となり、時間が夢のように過ぎていくのを感じた。

レイフがとうとう最後に残った場所に手を伸ばした。両脚を大きく広げられ、ジュリアナは熱いよがり声を出した。レイフは彼女の手を取って口をおおわせ、それから脚のあいだに顔をうずめた。レイフの唇が触れた瞬間、ジュリアナは絶頂に達し、彼が自分に口をおおわせた理由がわかった。レイフはもう一度ジュリアナに絶頂を味わわせたあと、顔を上げてその体の上におおいかぶさった。

そして彼女を深く貫いた。ジュリアナは背中に脚をからめてキスをし、早くクライマックスを迎えるようレイフを促した。

だがレイフはやはり急ごうとはしなかった。ゆっくりと腰を動かし、彼女の欲望にもう一度火をつけようとしている。ジュリアナは無我夢中だった。自分の体も、そして心も、すっかり彼にとらわれている。

レイフはジュリアナの口を自分の口でふさぎ、歓喜の叫び声を呑みこんだ。そして自分も激しく体を震わせながら、ジュリアナの腕のなかで絶頂に達した。

それからしばらくし、ジュリアナはだんだん頭がはっきりしてきた。レイフに体をすり寄せて目を閉じた。

〝こうしているときが一番幸せだわ〟まぶたが重くなるのを感じながら、胸のなかでつぶやいた。〝愛するレイフと一緒にいるときが〟

ジュリアナはぱっちりと目を開け、呆然とした。

横を見ると、レイフがすやすやと眠っている。ジュリアナは胸が切なくなり、それが真実であることを悟った。自分たちは身分が違うし、本来なら出会うこともなかったはずだ。こうして一緒にいること自体がありえないことなのだ。それでも心は、はっきりと彼を求めている。

ジュリアナは自分でも気がつかないうちに、レイフ・ペンドラゴンを愛するようになっていた。

14

レイフは夜が明ける少し前に目を覚ました。

しばらくのあいだ、闇をじっと見つめていた。ジュリアナが隣りで丸くなって眠っている。その温かい肌の感触に、彼女を起こしてもう一度、愛し合いたくなった。

でもぐずぐずしていては、誰かに見つかってしまう。自分は別に見つかってもかまわないが、ジュリアナは違う。彼女と自分たちの秘密の関係を守るため、いますぐ帰らなくては。

レイフはジュリアナを起こさないよう注意しながら、そっとベッドを出た。窓のところに行ってカーテンを開けると、消えかかった弱い月の光が真っ暗な部屋に注ぎこみ、服がどこにあるかわかった。

レイフは音をたてずに服を着た。

外では小鳥がさえずりはじめ、夜明けが近いことを告げている。レイフは上着の一番下のボタンを留めながら、ジュリアナのほうをふり返った。

子どものようにぐっすり眠っている。まるで天使のような寝顔だ。黒いまつ毛がばら色の頬に扇形の影を作り、サクランボのような唇は、魔法をかけられた姫が王子のキスを待つようにほんの少し開いている。

体が反応し、ジュリアナの隣りにもぐりこみたい衝動に駆られたが、レイフはそれを抑えた。

また次に会ったとき、ゆっくり愛し合えばいい。

昨夜、二度目の愛の営みをしたあと、ジュリアナは二日後にクイーンズ・スクエアの屋敷に来ると約束してくれた——もう明日だ。本当は今日の午後にでも会いたかったが、昨夜ロンドンに戻ってきたばかりの彼女が、またすぐに家を空けるのはむずかしいということはわかっていた。

自分が昨夜、ジュリアナになにを話したかを考えると、いまでも信じられない思いだ。パメラの身にどんな悲劇が起きたか、自分がなぜセント・ジョージを憎んでいるかを知っているのは、ごく親しい友人だけなのだ。

しかもジュリアナは、友人たちが知らないことまで知っている。ジュリアナに優しい言葉をかけられ、そっと体に触れられただけで、自分は誰にも話したことのないことを彼女に打ち明け、心の奥深くに閉じこめていた感情を洗いざらいぶつけていた。もしかすると詳しく話しすぎてしまったのかもしれないが、不思議と後悔はしていない。ジュリアナなら、絶対に他言することはないだろう。

レイフは自分を抑えることができず、腰をかがめてジュリアナの花びらのように柔らかなこめかみに、優しくキスをした。

ジュリアナがかすかに体を動かし、楽しい夢でも見ているような笑みを浮かべた。

レイフは最後にもう一度、名残り惜しそうにジュリアナの寝顔を見ると、くるりと後ろを向いて窓に向かった。そしてやってきたときと同じように、窓枠をまたいで外に出た。

〝よくもあの小娘め！〟

バートンはもう百回ぐらい繰り返した言葉を、またしても心のなかで叫んだ。一週間たっても怒りが収まらず、傷ついたプライドも癒されない。

マリス・デイビスは、自分のものになるはずだった！　よくも自分のプロポーズを断ってくれたものだ！

表向きは平静を装いながら、バートンは馬車職人の店の応接室に置かれた椅子に、ゆったりと腰を下ろした。ミドルトン卿が急ぎの用でやってきたことを主人に伝えるため、店員が小走りに部屋を出ていった。窓から注ぎこむ朝の太陽の光を浴びながら、バートンは金箔《きんぱく》の貼られたステッキでつやのない木の床をとんとん叩いた。頭のなかは、最近自分の身に起きたとんでもない出来事のことでいっぱいだ。慎重に計画を練り、それを巧みに実行し、時間とお金と労力を惜しみなく注いだというのに、すべてが無駄になってしまった。

自分はマリスを手に入れられるはずだった。あの小娘は木から摘みとられるのを待っている、真っ赤な甘いリンゴだったのだ。もう少しでこちらの手に落ちるところだった。だからこそ自分はうんざりしながらも、わざわざ故郷でパーティを開いてやったのではないか。そうすれば、あの小娘が大喜びするにちがいないと考えてのことだ。こちらが本気だということを、はっきり教えてやろうと思ったのだ。

だがなにかがマリスの気持ちを変え、自分のプロポーズを拒ませた。領地に着いてからまもなく、マリスの態度がおかしいことに気づいた。どことなくよそよそしくなり、自分とのあいだに見えない壁を作った。

プロポーズの返事を数日待ってほしいとマリスに言われたとき、内心でははらわたが煮えくり返る思いだった。そしてロンドンに戻ってから彼女の屋敷を訪ねると、会いたくないと断られた。

兄を代わりによこしてプロポーズを断らせるとは、あの娘はいったい何様のつもりなのか？　自分で断る勇気もないというのか。

けれども女というものは、臆病でうぬぼれが強くて愚かで、ひとつしか使い道のない生きものだ。いや、マリス・デイビスのように金を持った女なら、使い道はふたつある。

あの小娘がどんな理由で心変わりしたのかは知らないが、そんなことはどうでもいい。本人が望もうと望むまいと、かならず自分のものにしてみせる。これまで膨大な時間と費用を費やしたのだ。ここで彼女を逃がすわけにはいかない。

自分をこんな目にあわせるとは、ふざけた小娘だ。彼女のために社交シーズンをまるまる潰していなければ、ほかに金持ちの女を探せたかもしれないのに！

だが、いまさらそんなことを言ってももう遅い。ここまで来たら、後に引くわけにはいかない。自分はなんとしても金を手に入れなければならず、あの小娘が結婚相手の第一候補なのだ。本人をきずものにしてしまえば、家族も自分と結婚させる以外にないだろう。そして莫大な持参金をいったんこちらの口座に移したら、彼女にはこの手で少々教訓を与えてやればいい。そうすれば、二度と自分を怒らせるようなまねはしないだろう。

「閣下、お待たせして大変申し訳ありませんでした」馬車職人のヒギンズが、店舗に続くドアを開けてせかせかした足取りで部屋に入ってきた。バートンの前で立ち止まって深々とお辞儀をし、背筋を伸ばした。「今日はどのような御用でしょう？」

バートンは椅子から立ちあがり、年上のヒギンズのへつらったような挨拶を受けた。

「軽四輪馬車《フェートン》を注文したい。今回は黒にしようかと思っている」

長い沈黙が流れた。ヒギンズはあまり身長が高くなかったが、それでも精いっぱい背筋を伸ばし、バートンの胸元に視線を据えた。そしてごくりと音をたててつばを飲み、戦いに備えるようにぐっと胸を張った。

「あの、閣下」バートンの目を見ずに言った。「新しい馬車をお作りしたい気持ちはやまやまなのですが……その……でも……つまり……つけのほうに少々、問題がございまして」

バートンは顔をしかめた。「つけがどうした？」

ヒギンズは咳払いをし、血色の悪い顔を赤らめた。「あの、以前お買い上げいただきました二両の馬車の代金が、その、未払いになっております。帳簿に勘定をつけてからしばらく日にちがたっておりますので……つまり……申し訳ありませんが」ヒギンズは早口で言った。「先にそちらをお支払いいただいてから、新しい馬車の製作に着手したいと存じます」

ステッキを握るバートンの手に力が入り、関節が白く浮きあがった。

いまのは聞き間違いか？　この無礼な虫けらは、本当に自分につけを払えと言ったのか？

バートンはヒギンズののど元をつかむところを想像した。この男の足を地面から浮かせ、そのまま首をぎりぎりと締めあげてやろう。そして目玉の腫れあがった彼が脚をばたつかせ、手をふりまわしてもがき苦しむのを、にやにや笑いながらながめるのだ。

バートンの指がぴくりと動き、もう少しで想像どおりのことをしそうになった。だが自分は、自制というものを知っている人間だ。分別をわきまえ、先のことを見通せる目を持ち、どんな場面でも自分の感情と行動を抑制できる。

この身分の低いつまらない男を相手に、怒りを爆発させても仕方がないだろう。その気になれば、この男のことなど、服についた糸くずを払うのと同じくらい簡単に始末できるのだ。

それでも……

「残金はなるべく早い時期に支払う」バートンは言ったが、〝なるべく早い時期〟が永遠に来ないだろうということは重々承知のうえだった。

ヒギンズ――恥知らずの忌むべき男だ――は微笑み、お辞儀をした。「ありがとうございます、閣下。ところで新しい馬車の件ですが――」

バートンはヒギンズの言葉をさえぎった。「そのことならもういい。きみの店との取引は、今日かぎりすべて終わらせてもらう。これからは別の店に頼むことにしよう。では失礼する」そしてステッキで床を打ち、出口に向かった。

「ですが閣下――」ヒギンズはあわてて言い、バートンのあとを追った。

バートンはヒギンズを無視し、店の外に出た。腹の虫がおさまらず、馬丁に手綱を任せて自分の少し後ろを馬車でついてくるように命じ、大またで歩き出した。

屈辱のあまり、頭がおかしくなりそうだ。

あんなふうに面と向かって金を返せと言われるとは、なんということだ。とても我慢できない！　しかも腹の立つことに、自分には返す金がない。最近、投資がふたつも失敗したのだ。

もちろん、あの小娘がこちらの思惑どおり結婚を承諾したら、すべてがうまくいく。ロンドンじゅうの商人――うるさいハエのような連中だ――が、自分が裕福な花嫁を手に入れたことを知り、喜んで掛け勘定の限度額を引きあげるにちがいない。

それにしてもむしゃくしゃする。

自分に哀れっぽい声で金を払ってくれと言ってきたのは、ヒギンズで三人目だ。もうこれ以上、そうしたことを許すわけにはいかない。自分が金銭的に窮地に立たされ、財産が尽きかけていることを、社交界の面々に気づかれてはいけないのだ。

考えてみれば、自分がこのような苦境に陥ったのは、マリス・デイビスのせいではないか。

行き先も決めずにどんどん歩いているうち、バートンはやがてハイド・パークの端に着いた。馬車のところに引き返して家に帰ろうと思ったそのとき、見覚えのあるブルネットの女性の姿が目に飛びこんできた。

バートンの脈が速くなり、あらためて怒りがこみあげた。レディ・マリスが小道をのんびりと歩いている。やはりきれいな娘だ。ペールイエローの綿モスリンのドレスに身を包み、羽飾りのついた小ぶりなボンネットをしゃれた角度に傾けた姿は、温室育ちのバラのように美しい。

ひとりなのか？　バートンは驚き、エスコートしている男が近くにいないかと探した。でもこちらから見るかぎり、マリスの連れは少し離れてついてきているメイドだけのようだ。

妹を付き添いもなしに外出させるとは、アラートンも軽率な男だ。それにしても、たまたまこんな場面に出くわすとは、なんという偶然なのか。

バートンの口元に笑みが広がった。

〝どうする？ やるべきか？〟バートンはほかに誰もいないか、あたりを見まわした。やはりマリスとメイドのふたりだけのようだ。これは天が自分に与えてくれた千載一遇のチャンスではないか。みすみす見逃すわけにはいかないだろう。

バートンはすぐさま馬車のところに引き返し、馬丁の若者にその場で待つように言った。そしてつかつかと歩いて公園に入った。

ジュリアナはブルーグレーのデイドレスを身にまとい、それに合わせた美しい靴を履いてタウンハウスの階段を下りた。もうすぐレイフに会えるのだと思うと胸がわくわくし、小さな声で鼻歌を歌った。

玄関ホールに着いてから手袋をはめた。執事がドアを開けて待っている。そのとき通りから敷石を踏む馬のひづめの音が聞こえてきた。馬はジュリアナを待つ馬車のすぐ後ろでとまった。

その背にまたがっているのが誰かわかると、ジュリアナは眉を高く上げた。ウェアリング少佐だ。そして少佐の無事なほうの腕にしっかり抱かれているのは、妹のマリスではないか。どういうことだろう？ ジュリアナは玄関の外に出た。少佐が機敏な動作で馬を降り、マリスに手を貸している。

足が地面につくやいなや、マリスが駆け寄ってきた。「ああ、ジュールズ、恐ろしい目にあったわ。あの人、わたしをさらおうとしたのよ！」

ジュリアナは息が止まりそうになった。「誰がそんなことを？」

「ミドルトン卿よ。でもウィリアムが……その、ウェアリング少佐が助けてくれたの」マリスは後ろをふり返り、こちらに近づいてくる少佐に向かってにっこり微笑んだ。

ミドルトンという名前に、ジュリアナは背筋が寒くなった。

「なかに入って、姉上に話を聞いてもらうといい」ウェアリング少佐がマリスの肘に優しく手を添え、階段を上がるよう促した。「ぼくはあいつを追いかける」

「ああ、ウィリアム、どうか気をつけて」

「心配はいらない。敵のあとをつけることには慣れている」ウェアリング少佐はマリスの手を取ってキスをした。お辞儀をし、馬に乗って走り去った。

ジュリアナはマリスの肩を抱きながら、屋敷に入って階段を上がり、二階の居間に向かった。そしてマリスを安心させるように抱きしめると、一緒にソファに腰を下ろした。

「さあ、なにがあったのか話してちょうだい」

レイフはクイーンズ・スクエアの屋敷の居間のなかを行ったり来たりした。

ジュリアナはどうしたんだ？　険しい表情を浮かべて考えた。

約束の時間をもう一時間以上過ぎている。

もしかすると日にちを間違え、逢い引きは明日だと思っているのだろうか。それともなにか別の理由があるのか？　彼女の身に、なにかよくないことが起きたのでなければいいが。レイフは胃がぎゅっと縮むのを感じた。ポケットに手を入れ、もう何歩か歩いたところで足を止めた。

きっと自分の取り越し苦労だろう。ジュリアナは無事に決まっている。でも本当にそう言いきれるのか？

それから五分後、レイフはジュリアナの屋敷に行ってみようかと真剣に考えはじめていた。だが今回は、こっそり忍びこむというわけにはいかない。そのとき玄関のドアが開閉する音が聞こえた。

しばらくしてジュリアナが居間の入口に姿を現わした。顔色が悪く、ダークブラウンの髪が一筋、こめかみに張りついている。

「遅くなってごめんなさい」ジュリアナはせかせかした足取りで部屋に入ってきた。「手紙で知らせようと思ったけど、時間がなくて」

「どうしたんだい？」

「マリスが来たの」ジュリアナは立ち止まり、こぶしを胸に当てた。「あの人、妹を誘拐しようとしたのよ。白昼堂々、あの子を公園から連れ去ろうとしたの」

レイフはジュリアナに歩み寄り、その体を抱きしめた。「誰のことだ？　まさかセント・

ジョージじゃないだろうな？」

そうに決まっているではないか。彼女の目を見ればわかる。

ジュリアナはレイフにもたれかかってうなずいた。「マリスは今朝、メイドと一緒にハイド・パークに散歩に出かけたの。楽しく歩いていたら、とつぜんミドルトン卿が目の前に現われたんですって。最初はとても感じがよく、馬車で家まで送っていこうと言ったらしいわ。でもマリスは断ったの。そうしたら彼がいきなりマリスの腕をつかみ、無理やり馬車に連れこもうとしたそうよ。そして、望もうと望むまいとお前はぼくと結婚する運命にある、きずものにしてグレトナに連れていくしか方法がないのならそうするまでだ、と言い放ったの」

レイフは吐き気を覚えた。「彼女は無事だったのか？」

「ええ、無事よ。天のはからいで、ウェアリング少佐がたまたま馬で近くを通りかかり、マリスがミドルトン卿の手から逃れようともがいているのを見たの。少佐はすぐにマリスのもとに駆けつけたわ。少佐とミドルトン卿は口論になり、もう少しで殴り合いのけんかを始めるところだったの。でも人目につく場所だったから、子爵は結局、しぶしぶ引き下がったらしいわ」

セント・ジョージはそこまで切羽つまっているのか、とレイフは思った。良家の娘を連れ去るようなことまで企てるとは。誘拐は重大な犯罪ではないか。相手が無垢な若いレディとなればなおさらだ。社交界もさすがに目をつぶることはできないだろう。だが無理やりにでも結婚してしまえば、結果的には正しいことをしたとして、いずれ社交界もあの男を許すにちがいない。

マリスが無事に逃げられて本当によかった。あの男が彼女に触れていたら――たとえ指一本でも――と思うと、ぞっとする。

ジュリアナの目に涙が光っているのを見て、レイフの胸がどきりとした。

「ああ、レイフ。もしマリスが連れ去られていたらと思うと、怖くてたまらない。きっと口に出せないようなことをされていたわ。一部始終を聞いたあと、メイドとふたりだけで公園に行ったことを叱《しか》ったの。でも外出を禁止しなくちゃならないなんて、考えもしなかったわ。あの人の本性はわかっていたつもりだけど、まさかこんなことをするなんて思ってもみなかった」

「もういい」レイフは優しく言い、ジュリアナの頬にキスをした。「きみがあいつの行動を予測することはできない。自分を責めるのはやめるんだ。妹は無事だったと、きみは自分で言ったじゃないか。これから注意して守ってやればいい」

ジュリアナはうなずき、レイフの胸に寄り添った。「ハリーとわたしは、これから絶対にマリスから目を離さないことにしたの。それにウェアリング少佐がマリスを守ってくれるわ。少佐はミドルトン卿に決闘を申し込むそうよ。あの怪物に銃弾を命中させてくれるといいんだけど」

レイフはあごをこわばらせた。「決闘は実現しないだろうな。セント・ジョージはたぶんどこかに身を隠すだろう。もしかしたらロンドンを離れるかもしれない。決闘をしてもあの男にはなんの得にもならないし、あいつは危険を冒すのを嫌うからな。今日の誘拐未遂の一件で、あの男の名誉とやらはすでに傷ついている。そう、ぼくの予想が正しければ、あいつはロンドンから姿を消すにちがいない」

ジュリアナはため息をついた。「そのほうが好都合だわ。少佐がもし怪我でもしたら、マリスがひどく悲しむだろうから」

ジュリアナは両手を胸に当て、ようやくほっとしたように、部屋に入ってきてから初めての笑顔を見せた。「言うのを忘れてたわ。マリスとウェアリング少佐は結婚するの」

「ずいぶん急な話だな」

ジュリアナは笑いながら首をふった。「違うのよ。マリスはずっと前から彼に恋をしていたの。少佐のほうもマリスを助けたあと、動揺のあまり、つい愛を告白してしまったらしいわ。少佐が以前、マリスの前から消えたのは、自分に財産がないことを気にしたからじゃないかと思うの。でもマリスが彼を説得したにちがいないわ。それに、もし自分がほかの男性と結婚したら、ミドルトン卿から狙われる心配がなくなるとも言ったんじゃないかしら」

「だったら、これから少佐が彼女をしっかり守ってくれるだろう」

「ええ、そうね。近いうちに婚約を発表するつもりなの。いったんミセス・ウィリアム・ウエアリングになってしまえば、マリスも子爵にびくびくする必要がなくなるわ」ジュリアナはふと口をつぐみ、顔を曇らせた。「あの人がほかの若い女性に、同じようなことをしなければいいんだけど」

レイフはジュリアナを安心させるようにキスをした。「すぐに今回の噂《うわさ》が広がり、若い娘を持つ親は、我が子をあいつに近づけないようにするだろう。だいじょうぶ、あいつが若い女性に近づくことはまず無理だ」

それに自分の計画がうまくいけば、セント・ジョージはスキャンダルから逃げるより、もっと大変な状況に置かれることになる。心配はいらない。自分があの男にちゃんと報いを受けさせてやる。

「今日は大変な一日だっただろう。馬車で家まで送っていこうか?」

ジュリアナはかぶりをふり、レイフの首に抱きついた。「わたしを帰らせたいの?」

レイフはジュリアナを強く抱きしめた。「いや、二階に連れていきたい」

「だったらそうして。もう半日潰れてしまったのよ。これ以上、時間を無駄にしたくないわ」

レイフはふざけたようなうなり声を上げ、ジュリアナの体を抱きかかえた。

それから二日がたち、バートン・セント・ジョージに関するレイフの予想は正しかったことがわかった。彼は莫大な額の未払いの借金と大勢の不機嫌な債権者を残し、亡霊のように忽然《こつぜん》と姿を消した。

ジュリアナの話によると、ウェアリング少佐はセント・ジョージを見つけ出して決着をつけることができなかったらしい。少佐はまず彼の屋敷に出向いた。子爵は不在だと告げられたので、強引になかに入って捜索したが、使用人の言ったことは残念ながら本当だったという――セント・ジョージはどこにもいなかった。

次に少佐はセント・ジョージの行きつけの場所――クラブ、賭場、劇場、さらには愛人の家まで――を訪ねたが、徒労に終わった。翌朝、もう一度彼のタウンハウスに行ったところ、玄関のノッカーが取りはずされ、入口に鍵がかかっていたという。家具や調度品が埃《ほこり》よけの白い布でおおわれ、屋敷はがらんとしていたそうだ。

その日の昼間、クイーンズ・スクエアにやってきたジュリアナは、セント・ジョージがいなくなってほっとしたとレイフに言った。

「あの人がいなくなればマリスも安心よ。いったん結婚してしまえば、もう心配する必要はなくなるわ。あの人がわたしたちの人生を邪魔することは二度とないでしょう」

レイフは返事をしなかった。セント・ジョージがそれほど甘い相手ではないとわかっていたからだ。

そしていま、自分の腕のなかでまどろんでいるジュリアナの美しい顔を見ながら、レイフはこれからどうするべきか考えていた。

自分は彼女を危険にさらしている。セント・ジョージがマリス・デイビスとその家族に深い恨みを抱いていることはあきらかだ。そのなかにはもちろん、ジュリアナも含まれている。そのジュリアナが自分と関係があることを、万が一、セント・ジョージが知ったら……

レイフの背筋がぞくりとした。

いまのところ、自分とジュリアナの秘密は誰にも知られていない。だがほんの小さなほころびから、すべてが危険な方向に進んでしまわないともかぎらないのだ。最近の自分たちは、ただでさえ気を抜きがちになっている。ちゃんとした理由があったとはいえ、自分は約束を破ってジュリアナの自宅に行き、朝まで彼女のベッドで過ごした。機会さえあれば、きっとまた同じことをしてしまうだろう。

レイフの脈が速くなった。ジュリアナをひと晩じゅう、この腕に抱いていられたら。彼女と毎晩、一緒にいたい。

自分はどうやら彼女にのめりこみすぎたようだ。

分別のある男なら、相手に完全に心を奪われる前に関係を終わらせるはずだ。だがどのみち、自分たちは別れる運命にある。

ロンドンの街は、すでにうだるような蒸し暑さだ――最初に取り決めた契約期間が終わるまで、あと一カ月と少ししかない。社交シーズンが終われば、ジュリアナはほかの貴族と同じように田舎に引きこもるだろう。自分はロンドンにとどまり、以前の生活に戻る。そしてジュリアナ・ホーソーンとのことは、ただの楽しい思い出になるのだ。

それなのになぜ、自分はなおも強く彼女を求めているのだろう。別れたほうがいいとわかっていながら、どうして彼女を手放すことができないのか。

セント・ジョージのことがなければ、これからもジュリアナとの関係を続けていたにちがいない。六カ月の契約期間が終わったあとも、逢瀬《おうせ》を続けようとさえ申し出ていたかもしれない。けれども自分とジュリアナが会いつづけているかぎり、セント・ジョージがそのことを嗅ぎつける可能性はゼロではないのだ。

いくら低くとも、可能性があるかぎり、それを無視することはできない。

パメラのときは、セント・ジョージがどれほど残忍な人間であるか、こちらは知るよしもなかった。だがいまはよくわかっている。ジュリアナを使ってこちらを傷つけることを思いついたら、あの男はどんなにひどいことでも躊躇《ちゅうちょ》せずにやってのけるだろう。

レイフは目を閉じてあごをなでた。ジュリアナのためを考えたら、関係を終わらせたほうがいい。

女性と別れた経験なら何度もあるが、今回はこれまでのようなわけにはいかない。ジュリアナがいままで付き合った女性たちとは違うからだ。ジュリアナは自分の知っているどんな女性とも違う。

特別な女性なのだ。

きっと一生、忘れることはできないだろう。

しかも、打算で始まった関係であるにもかかわらず、自分たちのあいだには絆《きずな》が生まれている。

だからこそ、どうしていいのかわからない。

ジュリアナの情熱の炎がいっこうに弱まっていないことからすると、彼女も自分との関係を終わらせたいとは思っていないはずだ。セント・ジョージのことが心配なのだと本当の理由を話しても、ジュリアナは納得しないだろう。きっとこちらの考えすぎだと言うにちがいない。

「ミドルトン卿はロンドンからいなくなったのよ」そう言うに決まっている。「わたしたちの関係を知られることはないわ。それでも心配だというなら、もっと気をつけることにしましょう。これからはわたしもいままで以上に用心して、誰にもつけられていないか念を入れて確認するわ」

だが、ジュリアナの身の安全を保証することはできない。なによりも大切なのは、彼女の身を守ることなのだ。そのために嘘をついて彼女を突き放す必要があるのなら、そうするしかない。

ジュリアナを冷たく突き放し、自分の人生から追い出さなくてはならないとは。こんなにつらいことはない。

けれども彼女を守るため、やらなければならないことをやるのだ。

隣りでジュリアナが体をもぞもぞさせ、猫のようにのどを鳴らした。レイフの欲望をかきたてる甘い声だ。ジュリアナは目を覚まし、美しいダークブラウンの瞳でレイフを見た。そして口元にゆっくりと笑みを浮かべた。

レイフは笑い返そうとしたが、できなかった。

ジュリアナは首をかしげ、片方の眉を上げた。「どうしたの？　なにか悩んでいるような顔だわ」

内心の苦悩を顔に出していた自分を叱り、レイフはもう一度笑みを浮かべようとした。そして今度はなんとか笑顔を作ることができた。「ちょっと考えごとをしていたんだ。心配しなくていい」

ジュリアナが前腕をレイフの胸に乗せると、乳房の先が彼の脇腹をくすぐった。レイフの股間が反応し、全身がかっと熱くなった。

彼女と一緒にいられる時間も、あと少ししかない。

レイフはジュリアナの首の後ろを手で支え、その体を引き寄せると、自分の上に乗せて激しいキスをした。ジュリアナは小さく驚いたような声を上げたが、すぐにキスを返してレイフの情熱に応えた。

レイフはジュリアナの体に手を這《は》わせた。いつまでも記憶にとどめておこうとするように、女らしい曲線をなぞり、柔らかな肌の感触をじっくりと味わった。そうしているうちに、いますぐひとつになりたいという強い衝動に駆られた。

レイフは前触れもなくジュリアナのなかに入り、ヒップをぎゅっとつかんで腰を突きあげた。そしてもっと奥まで入ろうと、彼女を仰向けにして深く激しくその体を貫いた。

ジュリアナのよがり声が音楽のように耳に響いている。最高級のシルクのように美しく華《きゃ》奢《しゃ》な手が、熱く燃える自分の肌をなでている。やがて彼女が絶頂に達し、いつものように大切な部分の筋肉が収縮するのが伝わってきた。レイフの体も解放の瞬間を求めていた。だが彼は自分を抑え、クライマックスを迎えるのをできるだけ先に延ばし、一瞬一瞬をいとおしんだ。

そして彼女にもう二度、絶頂を味わわせ、官能の海をただよわせた。やがてそれ以上我慢できなくなり、ジュリアナの名前を呼びながら絶頂に達した。

ジュリアナの上に崩れ落ち、そのうっとりするようなにおいを胸いっぱいに吸いこみながら、レイフは彼女を失うことにどうやったら耐えられるだろうかと考えた。

15

それからの数日はあわただしく過ぎていった。マリスはすっかり舞いあがり、結婚式の計画を立てるのに夢中だった。二言目にはウィリアムがどうした、ウィリアムがこうしたというようなことばかり言っている。ウェアリング少佐も、もうマリスへの愛を隠そうとはしていない。いつも星のようにきらきらと目を輝かせ、愛おしそうにマリスを見ている。

たしかにウェアリング少佐は富に恵まれていないが、ジュリアナはふたりの結婚を心から祝福していた。ハリーもすぐに少佐のことが気に入り、ビジネスや領地の管理についてたくさんの助言を受けた。少佐は三男ではあっても、大地主の家に生まれ、領地の管理については爵位を持った多くの貴族よりも詳しいのだ。

少佐の両親は新しく家族の一員になるマリスに、心のこもった手紙と贈りものを送ってきた。手紙には、社交シーズンが終わったらバークシャーの領地にいらっしゃいと書かれていた。少佐の母方の叔父も手紙をくれ、驚いたことに、結婚のお祝いにウィルトシャーの豪邸と一万ポンド相当の財産を贈りたいと伝えてきた。

結婚式を九月に控え、みな準備でてんてこ舞いしている。でもジュリアナは苦にならなかった。マリスが結婚して新しい人生に踏み出せば、自分ももっとレイフと一緒に過ごす時間ができるのだ。そうなるといいのだけれど。クイーンズ・スクエアに向かう貸し馬車のなかで、ジュリアナは思った。

レイフへの愛を自覚してからというもの、ジュリアナはマリスに負けないくらいの幸福感に包まれ、空想にふけることが多くなっていた。ふと気がつくと、レイフが言ったことやしたこと、ベッドでのことなどを思い出してぼんやりしている。彼の腕に抱かれたくてたまらず、週に何度か、ほんの数時間しか一緒にいられないのがもどかしい。最近は、それではあまりに物足りないと思うようになっている。

六カ月の契約期間が過ぎたあとも逢瀬を続けようという言葉が、具体的にレイフの口から出たことはない。だが彼を説得するのは、それほど大変なことではないだろう。ベッドでの情熱的な態度からすると、心配する必要はなさそうだ。

マリスの結婚式で数週間ロンドンを離れなければならないが、それが終わったらすぐに戻ってこよう。社交界の人びとがいなくなったロンドンなら、レイフと会うのは前よりずっと簡単だろう。ふたりでどこかに行き、甘い夜を過ごすのもいいかもしれない。一日じゅう、いや、週末をまるまる一緒に過ごすのだ。リッチモンドの話をちらりと聞いたことがある。美しい田舎町で、恋人たちがこっそり会うのにうってつけの場所だという。レイフの財力を考えれば、もしかするとその町にもふたりの愛の巣にぴったりの、居心地のいい屋敷を持っているかもしれない。

けれども、そこから先のことはわからない。レイフを愛しているし、一緒にいたいとは思うが、ずっと変わらない絆で結ばれることは無理だろう。どんなに裕福でも、彼はわたしにふさわしい結婚相手ではない。レイフと結婚するということは、社交界で居場所をなくすということだ。みなから白い目で見られ、友人や知人のほとんどから背を向けられるだろう。ハリーも反対するにちがいない。それにマリスも……いや、あの子ならわたしの気持ちをわかってくれるかもしれない。たとえ社交界がなんと言おうと、マリスがウィリアムへの愛を捨てることはありえないからだ。

でもそんなことを考えるのはばかげている。停止した馬車のなかでジュリアナは思った。レイフが近い将来、わたしに結婚を申し込んでくるとは思えない。それにわたしは、自分がそれを望んでいるのかどうかもよくわからない。

人生をふたたび男性の手にゆだねることを考えるとぞっとする。わたしは自立したいまの生活が気に入っているし、再婚する気はない。けれど、もしレイフが本気でわたしを愛してくれたら、彼の望むことはなんでもしてしまうような気がする。

ジュリアナは御者に運賃を払い、ざくざくという小さな音をたてながら砂利道を屋敷に向かって歩き出した。いつものように嬉しさで胸が躍り、自然に笑みがこぼれた。

レイフはきっと居間で待っているだろう。タイをゆるめ、長い脚を無造作に投げ出し、大きな書棚から選び出した本を読んでいるにちがいない。

わたしが居間に入っていくと、本を脇に置き、ソファに座らせて歓迎のキスをする。それからしばらく、ふたりで他愛のない話をする。最近ではどんどん会話が長くなり、熱心に話しこむことが増えているが、その時間もとても楽しい。その後、二階に上がってベッドに入っても、レイフはやはりこちらを楽しませてくれる……といってもその場所はかならずしもベッドとはかぎらない。レイフの好きなところのひとつは、愛の営みにもさまざまな工夫を凝らすところだ。

ジュリアナは屋敷に入り、ドアを閉めて廊下を進んだ。居間の入口にレイフがぬっと現れたのを見て、ふいに足を止めた。

ジュリアナは胸に手を当てた。「ああ、びっくりさせないでちょうだい」

「悪かった。きみが入ってくるのが聞こえたから、それで……すまない」

〝なにか変だわ〟

「どうかした？」ジュリアナは、レイフが怖いといってもいいほどの深刻な表情をしていることに気づいた。「なにかあったの？」

「なかで話そう」レイフはジュリアナの言葉に答えなかった。そして先に立って部屋に入った。

ジュリアナの顔から笑みが消え、胃がぎゅっと縮んだ。

どういう内容かはわからないが、いい話でないことはたしかだ。

ジュリアナは重い足取りで部屋に入った。

レイフは窓のそばに立ち、ウィスキーらしき飲みものの入ったグラスを手に、外をながめていた。そしてグラスを軽く揺らし、中身をごくりと飲んだ。

「なにか飲みものは？」ジュリアナをちらりと見ながら言った。「シェリー酒はどうだい？」

ジュリアナは首をふった。「いいえ、結構よ」

レイフはうなずき、ウィスキーを飲み干すと、近くにあったテーブルにグラスを置いた。

「座ってくれ」ソファを手で示した。

ジュリアナはなにかがのどにつかえているような感じがしてごくりとつばを飲み、ソファに近づいた。シルク張りの座面に腰を下ろして初めて、レイフが自分にキスをしなかったことに気づいた。

レイフはいつもかならずキスをする。この数カ月のあいだに、会ったとたんに自分を抱きしめ、酔わせるような熱いキスをしなかったことは一度もない。

今日が初めてだ。

「どうしたの、レイフ？　なにがあったの？　わたしがなにか気に障るようなことをした？　怒ってるの？」

レイフは虚をつかれたような顔をした。「いや、怒ってなどいない。それにきみは、なにも悪いことなんかしてないじゃないか」

ジュリアナは肩をすくめた。「ええ、でも今日のあなたはいつもと違うわ。あなたの態度を見ていたら、不安になってきたの」

「そんなつもりはなかった。すまない、ぼくの態度が悪かったようだ」レイフは両手をポケットに入れ、またすぐに出した。「この数カ月間、とても楽しかった」

「ええ、すごく楽しかったわ」

「始まり方はともかくとして、ぼくたちはいい付き合いができたと思う。いい付き合いというより……素晴らしい付き合いだ」

ジュリアナは耳鳴りがしはじめた。

「六カ月の契約期間が終わるまで、あと数週間残っているが、その……急な仕事でロンドンを離れることになって――」

〝仕事？　そういうことだったのね〟

ジュリアナはため息をつき、ほっと胸をなでおろした。レイフはしばらく家を留守にすることを伝えようとしているだけなのだ。一瞬、自分との関係を……

「――だから、このへんでぼくたちの関係を終わらせるのがいいんじゃないかと思う」

ジュリアナはレイフの目を見た。「か――関係を終わらせる？　しばらく会えないということじゃなくて？」

レイフの目に暗い影がよぎった。「いや、もうこれきり会わないということだ。ジュリアナ、ぼくと別れてくれないか」

その言葉にジュリアナは頭をがんと殴られたような衝撃を受け、手足が冷たくなるのを感じた。しばらくのあいだ、まともに息ができなかった。

「でもどうして？　わからないわ」

「借金の残高のことなら心配はいらない。全額返済してもらったとみなすから」

レイフは上着の前を開き、内ポケットに手を入れて書類の束を取り出した。そしてジュリアナに近づき、書類を差し出した。だがジュリアナが受け取ろうとしないのを見て、それを彼女の座るソファの上に置いた。

「きみの弟の借用書だ。すべて清算済みだと記してある」

「わたしは借金のことを言ってるんじゃないわ。どうしてそんなふうに思うの？　取引のことを持ち出すなんてあんまりよ。わたしはてっきり……」

「なんだい？」レイフは静かな声で訊いた。

「あなたがわたしを求めてくれているとばかり思ってたわ。わたしに欲望を感じているんじゃなかったの。ほんの三日前まで、わたしに触れたくてたまらないように見えたのに」

「きみのように美しい女性が自分のベッドにいるんだ。欲望を感じるのは当たり前だろう」

「だったら別れることなんかないわ」ジュリアナは無理やり明るい声を出した。「仕事をすませていらっしゃいよ。あなたがロンドンに戻ってきたら、またここで会いましょう」

レイフは体の脇でこぶしを握りしめた。「それはできない。あまり困らせないでくれ」

「でもあなたは、わたしのことを大切に思ってくれているはずよ」ジュリアナはレイフの言葉にふと強い反発を覚えた。「それくらいわかるわ。そうでなければ、どうしてわたしが危険な目にあっているんじゃないかと心配し、窓をよじのぼって家に忍びこんだりするかしら？　わたしの身を案じることも、人には言えないような秘密を打ち明けることもしなかったはずだわ。あなたとわたしのあいだには特別ななにかがあるのよ、レイフ。わたしはいままで、男性からこんなに優しく大事にされていると感じたことはないわ。だから、あなたにとってわたしはどうでもいい存在だなんて言わないでちょうだい」

レイフはこぶしを握った手に力を入れ、ジュリアナから目をそらして窓の外を見た。ジュリアナは一瞬、レイフの顔に苦悩の表情が浮かんだのを見たような気がした。だがふたたびこちらを向いた彼の目には、なんの感情も見て取れなかった。

「どうでもいい存在だとは言っていない。きみは最高の恋人だったよ、ジュリアナ。最高の愛人だ。ぼくはベッドをともにする女性のことを大事にするが、そこにきみが言っているような意味はない」レイフは床に視線を落とし、しばらくのあいだ黙っていた。「このことは言うつもりじゃなかったが、正直なところ、最近少し飽きてきたんだ」

「飽、き、て、きた？」ジュリアナの顔からさっと血の気が引いた。

「ああ。少し前から、きみとの関係にだんだん飽きてきていた。情事というものはそういうものだろう。そこに……その……今回の仕事の話が持ちあがり、きみと別れる潮時じゃないかと思った」

レイフは胸の前で腕を組んだ。「きみはぼくとの情事にのめりこみ、感情的になりすぎている。ふたりの関係について甘い夢を抱いているようだが、それは幻だ。このまま関係を続けたところで、どうなるものでもない。まさかいつまでも、いまのままでいられると思っていたわけじゃないだろう？　年を取って白髪になっても、ずっと恋人同士でいられるわけじゃない」

ジュリアナはひざに視線を落としたが、その目にはなにも映っていなかった。世間知らずの娘のように、ばかげた夢を見てしまった自分がつくづく情けなかった。

〝わたしはなんてばかなの〟目に涙があふれた。ジュリアナは必死でまばたきし、涙をこぼすまいとした。

「そうだ、忘れるところだった」レイフは上着のポケットに手を入れ、宝石店の黒いベルベットの箱を取り出した。ふたを開けると、なかには小さな星のようにきらきら輝くルビーとダイヤモンドをあしらった、目を瞠《みは》るほど美しいブレスレットが入っていた。

「ささやかな記念の品だ」レイフはジュリアナの手にそっと箱を置いた。

ジュリアナはその箱の重みに、胸が押しつぶされそうになった。まるで部屋から空気がすべて抜け出てしまったようだ。レイフの〝記念の品〟という言葉がすべてを物語っている。彼のわたしに対する正直な気持ちを表わすのに、これほどぴったりの言葉はないだろう。というより、わたしに対してなんの気持ちもないということだ。ジュリアナは絶望した。自分でも気がつかないうちに、ブレスレットを強く握りしめていた。そしてレイフに向かってブレスレットと箱を立てつづけに投げつけた。「情婦への贈りものなんていらないわ。出ていって、いって！」

それらはレイフの胸に当たり、床に転がった。

レイフが手を差し出した。「ジュリアナ、ぼくはそんなつもりで――」

ジュリアナはレイフの手を払いのけて立ちあがった。「だったら、わたしが出ていくわ。いますぐに」

それ以上レイフの顔を見ていることに耐えられず、ジュリアナはつかつかと歩いてドアに向かった。レイフの目に同情の色が浮かんでいるにちがいないと思うと、それも我慢できなかった。涙が頬を伝い、視界がぼやけた。ドアの前に着いたところで、こらえきれずに嗚咽《おえつ》をもらした。

「座ってくれ」レイフがジュリアナの肘をつかんだ。ジュリアナがびくりとすると、レイフは手を離した。

「いますぐ出ていくことはない。今日はぼくが送らないほうがいいだろうから、貸し馬車を手配しよう。御者に正面で待つよう言っておく。落ち着くまでここにいたらいい」

ジュリアナは、レイフの申し出をはねつけ、自分で帰ると言いたかった。でも彼の言うとおりだ。いまの自分の状態では、とても遠くまで行けないだろう。

ジュリアナは無言のまま部屋の奥に戻り、椅子に腰を下ろした。

レイフは出口に向かい、ドアの前で足を止めた。ドアノブを強く握ると、指の付け根の関節が白くなった。「ジュリアナ、ぼくは本当は……いや、なんでもない。さようなら、レディ・ホーソーン」

そのよそよそしい呼び方がジュリアナの胸を刺した。レイフは他人行儀にこちらを肩書きで呼んだのだ。

彼は最後になにを言おうとしたのだろう？　なにを言いかけてやめたのだろうか。ジュリアナは本人に問いただしたかったが、言葉が出てこなかった。

レイフが部屋を出ていき、タイルの床に響くブーツの音がした。やがて玄関のドアを開閉する音がして、レイフがいなくなった。

〝ああ、あの人は本当にいなくなってしまった！〟

ジュリアナは呆然とした。情事が終わったというだけでなく、おそらくもう二度と彼に会うことはないのだ。ジュリアナは大粒の涙をこぼし、手で顔をおおうとわっと泣き出した。

レイフは通りの反対側に馬車を停め、クイーンズ・スクエアの屋敷から離れた場所でジュリアナが姿を見せるのを待った。正面の私道に貸し馬車が停まり、御者がかれこれ二十分、おとなしく馬を待たせている。彼には手間賃をたっぷり渡した。いまのところ、こちらの指示をちゃんと守っているようだ。

しばらくしてジュリアナが現われた。ベージュとペールグリーンの色調のドレスに身を包み、リンゴの花のように美しい。首をうなだれ、急ぎ足で屋敷を出てくる。離れた距離から見ても、頬がまだらに赤くなり、泣きはらした目をしているのがわかる。

レイフは自分を呪った。ジュリアナを泣かせたのは自分なのだ。裏切られた悲しさで、彼女はうつろな目をしている。自分の別れの言葉がジュリアナをあれほど深く傷つけるとは、思っていなかった。

こちらも深く傷ついた。覚悟はしていたが、胸をえぐられたような痛みは想像をはるかに超えていた。

別れを切り出したとき、ジュリアナの目にショックと悲しみの色が浮かぶのを見て、自分はその先を続けるのをためらった。一瞬、決意が揺らぎ、彼女をこの手に抱きしめていまのは嘘だと言いたい衝動に駆られた。

けれどもそこで、なぜジュリアナと別れなければならないのかを思い出した。セント・ジヨージが彼女に危害を加えるかもしれないのだ。自分とジュリアナの気持ちがどうであれ、彼女の身を危険にさらすことがあってはならない。それが、なによりも優先させなければならないことだ。そこで自分はジュリアナに別れを告げ、ふたりの関係を終わらせた。本当は自分たちのどちらも、それを望んではいなかった。言い終わったとき、自分はジュリアナの汚れのない心を、ブーツのかかとで踏みにじったような気分になった。

その瞬間、セント・ジョージよりも残酷な怪物になった気がした。

だがブレスレットを贈ろうと考えたのは、ジュリアナが思っているようなことからではなかった。いまになってふり返れば、愚かな考えだったかもしれない。それでも自分はふたりの関係の記念になるような、永遠に色あせない美しいものをジュリアナに贈りたいと思い、心を込めてあのブレスレットを選んだのだ。でもそれが完全に裏目に出て、結果的にジュリアナをさらに深く傷つけてしまった。謝ろうとしたが、そんなことをしても意味がないと思いなおしてやめた。第一、こちらにいったいなにが言えたというのか？

自分は彼女を冷たく突き放そうと決め、それに成功した。正しいことをしたとわかっているのに、なぜこんなに心が寒々としているのだろう。

レイフは最後にもう一度、馬車に乗りこむジュリアナに目をやった。御者が軽くむちを打ち、馬車が動き出した。そしてあっという間に走り去り、視界から消えた。

レイフは長いあいだその場にとどまり、やがて馬車で帰路に着いた。

バートン・セント・ジョージはうんざりしたように皿を脇に押しやった。

「あの下品な女よりも、お前のほうがまだましなものを作れるんじゃないのか、ハースト？豚やネズミでも、これよりうまいものを食ってるぞ。お前の犬だってこんなまずいものには見向きもしないだろう」

そう言うと皿に載った生焼けのチキンをフォークで刺し、暖炉の前で寝そべっている三匹の猟犬の前に放った。二匹が立ちあがってにおいを嗅いだが、食べることなく元の場所に戻った。

「見たか？ ぼくの言ったとおりだ」

スティーブン・ハーストは深紅色のボルドーワインのお代わりをグラスに注ぎ、半分ほど飲んでから手で口をぬぐった。「すまない。でも急にロンドンを出ることになったから、あまり贅沢《ぜいたく》は言っていられなかった。とりあえず誰でもいいからと思って雇ったんだ」

この男の提示した給料では、ほとんど応募がなかったにちがいない。バートンは胸のうちでつぶやいた。とはいえ、自分も金のことについてはあまり偉そうなことを言える立場ではない。

バートンはそのことを考えてぎりぎりと歯噛みし、テーブルの中央の銀の飾り皿に載った桃に手を伸ばした。

シェフとは名ばかりのあの女も、さすがに果物をまずくすることはできないだろう。持っていたペンナイフを使って皮をむきはじめた。

「明日は釣りに行かないか」ハーストが言った。「この時期の湖にはマスがいっぱいいる」

酔っ払いめ。バートンは桃をひと切れ食べた。のん気なことを言って、休暇でここに来たつもりでいるのか。

ほかに選択肢があれば、こうしてランカシャーの田舎に来たりはしなかった。だが自分は、金銭的に苦しい立場にある。レディ・マリスを無理やり花嫁にするという計画が惜しくも失敗してしまったいま、しばらくロンドンを離れたほうがいいだろうと思ったのだ。

数カ月たって戻ってもまだ、マリスの誘拐未遂の噂が消えていなかったら、自分にはまるで身に覚えのないことだと言い張ることにしよう。しばらく言いつづけていれば、自分の話を信じる人間がちらほら出てきて、そのうちそうした噂があったことも人びとの脳裏から消えるにちがいない。

あの善人ぶったウェアリングが、自分を探し出して決闘を申し込もうとしていたことは知っている。こちらが姿を消して決闘ができなかったことを、あの男は天に感謝するべきだ。射撃の名手である自分の手にかかったら、あいつの額には大きな穴が開いていただろう。

バートンの口元に笑みが浮かんだが、ウェアリングがレディ・マリスと婚約したという話を聞いたのを思い出し、愉快な気分はすぐに消えた。ご立派な道義心をあっさり捨てて、マリスの潤沢な持参金に目をつけたというわけだ。

熟れた桃にナイフを突き刺すと、果汁が血のように流れてバートンの指先を汚した。ハーストがワインをグラスに注ぎ、ボトルを空にした。「ここに来られてほっとした。ここならびくびくせずにすむからな」

バートンはため息を呑みこんだ。ハーストはまた例の御託《ごたく》を並べているのか？

「あいつはあちこちにスパイがいる」

「あいつというのはペンドラゴンのことか？」

「ほかに誰がいる？　この前、ぼくは従僕をひとり解雇した。そいつがぼくのことを密告している現場を、この目で見たんだ」

バートンは少しだけ興味をそそられた。飾り皿からもうひとつ桃を取りながら言った。

「ほう、どうやって？」

「ある夜、居酒屋までそいつをつけた。そのスパイ野郎は、一時間ばかりひとりで酒を飲んでいた。こちらの考えすぎだったかと思いはじめた矢先、ペンドラゴンの手先のハンニバルが現われたんだ。ふたりは泥棒のように声をひそめ、こそこそなにかを話し合っていたよ。あの裏切り者は、ぼくのことをハンニバルに報告していた。人が知らないようなことを」

バートンは驚いた。もしかするとハーストは、完全に頭がいかれているわけではないのかもしれない。「それで、どうしたんだ？　従僕に面と向かって問いただしたのか？」

「いや。なにも言わず、二、三日後にクビにした。ペンドラゴンがおかしな動きをしていることにこちらが気づいたと知られては、それがまた本人に筒抜けになるからな」

「どうしてもっと早く言わなかったんだ」

ハーストは小さく首をふり、ワインを飲んだ。「自分の前でもう二度とそんな話はするんじゃないと、きみが言ったんじゃないか」

バートンはその言葉を無視し、桃を皿に置いてナプキンで手をぬぐった。「ほかになにかおかしなことはあるか？」

ハーストは目をぱっと輝かせた。「どこにいても見張られているような気がする。あいつはぼくを苛立たせ、不安でおかしくさせようとしてるんだ。家のなかにスパイがいたとなれば、ぼくが書いたものや持ちものなども、こっそり調べられていたかもしれないな。こうなってくると、ここ数年、不運が続いているのもただの偶然だとは思えない」大きく円を描くようにグラスを揺らすと、白いテーブルクロスに赤いワインが飛び散った。「ミドルトン、あいつはぼくたちを狙っている。アンダーヒルとチャロナーを破滅させ、今度はぼくたちを仕留めるつもりだ」

バートンはあらためてそのことを考えた。

ハーストが以前その話を持ち出したとき、自分はばかげていると言って一蹴《いっしゅう》した。だがいま、その確信が揺らぎはじめている。ハーストは被害妄想にとらわれた大酒飲みだが、その口から出ることのすべてがたわごとというわけでもないだろう。いくらこの男でも、自分の従僕とペンドラゴンの手下が酒場で会っていたという妄想は抱かないのではないか。

それに自分もこのところ、立てつづけに災難に見舞われている。儲《もう》かるはずだった投資が、どういうわけか失敗する。債権者はある日とつぜん、信用限度額の引き上げを渋るようになった。

「ことによると、きみがデイビスのところの娘と結婚できなかったのも、ペンドラゴンが陰で邪魔をしたのかもしれないな。誰かの耳に妙な話を吹きこみ、あの娘と家族がびっくりして逃げ出すように仕向けたんじゃないだろうか」

バートンは顔をしかめた。

「次は金持ちの平民の娘を探したほうがいい」ハーストはすっかり酔っぱらったらしく、ろれつがまわらなくなっていた。「血筋は卑しいかもしれないが、財産のためならたいていのことには目をつぶれるだろう？　その女にも飽きたら、またいつでも階段から突き落とせばいい」

バートンは凍りついた。「なんだって？」

「前の女房にしたのと同じことを、次の女にもすればいいと言ったんだ」

ハーストははっとし、目を大きく見開いて口を手で押さえた。「ああ、うっかり口が滑ってしまった」小声というには大きすぎる声で、弁解がましく言った。「絶対に誰にも言わないと約束するよ、ミドルトン。きみの秘密はぼくの秘密だ。ほら、あの娘にしたことも、これまでずっと黙っていたじゃないか。ペンドラゴンと結婚することになっていた、あのブロンドの娘だ」ハーストは酔った顔を手でこすった。「彼女をレイプしたのはまずかったな。やってる最中は楽しかったが、その結果がこれだ。ペンドラゴンはぼくたちに復讐しようとしているんだ。あいつをさっさと始末しておけば、こんなことにはならなかったのに。だけどいくら相手が憎い異母兄であっても、自分と血のつながった人間を殺すのをためらう気持ちもわかるよ」

バートンは怒りに震えた。父が情婦に生ませたくずのような男のことを、ハーストはよくも自分の兄だなどと呼んでくれたものだ！　自分には兄弟などひとりもいない。まだ小さかったころから、母に繰り返しそう言われていたのだ。母は父の〝もうひとつの家庭〟のことを自分に話して聞かせた。その〝恥ずべき事実〟を、息子である自分に隠そうとは思わなかったようだ。

父は家を空けることが多く、あの卑しい情婦と汚れた子どもをたびたび訪ねていた。本物の家族と過ごすより、そのほうが楽しかったらしい。父のことを話すとき、母がいつも涙を流し、傷ついた顔をしていたのを思い出す。苦悩と屈辱に耐える母の姿を見て、自分はずっと昔、いつかかならずペンドラゴン母子に思い知らせてやろうと決めたのだ。

まだ母が生きているとき、その苦しみを和らげるためなら自分はなんでもやった。ようやくチャンスが到来して、父の売春婦を文字どおり寒空の下に放り出し、その息子から大切なものをすべて奪ってやったとき、どれだけ胸がすっとしたことか。あれは最高の瞬間だった。だがいまとなっては、それだけではとても気持ちが収まらない。ペンドラゴンのことは、どれだけ痛めつけても足りない。

バートンは無言のまま桃を食べ終えた。

「ぼくのことをやけに詳しく知っているんだな、ハースト」ナプキンで口をぬぐいながら言った。「ぼくが思っていた以上に知っているようだ」

「ぼくはたしかに四六時中、酔っぱらっているが、細かいことによく気がつくんだ。それに、記録も残している」

バートンはナプキンをぎゅっと握りしめた。「へえ、そうなのかい？　どういうものに書いているんだ？」

「日記をつけている。もうずっと前からだ。眠れないときなど、いい気分転換になる」

「どんなことを書いてるんだい？」

「そうだな、そのとき頭に浮かんだことをなんでも書いている。最近口説き落とした女やおいしかった酒、ボクシングや乱痴気騒ぎとか、そういうとりとめのないことだ」

「ぼくもそのなかに登場しているのか？」

ハーストはなにも考えずに言った。「ああ、一度か二度は登場していると思う。でも心配しないでくれ。秘密は守るから」そして鼻の脇を指でとんとん叩いた。

なるほど。ハーストの口の堅さがどれほどのものであるか、だんだんわかってきた。この愚かな男はパメラという娘のレイプから前妻のエレノアの殺害まで、自分たちがこれまでにしたことを詳しく書き記しているにちがいない。なんとしてもその日記を手に入れ、なかになにが書かれているのか、この目で確かめなくては。

「ここに持ってきてるのか?」バートンは努めてさりげなく訊いた。

「なにを?」

「日記だ」

「いや、あわてて旅支度をしたせいで、ロンドンの屋敷に忘れてきた。近くの村に行って新しいものを買ってくるとしよう」

「ああ、そうだな。明日、釣りをしないんだったら、日記帳を買いに行こう」

16

ジュリアナは急いで自宅の玄関をくぐり、階段を駆けあがって寝室に向かった。早くひとりになりたい。馬車のなかではなんとか涙をこらえていたが、もう限界だ。

すぐにデイジーが部屋に入ってきた。ジュリアナの泣きはらした顔を見て足を止め、あっと小さな声を上げた。

「まあ、どうなさいました？　ご気分でも悪いのですか？」

気分が悪い？

〝そうよ。最悪の気分だわ。心がずたずたに引き裂かれてしまったんですもの〟

ジュリアナは手のひらを目に当て、気持ちを落ち着かせようとした。情事は終わったのだと、そう自分に言い聞かせた。もうあの人のことを考えてはいけない。いまを境に、レイフ・ペンドラゴンのことはきれいさっぱり忘れなければ。

ふいにおかしさがこみあげ、大声で笑いたくなった。自分は彼のことを忘れられるとでも思っているのか。

涙が二筋、頰を伝った。「なんだか体調が悪いの、デイジー。頭が……」甲高く震える声で言った。だがそれ以上なにか言うと、感情を抑えられなくなりそうで口をつぐんだ。

「お気の毒に、ご病気にかかられたんですわ。きっと夏風邪でしょう。さあ、お着替えを手伝いますから、それがすんだらベッドでお休みください。あとで頭痛に効くラベンダーの湿布と、なにか眠れるようなものを持ってまいります」

この胸の痛みを消し去ってくれるものを持ってきてほしい、とジュリアナは思った。でも傷ついた心は、自然に治るのを待つしかないのだろう。それも、もし治るならばの話だ。レイフ・ペンドラゴンが残した傷は、たとえ時間薬でも癒せないような気がする。

デイジーに世話をしてもらいながら、ジュリアナは自分が本当に具合が悪くなっていることに気づいた。頭がナイフを刺されたようにずきずきする。大声で泣きじゃくったせいだろう、つばを飲むとのどがひりひりして焼けるようだ。

デイジーがてきぱきとドレスを脱がせ、柔らかなローン地のネグリジェを着せてくれた。そしてピンをはずし、髪をブラシで手早くとかした。

ジュリアナはほっとし、シーツのあいだにもぐりこんだ。デイジーが子どもを寝かしつけるようにジュリアナの体をしっかり毛布でくるみ、カーテンを引いて部屋を暗くした。

デイジーが出ていくと、ジュリアナは枕を口に当て、声を上げて泣きはじめた。自分はなんという思い違いをしていたんだろう。レイフに求められていると信じていたなんて。彼は内心で自分と別れたがっていたというのに。

レイフの言葉が何度も繰り返し頭をよぎり、ジュリアナは自分がいかにおめでたかったかを思い知った。

やがてデイジーが戻ってきたが、ジュリアナは自分が泣いているのは頭痛のせいだと思わせておくことにした。鼻をかみ、勧められた眠り薬を飲むと、横になって額に湿布を当てた。ラベンダーのいいにおいがしたが、それも悲しみを和らげてはくれなかった。

しばらくして眠りに落ちた。

そしてずっとレイフの夢を見た。優しく情熱的な恋人だったころの彼から、最後に会ったときに哀れむような目をし、冷たく自分を突き放したときの彼まで出てきて、ぐっすり眠ることができなかった。

ジュリアナはそれから三日間、ベッドのなかで過ごした。寝室から一歩も出ず、誰にも会わなかった。マリスとハリーが心配して訪ねてきたが、会いたくないと伝えて帰ってもらった。

デイジーには、心配はいらないから放っておいてくれと言ったが、彼女にしてみれば当然ながらそういうわけにはいかなかった。二日、三日と過ぎるうちに、とうとう医者を呼ぶと言い出した。ジュリアナは、自分の〝病気〟はこのところ忙しくしていた疲れが一時的に出ただけで、すぐによくなるからだいじょうぶだとデイジーを説得した。

四日目の朝、目が覚めると、いつまでもこうして閉じこもっているわけにはいかないと観念した。気が進もうと進むまいと、ベッドを出て、これからの人生を歩いていかなければならない。

それでも、すべてが無駄だったわけではない。もともとの望みは叶ったではないか。ハリーと領地は無事だ。マリスは社交シーズンを楽しみ、素晴らしい男性と恋に落ちて結婚が決まった。そのふたつこそが、なにより大切なことなのだ。それに比べたら、わたしが取引の条件に体を差し出したことや、そのために傷ついたことなど、取るに足らないことではないか。

一度はレイフを憎み、軽蔑《けいべつ》しようともした。彼は身勝手な理由でこちらを利用してだましたのだと、自分に言い聞かせた。

けれど、レイフを憎むことはどうしてもできなかった。わたしは自分の意志で彼のところに行った。それに彼はわたしをだましたりなどしていない。六カ月間、彼の愛人になる。六カ月間、弟が作った借金の代わりにこちらの体を差し出す。でもレイフは契約期間が終わる前にわたしを解放し、ハリーの債務もすべて帳消しにしてくれたのだ。

これがレイフでなければ、残った借金を返せと言ってきたかもしれない。もっとひどい男なら、さんざんこちらの体をもてあそんだあげく、そのうえさらにハリーの領地まで取りあげていただろう。

だがレイフはそんなことはしなかった。彼は誠実な人間なのだ。わたしがもっと彼を欲しいと思ったのは、レイフの責任ではない。わたしが彼を愛してしまったことも、向こうがこちらをなんとも思っていないことも、レイフ本人が悪いわけではない。

そう、もうこれ以上めそめそするのはやめよう。わたしは以前、楽しい人生を送っていた。もう一度それを取り戻そう。

少なくとも、そうするように努力しなければ。ジュリアナは心に決め、デイジーを呼ぼうと呼び鈴に手を伸ばした。

まもなくデイジーがドアをノックし、部屋に入ってきた。「お呼びですか?」

ジュリアナは床に足を下ろした。「おはよう、デイジー。お風呂の準備をお願いできるかしら。それから、あんず色のドレスを用意してちょうだい。あとでマリスのところに行って、買い物に誘おうと思ってるの。結婚式の準備で、やることがたくさんあるから」

デイジーはほっとしたような笑みを浮かべ、お辞儀をした。「かしこまりました。すぐにご用意いたします」

ジュリアナは立ちあがり、人生を取り戻す第一歩を踏み出した。

七週間後、レイフは机に向かい、最近買収したものの一覧表に目を通していた。そのなかには、ダービーの優勝馬が一頭と一流の血統馬が数頭いる種馬飼育場もある。二頭のサラブレッドを残し、あとは来週、馬市場《タッターソール》で売ることに決めているが、結構な利益が期待できそうだ。

そのとき書斎のドアをすばやくノックする音がした。レイフの返事を待たず、ハンニバルがドアを開けて入ってきた。

「見つけた。やつはランカシャーだ」

レイフはペンを置いた。「ランカシャーだと？　セント・ジョージがそんなところに身を隠すとは思っていなかった。あいつは田舎が大嫌いなのに」

バートンがロンドンから姿を消してすぐ、レイフはハンニバルとふたりの男を使い、その潜伏先を探らせた。しばらくのあいだ手がかりがつかめず、バートンは文字どおり忽然と消えたように思われた。ハンニバルらはその一方で、バートンと同じ日にロンドンからいなくなったハーストの行方も追っていた。

「ハーストについてのあんたの読みは当たってた」ハンニバルはどすどすと部屋の奥に進んだ。「ふたりはハーストの狩猟小屋に隠れていやがる。あいつがその小屋を持っていることは、誰も知らなかったようだ。半年ばかり前、金持ちの商人にゲームで勝ってぶんどったものらしい。とにかく、ついにやつからロンドンにいる使用人のところに連絡があり、もっと洗練されたものを送れと言ってきたそうだ。家にあるものやら店で買ってきたものやらを、まとめてランカシャーに送れだとさ」

「たぶんほとんどが酒だろう。向こうのワインは、ハーストの口にもセント・ジョージの口にも合うとは思えない。ハーストの使用人がこちらの手のうちにあるというのは、なかなか便利なものだな」

ハンニバルはうなずき、椅子に座った。「ロジャーズがいなくなってから、しばらくは大変だった。けど、アップルビーは無事だ。ハーストのまぬけ野郎は、アップルビーのことをこれっぽっちも疑っていないらしい」

「あいつが本当にまぬけな男なら、お前とロジャーズが居酒屋で会っていることを突き止められなかっただろう。ハーストは大酒飲みの田舎者だが、あまり軽く見ないほうがいい。あいつはずる賢い男で、生きのびるすべを知っている。逃げるときと反撃するときをちゃんと見きわめる目を持ち、どんな策略が一番効果的かを心得ているんだ」

「ああ、ドラゴン。こないだはうっかり油断しちまった。もう二度とあんなことはないと約束する」

ハンニバルなら同じ失敗をしないと、レイフはわかっていた。

「それで、おれたちはこれからどうすれば？」

レイフは椅子にもたれかかった。「ふたりから目を離すな。セント・ジョージかハーストのどちらかがランカシャーを出たら、すぐに知らせてくれ。あいつらはロンドンに戻ろうとするかもしれない」

別の男と婚約したジュリアナの妹に、セント・ジョージがふたたび手を出そうとするとは考えにくい。だがセント・ジョージというのは、なにをするかわからない男なのだ。

ジュリアナのことを思い出し、レイフの胸はほろ苦い思慕の念でいっぱいになった。ジュリアナと別れてから、今朝初めて、彼女のことを一時間まったく考えなかったことに気づいた。もちろんいったん思い出すと、ジュリアナのことばかり考えてしまい、それまでやっていたことがまるで手につかなくなった。

自分はいったいどうしてしまったのだろう。本当ならいまごろは、ジュリアナ・ホーソーンとのことは過去の出来事として割り切れているはずだった。それなのに、いまでも彼女のことが頭から離れない——日中も思い出すが、夜はとくにそうだ。みなが寝静まった真夜中、ジュリアナの夢から覚め、彼女が欲しくてたまらず体がうずくことがよくある。

だがそれよりなにより、ジュリアナそのものが恋しくてたまらない。あの旋律を奏でるような甘い声、太陽のように明るい笑顔、優雅で生き生きとした動作。会話を交わすのも楽しかった。それに黙って一緒にいるだけで、時間がゆっくりと流れ、世界じゅうに自分たちふたりしかいないような錯覚に陥った。

ある日の午後、たまたま通りかかった花売りの少女から、衝動的にバラの花束を買ったことがある。それを鼻に近づけたところで、自分が無意識のうちにジュリアナのにおいを求めていたことに気づいた。だがどんなにいい香りでも、花はしょせん花にすぎず、ジュリアナと同じにおいはしなかった。そんな愚かな自分に嫌気がさし、花束をごみ箱に投げ捨てた。歩きながら、自分はばかだとつくづく思った。

でもどんなに忘れようとしても、ジュリアナのことばかり考えてしまう。

元気なのか？

いまごろなにをしているのか？

最悪なのがこれだ——いまは誰と付き合っているのか？

レイフは机に載った銀のレターオープナーを指でなぞり、冷たい金属の感触にはっと我に返った。顔を上げると、ハンニバルが訳知り顔でこちらを見ているのに気づいた。

レイフはハンニバルの表情に気づかないふりをして、話を続けた。「ほかになにかわかったか？」

「アップルビーによると、ハーストがいなくなってから屋敷のなかを調べやすくなったそうだ。なんでも日記が見つかったらしい。あんたが興味を持つんじゃないかと言ってたよ」

「日記だと？　それはぜひ見たい。ひょっとしたら、とんでもないことが書いてあるかもしれない」

「今度アップルビーに会ったときにもらってこよう」

た。


レイフはうなずいた。

それから数分、別の件について話をしたあと、ハンニバルは立ちあがって部屋を出ていった。驚くほど静かな足音だった。

レイフは仕事に戻った。というより、戻ろうと努力した。だが五分後、ついにあきらめ、新聞でも読んでジュリアナのことを頭から追い払おうと『モーニング・ポスト』を手に取った。

半島戦争の最新情報を伝える記事が最初に目に入った。いまから数週間前の七月末、イギリス軍がサラマンカの戦いで勝利したことが詳しく書かれている。ウェリントン将軍率いる連合軍はフランス軍に大勝したが、それにも高い代償がともなった。敵にも味方にも、数えきれないほどの戦死者が出たのだ。

次に金融欄に目を通した。金貨と銀貨の最新の価格を確認し、イギリス政府の戦費調達について書かれた記事を丹念に読んだ。だが当然ながら、そこに書かれているのは国による資金調達のほんのさわりの部分だけだった。レイフ自身、追加の資金提供について政府と話し合っているところなのだ。

レイフはぱらぱらと紙面をめくり、新聞を脇に置こうとした。そのとき社交欄に見慣れた名前が載っているのが目に入った。紙面を折り返し、記事に目を走らせた……

〝火曜日、グラッシンガム伯爵夫妻とその子息で退役したウィリアム・ウェアリング少佐は、親戚や友人を招いて豪華な晩餐《ばんさん》会を開いた。ウェアリング少佐と、アラートン伯爵およびレディ・ジュリアナ・ホーソーンの妹であるレディ・マリス・デイビスの婚約を祝うためである。メニューはひな鳥のロースト、シタビラメの切り身、チョコレート・プディング、コーヒーであった。晩餐が終わると、まもなく花嫁になるレディ・マリスとともに、招待客の多くが広間に移り――〟

レイフはそこから先をざっと流し読みした。

〝レディHは深紅色のサテンのドレスにバレンシアレースのオーバースカートという見事な装いに身を包み、何度かダンスを踊ったが、独身のS卿が二度ほどその相手を務めた。閣下が例年になく、社交シーズンがとうに終わったこの時期までロンドンにとどまっている理由は、はたして仕事だけだろうか？　もうすぐ左手に指輪が輝くのは、レディMだけではないかもしれない！〟

レイフは胃がぎゅっと縮むのを感じ、新聞を強く握りしめた。サマーズフィールドだ。S卿という人物の正体は、それ以外に考えられない。ジュリアナはあいつと付き合っているのか？　とはいえ、ジュリアナとサマーズフィールド伯爵は同じ社交界にいるのだ。だったらふたりがダンスを踊ったとしても、なんの不思議もないだろう。でも……

まさかジュリアナは、あの男と結婚するつもりなのか？　自分と別れたばかりだというのに、そんなことはとても信じられない。サマーズフィールドとも誰とも結婚する気はないと、彼女は前にはっきり言ったではないか。

それでも女というものは、ころころ気が変わる生きものだ。

ジュリアナもそうなのか？

胃のあたりがかっと熱くなり、こめかみがずきずきした。レイフは新聞のしわを伸ばし、その先を読んだ。


〝両家はまもなく郊外に向けて出発する。ウェアリング少佐とレディ・マリスの結婚式が、九月上旬にケント州のデイビス邸で開かれるという。その後、新婚夫婦はスコットランドへハネムーンに発つ予定になっている〟

つまりジュリアナは、もうすぐケント州に行ってしまうのだ。近いうちにそうなるということはわかっていた。それでも、ジュリアナがすぐ近くのメイフェアにいると思うと、なぜか気持ちがほっとした。だが彼女がいなくなれば、それも終わりだ。

ジュリアナがロンドンを離れてくれるのが、結局は一番いいことなのだろう。そうすれば自分もようやく彼女のことを忘れられるかもしれない。クイーンズ・スクエアの屋敷で最後に会ったとき、彼女は涙を流していたが、そのあと立ちなおって自分のことを頭のなかから追い出したにちがいない。そしていまでは再婚を考えるまでに元気になったのだ。

レイフは記事を破り、くしゃくしゃに丸めた。

仮にジュリアナがサマーズフィールドと結婚するつもりだとしても、それがどうだというのだろう？

丸めた紙が机の上に転がった。自分にはなんの関係もないことだ、とレイフは胸のうちでつぶやいた。

「ここに汝《なんじ》らを夫婦とする」

ジュリアナはシルクのハンカチでそっと鼻をかみ、涙をぬぐった。

結婚式で泣いてはいけないと自分に言い聞かせたが、式が始まって二分が過ぎたころからずっと涙が止まらなかった。マリスとウェアリング少佐——もう義理の弟になったのだから、これからは〝ウィリアム〟と呼ぶべきだろう——が夫婦として初めてのキスを交わすのを見て、またあらたに涙がこぼれた。

ジュリアナが頰をぬぐうのと同時に、参列者のあいだから拍手が起こった——よく目立つそろいの真っ赤な軍服を着たウィリアムの将校時代の友人たちが、歓声を上げてふたりを祝った。

マリスとウィリアムは腕を組み、教区教会の通路を歩きはじめた。友人や家族はすでに外に出て、ふたりを祝福しようと待っている。出口のところにはウィリアムの将校時代の仲間が大勢集まってサーベルを抜き、新婚夫婦が通り抜けるアーチを作っている。

マリスとウィリアムは笑いながらサーベルの下を小走りにくぐり抜け、長く垂れ下がった白いリボンとみずみずしい黄色のタチアオイ、白いアジサイのつぼみで飾られた馬車へと急いだ。ふたりはそれに乗り、みんなより一足先に、披露宴が行なわれるデイビス邸へ向かうことになっている。

ジュリアナは教会を出ながら最後にもう一度鼻をかみ、ようやく涙が乾いたことにほっとした。最近はなぜか感情の起伏が激しく、体も妙にだるい。

このところずっと忙しかったせいだろう。

この二カ月というもの、来る日も来る日も結婚式の準備に追われ、息をつく暇もないほどだった。そして三日前から、結婚式に参列する親戚や友人が続々とデイビス邸に到着した。二十五部屋ある寝室はすべて埋まり、招待客の何人か――少佐の友人たち――には近くの村の宿屋に泊まってもらうことにした。

ジュリアナはあくびをかみ殺し、ハリーを見つけて馬車に向かった。座席に腰を下ろしたとたん、どっと疲れを覚え、家に着いたら二階で少し横になりたいと思った。新婦の姉である自分は、入口で列を作って招待客を出迎えなければならない。でもそれがすんだら、三十分だけ昼寝をすることにしよう。

それくらいの時間なら、抜けてもだいじょうぶだろうか。

最近は日中にこっそり寝室に下がり、仮眠をとることがよくある。前日の夜にぐっすり眠っても、あまりにひどい疲れで目を開けていられないことがあるのだ。

昨日もお茶の席で、ウィリアムの母とマリスがウィルトシャーの新居の改装について話し合っているのを聞きながら、ついうたた寝をしてしまった。ヘンリエッタに軽く肩をつつかれてはっと目を覚ましたが、幸い誰にも気づかれていないようだった。

明日、招待客が帰ったら屋敷は静かになる。そうすれば少しゆっくりできるだろう。とにかく、今日一日をなんとか乗りきることだ。

招待客の出迎えが無事に終わった。それから食事が始まり、ジュリアナは料理を口に運んだが、人いきれで少し吐き気がした。肌がじっとりと汗ばんでいる。夏も終わりだというのに、今日はいつになく暑い日だ。ジュリアナは使用人に窓をいくつか開けて新鮮な空気を入れるよう命じたが、それでも気分の悪さは変わらなかった。

あちこちで祝杯が上がるなか、ジュリアナは暑さで頬を紅潮させ、ずっと扇で顔をあおいでいた。マリスとウィリアムは友人や親戚の冷やかしに、声を上げて笑っている。新婚夫婦の健康と幸せを祈る温かいお祝いの言葉に、ふたりは満面の笑みを浮かべていた。

やがてケーキカットとブーケトスの時間になった。

それが終わると、マリスは旅行用ドレスに着替えるために退席した。ジュリアナも一緒に部屋に行き、二言三言、言葉を交わしてからマリスを抱きしめた。妹が心から幸せそうな顔をしているのを見て、ジュリアナは感無量だった。またしても涙をこぼし、それにつられてマリスも泣き出した。そしてふたりで声を出して笑った。

あっという間にマリスが出発するときがやってきた。

ジュリアナは、羽の生えたばかりのひな鳥の巣立ちを見守る、母鳥になったような気分だった。マリスならだいじょうぶだとわかっている。あの子はきっと飛べるだろう。それでも寂しさを覚えるのだけはどうしようもない。

どうやら横になる時間はなさそうだ。ジュリアナは体を引きずるようにして階段を下り、新婚夫婦がハネムーンに出発するのを見送ろうと外に出た。四輪馬車が動き出し、車輪が私道を踏む音と馬具の鳴るかちゃかちゃという音がした。

馬車が見えなくなると、ジュリアナは屋敷に戻ろうときびすを返した。そのときひどい耳鳴りがし、目の前がぐるぐるまわりはじめた。ふらつきながらハリーの上着の袖をつかもうとしたが、手が届かなかった。

次の瞬間、ジュリアナは崩れるようにして地面に倒れた。何人かの招待客のあいだから悲鳴が上がった。

ジュリアナはそのまま気を失った。

やがて鼻をつくようなアンモニアの刺激臭で目が覚め、咳きこんで目尻に涙をにじませた。横を向き、顔をしかめてまばたきをすると、自分の部屋の見慣れた壁紙が目に入った。

意識が完全に戻り、ジュリアナは自分が寝室のベッドに寝ていることに気づいた。ドレスの締めつけはゆるめられ、デイジーが心配そうな顔でこちらを見ている。ベッドの足元にハリーが眉をしかめて立っている。

「気がつかれたようですわ、閣下」デイジーが小声で言った。「もうすぐお医者様がお見えになります」

「お医者ですって?」ジュリアナは思わず声を上げた。

ジュリアナは子どものころから大の医者嫌いで、家族はみなそのことを知っている。たとえ具合が悪くても、絶対に医者に診てもらおうとしないのだ。

「ああ、医者だ」ハリーがぶっきらぼうに言った。「いやだと言っても無駄だぞ」

「わたしならだいじょうぶよ。ちょっと疲れただけ」

「気絶したんだぞ。ただの疲労なんかじゃない。きっと二カ月前の病気がぶり返したんだ。ほら、ロンドンで寝こんだことがあっただろう?」

そのことならよく覚えている。これから先も忘れることはないだろう。あれ以来、一日たりともレイフのことを考えない日はないのだ。いまだに彼が恋しくてたまらない。だが失恋で気を失うはずはない。

倒れた原因はほかにある。

ジュリアナはそれ以上なにか言う体力も気力もなく、目を閉じておとなしく医者が来るのを待った。

医者が到着すると、ハリーは気を利かせて部屋を出ていった。

やってきた医者が、子どものころいつも屋敷に来ていた老医師でないことがわかり、ジュリアナはほっと胸をなでおろした。あの白髪頭のやぶ医者は、母の体じゅうの血液の半分を洗面器に抜き、あげくの果てにどんどん弱っていく母の横で、もうなすすべはないと首をふったのだ。あのとき感じた恐怖とショックは、一生忘れられないだろう。母だけでなく、生まれたばかりの赤ん坊も数時間後に亡くなった。その悲しみが自分の胸から消えることはない。

温厚そうな淡いブルーの瞳をした医者は、ドクター・コールズと名乗った。そしてかばんを開け、器具をいくつか取り出した。

以前よく見た瀉血《しゃけつ》や吸角に使う器具がないことに気づき、ジュリアナは少しだけ緊張がほぐれるのを感じた。それでもドクター・コールズが診察しようと近づいてくると、やめてという言葉がのどまで出かかったが、ふいに強い疲労感に襲われてその言葉を呑みこんだ。

ドクター・コールズはジュリアナを優しく気遣いながら診察した。そしてしばらくすると、器具をかばんにしまいはじめた。

「それで、どうでしたか?」ジュリアナは体を起こし、枕にもたれて言った。「わたしはどこか悪いのでしょうか?」

「どこも悪いところはありません」ドクター・コールズは微笑んだ。「少なくとも、いまの段階で心配な所見はまったくありません」

「いまの段階? どういうことでしょう?」

「おめでとうございます、レディ・ホーソーン。ご懐妊です」

17

ジュリアナは聞き間違いにちがいないと思いながら、医師の顔を凝視した。

「あ――あの、いまご懐妊とおっしゃいましたか？」

「はい。最後に月のものがあった時期から判断すると、妊娠三カ月です」

全身からさっと血の気が引き、目の前がくらくらした。ベッドに横になっていてよかったと、ジュリアナは思った。

さっき医者から月経周期について訊かれたが、このところ月のものがないのは、ストレスと精神的な疲れのせいだと思いこんでいた。最初の月は、それがなかったことさえほとんど気がつかなかったほどだ。翌月になっても来なかったときは、さすがに周期が狂っていることが気になったが、忙しさと疲れと悲しみで、そのことをあまり深く考える余裕がなかった。

ジュリアナの顔が赤くなり、次に真っ青になった。「まさか、ありえないわ！」

ドクター・コールズは片方の眉を上げた。「診断に間違いはありません。ご主人とのあいだに、長いことお子様がおできにならなかったのですか？」

ジュリアナの顔がまたもや赤くなった。無理もないことだが、彼はわたしが結婚していると思っているのだ。この土地に最近やってきたばかりで、アラートン卿の姉が未亡人だということを知らないらしい。

ジュリアナの胸が締めつけられた。「わたしは子どものできない体だとばかり思っておりました」

「いいえ、そんなことはありません。ご主人もついにお子様ができて、お喜びになるでしょう」

「でも、吐き気はまったくしませんでしたわ」

ドクター・コールズは器具を全部しまい、かばんに革ひもをかけた。「妊婦がすべてそうなるわけではありません。奥様は運がよかったのですね。妊娠四カ月を過ぎたら、これまでのような疲労感もなくなるでしょう。たっぷり眠り、いつもどおり食事をし、あまり無理をなさらないようにしてください。今日のようなふらつきがなければ、ときどきお散歩をなさることをお勧めします。誰かにそばについていてもらったほうがいいでしょう。今日、気を失ったのは、結婚式で興奮なさったせいではないかと思います」

ジュリアナの胸に、ショックと喜びがないまぜになったような不思議な感情がこみあげた。

ああ、神様。子どもが生まれるのだ。わたしの子どもが！

母親になる夢はとうの昔にあきらめていた。この腕に我が子を抱ける日は永遠に来ないと思っていたのだ。自分には子どもができないのだと思うと涙がこぼれ、夫からもそのことでさんざん責められた。けれども、いま初めてわかった――原因はバジルにあったらしい。自分は子どものできない体だとずっと思っていたが、そうではなかった。

自分を待ち受けている厳しい現実をいったん忘れ、ジュリアナは素直に喜んだ。子どもができた。わたしもついに母親になれる。

「ありがとうございます」ジュリアナはつぶやき、ぎこちない笑みを浮かべた。

「どういたしまして。さあ、少しお休みになってください」

「ええ、そうします」

ドクター・コールズはかばんを持ち、ドアに向かった。

「あの、ちょっと待ってください」ジュリアナは小声で医師を呼び止めた。

ドクター・コールズは足を止めてふり返った。

「もしできたら、このことは伏せておいてもらえませんか。あの……わたし……自分の口から伝えたいので」

ドクター・コールズはうなずき、わかっているというように微笑んだ。「もちろんです。医者には守秘義務がありますから。いつどうやってお伝えになるかは、奥様の自由です」

ジュリアナはほっとし、枕にもたれかかった。さまざまな思いが胸に渦巻いている。目を閉じ、とても眠れそうにないと思いながら、あれこれとりとめのないことを考えた。だがまもなく眠りに落ちた。

そのまま何時間も眠りつづけ、階下で盛大に行なわれているパーティにとうとう顔を出すことができなかった。ぐっすり寝入っていたため、音楽も、ときおりどっと湧く人びとの笑い声も、まったく聞こえなかった。

外がそろそろ暗くなるころ、ジュリアナはようやく目を覚ました。

それからまもなく、ハリーとヘンリエッタが様子を見にやってきた。ヘンリエッタは枕を叩いてふくらませ、寝具の乱れを整えてくれたが、そのあいだじゅうずっと、とつぜん崩れるようにして倒れたジュリアナのことを心配していた。

短い会話を交わしたあと、ヘンリエッタとハリーは、このままおとなしくベッドで横になり、栄養のある軽い食事をここでとるようにと言い残して部屋を出ていった。ふたりとも、泊まりの招待客のことなら自分たちが面倒を見るからだいじょうぶだと請け合った。

ジュリアナはもうそれ以上眠ることはできないだろうと思っていたが、食事をして温かいお風呂に入ると、またしてもひどい疲労感に襲われた。シーツの下で体を丸め、すぐにうとうとしはじめた。

翌朝早く目が覚めたジュリアナは、久しぶりに気分がすっきりし、体調もよくなっていた。

変な夢を見てしまった。伸びをしながら思った。気を失って倒れたら医者がやってきて、子どもができたと告げたのだ。

ジュリアナは両腕をゆっくり下ろしながら、それが夢ではないことを思い出した。

どうしよう、妊娠は本当のことなのだ！

ネグリジェの下に両手を滑りこませ、下腹に当ててみた。

いつもと変わらないように思える。前と比べてとくに出ている感じはしない。だが息を吸ってみぞおちをへこませようとしても、下腹は平らにならず、かすかな丸みを帯びたままだった。そのふくらみは、以前にはなかったものだ。

ジュリアナはじっと横たわったまま、現実の重みを受け止めようとした。

〝お腹に赤ちゃんがいる。レイフの赤ちゃんが〟

そう、レイフの子だ！

彼になんと言えばいいのだろう？　というより、そもそもこのことを話すべきだろうか。

自分たちが置かれた状況を考えると、レイフが妊娠のことを聞いて喜ぶとは到底思えない。

最初に会ったときのレイフの言葉が、ジュリアナの脳裏によみがえった。「世のなかに庶子をもうひとり誕生させることだけは避けたい」彼は重い口調でそう言った。

ジュリアナは身震いした。レイフは当然、驚愕《きょうがく》するだろう。もしかすると怒るかもしれない。子どもができる心配はないと、わたしは最初に断言したのだ。それに別れるときのレイフの冷たい態度からすると、わたしもお腹の子どもも、彼の人生にとっては邪魔な存在でしかないのではないか。

どうしたらいいのだろう？

レイフのことはともかくとして、子どもをどうすればいいのか。未亡人であるわたしが、おおっぴらに子どもを持つことはできない。社交界はたいていのことが大目に見られるところだが、未婚で子どもを産むことは許されないのだ。妊娠していることは、周囲に隠し通さなければならない。でも、子どもが生まれたあとは？　その先はどうしよう？

ジュリアナはお腹をさすりながら、とつぜんこみあげてきた涙をこらえた。少なくとも、このところ感情が不安定になっている原因はわかった――急に涙が出てきたり、気分がころころ変わったり、どうしようもない疲労感を覚えたりする原因はこれだったのだ。

これから具体的にどうすればいいのか、まるでわからないが、ひとつだけはっきり心に決めていることがある。

この子はわたしが育てよう。

わたしと同じような立場に置かれたら、ほとんどの女性が赤ん坊を里子に出すことを考えるだろう。出産までの時間を使い、生まれた子を自分たちの子どもとして育ててくれる信頼できそうな夫婦を探すにちがいない――もちろん、相応の謝礼を支払うことが前提だ。

だが、それだけは考えられない。わたしは長いあいだ、子どもが欲しくてたまらなかった。いまさらあきらめることなどできるだろうか。

わたしがとつぜん子どもを連れている理由を、どう説明すれば周囲を納得させられるのか、いまはまったく思いつかない。けれども妊娠していることが傍目《はため》にわかるようになるまで、まだ少し時間がある。そのころまでには、なんとかいい解決方法が見つかるだろう。

そう願うしかない。

ジュリアナはまたもやレイフのことを考え、いつものように心の傷がうずくのを感じた。忘れたいと思っていくら努力しても、レイフへの愛を消し去ることはできない。彼の子どもがお腹に宿ったとなれば、ますます忘れられなくなるだろう。

レイフにいっそすべてをゆだねてしまいたいという気持ちも心のどこかにあるが、たとえ子どものためであっても、情けを請うつもりはない。わたしには充分な収入があり、彼に金銭的な援助をしてもらう必要はないのだ。これから待ち受けているさまざまな困難については、自分でなんとかするとたったいま心に決めたばかりではないか。

ジュリアナは眉をしかめ、ふたたび考えこんだ。

レイフにこのことを言うべきだろうか？

しばらくして大きくかぶりをふった。

レイフは自分の気持ちをわたしにはっきりと伝えた。彼がわたしを求めていないことは痛いほどわかっているし、子どもができたことを喜ぶとも思えない。仮に彼が責任を取ると言ったとしても、それは義務感から出た言葉でしかないのだ。そんなことはこちらもこれっぽっちも望んでいない。

そう、この子はわたしの子だ。わたしひとりで、ちゃんと育ててみせる。

自分ひとりで決断を下したことに良心の呵責《かしゃく》を覚え、胸がちくりと痛んだが、ジュリアナはそれを無視した。

しばらくするとお腹が鳴った。

お腹がぺこぺこだ。ジュリアナは笑みを浮かべた。これからは二人分を食べなければならないので、食欲がどんどん旺盛になるだろう。

朝食を食べに一階に行くことにし、毛布をはがすと、裸足のまま部屋を横切って呼び鈴に向かった。


「ライラック色の旅行用ドレスをご用意しておきました」ジュリアナの身のまわりのものを大きなトランクふたつに詰めていたデイジーが、最後の荷物を入れ終えたところで言った。「それでよろしかったでしょうか?」

「ええ、それでいいわ。ありがとう、デイジー」ジュリアナはマリスに手紙を書いていた手を止め、ちらりとデイジーを見た。

これからデイビス邸をあとにし、ほぼ一週間ぶりにロンドンに戻るのだ。

今日の午後、新しく親戚になった人たちも含め、最後まで残っていた招待客が、クリスマスにまた会いましょうと口々に言いながら帰っていった。ジュリアナはうなずいてみせたものの、誰にも会えないだろうということはわかっていた。そのころにはクリスマスの食卓に並ぶガチョウのように、お腹が丸くなっているのだから。

ロンドンにはハリーと戻る予定だが、ヘンリエッタは一緒に来ないことになった。マリスが無事に結婚するのを見届けたので、ここから直接、十一月に二人目の子どもが生まれる一番上の娘のところに行くそうだ。子どもが生まれてからしばらくは娘の屋敷に滞在し、その後近くに小さな家でも買って、孫を思いきり甘やかすつもりだという。昨日の午後、ジュリアナとヘンリエッタはキスを交わして抱き合い、ひんぱんに手紙をやり取りしようと約束した。それからヘンリエッタは出ていった。

ジュリアナはマリスへの手紙を書き終えた。今日の便に間に合うよう出すつもりだ。砂をかけてインクを乾かし、手紙を折って蠟《ろう》印で封をした。そして表に流暢《りゅうちょう》な字で、マリスの新しい住所を書いた。

ハリーが早く出発したくていらいらしているだろうと思い、ジュリアナはペンを置いてさっと椅子から立ちあがった。その瞬間、目の前がくらくらし、気が遠くなって足元がふらついた。手を伸ばして椅子をつかみ、崩れるようにしてその上に座った。

デイジーが荷造りの手を止めた。「だいじょうぶですか？」

「え？　ああ、だいじょうぶよ。心配しないで」ジュリアナはがくがく震えながら、体勢を整えようとした。

まったくもう！　めまいがしたり倒れたりする時期はもう過ぎたと思っていたが、どうやらそうではないらしい。

ジュリアナの体がふらつくのを見て、デイジーが駆け寄ってきた。ひんやりした手をジュリアナの首筋に当て、前かがみになるよう促した。

「さあ、どうぞ。頭をかがめてください。母も身ごもっているとき、いつもこうしていました。ゆっくり息をしてくださいね。すぐによくなりますから」

デイジーに背中を優しくさすられているうちに、めまいが収まってきた。気分がよくなったところで、ジュリアナの脳裏にさっきのデイジーの言葉がよみがえった。

ジュリアナは上体を起こした。「いまなんて言ったの？」消え入りそうな声で訊いた。

デイジーはしばみ色の目を大きく開き、自分にはわかっているというような顔でジュリアナを見た。「お腹に赤ちゃんが宿っていることですか？　わたしから口にするべきことではなかったかもしれませんが、すぐにわかりました」

〝すぐにわかったですって！〟ジュリアナの胃がぎゅっと縮んだ。ひと目でわかるほどなのか？

ジュリアナは声をひそめた。「どういう意味？　どうしてわかるの？」ほかの人たちもわかっているのだろうか？　ヘンリエッタは？　ハリーは？　ああ、どうしよう！

ジュリアナが動揺していることに気づき、デイジーがあわてて付け加えた。「このことを知っているのは、わたしとお医者様だけだと思います。わたしなら、少し前からうすうす気づいておりました。なんといっても、身のまわりのお世話をさせていただいていますから。月のものが二カ月連続で来なかったとき、おかしいと思ったのです。そして今回、気を失われたので間違いないと確信いたしました。お医者様もご懐妊だとおっしゃったのではありませんか？」

ジュリアナは背筋を伸ばした。「ええ。三人のなかでこのことに気づかなかったのは、わたしだけだったみたいね」

「初めてのお子様ですから、無理もありませんわ」

ジュリアナは年下のデイジーの顔をじっと見つめ、腕を組んだ。「でもあなたは、子どもがいるわけでもないのにどうしてそんなに詳しいの？　それともわたしが知らないだけで、本当は子どもがいるのかしら？」

デイジーの頬がぱっと赤くなった。「いいえ、わたしに子どもはおりません。でも妊婦と赤ん坊のことなら、かなり詳しいほうだと思います。わたしは十二人きょうだいの一番上で、お腹に子どもがいる母をずっと手伝っておりました。それに家を離れてメイドの仕事をするようになるまでは、弟や妹の面倒も見ていました」

ジュリアナはデイジーにきょうだいがたくさんいることは知っていたが、年の離れた弟妹を育てるのを手伝ったということは初耳だった。

「でもこのことは、わたしが承知していたほうが好都合だと思います。これからいろいろお世話をする人間が必要になりますから」

デイジーの言うとおりかもしれない、とジュリアナは思った。これから先、お腹が大きくなるにつれ、誰かの手を借りなければならない場面が増えるだろう。それに本当のことを誰かに知られたことで、気持ちがとても楽になった。妊娠がわかってからまだほんの数日しかたっていないのに、重い秘密をひとりで抱えていることにすでに押しつぶされそうになっていた。デイジーにわかり、かえってよかったのかもしれない。

「このことはくれぐれも他言しないでちょうだい」ジュリアナは声をひそめた。

デイジーの顔に傷ついたような表情が浮かんだ。「ご信頼を裏切るようなことはけっしていたしません。お仕えする方に忠誠を尽くすことが、わたしの誇りです。そのことはわかってくださっていると思っておりました」

ジュリアナはデイジーの手を軽く叩いて詫びた。「ええ、わかってるわ。ごめんなさい、あなたの言うとおりね。あなたのことは頼りにしているわ」ジュリアナはいったん言葉を切り、深呼吸した。「それにしても、驚いたでしょう?」〝あきれたでしょう? わたしを軽蔑しているかしら?〟

「赤ちゃんのことですか? 最初は少しびっくりしましたが、それほど驚きはしませんでした」

ジュリアナは片方の眉を上げた。「どういうこと？」

デイジーはうつむいた。「誰か男性とお会いになっていることは、わかっていましたから」

〝ああ、なんということなの！　そこまで知られていたなんて〟

「いったいどうしてわかったの？」

「そうですね、外出からお戻りになると、ときどきかすかにベイラムの香りがすることがありました。それに、髪型です」

「髪型がどうしたの？」ジュリアナはなかば反射的に、髪に手をやった。

「きちんと美しい形にまとめてありましたが、わたしのやり方とは違っていました。髪の毛のねじり方も違ったし、ピンの位置もわたしが留めたときと変わっていましたから」

ジュリアナとレイフは懸命に知恵を絞り、細心の注意を払っていたつもりだったが、髪型ひとつで侍女にすべてを見抜かれていたのだ。

「相手が誰かもお見通しなのね？」

デイジーは首をふった。「いいえ、存じません。わたしは自分に関係のないことを、あれこれ詮索《せんさく》したりしませんから」

ジュリアナはほっと息をついた。

「ですが、その男性がレディ・ホーソーンを傷つけたことはわかっています。ひどい人ですわ。とても憎らしく思っています」

「ありがとう、デイジー。でも、彼のことをあまり悪く思わないでちょうだい。あの人は自分の気持ちに正直だっただけなの。さあ、もう彼の話はこのへんでおしまいにしましょう」

「わかりました。不愉快な思いをさせてしまったとしたら、申し訳ありませんでした。お腹に赤ちゃんがいる大変な時期なのに」

そのときドアが勢いよく開いた。

ジュリアナがふり向くと、ハリーが驚きで大きく目を見開いてこちらを見ていた。

ジュリアナは思わず小さな声をもらし、かすかに吐き気を覚えた。

いまの話を聞いていたのか？　そうに決まっている。あの顔を見れば一目瞭然だ。

ハリーはドアをさらに大きく押し開いて部屋に入ってくると、鋭い目でジュリアナを見据えた。「いまのは本当なのか？」

「ドアの前で盗み聞きなんかして、いったいどういうつもり？」ジュリアナは気持ちを落ち着かせる時間を稼ごうとして言った。

「盗み聞きなんかしていない……少なくとも、わざとしたわけじゃない。いつごろ出発できるか訊こうと思って来ただけなのに、まさかあんなことを耳にしてしまうとは……なんてことだ、きみは本当に……身ごもっているのかい？」ハリーは言ったが、愕然とするあまり、最後のほうは消え入るような声になっていた。

ジュリアナは深呼吸し、震える指をひざの上で組んだ。「デイジー、悪いけど席をはずしてもらえるかしら」

デイジーは同情するような目でちらりとジュリアナを見ると、お辞儀をして小走りに部屋を出ていった。

ドアの掛け金のかかる音が響いた。部屋はしばらくのあいだ沈黙に包まれた。

「どうなんだ？　なにか言うことはないのかい？」

ジュリアナは小さくため息をついた。「なにを言ってほしいの？」

「まず、結婚式がいつか教えてくれ」

「結婚式って？」

「きみの結婚式だ！」ハリーは声を荒げた。

そして少しのあいだ目を閉じた。なんとか冷静になろうとしているのが、傍目にもよくわかった。「もちろん結婚するんだろう。その相手の男は」そこでいったん言葉を切り、ジュリアナのお腹を手で示した。「正しいことをして、きみと結婚するつもりだと思っていいんだね？」

ジュリアナはとつぜん汗のにじみはじめた手のひらをスカートでぬぐい、できるだけさりげない口調で答えた。「いいえ、結婚はしないわ」

その言葉は雷鳴のように、ふたりの胸に鳴り響いた。

「どういうことだ？」

「お願いだから、わたしの前で怒鳴ったり乱暴な言葉を使ったりしないでちょうだい」

ハリーは神妙な顔をした。「悪かった。怒鳴るつもりはなかった」

しばらくしてふたたび口を開いた。「それで、どうして結婚しないんだ?」

ハリーの探るような視線から目をそらし、ジュリアナはトルコじゅうたんの柄を見つめた。

「どうしてもよ。このことについて、これ以上話す必要はないわ」

なんということだろう、今日は最悪の日だ。

個人的で内密な話をデイジーとする前に、寝室の鍵をかけておくことをどうして思いつかなかったのだろう。それは個人的で内密な話をデイジーとすることになるとは、そもそも思っていなかったからだ。

妊娠すると、これほど鈍くなるものなのか。

「ぼくからはまだ話すことがある。きみを身ごもらせておいて責任を取ることを拒むとは、いったいどういう男なんだ?」

「拒んだわけじゃないの。彼はわたしに子どもができたことすら知らないのよ」ジュリアナはハリーが口を開きかけたのを見て、あわてて付け加えた。「でもわたしは、このことを彼に話すつもりはないわ」

「どうしてだい? こうなった以上、きみには夫が必要だ。その男と結婚するのが、一番理にかなったことだろう」ハリーはふいに眉を吊りあげた。「そいつが既婚者でなければの話だが。もしかして、それで結婚できないのかい？　その男に妻がいるから？」

ジュリアナはため息をついた。「いいえ、彼は独身よ」

「だったら、なんの問題もないじゃないか。ロンドンに戻り次第、すぐに結婚したらいい。大主教も喜んで特別許可を与えてくれるだろう」

「特別許可を受けるつもりはないわ。結婚はしないから」ジュリアナはいらいらしたように大きくため息をついた。「さあ、もうこのくらいにしてもらえないかしら。尋問は充分受けたわ」

ハリーは怖い目でジュリアナを見た。

「これはわたしの問題なの、ハリー。放っといてちょうだい」

「きみはぼくの姉だ。心配に決まってるじゃないか。放っておけるわけがないだろう」ハリーは手で髪をすいた。「ああ、ジュールズ、いったいなにを考えているんだ？　どうしてこんなことに？」

「わたしだってこんなことになるとは思ってなかったわ」ジュリアナは硬い声で答えた。

ハリーは咳払いをし、ふいに気詰まりな表情を浮かべた。「ああ、そうだろうな。でもどうしてきみがその男に……子どものことを話さないのか、やっぱりわからない。もしかしてそいつは、きみのことを棄てたのかい？」

ハリーの何気ない言葉が、ジュリアナの胸をぐさりと刺した。

「その顔からすると図星らしいな」ハリーはふと同情を覚え、口調を和らげた。「きみをひどい目にあわせた男は誰なんだ？　レディをだます放蕩《ほうとう》者であることは間違いなさそうだ。そいつの名前を教えてくれ。ぼくが徹底的に痛めつけてやる」

ジュリアナは悲しそうに微笑んだ。「彼を殴ったりしないでちょうだい。その人が誰かなんて、どうでもいいでしょう。これはわたしの問題なのよ、ハリー。わたしが自分でなんとかするわ」

ハリーは顔をしかめ、胸の前で腕を組んだ。「はっきり言わせてもらうが、きみが自分でこのことをどうにかできるとは思えない。きみは妊娠しているんだぞ、ジュールズ。社交界にいたかったら、再婚していない未亡人が妊娠してはいけないんだ。お腹の子どもを手元に置いておくことはできない」

ジュリアナは震えそうになるのをこらえ、あごを上げた。「なんとかいい方法を考えるわ」

「どんな方法を？　きみに残された選択肢は、その男と結婚するか、こっそり子どもを産んで里子に出すかのどちらかしかない」

ジュリアナはまだ生まれていない我が子を守ろうとするように、反射的にお腹に手を当てた。「里子になんか出さないわ」

「それならぼくの言うことを聞いてくれ。さあ、教えるんだ、きみの……」ハリーはためらったが、気を取りなおしてその先の言葉を続けた。「恋人の名前を。ぼくがどうにかして、そいつがきみと結婚するよう仕向けてやる」

ジュリアナは悲しみで胸が詰まるのを感じながら、かぶりをふった。「そんなことをしても無駄よ、ハリー。あなたはわかってないわ」

「だったら、わかるように説明してくれ」

ハリーがただこちらの力になりたい一心だということは、ジュリアナにもわかっていた。それでもハリーにすべてを打ち明けるわけにはいかない。そんなことをしたら、ただでさえ深刻な状況がますます悪くなるだけだ。そこでジュリアナは、なにも言わずに黙っていた。

「これで終わりだと思わないでくれ、ジュリアナ」姉に返事をするつもりがないとわかると、ハリーは言った。「ぼくはどんな手段を使ってでも、きみの名誉を汚した悪党が誰かを突き止め、事態を収拾するつもりだ」

ジュリアナはハリーが本気であることを悟った。ハリーはいま、自分をジュールズではなくジュリアナと呼んだ。弟が自分をジュリアナと呼ぶのは、怒っているときだけなのだ。

「ああ、ハリー、お願いだからやめてちょうだい――」

「荷造りをすませるんだ。一時間以内に出発する」

ハリーはくるりと背中を向け、大またで部屋を出ていった。

ジュリアナはどっと疲れを感じ、目を閉じてうんざりしたようなため息をついた。試練のときはまだ始まったばかりなのだ。

18

明るい朝の陽射しが、レイフの屋敷の奥にある観音開きの扉《フレンチドア》越しに注ぎこんでいた。庭に面した居心地のいい朝食室に、開け放たれた扉からさわやかな風が入ってくる。遅咲きのアラセイトウとキンギョソウが秋の庭に色を添え、ジャスミンの甘い香りがただよっている。

レイフはそうした牧歌的な美しさをとくに愛でることもなく、新聞を読みながらハムとトーストと卵の朝食を食べていた。ブラックコーヒーのお代わりをカップに注ぐと、『モーニング・ポスト』の金融欄をめくった。

アメリカで躍進している木材貿易に関する記事を熱心に読み、さっそく投資機会について検討しはじめた。そのとき板石の敷かれた床に足音が響いた。顔を上げ、ハンニバルが近づいてくるのを見て、どうしたんだというように眉を上げた。

「邪魔してすまない、ドラゴン。アラートンの小僧が来ている。追い払おうとしたんだが、どうしても帰らない」

レイフは不思議そうに眉根を寄せた。「なんの用だ?」

「訊いても答えないんだ。おおかた、また金を用立ててくれと言いに来たんだろう。せっかくおれがテムズ川に散歩に連れて行ってやったのに、それだけでは目が覚めなかったらしいな。またここに来るとは、たいした度胸をしていやがる」

「わかった、通してくれ」

レイフは皿を脇に押しやったが、新聞は開いたままだった。

アラートンがなぜここに？

彼の目的がハンニバルの言うように、借金の申し込みでなければいいのだが。もしそうだとしたら、あの若者は耳をきれいに掃除する必要がある。自分も含め、ロンドンにいる金融業者から融資を受けることは今後いっさいできないと、前にはっきり言ったではないか。たぶんアラートンは、こちらの言葉をただの脅しだと受け取ったのだろう。それが思い違いであることを教えてやらなければ。

レイフはコーヒーをひと口飲み、一瞬ジュリアナのことを思い浮かべた。いつものように、彼女はいまごろどうしているだろうかと考えた。妹の結婚式を終え、先週アッパー・ブルック・ストリートの自宅に戻ってきたことは知っている。だが、それ以上のことはなにもわからない。自分たちはもう、見ず知らずの他人同士も同然なのだ。

レイフは首をふり、ジュリアナのことを頭から追い払おうとした。

とにかく、アラートンの用件がジュリアナのことでないことだけはたしかだ。

まもなくアラートン卿がひとりで現われたが、そのことにレイフはとくに驚かなかった。ハンニバルが客を案内して主人である自分に取り次ぐことはない。あの男にそれを期待しても無駄だと、とうの昔にあきらめている。

高級なサテン織りのウール地の服に身を包み、茶色のモーニングコートにヘシアン・ブーツという装いのハリー・デイビスが、ビーバー帽を小脇に抱えて朝食室に入ってきた。

相手は身分の高い貴族だが、レイフはくつろいだ姿勢で椅子にもたれたまま、立ちあがろうとしなかった。そしておもむろに新聞をめくり、コーヒーをすすった。それからようやくカップを受け皿に置いて顔を上げた。

「アラートン卿。こんな朝早くからどんな御用でしょう？　いや、これは驚いた」

「もしそうなら、あんたには先を見通す目がないということだ。この恥知らずの悪党め」ハリーはつかつかと歩み寄り、握りしめていた革の手袋でレイフの顔をぶった。

頬のぶたれた部分が赤くなった。レイフはじっとしたまま痛みをこらえ、内心の驚きを隠して恐ろしい顔でハリーをにらんだ。

レイフの形相にハリーは青ざめたが、それでもぐっと胸を張って一歩も引こうとしなかった。

「今日は決闘を申し込みに来た。そちらの介添人を決めてくれ」

レイフは驚きと興味で眉をぴくりと動かした。

介添人を決めるだと？　いったいどういうことだ？

「失礼だが、閣下は頭でも打たれたのではないか？」

レイフの言葉にハリーは肩すかしを食わされた気分になった。「そんなことはない。ぼくは決着をつけるためにここに来た」

「なんの決着を？」

「よくもぬけぬけとそんなことが言えたもんだ。姉の名前と名誉を傷つけたのはあんただろう。ぼくはあんたを裁くためにやってきた」

レイフはぎくりとしたが、内心の動揺を顔に出すまいとした。アラートンは自分とジュリアナのことを知っているのだろうか？　そうだとしたら、どうやってそのことを嗅ぎつけたのか？

レイフは平静を装いながら、銀のポットに手を伸ばし、残っていたコーヒーをカップに注いだ。そして舌が焼けるほど熱いコーヒーを、何口かで飲み干した。

「申し訳ないが、なんのことかさっぱりわからないな」

「そんなはずがないだろう。こっちはなにもかも知っているんだぞ。あんたは姉を罠《わな》にかけた。そして姉を利用して侮辱したんだ」

レイフはハリーの顔を見た。「彼女がそう言ったのか？」

「そうじゃない。姉は根っからのレディだから、ぼくにも詳しいことは言わなかった。でもちょっと調べたら、すぐにわかったよ。うまく話を持っていきさえすれば、使用人はなんでも教えてくれる」

なるほど、使用人を買収するか脅すかしたということか。レイフは思った。一番怪しいのは、手紙を運んでいた従僕の誰かだろう。ジュリアナは新しい従僕を探したほうがいい。

「姉君が閣下に話さないのであれば、わたしの口からもなにも言うつもりはない」

ハリーの首筋が赤くなった。「いや、なんとしても話してもらおう。そして責任を取るんだ。けれども、ジュリアナがあんたと結婚したがらない理由がわかった。あんたはジュリアナにふさわしい結婚相手じゃない。あんたのせいで、姉は社交界から追い出されるんだぞ」

レイフは体をこわばらせた。「どうしてここで結婚の話が出てくるのか?」

「ジュリアナに子どもができたからだ!」

レイフの手がぶつかり、コーヒーカップがテーブルに転がった。底に残っていたコーヒーがこぼれ、白いテーブルクロスにしみができた。

子どもができた？　まさか、そんなはずはない。

「なにかの間違いだ」レイフは言ったが、自分の声がどこか遠いところから聞こえているような気がした。

「間違いじゃない。本人がそう認めたんだ。ジュリアナの具合が悪くなり、めまいを起こしたときにわかった。気を失って倒れたから、医者を呼んだんだ」

レイフはさっと顔を上げ、ハリーの目を見た。「彼女はだいじょうぶなのか?」

「妊婦として健康に問題はない」ハリーはこぶしを握った。「あんたはジュリアナを辱めたんだぞ。その代償は支払ってもらう」

ジュリアナが身ごもっている。

ジュリアナは以前、自分は子どものできない体だと言った。そのことを話すときの彼女のうつろで悲しそうな目を、いまでもはっきりと覚えている。彼女は嘘をついてはいなかった。ああした表情を故意に作ることは誰もできないし、あの状況で彼女がそんなことをする理由もない。ジュリアナは妊娠することはないと本気で信じていたのだ。けれども、それは間違っていた。

レイフは震える息を呑んだ。

なんてことだ、自分は父親になるのだ!

「武器を決めてくれ」ハリーが言った。「剣にするか銃にするか。明日の夜明けに決闘場で会おう」

レイフははっと我に返り、鋭い目でハリーを見た。「ばかなことを言うんじゃない」

「なんだと?」

「いま言ったとおりだ。決闘はしない」

ハリーは気色ばんだ。「なんとしても決闘はしてもらう。あんたはぼくとぼくの家族をひどい目にあわせたんだぞ。その償いをするべきだ」

「わたしが傷つけた人間がいるとしたら、それはあなたの姉君です。このことは彼女とわたしで解決するべき問題だ」

ハリーの顔が真っ赤になった。「ばかな。ぼくには決闘を求める権利があるはずだ」

レイフは肩をすくめた。「なんとでも言えばいいだろう。だがこちらの気持ちは変わらない」

ふとなにかで気をまぎらせたくなり、新聞を手に取って半分に折った。ハリーがその場を去ろうとしないのを見て、ため息をついた。「閣下、わたしはあなたと決闘するつもりはない」

「臆病者め」

レイフはハリーをじろりとにらんだ。「本気でそう言っているのなら、あなたは世間の評判ほど賢い若者ではないらしい」無造作に椅子にもたれかかった。「明日あなたを殺すことは、わたしの時間の無駄であり、あなたの命の浪費でもある。そんなことはけっして姉君も望まないだろう」

ハリーは肩をいからせた。「自分が殺されるかもしれないとは思わないのか?」

レイフはばかにしたようにふんと鼻を鳴らした。射撃の腕前も剣術もこちらのほうが上手《うわて》だということは、アラートンもわかっているはずではないか。自分は素手で闘っても強いのだ。

「紳士なら決闘に応じるはずだ」ハリーは言った。

「そうだろうな。だがあなたは、わたしが紳士ではないことをお忘れのようだ。私生活の問題をおおやけにさらすような愚かなまねをするのは、紳士と未熟な若者くらいのものでしょう。もしわたしが明日、決闘に応じたら、姉君の評判は取り返しがつかないほど傷つくことになる。姉君がはたしてそれを喜ぶだろうか。だから、このことを口外してはいけない。問題を解決する方法はきっとほかにある」

「どんな方法が?」

「それはわたしとレディ・ホーソーンが考えることだ」

レイフは立ちあがった。ハリーより数インチ身長が高く、人生経験の面でも上回っていた。

「姉君を愛しているなら、この件に口をはさまないことだ。悪いようにはしない」

「へえ、そうかい? 姉をベッドに引きずりこむために、あんたはなにをした? どんな汚い手をつかってジュリアナの貞操を奪い、あげくにこれほどの窮地に追いこんだんだ?」

「さて、閣下。そろそろお引き取りいただこうか。さっきも言ったとおり、けっして悪いようにはしないから」

ハリーは人さし指をレイフに突きつけた。「ペンドラゴン、あんたはもう充分ジュリアナを傷つけた。もう一度同じことをしたら、ぼくがこの手で殺してやる。だがそれは決闘場の外だ」

「いいでしょう」

それ以上なすすべもなく、ハリーは怒りでこぶしを握りしめたまま、長いあいだレイフの顔をにらんでいた。やがてきびすを返し、憤然とした足取りで部屋を出ていった。しばらくして玄関のドアが乱暴に閉まる音がした。

アラートンが帰ったようだ。

ふいにひざから力が抜け、レイフは椅子にどさりと腰を下ろした。

ジュリアナのお腹に自分の子どもがいる。

両手を合わせて尖塔の形にし、レイフは自分とジュリアナの将来について考えた。

ジュリアナはばら色のシルクの糸を針に通し、刺繍枠《ししゅう》にぴんと張ったリンネルに刺した。いまは自分でデザインした花の柄を刺繍している。刺繍は大の得意なのだ。

ジュリアナは針仕事が好きだった。四歳のときに母から基礎縫い用《サンプラー》の布と針を渡されて以来、刺繍が趣味のひとつになった。大人になってからは、針を動かしていると楽しくて気持ちが安らいだ。とくにいまはなにかに集中し、頭を空にしたい気分だ。だが、絡み合うような複雑な柄の花と葉の刺繍に没頭しているつもりでも、いつしか自分の置かれている深刻な状況について思いをめぐらせていた。

ロンドンにあまり長くはいられない。あと一カ月、運がよくてもせいぜい二カ月が限度だろう。その時期を過ぎたら、そろそろお腹が目立ちはじめるにちがいない。どうにかして隠し通すこともできなくはないかもしれないが、それはあまりに危険な賭《か》けだ。

そう、やはりロンドンを離れて、どこか田舎に行かなくては。それも知り合いに出くわす心配のない、あまり馴染みのない場所に。

でも、どこに行けばいいのだろうか？　スコットランドもひとつの選択肢だ。荒々しい自然に囲まれた遠い北の地なら、誰にも会う心配はないだろう。だがそうすると、湿気の多い厳寒の地で冬を過ごさなければならない。ジュリアナは身を切るような風と雪を想像して身震いした。

子どもを産むなら、快適で暖かく、のんびりしたヨーロッパ大陸のほうがずっといい。当然ながら、敵国のフランスは問題外だ。イタリアかギリシアはどうだろう。もっとも、それには目的地まで安全に運んでくれる船を見つけることが条件だ。それと船旅ができるくらい、自分の体調もよくなくてはならない。

そのふたつが最大の問題だ。

ジュリアナは糸を玉留めして端で切ると、バスケットに手を入れて別のシルク糸を取り出した――今度は濃いグリーンだ。ほどなく居間のドアを軽くノックする音がした。

顔を上げると、執事のマーティンが部屋に入ってくるのが見えた。

「失礼します」マーティンは張りのある声で言った。「お客様がお見えになりました。レディ・ホーソーンはご都合が悪いと申し上げたのですが、どうしてもお目にかかりたいとおっしゃいまして」困ったようにかすかに鼻にしわを寄せた。「ご自分が訪ねていらしたことをわたしが取り次ぐまでは、お帰りにならないそうです」

「お名前はお訊きした？」ジュリアナは針に糸を通しながら言った。

「はい。ペンドラゴンと名乗られました。レイフ・ペンドラゴンという方です」

ジュリアナはびくりとし、鋭い針の先でうっかり指を刺した。痛さで顔をしかめて見ていると、指先に真っ赤な血がにじんできた。あわててシルクのハンカチを取り出し、傷口に当てた。

「お忙しくて会えないとお断りしましょうか？」ジュリアナの動揺した様子を見て、マーティンが言った。

〝もう遅いわ〟

「いいえ、いいの。お通ししてちょうだい」

マーティンはお辞儀をした。「かしこまりました」

ジュリアナの鼓動が乱れ、不安がこみあげてきた。

レイフがここに来た理由といえば、ひとつしかない。

ハリーのせいだ。よけいなことをして、勇敢な騎士にでもなったつもりだろうか。そんなことをする権利はハリーにはないはずだ。腹が立って仕方がないが、それでも弟がよかれと思ってそうしたことはわかっている。ハリーはレイフに決闘を申し込んだのだろうか？　まさかふたりは、本当に決闘をするつもりだろうか。もしかすると、今日の明け方にすでに決着をつけたのかもしれない。レイフが訪ねてきたのは、ハリーを殺したことを謝るためではないのか。

ばかなことを考えてはいけない。ハリーは死んでなんかいない。

ジュリアナがそれ以上、悪い想像をふくらませる前に、マーティンが戻ってきた。その後ろに長身でがっしりした懐かしい男性の姿を認め、ジュリアナは胸がどきりとした。軽いめまいを覚えたが、それは妊娠のせいではなかった。爪が食いこむほど強く椅子の座面をつかみ、なんとか冷静になろうとした。

レイフは古代の神話に出てくる戦士のように堂々として美しく、圧倒的な存在感を放っている。淡黄褐色のズボンにグリーンの瞳を引き立てる紺の燕尾服《えんびふく》を着け、はっとするほど見事ないでたちだ。ジュリアナはつかのま、その姿に見ほれた。

「ミスター・レイフ・ペンドラゴンです」マーティンが言った。

ジュリアナは平然とした顔をし、感情を表に出さないようにした。こちらにまだ未練があることも、あんなに冷たく拒絶されたにもかかわらず心のどこかで愛していることも、絶対に悟られたくない。

そして明るい窓の下に置かれたウィングチェアに腰かけたまま、針山に刺繍針を刺し、枠を脇に置いた。

「なにかお飲みものをお持ちいたしましょうか?」マーティンが訊いた。

「いいえ、結構よ、マーティン」ジュリアナはそっけない口調で答えた。「ミスター・ペンドラゴンはすぐにお帰りになるから。もう下がっていいわ」

マーティンはお辞儀をし、ドアを静かに閉めて部屋を出ていった。

レイフはジュリアナのぶっきらぼうな言葉に片方の眉を上げたが、そのまま受け流すことにした。ジュリアナは自分に会ってもまったく嬉しくなさそうだ。だが、それも当たり前のことだろう。いくら彼女のためを思ってのこととはいえ、自分は最後の逢瀬のときに一方的に別れを告げたのだ。

レイフは部屋の奥に進みながら、満開の南国の花のようなジュリアナの美しさに思わず息を呑んだ。前よりもさらに美しくなったようだ。

ジュリアナの全身にさっと視線を走らせると、レイフの脈が速く打ち、体がかっと熱くなった。彼女がこれほど魅力的に見えるのは、ただたんにしばらく会っていなかったせいだろうか。それとも、ますます美しさに磨きがかかったのか。たぶんお腹に子どもがいるせいだろう。妊婦のなかには、内側からぱっと輝くようにきれいになる女性がいる。ジュリアナもそういうタイプの女性なのだろう。

　レイフは無意識のうちにジュリアナの腹部に視線を落とし、ふくらみを探した。だがジュリアナの体の線は、以前ととくに変わっているようには見えなかった。

　まるで一枚の絵画のようだ、とレイフは思った。ジュリアナが暖かな午後の光の輪のなかに座っている——美しい部屋を背景にした、優雅な女性の絵だ。上品で軽やかな内装が、彼女の雰囲気にぴったり合っている。壁紙は優しい色合いのピンクとクリーム色だ。二本の女人像柱《カリアティッド》が白い大理石の暖炉の側面に並び、古代ローマ人のようなゆるやかな服を巻きつけたふたりの女性が、マントルピースを支える格好になっている。流線型の脚をし、グリーンとベージュの縞模様の布が張られたチッペンデール様式の家具がバランスよく置かれ、磨きこまれた板張りの床には柔らかなオービュッソンじゅうたんが何枚か敷いてある。

　レイフと目が合うと、ジュリアナはつんとあごを上げた。

「ミスター・ペンドラゴン、いつまでわたしをじろじろ見ているおつもりかしら。なにか言いたいことがあるんじゃないの？　それにしても、こんなところに来てもらいたくはなかったわ。わたしの自宅には来ないと、前に約束したと思うけど」

　レイフは唇を固く結んだ。他人行儀な話し方に戻ったわけか。「申し訳ない、レ、レディ・ホ、ホ、ホーソーン。だが状況を考えると、手紙ですませるというわけにはいかなかった。真夜中に寝室の窓から忍びこむのもまずいと思ってね。違うかな？」

　ジュリアナの頬が赤くなった。「いいえ、違わないわ」

ジュリアナは視線をそらし、スカートをぎゅっと握りしめた。美しい色だ、とレイフは思った。もう何カ月も前、最初に会ったときも、彼女はこれと同じような色のドレスを着ていた。

レイフは手を後ろにまわして軽く組んだ。「昨日、きみの弟が訪ねてきた」

ジュリアナは肩をこわばらせた。「そうなの？」

「きみの名誉を守るため、決闘しろと言ってきた」

ジュリアナはレイフの顔を見た。「ハリーはどこなの？　無事でしょうね？」

「彼がいまどこにいるかは知らないが、昨日会ったときはとても元気そうだった。もっとも、少しばかり感情的ではあったが」レイフはひと呼吸置いてから続けた。「きみはまさか、ぼくが決闘の申し込みを受けたと思っていないだろうな？　世のなかのことがまだよくわかっていない若者と闘うほど、ぼくは分別のない男じゃない」

「ええ、わかってるわ。ただ、ハリーには向こう見ずなところがあるから心配だっただけよ。それに、ハリーがあなたを巻きこんだのは間違いだったわ。そんなことをする必要はどこにもなかったのに」

「必要がない？　きみの弟から話を聞いたかぎりでは、ぼくに知らせるのが当然のことだと思うが。それとも、彼の言ったことは嘘なのか？　彼はきみが身ごもっていると言った。それは彼の勘違いなのかい？　答えてくれ、きみのお腹にぼくの子どもは宿っているのか、いないのか?」ジュリアナは答えるべきかどうか迷っているように、さまざまな感情の入り混じった顔をした。そしてこくりとうなずいた。「ええ、宿っているわ」

ジュリアナの言葉に、レイフは最後のよりどころを失ったような気がした。予想どおりの返事であったにもかかわらず、ふいにひざがかくがくし、ジュリアナの向かいに置かれた椅子にどさりと座った。アラートンの勘違いだという可能性も、これで完全に消えてしまった。

ジュリアナはドレスについたリボンを手でもてあそんだ。「そのことを聞いてショックだったでしょう。わたしもそれを知ったときは、言葉もなかったわ。わたしは身ごもっている当の本人なんですもの」ジュリアナは一瞬口をつぐみ、きらりと目を光らせた。「でも、わたしが子どものできない体だと言ってあなたをだましたと思っているなら、それは——」

レイフはジュリアナを片手で制した。「そんなことは思っていない。あのときのきみは、自分に子どもができることはないと本気で信じていた。きみが嘘をつく理由などないだろう? 今回のことで一番驚いているのはきみ自身のはずだ。どうやら原因は、亡くなったご主人のほうにあったらしい。ぼくが相手だと、きみは子どもができたのだから」

その露骨な言い方にジュリアナは顔を赤くしたが、レイフに妊娠のことでこちらを責めるつもりがないとわかり、少し気分が楽になった。

「ところで、いまどれくらいになるんだ?」

「だいたい三カ月よ。いつ身ごもったのか、正確な時期はわからないわ。最後のほうだとは思うけど」

最後に愛し合ったときだろう。レイフはとっさに頭のなかで計算した。

ジュリアナはひざの上で両手を握り合わせた。「ハリーがあなたを巻きこんだことを謝るわ。でもそれは、わたしの意志じゃなかったの」

「つまりきみは、ぼくに子どものことを話さないつもりだったのか」レイフはつぶやき、ふいに怒りを覚えた。「ぼくに子どものことを知る権利はないとでも思っていたのか？　ぼくは父親なんだぞ」

ジュリアナはレイフの目をまっすぐに見た。「あなたは知りたくないだろうと思ったの。そういう男性は多いわ。それにあなたは最後に会ったとき、わたしに飽きたとはっきり言ったのよ。子どもができたことを聞いて、あなたが喜ぶとはとても思えなかったわ。世のなかに望まれない庶子を誕生させることだけは避けたいと、前に言っていたじゃないの」

重苦しい沈黙が流れた。

「そのとおりだ。ぼくは庶子を誕生させたくない。だからこうして、きみを訪ねてきたんだ」レイフは身を乗り出し、ジュリアナの手を取った。「ジュリアナ、ぼくと結婚してくれないか」

ジュリアナははっと息を呑んだ。レイフの手の力強さと温かさが肌に伝わってくる。しばらくのあいだ、レイフに手を握られていることと、思いもよらず結婚を申し込まれたことのどちらに動揺しているのか、自分でもよくわからなかった。

〝結婚してくれですって？〟

数カ月前の自分なら、どんな困難が待ち構えていようとも、二つ返事でプロポーズを受けていただろう。レイフが愛を誓ってさえくれれば、喜んでいままでの人生を捨て、彼と新しい人生を歩こうとしていたにちがいない――社交界もその堅苦しい決まりごとも、どうでもいいと思っていたはずだ。

けれどもレイフは、自分を愛しているわけではない。結婚を申し込んできたのはたしかに潔いといえるかもしれないが、そうしようと決めたのはあくまで義務感と誇りからなのだ。レイフにしてみれば、取引でもまとめるような感覚なのだろう。しかも、これがもし取引の話であれば、レイフは心の底からわくわくしていたにちがいない。

レイフの手のなかで、ジュリアナの手が冷たくなった。

「ぼくたちのどちらも、もともと結婚など考えていなかったことはわかっている。だが、子どもができることもまた考えていなかった。いまは事情が変わったのだから、ものごとの優先順位も変えなければならない。そのことはきみもわかるだろう」

ジュリアナはふと寒気を感じ、ショールを肩にかけていればよかったと思った。

「きみがどうしてもというなら、教会で結婚式を挙げる時間もある。でも、あまり先延ばしにしないほうがいい。そのうち周囲があれこれ詮索しはじめる。なんといっても、もう妊娠三カ月なのだから。ここは特別許可を受けるのが賢明だろう」

ジュリアナはもう少しで乾いた笑い声を上げそうになった。レイフはこちらの返事を待たなかった。最初から自分のなかで結論を出していたのだ。結局のところ、子どもに姓を与えるためなら、その子の父親と結婚することを拒む女性などいないと決めつけているのだろう。いや、この子には自分の姓を名乗らせよう。ジュリアナはふいに強い反発を覚えた。

そしてレイフに握られていた手をさっと引っこめた。「ありがたいお申し出だけど、お断りするわ」

レイフは信じられないという顔でジュリアナを見た。「なんだって? いまなんと言った?」

ジュリアナは胸をぐっと張り、レイフの目を見た。「結婚はしないと言ったのよ」

レイフは眉をしかめた。「ばかな。きみはぼくと結婚しなくてはならない。お腹にぼくの子どもがいるんだから」

「あなたは義務感からわたしに結婚を申し込んで、子どもができたことの責任を取ろうとしているのね。でもわたしは、あなたと結婚するつもりはないの。あなたを子どもへの責任から解放してあげるわ。さあ、もう帰ってちょうだい。こうして誠意を示してくれただけで充分よ。子どものことは、わたしがなんとかするから」

レイフははじかれたように椅子から立ちあがった。まるで雷雲が空に広がるように、その顔に恐ろしい表情が浮かんだ。ジュリアナはレイフの目に怒りの炎が燃えているのを見て身震いした。

「どうやってなんとかするつもりだ？　きみもひとりでいろいろ考えたんだろうから、どうするつもりなのか教えてくれ」レイフの顔がふと青ざめた。「まさかきみは、赤ん坊を里子に出すつもりなのか？」

ジュリアナは殴られたようにびくりとした。「いいえ、そんなことは絶対にしないわ」

「だったら、どうするんだ？」レイフはジュリアナにおおいかぶさるように立ったまま言った。「きみだっておおっぴらに子どもを産めるとは思っていないだろう。いくら人望の厚い未亡人であっても、社交界はそんなことを絶対に許してくれないぞ」

「社交界がどう反応するかは、よくわかってるわ」ジュリアナは顔をそむけ、窓のほうを見た。「外国に行こうかと思ってるの」

「外国？　どこに？」

「そうね、イタリアかしら」

「イタリアだと！」レイフは声を荒げた。「論外だ。知らないなら教えてやるが、いまは戦争中だ。きみの乗った船が攻撃されたらどうする？　もし沈没したら？　だめだ、イタリアに行ってはいけない」

「じゃあ、スコットランドにするわ。それなら危険な目にあう心配はないでしょう？」

「そうだな。でもきみは、スコットランド人に囲まれて暮らすことになる。スコットランド人というものは、イングランド人の貴族にいい感情を持っていない。地元の裕福な貴族のところにでも身を寄せるつもりなら別だが、快適な暮らしはとても期待できないだろう。お腹が大きい女性なのに、近くに夫の姿が見当たらないとなればなおさらだ」

「わたしは未亡人だと言うわ。事実を言ってるんだから、嘘をついたことにはならないでしょう。ただ、夫が亡くなったのが五年前だということさえ言わなければいいんだもの」

「お腹にいるのが恋人の子どもだということも黙っているんだな」

「あなたはもう恋人なんかじゃないわ」

「ああ、そうだ。でもお腹の赤ん坊は、きみの子どもであると同時にぼくの子どもでもある。その子をどう育てるかについては、ぼくにも口をはさむ権利があるはずだ」

「あなたにそんな権利はないわ」

レイフのあごがぴくりと動いた。「きみの夫になれば、口を出す権利はある」レイフは目を細めた。「それともきみは、外国に行かなくても子どもを自分の手で育てられるよう、あれこれ手をまわしているのかい？」

「どういう意味かしら？」

「別の男がいるんじゃないかという意味だ。きみは以前のように、サマーズフィールド卿ととても親しくしているそうじゃないか。ぼくの代わりに、彼と結婚できたらと思っているんじゃないのかい？」

ジュリアナは愕然とした。「サマーズフィールド卿ですって！　いったいどこでそんなことを聞いたの？」

レイフのグリーンの目が暗い光を帯びた。以前のジュリアナなら、彼が嫉妬《しっと》していると思っていただろう。「ぼくがどうやってそのことを知ったかはどうでもいいことだ。さあ、答えてくれ。きみはサマーズフィールドと結婚し、どうにかしてお腹の赤ん坊を彼の子だと思いこませようとしているのか？　子どもができて夫が必要になったから、あいつと付き合っているのかい？」

「よ、よくもそんなことを！　わたしはあの人とも誰とも付き合ってないわ。どうしてそんなひどいことが言えるの？」

「つまり、あいつが最近またきみのダンスの相手をしていると新聞が書いたのは、とんだ誤報だったというわけか。それともきみは、ぼくと会っているときもずっとあいつと舞踏会に行っていたのかい？」

ジュリアナは絶望のあまり、肩をわなわなと震わせた。「帰って」

「話がつくまでは帰らない」

レイフは上体をかがめ、ジュリアナの逃げ道をふさぐように、椅子の肘掛けに両手をついた。「どうしようと考えているのかは知らないが、きみはぼくと結婚するんだ、ジュリアナ。サマーズフィールドもイタリアもスコットランドも忘れてくれ。そんなことはただの夢物語だ。お腹の子は、ぼくの子どもとして育てる。ぼくの嫡出子だ。きみはいつどこで結婚するかを決めるだけでいい」

「結婚はしないと言ったでしょう」

「わかった。だったら、結婚式の準備はぼくが全部やることにしよう。きみはドレスを選び、引っ越しに備えて身のまわりのものをまとめておいてくれ」

ジュリアナの心臓がひとつ大きく打った。「わたしを無理やり結婚させることはできないわ」

「ああ、そのとおりだ。でもきみの知人に、きみがぼくの子どもを身ごもっていると吹聴してまわることはできる。ぼくの子どもをね。『タイムズ』に広告を出すのもいいかもしれない」

ジュリアナは一瞬、息が止まりそうになった。「そんなこと、できるわけがないわ」

「息子か娘かはわからないが、ぼくは自分の子どものためならなんだってやる」

「でもそんなことをしたら、あなたの名声はわたし以上に傷つくのよ。それに、わたしの家族の名前も地に堕ちるわ」

「残念だが、それも仕方がないだろう。でもきみは、それを止めることができる。たった一言、イエスと言えばいいだけだ。もう一度訊こう、ジュリアナ。ぼくと結婚してくれないか?」

そのときジュリアナは、レイフがなぜ〝ドラゴン〟と呼ばれているのかを理解した。レイフ・ペンドラゴンは非情な人物で、冷酷と言ってもいいくらいだと聞いてはいたが、ものごとを自分の思いどおりに動かすために、まさかここまでするとは思ってもみなかった。彼がこれほど心ない人だったとは。

レイフの申し出をはねつけ、いますぐ出ていってくれ、暴露したいなら勝手にすればいい、と言ってやりたい気持ちはやまやまだ。けれどレイフがもし本当に、自分たちの情事や妊娠のことを世間に公表したら? 彼は口先だけの脅しを言うような人間ではない。一度口にしたことは、かならず実行に移そうとするにちがいない。

これが自分だけのことなら、そんな脅しになど負けず、プロポーズを断ってレイフを追い返し、テムズ川に身を投げていただろう。だが自分はひとりで生きているわけではない。そんなことをしたら、周囲の人たち、とくに愛するハリーとマリスを悲しませてしまう。

そしてなにより、子どものことがある。本当のことを世間に知られたら、この子は一生庶子として人から後ろ指をさされてさげすまれ、重荷を背負って生きていかなければならないのだ。しかもその重荷を背負わせるのは、ほかでもないこのわたしということになる。

我が子にどうしてそんなことができるだろう。父親であるレイフとの結婚で、自分が深く傷つくことがわかっているからといって、子どもの人生を台なしにすることなどできるわけがない。

ジュリアナはあきらめたように肩を落とした。「わかったわ、レイフ。結婚しましょう」

レイフは満足げにうなずくと、背筋を伸ばした。

「でも、これだけは覚えておいてちょうだい」歩き出そうとしたレイフに向かって、ジュリアナは低い声で言った。「わたしはあなたの妻にはならないわ」

レイフは動きを止めた。「なんだって？」

ジュリアナはレイフの目を見た。「わたしを無理やり祭壇に立たせることはできても、偽りの結婚生活のなかで、幸せな妻を演じさせることはできないと言ったのよ」

「ジュリアナ――」

「こんなことをするあなたを、わたしはずっと憎むわ」

ジュリアナは一瞬、レイフの顔に後悔のようなものがよぎるのを見た。少なくとも、見たような気がした。だがすぐにその表情は消え、なんの感情も読み取れない顔になった。

「お好きにどうぞ、マダム」レイフは一歩後ろに下がり、お辞儀をした。「結婚式の詳細については、近いうちに連絡する。では、これで失礼させていただこう」

ジュリアナは黙ったまま返事をせず、レイフが部屋から出ていくのを見ていた。玄関のドアが閉まり、やがて馬車が遠ざかる音が聞こえると、それまで押しとどめていた感情が一気にこみあげてきた。
ジュリアナは両手で顔をおおって泣きはじめた。

19

「ミスター・ペンドラゴンがお見えになりました」完璧な礼儀を身につけたワイバーン公爵の執事が、宮殿のように豪華な書斎のドア越しに声をかけた。

先祖代々受け継がれてきた公爵の屋敷は、当然のことながら、書斎だけでなくなにもかもが宮殿のように豪華だった。正面玄関に通じる私道には、十一世紀に初代ワイバーン公爵がみずから植えた四百本もの巨大なカシの木が並んでいる。部屋数が二百五十あり、圧倒的な大きさで横に広がったその屋敷は、ローズミードとして知られる豪奢《ごうしゃ》な館だった。

レイフは友人のトニーことアンソニー・ブラックが、書類の山の向こうで顔を上げるのを見ていた。ダークブラウンの髪をした友人の不機嫌そうな顔に笑みが広がった。トニーがペンを机に放った。磨きこまれたその大きな机は、三百年近く前、落雷によって倒れたカシの大木で作ったものだと言われている。長身のトニーが立ちあがり、挨拶をしようと近づいてきた。

「よく来てくれたな!」トニーはレイフの手をぎゅっと握りしめた。「秘書が置いていった山のような書類と格闘し、そろそろうんざりしてきたところだったんだ。お前が来てくれたおかげで、休憩を取るいい口実ができた」

レイフは笑みを浮かべた。「それはよかった」

トニーは執事を見た。「ありがとう、クランプ。もう下がってくれ」

「かしこまりました」

執事がお辞儀をして出ていくと、部屋にはトニーとレイフのふたりだけになった。

「お前が平日にロンドンを離れるなんて珍しいな」トニーはブルーと金の柄の豪華なトルコじゅうたんの上を音もなく歩いた。「道路の混み具合にもよるが、ローズミードはロンドンから三時間ちょっとしか離れていない。なのにお前はいつも時間がないと言って、なかなか訪ねてこようとしないじゃないか」

「今日は相談したいことがあって来た」

「なるほど。その前にポートワインかウィスキーでもどうだ？」トニーはサテンノキでできたリカーキャビネットのガラスの扉を開けながら言った。

「ウィスキーをもらおうか」グラスを受け取ると、レイフは椅子に腰を下ろした。

トニーが深紅色のポートワインの入ったグラスを手に戻ってきて、机の向こう側に座った。

「さて、話を聞かせてもらおうか」

「爵位のことだ」

トニーはポートワインをひと口飲み、濃いブルーの瞳を好奇心で輝かせた。「そうなのかい？　誰の爵位だ？」

「ぼくだ。貴族になろうかと思う」

「お前がか？」

「ああ、そのとおりだ。はっきりそう言っただろう。もちろん、爵位は金で買うものじゃなく、君主のために仕えて初めて授けられるものだということはわかっている。ぼくは戦争のために相当の額の寄付をした。それなら立派な理由になるかと思ってね」

トニーはもうひと口、ごくりとワインを飲むと、小さな音をたててグラスを置いた。「ああ、立派な理由になるだろう。しかし驚いたな。ぼくがお前に爵位を手に入れたらどうだと言い出してから、もう何年になる？」

レイフは苦笑した。「数年かな。ぼくが爵位を手に入れられるくらい金を持っていることがわかってから、お前はそれを勧めるようになった」

「ぼくがそれを勧めたのは、どうにかして貴族の仲間入りをしようとしている金を持った一般人と違い、お前が社交界でも肩身の狭い思いをしないだけの作法と教養を身に着けているからだ。お前の血筋のよさは、ぼくの知っているほとんどの貴族と変わらない。むしろ一部の連中よりも優れているくらいだ」

「支持してくれて恩に着るよ。でもお前のお仲間は、なかなか温かく歓迎してはくれないだろう」

トニーは渋面を作った。「上流階級の連中のほとんどが、鼻持ちならない俗物《スノッブ》だということは認めよう。でもお前がその気になれば、きっとうまくやっていける。お前がちゃんと貴族社会に受け入れられるよう、ぼくができるかぎりのことをしよう。ヴェッセイも力を貸してくれるだろう」

「ああ、お前とイーサンは信じられる友だちだ。いままでもずっとそうだった。ありがとう」

トニーは水くさいというように手をふった。

「それで、どうしてなんだ？　これまで爵位を欲しがったことなどなかったのに、なぜ急にそんな気になったのかい？」

本当のことを言えば、いまでもそんなものは欲しくない。レイフは胸のうちでつぶやいた。だが自分の人生はまもなく、大きく変わろうとしている。自分には妻と子どもができるのだ。ふたりのために、できるだけのことをしてやりたい。

もし爵位があれば、生まれてくる男児に自分の築いた金融帝国だけでなく、貴族の称号も残してやれる。自分のように、子どものころから屈辱感を味わうこともない。父方の血筋はたいしたことがないと陰口を叩かれることはあるかもしれないが、母方の血筋については誰も文句のつけようがないだろう。生まれてくるのが女児であっても、やはり父親に肩書きがあるに越したことはない。いずれ年頃になったとき、いい結婚相手に恵まれることが保証されたようなものだ。

だが、爵位を手に入れたい一番の理由は、子どもよりもジュリアナにある。

ジュリアナが子どものことを自分に話すつもりがなかったのだと思うと、いまでも怒りがこみあげてくる。アラートンがしゃしゃり出てこなかったら、自分はそのことをずっと知らずに終わっていただろう。それだけでも、アラートンに感謝しなければならない。

ジュリアナにプロポーズを断られたときは、正直言って驚いた。別れたくないと必死にすがりついてきたぐらいだから、こちらが結婚を申し込めば、彼女は喜んでイエスと言うだろうと思いこんでいたのだ。少なくとも、自分が進んで責任を取ろうとしていることを知って安堵《あんど》するはずだと思っていた。だがいまにして考えれば、ジュリアナはもともと子どものことをこちらに知らせないつもりだったのだから、自分とはもう一生、関わるまいと決めていたのだろう。

別れの日、クイーンズ・スクエアの屋敷で流した彼女の涙にはなんの意味もなく、ただ体の関係を断ち切るのがつらかったというだけのことなのだ。そう考えると、ジュリアナがプロポーズを断ったことは意外でもなんでもないのかもしれない。それでも、自分と結婚するか、子どもを産んで庶子として育てるかという二つの選択肢しか残されていないのであれば、彼女は首を縦にふるしかなかったはずではないか。

だがジュリアナの言ったことが嘘で、本当はサマーズフィールドと結婚するつもりだったのなら話は別だ。

どちらにせよ、あのとき自分が取るべき道はひとつしかなかった。どんなに気が進まなくとも、ジュリアナに無理やり結婚を承諾させるしかなかったのだ。ジュリアナの言ったとおり、自分は庶子が生まれることを望んでいない。自分たちの子どもには姓が必要だ。しかもそれは、ペンドラゴンという姓でなければならない。

とはいえ、自分との結婚で受ける社会的な影響について、ジュリアナが不安を覚えるのも無理のないことだろう。彼女の口から具体的にそう聞いたわけではないが、内心は不安でいっぱいのはずだ。自分と結婚したら、ジュリアナは社交界での居場所をなくし、これまでの人生と決別しなければならない。社交界は決まりごとが多く、排他的な世界だ。ジュリアナが自分と結婚したことを知ったとたん、それまで友だちや知り合いだったはずの人びとの多くが、彼女に背中を向けるにちがいない。

けれども自分が爵位を買えば、ジュリアナの体面を保つことができるのだ。少なくとも、彼女への風当たりを和らげることはできるだろう。

個人的には社交界の決まりごとなどどうでもいいと思っているし、貴族になることに興味もない。自分はいまの自分のままでいられれば充分満足だ。だがジュリアナはそうではない。社交界の隅に追いやられ、傷ついて孤独になるのだ。身内でさえ、一族の顔に泥を塗ったとして、ジュリアナを遠ざけようとするかもしれない。させてはならないし、させるつもりもない。自分にジュリアナの社交界での立場を守る手段があるのなら、なおさらのことだ。

「なぜ急にそんな気になったかだって？」レイフはトニーの質問を繰り返した。「簡単な理由だ。喜んでくれ、トニー。ぼくはもうすぐ結婚する」

トニーは眉を高く吊りあげた。「なんだって！　いつだ？　いきさつは？　ぼくはお前が結婚相手を探しているということさえ知らなかったぞ。パメラのことがあってから……すまない、でもお前には、一生結婚する気がないんじゃないかと思っていた」

「その言葉をそっくりそのままお前に返そう。ぼくには代々引き継いでいかなければならない公爵位もないしな」レイフはそっけない口調で言った。「そのことは言わないでくれ。祖母からもう、うんざりするほど泣き言を聞かされている。口を開けば、結婚はいつか、子どもはいつかと言うんだ。さあ、いまはぼくの話をしている場合じゃない。早くいきさつを聞かせてくれ」

レイフは深呼吸し、あまり詳しいことは話さないほうがいいだろうと考えた。「そろそろ結婚する潮時かと思ってプロポーズしたら、相手が受けてくれた」

〝自分が脅しをかけ、受けるしかないように追いこんだ〟

トニーの端整な顔に笑みが浮かんだ。「いやはや、今日のお前にはまったく驚かされてばかりだ！」トニーは立ちあがって机をまわり、レイフの肩をぽんと叩いて手を握った。「おめでとう、幸せを祈っている。ところで、相手は誰なんだ？　ぼくの知っている女性か？」

「たぶん知っていると思う。ジュリアナ・ホーソーンだ」

トニーは目を輝かせた。「ホーソーン？　あの未亡人のレディ・ホーソーンかい？」

レイフはうなずいた。「そうだ」

トニーは口笛を吹いた。「彼女はいままでどんな男にも見向きもしなかったんだぞ。その彼女をどうやって口説いたのか？　そもそも、どうして彼女と知り合ったんだい？　失礼を承知で言わせてもらうが、お前とレディ・ホーソーンは身分が違うのに」

「お前の言うとおり、ぼくたちは身分が違う。だが彼女のため、これ以上のことは言わないでおこう」

トニーはからかうような目でレイフを見たが、それ以上なにも訊こうとしなかった。

「とにかく、これでお前がとつぜん考えを変え、爵位が欲しいと言い出した理由がわかった」トニーは一瞬、間を置いてから言った。「お前が貴族になることが、レディ・ホーソーンの結婚の条件なのか？」

「いや、そうじゃない。ジュリアナはぼくが肩書きを買おうとしていることを知らない。彼女はいまのままのぼくと結婚することを承諾してくれた」

トニーの口元にゆっくり笑みが広がった。「恋愛結婚というわけか。おめでとう、本当によかったな」

レイフは感情を顔に出さないようにした。トニーが本当のことを知ったら、なんと言うだろう。レイフは暗い気持ちになった。ジュリアナの言葉が脳裏によみがえってくる。

〝こんなことをするあなたを、わたしはずっと憎むわ〟

違う。自分たちは、愛で結ばれて結婚するわけじゃない。

「彼女のことやふたりの将来のことを考えたら、肩書きを手に入れたほうがいいだろうと思った」少なくとも、その言葉は嘘ではなかった。「だからこうしてお前を訪ねてきたんだ。結婚式までもうあまり時間がない。お前の人脈があれば、手続きが速く進むかと思ってね」

トニーは考えこむような顔をしながら、後ろに下がって机の端に浅く腰かけた。「そうだな、普通だったらそうしたことの法的手続きには数カ月、場合によっては何年もかかる。だがお前のことは王室もよく知っているし、少しばかりお尻を叩いてやることはできるだろう。でもそれには、結構な額の賄賂《わいろ》が必要だぞ」

「五十万ポンドでどうだろう。それで足りるか？」

トニーはやれやれという顔をし、大きな声で笑った。「ああ、充分すぎるほどの額だ。それだけあればきっとうまくいく。彼らはお前のために全力を尽くしてくれるはずだ」

「それを聞いて安心した。悪いが、すぐに取りかかってくれないか」

「これからお前と一緒にロンドンに発とう」

「助かるよ。それと、もうひとつ頼みがある」

トニーはグラスに手を伸ばし、ポートワインを飲んだ。「なんだい」

「花婿の付添人が必要だ。お前が引き受けてくれると嬉しいんだが」

「いいとも。喜んで引き受けよう。ところでイーサンは？」

「もう頼んである。でもイーサンはいまサフォークの領地にいるから、結婚式までにロンドンに戻ってこられるかどうかわからない」

「きっと戻ってくるさ。ところで、式はいつなんだ？」

「二週間後だ」

「まだまだ先の話じゃないか」トニーはさらりと皮肉を言った。「まったく、お前はものごとを楽に進めるということを知らないんだな」

レイフは笑った。「努力はしているが、この性分は直らないようだ」


「われわれは神と証人の前で、この男女の神聖なる結婚を……」

司祭がその先の言葉を続けた。式が始まっては、レイフに見とれているわけにもいかず、ジュリアナは目をそらした。だが紺の燕尾服に淡いグレーのズボンという、婚礼用の正装に身を包んだレイフのはっとするほど男らしい姿は、しっかりと脳裏に焼きついている。

そこはロンドンの小さな教会だった。バージンロードを歩きはじめたとき、ジュリアナは心臓が早鐘のように打つのを感じ、周囲の人たちに自分の鼓動が聞こえるのではないかと心配した。でもエスコートしてくれたハリーにも、なにも聞こえていないようだった。祭壇に着くと、ハリーは黙ってジュリアナをまもなく夫になる男性に託した。

この二週間というもの、ジュリアナはなんとかレイフとの結婚から逃れる方法はないかと懸命に考えていた。だが結局、どこにも逃げ道はないとあきらめるしかなかった。そしていま、こうして祭壇に立っている。身に着けた半袖のドレスは、波紋のある淡い桃色のシルク製で、それに純白の繊細なチュールのスカートを重ねていた。ドレスの色に合わせて染めたサテンの靴が足元を飾り、細い金のバックルが朝の太陽の光を受けて輝いている。頭にかぶった極薄のティファニー織りのベールは、ウェストの少し下までの長さだ。

本当は、いまの気分にぴったりの黒いドレスを着たかった。けれども、そんな抵抗をしても意味がないと思いなおした。これはレイフと自分の問題なのだから、たとえ家族であっても、周囲の人たちを巻きこむわけにはいかない。彼のしたことは許せなくとも、みんなの前では幸せな花嫁のふりをしようと心に決めている——少なくとも、そう努力しなくては。

幸いなことに、参列者はほんの数人しかいない。自分の身内で出席しているのはハリーだけだ。マリスとウィリアムはまだハネムーン中だし、あまりにとつぜん決まった話だったので、ロンドンから遠く離れたところにいるヘンリエッタを呼び寄せる時間もなかった。

付添人《ブライズメイド》の役は、友人のベアトリスことレディ・ネヴィルに頼んだ。結婚の報告をすると、当然ながらベアトリスはひどく驚き、こちらを質問攻めにした。けれども自分は、質問のほとんどをのらりくらりとかわした。

家族がいないこともあり、レイフの側の招待客もこちらと同じように少ない。花婿の付添人として、友人がふたり出席しているだけだ。どういう人たちだろうと思い、祭壇でレイフの横に立つふたりをじっと見ていたら、しばらくしてようやくそれがワイバーン公爵とヴェッセイ侯爵であることがわかった。どちらのことも自分はあまりよく知らないが、噂《うわさ》はしょっちゅう耳にしている。ふたりとも社交界の独身男性のなかでも一、二を争うほど人気が高く、女性を泣かせることで有名な遊び人らしい。

司祭がいったん言葉を終え、レイフが口を開いた。

低くおごそかなレイフの声に、ジュリアナはふと現実に引き戻された。やがて花嫁が口を開く番になった。みなが期待に満ちた顔で、自分の言葉を待っている。

ジュリアナは追いつめられた野ウサギのように心臓がどきどきし、指先がひどく冷たくなるのを感じた。

やめるならこれが最後のチャンスだ。誓いの言葉を口にしたら、もう二度と引き返すことはできない。

結婚は死ぬまで続くものだ。レイフに一生を捧げることを誓ったら、死がふたりを分かつまで、自分たちはずっと夫婦でいなければならない。自分は一度、愛のない結婚生活を経験した。もう一度同じ生活をすることが、どうしてできるだろうか。

しかも今回は、前よりもはるかにつらい思いをするにちがいない。

たしかにバジルとの結婚生活にも愛はなかったが、少なくとも心は自由だった。でもレイフとの結婚は、前回とはまったく違う。自分は彼のことを愛すると同時に憎んでいる。ふたつの相反する感情のはざまで、自分の心はきっと引き裂かれてしまうだろう。

そんなことにどうして耐えられるというのか？

次の瞬間、ジュリアナはお腹のなかでなにかが動く気配を感じた。それははっとするような奇妙な感覚だった。

赤ん坊だろうか？

一瞬ののち、もう一度それを感じた。小さな翼で優しくなでられているような、不思議な感じがした。

そのときジュリアナは、お腹の子のために迷いは捨てようと決心した。レイフのことは憎くても、ふたりのあいだにできた子どもにはなんの罪もないのだ。

ジュリアナは深く息を吸いこみ、背筋を伸ばした。

「誓います」そう答える自分の声が、どこか遠いところから聞こえているような気がした。

「幸せな新婚夫婦に乾杯！」

レイフは椅子にもたれかかり、イーサンの心のこもった乾杯の音頭に会釈で応えた。みながシャンパングラスを掲げ、新婚夫婦の健康と幸せを祈る言葉をつぶやきながら、グラスを口に運んだ。

そこはワイバーン公爵家のダイニングルームだった。出席した人たちはびっくりするほど長いテーブルの片側に集まって座り、努めて陽気にふるまっていた。レイフとジュリアナへのお祝いのひとつとして、トニーがグローブナー・スクエアにあるブラック邸で、結婚披露の会食を開こうと申し出てくれたのだ。全部でたった六人しかいないにもかかわらず、トニーは豪華なお祝いの料理を用意してくれた。

シャンパンと温室栽培のイチゴに続き、サーモンとロブスターのパテ、天火で焼いた卵、ドイツハム、それにロシアからはるばる運ばれてきたベルーガ・キャビアがテーブルに並んだ。

スプーンに山盛りのキャビアを従僕に勧められ、ジュリアナの顔がかすかに青ざめた。つわりで吐き気がするのだと気づき、レイフは従僕に下がるよう手ぶりで命じた。まもなくジュリアナは顔色がよくなり、素晴らしい料理を少しだけ口にした。

レイフはイーサンの乾杯の音頭を思い出し、その言葉どおり、自分たちが本当に幸せな新婚夫婦だったらどんなによかっただろうと考えた。祭壇に立っていたとき、自分の胸に一瞬、ジュリアナが結婚をやめると言い出すのではないかという不安がよぎった。長いあいだ返事をしないジュリアナを見て、自分との結婚から逃げようとしているのではないかと思い、胸が苦しくなった。だがそのとき、ジュリアナははっとしたような奇妙な表情を浮かべたかと思うと、かすかに微笑んだ。そして次の瞬間、彼女は誓いの言葉を口にした。

今夜は新婚初夜だ。それに結婚を祝うという意味でも、できればロンドンを離れてハネムーンに行きたかった。だがふたりがこうして夫婦になったいま、セント・ジョージの存在はますます大きな脅威になっている。

耳に入っているさまざまな情報からすると、セント・ジョージがまだランカシャーにいることは間違いないが、ジュリアナの身を危険にさらすことは絶対にできない。この二週間、自分は人を雇ってアッパー・ブルック・ストリートのジュリアナの自宅をずっと見張らせていた。そして結婚式の準備であちこち出かける彼女のあとを、こっそりつけさせた。けれどもこうして結婚式を迎え、ジュリアナは今日から自分と一緒にブルームズベリーの屋敷で暮らすことになった。これからは彼女の身を、いままで以上にしっかり守れるようになる。

ジュリアナやお腹の子に万が一のことがあったら、自分は生きていけないだろう。

トニーが立ちあがり、レイフの思考は中断された。トニーがグラスを掲げた。「大切な友人のレイフと、美しい花嫁の幸せを心から祈ります。さて、ここでもうひとつおめでたいご報告があります」

レイフははっとし、眉間にしわを寄せた。まさかトニーは、あのことを言おうとしているのではないだろうか。レイフはトニーを止めようと口を開いた。だがレイフの言葉は、シャンパンをたっぷり飲んでいたトニーの耳には入らなかった。

「みなさん、このたびイングランドに新しい貴族が仲間入りしました」

レイフの隣りでジュリアナが唖然《あぜん》とし、口をあんぐりと開けてトニーの顔に見入っている。

「国におおいに貢献したとして、王室はレイフに爵位を授与することにしました。レイフはほんの二日前、摂政皇太子に拝謁してその名誉に与《あずか》ったのです。爵位の公示と開封勅《ちょっき》許状《ょ》の発行はまだですが、そうした形式的なことはひとまず忘れましょう。さあ、グラスをお持ちください。新しく男爵になったペンドラゴン卿に乾杯しようではありませんか」

部屋のなかは水を打ったように静まり返った。アラートン卿とレディ・ネヴィルは驚きで声も出ないという顔をし、一方のイーサンは満面の笑みを浮かべている。だがジュリアナの顔にはなんの表情も読み取れず、レイフは彼女の本心がつかめなかった。

トニーは、自分がジュリアナに報告をすませたものだと思いこんでいる。彼に口止めをしておかなかったのは、自分の落ち度だ。結婚式の準備に忙殺され、ジュリアナにそのことを話す時間がなかった――というより、切り出すタイミングがつかめなかった。結婚式のこの日まで、ジュリアナと自分はたまにほんの数分、顔を合わせるだけで、まともに会う機会はないに等しかったのだ。

それでも爵位を授かるということは大変な出来事なのだから、ちゃんと自分の口からジュリアナに報告し、その顔が驚きと喜びで輝くのを見たかった。彼女は男爵夫人になり、社交界での立場も安泰だ——もっとも、自分がとつぜん爵位を授与されたことについて、周囲はあれこれ噂し、なかにはばかにして鼻で笑う者もいるだろう。けれども公爵と侯爵の力添えがあれば、自分たちが社交界に受け入れられることは保証されたようなものだ。だとしたら、ジュリアナは笑っているはずではないか。夫である自分が爵位を授かったと知り、喜んでいるはずだ。

それなのになぜ、嬉しそうな顔をしていないのか？

ジュリアナはグラスの細い脚をつかんで持ちあげた。「ペンドラゴン卿に」そう小さな声で言った。

沈黙が破られ、みなもグラスを掲げた。「ペンドラゴン卿に」声をそろえて言った。

乾杯の音頭を取ったにもかかわらず、ジュリアナはグラスを口に運ぶことなく、そっとテーブルに置いた。

披露宴が進んでも、ジュリアナは無口なままだった。笑顔を作ってはいるものの、目は笑っていなかった。

20

「ほかになにかございますか?」デイジーはジュリアナがお気に入りのシルクのグリーンのネグリジェに着替えるのを手伝った。新婚初夜だというのに、女主人がいつものネグリジェを着ることについて、デイジーはなにも言わなかった。ジュリアナがこの二週間で新しく買ったものはウェディングドレスだけだ。事情が事情なので、ネグリジェやガウンを新調する気にはとてもなれなかった。

「いいえ、なにもないわ」ジュリアナは部屋を横切ってシタンの鏡台に向かった。それはレイフの屋敷にいくつか持ちこんだ、使い慣れた家具のひとつだった。「ところで、新しい部屋はどう? 気に入ったかしら?」

デイジーは軽くひざを曲げてお辞儀をした。「はい。居心地がよくて、前よりも広いお部屋です。でも慣れない環境なので、今夜はなかなか寝つけないんじゃないかと心配で」

自分も同じだ。ジュリアナはふいに自分のタウンハウスに帰りたくなった。

昨日、レイフがアッパー・ブルック・ストリートのタウンハウスに顔を出し、ブルームズベリー・スクエアの屋敷に持っていきたいものを選ぶようにと言った。その一言で、もしかするとこのまま自宅に住むことを許してもらえるのではないかというジュリアナのはかない期待は、完全に打ち砕かれた。ジュリアナの口からとっさに、あなたがここに越してきたらどうかという言葉が出た。だがそれを聞いたレイフは、あごをこわばらせ、明日からきみの住むところはぼくの屋敷だと告げた。

妻はたとえそれがどこであっても、夫の家に住まなくてはならないというわけだ。

そして今朝、ふたりが教会で結婚式を挙げているあいだに、使用人がジュリアナの衣類や身のまわりのもの、いくつか選んでおいた家具を荷馬車に載せ、レイフの屋敷に運びこんだ。午後になって新居に到着すると、ジュリアナの持ちものはすべて収まるべき場所に収まっていた。

玄関に足を踏み入れたとき、ジュリアナは初めてここにやってきたときのことを思い出し、なんとも言えない複雑な気持ちになった。あれ以来、ここには来ていない。あのとき初めてレイフと会ったのだ。

あれからさまざまなことが起こり、状況は一変した。こうして新しい寝室に座っていると、どこか見知らぬところに連れてこられたような気がする。白い壁に濃紺のカーテンのかかったこの部屋はたしかに美しいが、昨日まで使っていた寝室とは違い、心が安らぐような温かな雰囲気はない。ジュリアナは早くも、アッパー・ブルック・ストリートの自分の部屋が恋しくてたまらなくなった。壁紙はベージュとペールイエローという優しい色合いの縞模様で、肘掛けに渦巻き模様の柄が彫られた大きな長椅子は、本を読んだりくつろいだりするのにぴったりだった。

この部屋は窓の位置がよくない。それに、衣裳だんすも小さすぎる。ベッドはこれまで使っていたものより大きいが、寝心地のよいケワタガモの羽毛のマットレスに比べると、柔らかさが足りない。

気まずい空気に包まれた夕食の席で、レイフはジュリアナに、好きなように部屋を模様替えしていいと言った。お金のことを気にせずに自由に内装を変えていいと言われたら、たいていの女性は嬉しくて小躍りするだろう。だがジュリアナは、模様替えをしたいのかどうか、自分でもよくわからなかった。自分の好みに合わせてなにかを変えることは、ここが自分の家であると認めることのような気がした。無駄な抵抗だとわかっていても、まだその事実を受け入れる気持ちにはなれない。

いまはとても無理だ。

「ゆっくり休んでちょうだい、デイジー。明日の朝、また会いましょう」

デイジーはひざを曲げてお辞儀をした。「おやすみなさいませ。なにか御用がありましたら、何時でもかまいませんのでお申しつけください」

ジュリアナは微笑み、ありがとうというようにうなずいた。「おやすみなさい」

デイジーがいなくなると、ジュリアナは鏡台の前に置かれたスツールに腰を下ろし、ブラシを手に取った。そしてゆっくり髪をとかしはじめた。

ジュリアナはトニー・ブラックが驚くべき発表をしたときのことを思い出した。あのとき自分はショックを受け、そして深く傷ついた。

レイフはどうしてわたしに話してくれなかったのだろう。ジュリアナはそれまで幾度となく繰り返した言葉を、もう一度心のなかでつぶやいた。

友人ふたりに報告する暇はあったのに、自分のためにほんの少しの時間を割き、それほど重大な出来事を話してくれようとはしなかったのだ。摂政皇太子に拝謁して叙爵したことを、こちらにわざわざ伝える気にはなれなかったということか。

彼はどれほどの費用を支払ったのだろうか？　爵位を買うのに、いったいいくらかかったのだろう。

レイフがどうしてそんなことをしたのかは、考えるまでもない。

子どものためだ。

彼はどんなことをしてでも、子どもを自分のものにしたかったようだ。そのためなら、自由を引き換えにしてもかまわないと思ったらしい。

ワイバーン公爵の屋敷で、素晴らしい料理の並んだテーブルに着いているとき、ジュリアナは自分がレイフにとってどうでもいい存在なのだということを、つくづく思い知った。子どもの母親としての居場所はある。だが子どもができていなければ、レイフは自分とはけっして結婚しなかった。その事実を忘れてはならない。

本当なら、男爵夫人になれると知ってほっと胸をなでおろし、社交界から追い出される心配がなくなったことを素直に喜ぶべきなのだろう。けれども自分の心にあるのは、怒りと悲しみだけだ。

ジュリアナはブラシの柄をぎゅっと握りしめ、涙をこらえた。

だめよ。もう泣くのはやめなければ。

重いため息をついてブラシを置くと、立ちあがってベッドに向かった。ひと晩ぐっすり眠れば、きっと気持ちが落ち着くだろう。明日の朝になったら、なんとかやっていこうと思えるようになるかもしれない。

ジュリアナはガウンを脱いでベッドの脚部にかけ、シーツのあいだにもぐりこんだ。ため息をつきながら、枕を叩いてふくらませ、その上に頭を乗せた。

ナイトテーブルの上のろうそくを消そうとしたとき、ドアの開く音がした。

デイジーだろうか?

だが顔を上げると、そこにいるのはデイジーではなかった。

隣室に続くドアのところに、レイフが命を吹きこまれたギリシア彫刻の男性像のように堂々とした姿で立っている。ドアには鍵がかかっていると思いこんでいたが、そうではなかったようだ。

ジュリアナの鼓動が乱れ、レイフに目が釘付けになった。引き締まったたくましい体を、黒いシルクのローブが包んでいる。ベルトを巻いた腰の少し上から、がっしりした胸がVの字の形にのぞいている。視線を下に移すと、黒っぽい毛がまばらに生えたふくらはぎと、形のいい大きな足が見えた。

まだ恋人同士だったころ、なにも身に着けていないレイフの姿を何度も目にしたことがある。けれどローブを着た彼が、全裸のときよりもエロティックに見えるのはどういうわけだろう。

ジュリアナは胸の鼓動を鎮めようとしながら、目をそらして上体を起こし、枕にもたれかかった。そしてひざにかかったシーツと毛布をなでつけた。地味なネグリジェを着ていてよかった。ボタンのかかった前立てが、身ごもってからますます大きくなっている胸をしっかり隠してくれている。

なにか話があって来たのだろう。きっと二、三分で出ていくにちがいない。

「どうしたの、レイフ?」ジュリアナはそっけない口調で訊いた。「用はなに?」

レイフは片方の眉を上げた。「ああ、ちょっと気になることがあって」そこでしばらく間を置き、その先の言葉を続けた。「気分はどうだい? 吐き気がするんじゃないか? 今夜はあまり食べていなかっただろう」

赤ん坊のことが心配なのだ。なるほど、そういうことだったのかと、ジュリアナはまつ毛を伏せた。

そしてため息を呑んで答えた。「だいじょうぶよ。今夜はあまりお腹が空いていなかったの。長い一日だったから疲れただけよ」

さあ、質問には答えたから、早く出ていって。

だがレイフは大またで部屋のなかに入ってきた。

「シェフにきみの好物をたくさん作るように言っておこう。そうすれば、もっと食が進むかもしれない。いまのきみには、しっかり食べて健康でいることがなにより大切だ」

ジュリアナが眉をひそめて見ていると、レイフがベッドの前で立ち止まった。そして腰をかがめ、上掛けの端をめくった。

「なにをしているの？」ジュリアナの心臓がどきりとした。

レイフはジュリアナの目をまっすぐに見た。「なにをしているかだって？　ベッドに入るんだ」

ジュリアナは一瞬、言葉を失った。

レイフが腰に巻いたベルトをほどこうとするのを見て、目を大きく見開いた。

「まあ、だめよ。出ていって！」

「きみはぼくの妻だ。今夜はここで寝る」

ジュリアナはシーツを引きあげてかぶりをふった。「自分の部屋で寝てちょうだい。自分のベッドがあるんだから、それを使えばいいでしょう」

「ベッドならあるが、きみと一緒に寝たいんだ。第一、今夜は新婚初夜じゃないか。まさか、ぼくがきみとベッドをともにしないとでも思っていたのかい?」

「ええ、そう思っていたわ。最後の逢瀬《おうせ》のとき、あなたはわたしに飽きたとはっきり言ったじゃないの」

レイフは一瞬、痛いところを突かれたような顔をした。「気が変わったんだ」

「そう、わたしもよ。もうあなたのことは欲しくないの。さあ、出ていってちょうだい」

レイフは目を細め、ジュリアナをじっと見つめた。ジュリアナのつま先がかっと熱くなった。

「それは本心かい?」レイフはささやいた。「きみが本当にぼくをもう求めていないのかどうか、確かめてみよう」

「ええ、求めてないわ。あっちに行って、レイフ」

レイフはベルトに手を伸ばし、結び目をほどいた。そしてローブを脱ぎ捨てたが、その下の体は裸ではなかった——少なくとも、全裸ではなかった。ぴったりしたひざ丈のズボン下が下半身をおおっている。だがコットンの生地を通し、脚のあいだのものがいきり立っていることは一目瞭然だ。

下半身が硬くなっているからといって、レイフが本気でわたしを求めているとはかぎらない。いまの彼なら、相手は誰でもいいはずだ。たまたま目の前にいるのがわたしだというだけのことではないか。

レイフがマットレスにひざをつくと、ジュリアナは上掛けをはねのけてベッドから飛び降りた。そして数歩ほど離れたところに立ち、背筋を伸ばして胸の前で腕を組んだ。

レイフはベッドの片側に横たわり、ため息をついた。「どういうつもりだい？　ぼくから逃げようというのか？　初夜を迎えて不安だというわけでもないだろう。ぼくたちはもう何度も結ばれているんだから」レイフは広げた手のひらを差し出した。「きみがぼくに腹を立てていることはわかってるが、仲直りしたいんだ。さあ、ここにおいで。快楽を味わわせてあげよう。悪いようにはしないから」

〝ええ、わたしはきっと快楽に溺《おぼ》れてしまうわ〟問題はまさにそこにあるのだ。レイフへの怒りと憎しみが心から消えてしまったら、あとに残るものは愛しかない。彼の優しさがうわべだけのものだとわかっているのに、そんなことにどうして耐えられるだろう。

ジュリアナは無言で首を横にふった。

レイフは一瞬、間を置いてから言った。「本気なのかい？　どうやら少しばかり背中を押してやったほうがよさそうだな」

そう言うとジュリアナにその言葉の意味を考える暇を与えず、起きあがってベッドを出た。

そして彼女をぐっと抱きしめた。

「どうだい、悪くないだろう?」レイフはかすれた声でささやいた。ジュリアナは喜びと冷え冷えとした気持ちを同時に感じた。

「放して」静かな声で言ったが、心は激しく動揺していた。

「ああ、キスをしてくれたら放そう。新婚初夜なんだから、せめてキスぐらいさせてくれ」

「だめよ」

「昔のきみはもっと優しかった。一度だけでいいんだ。たった一度のキスぐらい、どうってことはないだろう?」

〝あなたのキスは、わたしの心をかき乱すのよ〟

それでも……

「一度だけキスをしたら、出ていってくれるのね?」

レイフはうなずいた。「きみがそう望むなら」

そんなことをしてはいけないと、本能がジュリアナに告げている。誘惑に屈せず、彼をこのまま部屋から出ていかせるのだ。

そのとき、頭のなかでもうひとつ、ささやくような声がした。レイフが与えてくれるという快楽を、少しぐらい味わってもいいではないか。彼の腕に抱かれていると、自分はこんなに幸せなのだ。そのにおいもたくましい体も、以前と少しも変わっていない。恋しくてたまらなかったレイフが、いま目の前にいる。

自分の心に嘘をつくことはできない。

レイフの言うとおり、たった一度のキスくらい、どうってことはないだろう。

それにこれは、ささやかな仕返しをするいい機会だ。少しだけキスを楽しんだら、彼を冷たく突き放してやろう。

「わかったわ。でも一度だけよ。わたしがやめてと言ったら、そこでおしまいにしてちょうだい」

レイフの口元に笑みが浮かび、森が夕闇に包まれるように瞳の色が濃くなった。「ああ、いいとも」

そう言うとさっと頭をかがめ、ジュリアナに唇を重ねた。

ジュリアナは震えるようなため息をもらし、悦びに身を任せた。記憶のなかのキスよりもずっと素敵だ。官能的で、上質なサテンよりもなめらかな感触と、最高級のワインよりも芳《ほう》醇《じゅん》な味がする。

ジュリアナはレイフのにおいを胸いっぱいに吸いこみ、たった一度だけだと自分に言い聞かせながら、その唇の感触に夢中になった。そのときふいに、自分がどれだけレイフの愛撫に飢えていたかがわかった。まぶたを閉じ、彼の腕のなかで燃えるような甘いキスに酔いしれた。

ジュリアナは欲望で体が火照るのを感じた。

ああ、なんて素敵なんだろう。途中でやめたりなんかできない。でも意志の力が残っているいまのうちに、なんとしてもやめなければ。

ジュリアナは体を離そうとした。だがレイフはジュリアナを強く抱きしめ、顔を少し傾けた。そして斜めから唇を重ね、さらに濃厚なキスをした。唇を一度も離すことなく、いつまでもキスを引き伸ばそうとしているようだ。ジュリアナはこのうえない悦びに包まれた。このままずるずるとレイフの思うままになってしまうのではないかと、ぼんやり考えた。そして自分は、それを彼に許すつもりなのだろうか。

まわりの世界がどんどん溶けていく。やがてこの世界には、自分たちふたりしかいないような錯覚にとらわれた。

レイフの両手がジュリアナの肌を這《は》い、優しく愛撫しはじめた。飼い主になでられている猫のように、ジュリアナは背中をそらして彼に体を押しつけ、その愛撫に身をゆだねた。

気がつくと足が床から浮きあがり、レイフに抱きかかえられていた。

ジュリアナは柔らかな厚い羽毛の上掛けの上に下ろされた。驚いたことに、その間レイフは一度も唇を離さなかった。そして舌と舌をからませ、ジュリアナを身悶えさせた。

ジュリアナはだんだんなにも考えられなくなってきた。レイフのたくましい大きな体が自分におおいかぶさっている。彼の愛撫は、自分の魂まで揺さぶるようだ。

息が苦しくて頭がぼうっとしてきたころ、レイフがようやく唇を離した。ジュリアナの唇は、激しいキスの余韻で熱を帯びていた。彼にもっと奪ってほしくて、肌がうずいている。

レイフは頬やこめかみ、耳たぶや首筋にキスを浴びせながら、ジュリアナの体に手を這わせ、彼女のとくに感じやすい場所を探り当てた。

ネグリジェの前を開けられると、ジュリアナは裸の胸にひんやりした空気を感じた。レイフに乳首を口に含まれ、思わず飛びあがりそうになった。

「ああ!」ジュリアナは快感と痛みで叫び声を上げ、体をこわばらせた。

レイフが顔を上げた。「どうしたんだ?」

「痛いの。なんだか……ずきずきして」

レイフはためらった。「赤ん坊かい?」

ジュリアナはうなずいた。その一言で情熱の炎が弱まり、ぼんやりしていた頭がはっきりした。

〝わたしはなにをしているの? こんなことまで許すつもりじゃなかったのに〟

ここでやめたくはない。体の奥が満たされたいと泣いている。でもいまここでやめなければ、明日もあさっても、レイフがわたしに欲望を感じるかぎり、いつでもベッドをともにしなければならなくなる。

いつかレイフの欲望の火が消えたとき、わたしはどうなるだろうか。彼はふたたびわたしに飽き、背中を向けるかもしれないのだ。ここで彼に体を許し、またしても冷たく拒絶されたら、わたしのなかできっとなにかが壊れてしまうだろう。もう二度と元には戻れないほどに。

レイフは前にわたしを利用した。もう一度、同じことをさせるわけにはいかない。

「やめて」

レイフは顔を上げた。「なんだって?」

「やめてちょうだい。もうキスは終わりよ。いますぐ出ていって」ジュリアナは胸があらわになっていることに気づき、両手で隠した。

ネグリジェのボタンを留めようとするジュリアナの手を、レイフがつかんだ。「よく聞こえなかった。きみはやめてと言ったのかい?」

ジュリアナはレイフの目を見ることができず、顔をそむけた。「そうよ。もう充分キスしたわ」

レイフの目がふたたび欲望で光った。「きみがぼくを求めていることは間違いない。ネグリジェのすそに手を入れたら、ぼくを受け入れる準備ができていることがわかるだろう。ぼくのほうもすっかり硬くなっている」

そう言うと頭をかがめ、キスをしようとした。

ジュリアナが顔をそむけると、レイフの唇が頬をかすめた。「一度だけキスをしたらやめると言ったじゃないの」

レイフはあごをこわばらせた。「ああ、たしかにそう言った。でもまさか、ここでその約束をふりかざす気じゃないだろう。きみはぼくの妻だ、ジュリアナ。ぼくたちはベッドをともにするべきじゃないか」

「ええ、世間の常識ではそうでしょう。わたしたちが結婚しなくちゃならなかったことも、世間の常識ですものね。あなたはわたしを無理やり祭壇に立たせたわ。今度は無理やりベッドの相手をさせるつもりなの？」

ジュリアナは、レイフの目が怒りで燃えるのを見てぎくりとした。一瞬、悲しみと失望のようなものが、その瞳によぎったのを見たような気がした。だが次の瞬間、レイフの顔からその表情は消えていた。

レイフは腹立たしげな声を上げ、さっと起きあがってベッドを出た。「好きなようにすればいい。だが言っておくが、ぼくはもう二度とこの部屋には来ない。冷たいベッドでひとり寂しく寝るんだな」

レイフはゆっくりとした足取りで出口に向かうと、自室に続くドアを力まかせに閉めた。木製のドア枠が壊れるのではないかと思うほど、大きな音がした。

ジュリアナは震えながら、横向きになって体を丸めた。

これでよかったのだ。なのにどうして、こんなに心がうつろなのか？　ひどく間違ったことをしたような気がするのはなぜだろう。

ジュリアナはまぶたを伏せて泣きはじめた。

ペンからインクが垂れて筆記用紙に大きなしみを作り、せっかく書いた文字がいくつか消えてしまった。

〝ちくしょう!〟レイフは紙をくしゃくしゃに丸めた。暖炉に向かって丸めた紙を投げると、それが床に転がり、さっき三つばかり放った書き損じの紙の塊にぶつかるのを見ていた。レイフは慎重な手つきでペンを置いた。まったく集中できない。それもこれもジュリアナのせいだ。

いままで誰かにこんなに腹を立てたことはない。少なくとも、女性に対してこれほど激しい怒りを覚えたのは初めてだ。だがジュリアナのあまりに心ない仕打ちを思い出すと、はらわたが煮えくり返りそうだ。

昨夜、自分は彼女の寝室に行った。ジュリアナをベッドに誘って優しく愛撫し、これまでひどいことをして傷つけてしまったが、こちらがいまでも彼女を強く求めていることを伝えようと思ったのだ。自分とジュリアナのあいだには、いつも激しい情熱の炎が燃えていた。自分たちはお互いに欲望を感じている。それを利用してふたたびふたりの関係を温め、前よりも強い絆を築けたらと考えた。なんといっても、自分たちはいまや夫婦なのだ。これから数えきれないほどの夜を迎えることになるが、昨日はその第一日目だった。

でもジュリアナは最初からびくびくして身構え、自分に近寄る暇も与えずに出ていってくれと言った。それでも少しずつ彼女の体に火がつくと、すべてがうまくいくように思えた。ジュリアナとふたたび唇を重ねることができたときの悦びが、頭から離れない。温かく柔らかな彼女の体を腕に抱き、自分はこのうえない幸福感に包まれた。

そして彼女をベッドに連れていき、一瞬一瞬をいとおしむように夢中で愛撫した。ジュリアナも夢中だったはずだ。それは間違いない。

それなのに彼女は、とつぜん態度を一変させた。

ジュリアナにやめてと言われたとき、自分は硬くいきり立った体を抱え、満たされない欲望で頭がおかしくなりそうだった。彼女から体を離すのは、拷問のようにつらかった。だが一番つらかったのは、ジュリアナの毒のある言葉だった。ジュリアナはこちらが彼女を力ずくでねじ伏せ、その気持ちや意思を無視して辱めようとしているといって責めたのだ。

その言葉が、なによりも深く自分の胸をえぐった。

レイフはぎりぎりと奥歯を噛《か》み、椅子を乱暴に引いて立ちあがった。暖炉の前に行き、丸めた紙を拾いあげた。そしてそれらをゆっくりと火にくべながら、またもや昨夜のことを考えた。

結婚初夜だと！　まるで悪夢のような夜だったではないか。

ジュリアナの寝室を出てドアを勢いよく閉めたあと、自分は酒を飲もうと一階に向かった。だがアルコールも、心を慰めてはくれなかった。むしろますますむしゃくしゃし、激しい怒りと欲望で体を焼きつくされるようだった。

それから二時間ほどして、寝室に戻ってひとりのベッドに横たわったが、まったく眠《ね》ることができなかった。五時になった時点で寝るのをあきらめ、着替えをすませてひげを剃《そ》り、馬に乗りに出かけた。

馬を走らせていても心は晴れなかったが、それでも家に戻るころにはなにか食べようという気になっていた。

ちょうど朝食を食べ終えたとき、硬い表情を浮かべ、少し青白い顔をしたジュリアナが現われた。自分は無言のままナプキンをテーブルに放り、朝食室を出て書斎に向かった。

そして無味乾燥な数字を扱う金融の仕事に没頭し、彼女のことを頭から追い払おうとした。だが、ほとんどなにも手につかなかった。

レイフは不機嫌な声を出し、転がった紙の最後のひとつを暖炉に放りこんだ。

このまま家にとどまり、針のむしろに座らされているような気分で夕食をとるくらいなら、トニーとイーサンを誘って夜の街に繰り出すのもひとつの考えだ。でもそんなことをすれば、たった一日で結婚生活がだめになったと自分で認めるようなものではないか。

こちらの欲望を喜んで満たしてくれる女性を探すのも、それと同じことだ。自分がほかの女性とベッドをともにしても、ジュリアナにとっては自業自得だといえるだろう。だがいくら腹が立っているとはいえ、彼女をそのようなかたちで侮辱することはできない。

第一、自分はほかの女性と寝たいわけではない。自分が欲しいのは、この瞬間に上階の寝室にいる妻だけなのだ。でも自分は、二度と彼女に触れないと誓った。

レイフはマントルピースの縁をつかみ、これからどうすればいいのかと考えた。これほど強く求めているのに、指一本触れられない彼女と、どうやって同じ家で暮らしていけばいいのだろう。

結婚する前の、ジュリアナがいなかったときと同じ暮らしをすればいい。レイフは自分に言い聞かせた。

自分はジュリアナを守るために彼女をあきらめた。そして今度は、彼女を守るために結婚した。その誓いを貫こう。その前に、こちらの神経が参らないことを祈るばかりだ。

「かしこまりました。さっそくそのように手配いたします」

「ありがとう、マーティン」

ジュリアナと執事は居間で、屋敷の運営に関する週二回の打ち合わせを終えるところだった。「ほかになにかあるかしら?」

年長のマーティンは、まっすぐな背筋をさらにぐっと伸ばして咳払いをした。「はい、あの、こんなことでお手を煩わせるのは本当は気が進まないのですが、ある大柄な人物のことで少々困っております。何度もやめるように注意したのですが、いまだに玄関で来客の応対をしています。昨日もレディ・ネヴィルを驚かせ、奥にご案内もせずに玄関ホールにひとりでお待たせしていた次第でして」

なんてことだろう！　居間に入っていったとき、ベアトリスが気付け薬のびんを鼻に近づけていたのも無理はない。

「わたしの手が離せないときは、従僕の誰かがお客様をお迎えするよう指示をしているのですが、件の人物はそれを聞きません。しかも彼は、文句を言わないように従僕を脅しているのです」

続きを聞くまでもなく、ジュリアナには執事のいう〝件《くだん》の人物〟がハンニバルであることがわかっていた。

五週間前にこの屋敷に引っ越してきたとき、ジュリアナは自分が雇っていた使用人を何人か一緒に連れてきた。新しい屋敷での役割分担はほぼ滞りなく決まったが、ひとつだけ大きな問題があった。強情で一匹狼のハンニバルが、人の意見にまったく耳を貸そうとしないのだ。

もちろん、レイフの言うことだけは別だ。

一番手っ取り早い解決策は、レイフにこのことを相談し、ハンニバルにけんか腰の態度を改めるよう注意してもらうことだろう。だが問題は、このところ自分たちのあいだに会話らしい会話がないことだ。

というより、同じ家に住んでいながら、顔を合わせることもほとんどないのだ。たまに一緒に食事をすることはあるが、レイフは最初から最後まで他人行儀な態度を崩さない。まず、こちらの健康を気遣い、体の調子はどうか、なにか必要なものはないかと訊いてくる。自分がだいじょうぶだと答えると、次にあたりさわりのない世間話をする——天気やロンドンで起きた出来事、誰かから聞いたおもしろい話といったことだ。

こちらも礼儀正しく、なんとか話を合わせようと努力しているが、レイフと別れたあとはいつもどっと疲れが出て、ひどく空しい気持ちになる。自分たちはいまや完全にうわべだけの関係になってしまった。温かな心の通い合いというものは、どこにもない。

まるで他人同士も同じだ。

こうなったのも、自分がレイフを寝室から追い出してしまったせいだ。レイフはその言葉どおり、あれからこちらに指一本触れてこない。最近ではこちらをほとんど見ようともせず、瞳に燃えていた欲望の炎も完全に消えてしまった。

〝これでよかったのよ。ほっとしたわ〟

それでも自分は心のどこかで、いつか奇跡が起きて彼がこちらを愛してくれることを願っている。

〝でもあの人は、わたしを愛していないのよ。ばかな夢を見ても、自分が苦しむだけだわ〟

あと何カ月間か辛抱するのだ。そうすれば、天から大切なご褒美が与えられる。

赤ん坊だ。

我が子にありったけの愛情を注ぐ日が待ち遠しい。子どもさえ生まれたら、自分は幸せになれるにちがいない。毎日がばら色に思えるだろう。少なくとも、そうなるように努力しなくては。

だがいまは、この生活となんとか折り合いをつけてやっていくしかない。使用人のあいだのいざこざを解決することも、そのひとつだ。

「知らせてくれてありがとう、マーティン。なんとかしてみるわ」

マーティンが白髪混じりの頭を下げた。「ありがとうございます、奥様」さっとお辞儀をし、部屋を出ていった。

それから一時間近くたったころ、ジュリアナは温かくしゃれたブルーのベルベットのドレスとグレーのウールのマントに身を包み、階段を下りた。どんどん大きくなっているお腹に合わせて冬用のドレスを何枚か新調するため、仕立屋に出かけるところだった。途中でレディ・ネヴィルを馬車に乗せ、一緒に買い物をすることになっている。

玄関ホールに足を踏み入れると、ちょうどハンニバルが現われた。彼の顔を見て、ジュリアナはマーティンとの約束を思い出した。

深呼吸し、いましかないと覚悟を決めた。「ハンニバル、ちょっと話があるの。居間に来てもらえないかしら？」

ハンニバルはジュリアナを見下ろし、どうしようか迷っているような顔をした。そしてひょいと肩をすくめ、廊下を歩き出した。

部屋に入ると、ジュリアナはドアを後ろ手に閉めた。「訪ねてきた人を玄関でびっくりさせるのは、やめてもらえないかしら」単刀直入に言った。「それから、使用人を脅かすのもやめてちょうだい」

ハンニバルは無言のまま、ハムのように太い腕を胸の前で組んだ。

ジュリアナは不安な気持ちをふり払い、勇気を出して先を続けた。「わたしが来るずっと前から、あなたがこの屋敷に住んでいたことはわかってるわ。あなたにはあなたのやり方があるでしょう。でも、それはいますぐ変えてちょうだい。わたしは女主人として、この屋敷の運営を任されているの。わたしの言うことを聞いてもらえるわよね」

「あんた、どうしてドラゴンをベッドから追い出した？　そいつは女房らしいふるまいとは言えねえな」

ジュリアナは唖然とし、顔を真っ赤にした。しばらくしてからようやく口を開いた。

「わたしたち夫婦のことは、あなたには関係のないことだわ」ぴしゃりと言った。「二度とそういうよけいなことは言わないでちょうだい。口に気をつけないと、ここを出ていっててもらうことになるわよ」

「ドラゴンはおれを追い出したりしねえ。おれたちは波止場で働いていたときからの仲なんだ」

ジュリアナはハンニバルの言うとおりだろうと思った。けれどもこんなに無礼なふるまいを、黙って許すわけにはいかない。

「そうかもしれないわね。でも、わたしと張り合おうなどとは思わないほうが身のためよ。どうしてもというなら、どちらが勝つか試してみてもいいわ」

ハンニバルはタールのように真っ黒な目で、長いあいだジュリアナの顔をじっと見ていた。そしてふいに顔をくしゃりと崩して笑った。「あんた、いい度胸をしてるな。気に入った。なかなかたいしたもんだ。わかったよ、お偉い執事様と腰抜けの従僕の邪魔はもうしないと約束する。でもあいつらは、ちょっとばかり根性を入れたほうがいい。あいつらをからかう楽しみがなくなるんだったら、もう玄関には顔を出さないいさ」

〝思ったとおりだわ。やっぱりわざとやっていたのね〟

「わかってくれてありがとう」

ハンニバルは笑った。「いいさ。あんたのお腹にはペンドラゴン二世がいる。あんまり困らせるのもどうかと思ってね。妊婦はかりかりしちゃいけねえ」

〝だったら、さっきのような失礼なことは言わないでちょうだい〟ジュリアナは胸のなかで言い返した。

「とにかく、ドラゴンをベッドから追い出すようなまねはしないでくれ。このところ、ぴりぴりして扱いづらくてかなわない」

本当だろうか？　彼は自分の前ではいつも冷静で落ち着いている。ハンニバルがレイフの様子がおかしいと感じていることには、どういう意味があるのだろうか。きっとなんの意味もないに決まっている。ジュリアナは自分に言い聞かせた。

「話は以上よ、ハンニバル」

ハンニバルは軽くうなずき、大またで部屋を出ていった。

ジュリアナはゆっくりした足取りでハンニバルのあとに続いた。玄関ホールに向かうと、マーティンと従僕ふたりが心配そうな顔で立っているのが見えた。

「いかがでしたか？」

「うまくいったわ。これから玄関でお客様をお迎えするのは、あなたたちの仕事よ」

マーティンと従僕は信じられないという顔をした。

「さあ、馬車を用意してもらえるかしら」

三人の男たちはジュリアナの命令に従おうと、すぐに動き出した。

それから数時間後、帽子屋の出入口のベルが鳴り、ジュリアナがさくらんぼ色のリボンの入った小さな包みを手に外に出てきた。ホリデーシーズンの前に縁取りをしなおすつもりのボンネットのことで頭がいっぱいで、舗道を向こうから歩いてくる男性に気がつかず、あやうくぶつかりそうになった。

バランスを崩したジュリアナの腕を、男性がさっと支えた。「失礼しました、だいじょうぶですか？」

ジュリアナが顔を上げると、そこにいたのはよく知っている人物だった。「サマーズフィールド卿！ まあ、ぼんやりしていてごめんなさい。もう少しであなたを突き倒すところでしたわ」

サマーズフィールド卿はにっこり笑った。「いいえ、こちらがあなたを突き倒すところでした。お怪我がなくてなによりです」

サマーズフィールド卿は通行人の邪魔にならないよう、ジュリアナの腕を引いて舗道の端に寄ると、そこで手を離した。「お買い物ですね。おひとりですか？」

ジュリアナは首をふった。「いいえ、レディ・ネヴィルと一緒ですわ。でもベアトリスは品物を選ぶのにおそろしく時間がかかるので、先に店を出て待つことにしたんです。馬車に戻ろうとしていたときに、閣下とぶつかりそうになって」

ジュリアナが馬車を身ぶりで示すと、御者と従僕がこちらを見ているのが目に入った。ジュリアナに見られていることに気づき、ふたりは遠慮がちに視線をそらした。

「ロンドンでなにをしていらっしゃるんですか？　いつもの年なら、この時期はたしか西部の領地にお出かけでしたわよね」

「ええ、そのとおりです。ですがライチョウ狩りには少々飽きてきましたし、今年は獲物が少ないので、貴族院の仕事でもしようかと思いまして」サマーズフィールド卿はそこで言葉を切って微笑んだ。「そちらはお元気ですか？　そうそう、お祝いを申し上げなければ。ご結婚おめでとうございます」

ジュリアナは目をそらした。「ええ、ありがとうございます」

「ペンドラゴンは幸運な男だ。彼がどうやってあなたの心を射止めたのかも、おふたりがどうやって出会ったのかもわたしは知りませんが、あなたのような方を妻にできるのは男にとって最高の栄誉です」

「閣下」ジュリアナはサマーズフィールド卿の顔を見た。「そうした歯の浮くようなお世辞はおやめくださいと、前に申し上げませんでしたか？」

「わたしは正直な気持ちを口にしているだけだと、前に申し上げたはずですが」

自分はこの人のことを誤解していたのだろうか？　ジュリアナは思った。もしかするとあのプロポーズは本気だったのか？

だがサマーズフィールド卿のなんの他意もなさそうな笑顔を見て、ジュリアナの不安は消えた。

サマーズフィールド卿は外套《がいとう》のポケットに手を入れた。「それと、もうすぐ新しい貴族が誕生するそうですね。摂政皇太子がご主人に男爵の地位を授けることがわかってからというもの、みなその話でもちきりです。ペンドラゴンは二週間以内に貴族院に出向き、議席に就くことになっていると聞きました」

「ええ、ふたりで宮殿にも呼ばれていますわ。そのときにレイフが着る衣裳を、いまスタルツに作ってもらっているところです」

ジュリアナは自分が身に着けなければならない羽飾りのついたヘッドドレスや肩掛け、張り枠で大きくふくらんだすその長いドレスのことを考えた。仰々しく肩の凝る衣裳だが、お腹の線が完全に隠れるのはありがたい。まだお腹は目立たない――ハイウェストのドレスが流行しているおかげだ――が、丸く突き出してくるのも時間の問題だ。赤ん坊は一週ごとに大きくなり、動く頻度も増している。でもいまはまだ、身ごもっていることを社交界の人たちに知られたくない。計算が合わないことに、みなすぐに気がつくだろう。

帽子屋のドアのベルが鳴り、箱にかかった細いひもを腕に下げてレディ・ネヴィルが出てきた。「あら、こんにちは、サマーズフィールド卿」ベアトリスはひざを曲げてお辞儀をした。「わたしが帽子を選ぶのに手間取っているあいだ、ジュリアナのお相手をしてくださってたんですか?」

サマーズフィールド卿はお辞儀をした。「ええ、さっきレディ・ジュリアナにあやうくぶつかりそうになったんです。わたしにとっては、とても嬉しい偶然でした。それからふたりでおしゃべりを楽しんでいました」

「まあ、どんなお話かしら」

サマーズフィールド卿はベアトリスにジュリアナとの会話の内容を教え、冗談を言ってふたりを笑わせた。

やがてジュリアナは、自分たちが通行の邪魔になっていることに気づいた。こちらをちらちら見ながら通りすぎる人もいる。「さて、そろそろ行きましょうか、閣下。お会いできて楽しかったですわ」

「こちらこそ、とても楽しかったです」サマーズフィールド卿はふたりににっこり笑いかけた。「そうだ、いい考えがあります。ご一緒に温かい飲みものとお菓子でもいかがですか？お茶を飲んで休憩する時間くらいあるでしょう？」

ジュリアナは眉根を寄せた。もう何時間も外にいるので、そろそろ家に帰りたい。でもお茶とお菓子は魅力的だ。

ジュリアナはレイフのことを考えた。彼は自分とサマーズフィールド卿が一緒に出かけることを、快く思わないだろう。けれどレイフにとっては、そんなことはもうどうでもいいことかもしれない。彼がいまさら嫉妬するはずがないのだ。

それにこうやって出かけることに、なにか問題があるとも思えない。既婚女性が独身男性と連れだっておおやけの場に現われるのは、よくあることだ。まるで女友だちでも連れているように、堂々と愛人《シシスベオ》と歩いている女性も少なくない。そもそも、仮にレイフがこのことを知っても、ベアトリスが一緒なのだからなにも文句はないだろう。

「ええ、閣下。喜んでお供しますわ。ベアトリス、いいわよね？」

ベアトリスはうなずいた。「ええ、もちろんよ。わたしがお菓子に目がないことは、あなたも知ってるでしょう」

「では参りましょうか」サマーズフィールド卿はふたりに左右の腕を差し出した。

「それからどうしたんだ？」レイフは眉をひそめ、険しい顔で訊いた。

ジュリアナのボディガード――彼女をずっと監視している三人のうちの一人――は、咳払いをして先を続けた。「その男としばらく道端でしゃべっていました。そのうちレディ・ネヴィルが店から出てくると、今度は三人で話を始めました」

レイフは手に持ったレターオープナーをくるりとまわした。「ああ。それで？」

「それから三人でボンド・ストリートの喫茶店に行きました。そこで一時間以上、楽しそうに食べたり飲んだりしていましたよ。なんの悩みもなさそうに、声を上げて笑っていました」

「相手の男の名前はわかったか？」

「はい、だんな。レディたちの馬車のあとをジョンがつけて、自分がその男を家まで尾行しました。可愛い台所女中と話をして、そこに住んでいるのが伯爵だと聞きました。サマーズフィールド伯爵だそうです」

レイフはレターオープナーをぐっと握りしめた。本物のナイフだったら、手から血が流れていただろう。しばらくしてようやく手の力をゆるめた。

「ありがとう、ポインター。引きつづきレディ・ジュリアナから目を離さないように頼む」

ボディガードはうなずいた。「自分の妹だと思って見張りますよ。それと自分たちは全員、ミドルトン子爵とやらの似顔絵を持ってます。彼がロンドンに戻ってきたら、すぐにわかるでしょう」

ああ、そうにちがいない。レイフは思った。自分が雇った男たちとハンニバル、それにその手下が目を光らせているのだから、セント・ジョージがロンドンに戻ってくればすぐにわかるだろう。

ボディガードが出ていった。レイフはふたたび書斎にひとりになり、革の椅子にもたれた。ため息をつきながら、気持ちを鎮めて仕事にかかろうとした。だがやはり、集中することができなかった。この数週間というもの、胸にくすぶる不満といらだちを忘れようと懸命に努力してきたが、なにをしても気持ちが晴れることはない。

ジュリアナは自分の妻だ。自分たちは同じ家に住んでいながら、めったに顔を合わせることもない。

ちくしょう。クイーンズ・スクエアの屋敷でこっそり会っていたときのほうが、ふたりで一緒に過ごす時間は長かったではないか！　それにあのときのほうが、自分たちの距離はずっと近かった。ジュリアナは自分を喜んでベッドに迎えてくれたのだから。

けれどいまは違う。

レイフはレターオープナーを手でもてあそびながら、ジュリアナがサマーズフィールド卿と会っていたというボディガードの報告について思いをめぐらせた。

あの男と人前で堂々となにを話していたのだろう？　ジュリアナは以前、彼に気を持たせるようなことはしないと自分に約束したではないか。もちろん、その約束をしたのはずいぶん前のことだ。ジュリアナはもうそんなものは守る必要がないと、たかをくくっているのだろうか。サマーズフィールドのような女たらしとじゃれあっても、こちらが気にすることはないとでも思っているのか？

レイフはレターオープナーの先端を革で装丁された台帳に押しつけた。

つい最近結婚したばかりだと知りながら、発情した猟犬のようにジュリアナのスカートに鼻を突っこむとは、あの男もいい度胸をしている。ジュリアナの気を引き、そのうち愛人になろうと下心を抱いているのだろう。

冷静に考えれば、今日ふたりが会ったのがただの偶然だったということぐらい、自分にもわかる。邪魔者であるはずのベアトリス・ネヴィルが一緒だったとなればなおさらだ。それでもジュリアナがサマーズフィールドと楽しそうにお茶を飲んでいたと思うと、胸がえぐられるようだ。

この屋敷にいるときの彼女は、けっして笑わない——少なくとも、自分に笑顔を見せることはない。ジュリアナのぱっと花の咲いたような笑顔が、なにかおかしいことがあったときにきらきらと輝く瞳が恋しい。

だが恋しいのは、笑顔と輝く瞳だけではない。

ジュリアナ自身が恋しいのだ。

結婚したことでお互いが遠い存在になってしまうとは、なんと皮肉なことなのか。自分たちのあいだの溝は、日ごとに深くなっているようだ。けれども自分は、どうやってそれを埋めればいいのかまったくわからない。

レイフは重いため息をつき、机の端に積まれた書類に手を伸ばした。ジュリアナのことを頭から追い払おうと、無理やり文字を目で追った。

21

「ペンドラゴン卿夫妻です」

執事の声が広間に響くと、その場にいた全員がいっせいにふたりのほうを見た。

ジュリアナとレイフはしばらくのあいだ、チップフォード卿夫妻の大広間の入口に立っていた。ジュリアナは仕立てのいい黒の燕尾服を着たレイフの腕に手をかけ、内心の不安を隠して澄ました表情を作った。

入口で招待客を迎える列にえんえんと並ぶのがいやだったので、今夜はわざと遅れて到着した。社交界への顔見せは、できるだけさりげないほうがいいだろうと思ったのだ――状況を考えるとむずかしいかもしれないが、あまり注目を集めないようにしたほうがいい。

今夜は自分たちにとっての試金石だ。

皇太子がレイフに爵位を授け、貴族院がしぶしぶそれを認めたのはつい昨日のことだが、だからといって社交界が彼を受け入れると決まったわけではない。レイフの妻である自分のことも、みながどう迎えるかはわからない。

だがジュリアナをエスコートして広間の奥に進むレイフは、男爵の肩書きを得たばかりであることが信じられないほど場慣れした態度だった。頭のてっぺんから足の先まで貴族そのもので、なにも知らない人が見たら、社交界の集まりにしょっちゅう顔を出していると思っていたにちがいない。けれどもレイフがこうしたパーティに出席するのは、今夜が初めてなのだ。

主催者のチップフォード夫妻が挨拶をしようと、人混みをかきわけるようにして近づいてきた。幸いなことに、今夜のパーティは社交界の基準からすると規模が小さく、招待客は百人に届くか届かないかといったところだ。いまは十二月の初旬なので、上流階級の人びとのほとんどが、とうの昔に郊外の領地に発っている。この時期にロンドンに残っているのは、仕事の鬼の上院議員か、都会の生活をこよなく愛する人たちぐらいのものだろう。

それでもどんな時期であれ、社交界の面々はパーティが大好きだ。とくに今年一番の話題の人物が出席するとなれば、みないそいそとやってくる。

〝あのふたりはうまくやってのけるだろうか、それとも失態を演じるだろうか？〟みなの頭にあるのは、そのことだけだ。最初は強気だったジュリアナも、その夜のパーティがどう転ぶか、だんだん自信が持てなくなっていた。

「ようこそお越しくださいました」レディ・チップフォードが一分の隙もない笑顔を浮かべて言った。

それまで何度もモード・チップフォードに会ったことのあるジュリアナには、自分たちを招待しようと言い出したのが彼女ではないことがすぐにわかった。おそらく夫に説き伏せられたのだろう。チップフォード卿は、王室や首相の覚えをよくしようと必死になっている。彼らが新しく爵位を授けることにした人物なのだから、自分がレイフの後ろ盾にならなければと思ったにちがいない。

チップフォード夫妻は終始にこやかだった。そのときワイバーン公爵がやってきて、満面の笑みを浮かべてジュリアナとレイフに挨拶した。

「やっと現われたな」トニーの明るいブルーの瞳がきらりと輝いた。「もう来ないんじゃないかと思っていたところだ」

「まさか」レイフはのんびりした口調で言った。「ちょっと遅れただけだ。ジュリアナが瑠《る》璃《り》色のサテンのドレスにするか、黄金色のドレスにするか、なかなか決められなかったんでね」

〝嘘ばっかり!〟ジュリアナは自分が考えていたよりずっと、レイフが社交界の駆け引きに通じているのかもしれないと思った。

「なるほど、でも彼女の選択は正しかったようだ」トニーはジュリアナの手を取ってお辞儀をした。「黄金色のドレスがよくお似合いです、レディ・ペンドラゴン。このドレスになさって正解でした」

レイフは彼女はぼくのものだと言わんばかりに、腕にかかったジュリアナの右手にそっと自分の手を重ねた。「彼女は人妻だぞ、トニー。ほかを探してくれ。今夜ここに来ている女性のなかに、優しい言葉を待っている未婚のレディが何人かいるはずだ。たとえお前の言葉であっても」そう言うとにっこり笑った。

チップフォード夫妻はワイバーン公爵がどういう反応を示すか、目を丸くしてことのなりゆきを見守っていた。ふたりが親しい友人同士であることを知らないのだ。

トニーは天を仰いで笑った。「お前の言うとおりだ。だがおおやけの場で妻に目尻を下げているのは、あまり洗練された作法じゃないぞ」

「そうかもしれないが、ぼくはそんな作法は気にしない。愛しいジュリアナのこととなれば、なおさらだ」

レイフは横を向き、優しく情熱的な目でジュリアナの顔を見た。ジュリアナは胸がどきりとし、一瞬レイフの瞳に吸いこまれるような気がした。いままでのことがなければ、こちらを見つめる彼の表情が心からのもので、本当に自分のことを愛し、〝ぼくの愛しいジュリアナ〟と思ってくれていると信じていただろう。

レイフが目をそらすと、ジュリアナはふと我に返り、そんなことがあるはずはないのだと思いなおした。激しい胸の鼓動も鎮まり、いつもの速さに戻った。レイフはみんなの前で演技をしているだけだ。そう自分に言い聞かせた。たしかに、自分たちの結婚生活が本当はどういうものであるか、わざわざ周囲に知らせる必要はないのだ。

レディ・チップフォードはレイフの言葉をすっかり信じたらしく、薄い唇に笑みを浮かべた。「おふたりが新婚だということを忘れていましたわ。とてもお似合いですこと！」そう言うとからかうように、レイフの腕を扇で軽く叩いた。「それでも、パーティのあいだじゅうずっと花嫁を独占することは許しませんわよ。ときどきは奥様を自由にさせてくださいませ」

レイフは微笑み返した。「そうですね、ときどきならそういたします」

レディ・チップフォードは少女のように朗らかな笑い声を上げた。

レイフが十分もしないうちにチップフォード夫妻を手なずけたことに、ジュリアナは驚いた。もしかすると彼は、意外にすんなりと社交界に受け入れられるかもしれない。

「そうだ、ペンドラゴン卿」妻の言葉を後押しするように、チップフォード卿が言った。「図書室でブランデーを飲みながら、経済の話をしませんか。もちろん、ダンスがすんでからで結構です」

レイフはうなずいた。「喜んで」

「なにを喜んでやるんだい？」ヴェッセイ侯爵がやってきた。お辞儀をし、みなに礼儀正しく挨拶した。

「ペンドラゴンが、チップフォード卿とブランデーを飲みながら経済の話をするそうだ」トニーが言った。「お前の話を聞きたいと思っている人は少なくないだろう、レイフ。ぼくも仲間に入れてくれ」

「わたしはこのまま広間にとどまることにします」イーサンは言った。「もし先約がなければ、レディおふたりのダンスの相手をさせていただければ光栄です。おふたり同時にというわけにはいきませんが」おどけたようにウィンクをした。

レディ・チップフォードは笑った。「ありがとうございます、閣下。でも申し訳ありませんが、わたくしはダンスを踊りませんの。レディ・ペンドラゴンがきっとお相手をしてくださいますわ。ご主人に異論がなければの話ですけれど。ペンドラゴン卿は奥様を愛するあまり、独り占めなさりたいようですから」

イーサンは金色の眉を上げた。「そうなんですか？　それはとてもいいことです。レディ・ペンドラゴン、ぼくと踊っていただけませんか？」

「ええ、閣下、喜んで。夫に異存はないはずです」

「ああ、どうぞ。ただし一回だけだぞ」レイフが言った。

「だったら、ぼくもダンスを申し込むとしよう」トニーが濃いブルーの瞳をいたずらっぽく輝かせた。「レディ・ペンドラゴン、いかがでしょう？」

ジュリアナは微笑みを返した。「ありがとうございます、閣下。もちろんお受けしますわ」

もう一組のカップルがやってきて、新婚夫婦に叙爵と結婚のお祝いを言った。

ジュリアナとレイフは知らず知らずのうちに周囲に溶けこみ、ふたりと話をしたくて寄ってきたたくさんの紳士やレディと談笑した。そのなかの一部はただ好奇心に駆られ、いい話の種になるかもしれないと思って近づいてきた人たちだった。残りはジュリアナの友人や知人で、ジュリアナに新郎を紹介してくれと言って寄ってきた。そして数こそ少ないものの、レイフの貴族への仲間入りに対していい顔をせず、まったく挨拶に来ない人たちもいた。お高くとまっている彼らだったが、それでもレイフをあからさまに無視する人は誰ひとりとしていなかった。

そのあいだじゅう、ジュリアナとレイフは手をつなぎ、ゆっくりと広間のなかをまわった。その姿は誰の目にも、愛し合っている夫婦に映ったにちがいなかった。

それから一時間近くたち、合図の音楽が鳴ってダンスが始まった。レイフはジュリアナの手を引いてフロアに進み、男性と女性がそれぞれ一列に並んで踊るコントルダンスの位置についた。カップルは向かい合い、音楽に合わせて近づいたり離れたりしながら、列を作ったまま優雅に踊るのだ。

ほかの十五組のカップルと一緒に音楽が始まるのを待ちながら、ジュリアナはふと不安になった。これまで自分とレイフはダンスをしたことがない。ぶざまな姿をさらすことになったらどうしよう？

だがすぐに、それは杞憂《きゆう》だったということがわかった。レイフは見事なステップを踏み、ダンスフロアでもほかの場所と同じように堂々とふるまっている。

みなに見られていることがわかっていたので、ジュリアナはつねに口元に笑みをたたえ、レイフと近づいたときは小声で会話を交わした。話の内容は、相手が誰でも差し支えのないような他愛もないことばかりだ。

ダンスが終盤に近づくと、ふたりは口数が少なくなった。美しい調べに合わせて踊りながら、ジュリアナは手袋越しではあっても、レイフの体に触れられる喜びに浸った。彼に近づく嬉しさと、またすぐに離れなければならないもどかしさを交互に味わった。

やがてダンスが終わった。

ジュリアナはばかげていると思いながらも内心でがっかりし、レイフにエスコートされてフロアを離れた。

「気分はどうだい?」レイフが頭をかがめ、周囲に聞こえないようにジュリアナの耳元でささやいた。

「ええ、だいじょうぶよ」

「もし気分が悪くなったら言ってくれ。すぐに家に帰ろう」

ジュリアナがお礼を言おうと口を開きかけたとき、また別のカップルがやってきた。

それから五分後、レイフはブランデーを飲みながら経済の話をするという約束を果たすため、ジュリアナを残して図書室に向かった。ジュリアナは少し体を休めたほうがよさそうだと思い、座り心地のいい椅子を見つけて腰を下ろすと、しばらくひとりになれることにほっとした。だがすぐに、見覚えのあるひとりの紳士が近づいてきた。

ジュリアナは顔を上げ、サマーズフィールド卿の穏やかな目を見た。

「こんばんは、レディ・ペンドラゴン」

「こんばんは、閣下」ジュリアナは一瞬口をつぐみ、もしやレイフが戻ってきていないかと広間のなかをさっと見まわした。でもレイフの姿は見当たらなかった。

どうしてあの人のことを気にしなくてはならないのだろう？ レイフはこちらを溺愛《できあい》しているようにふるまっていたが、あれはまったくのお芝居なのだ。それに自分は、サマーズフィールド卿に好感を持っている。しかもここは、社交界の面々がずらりとそろったパーティ会場ではないか。

ジュリアナはにっこり微笑んだ。「どうぞ、お座りになって」

それから一時間を少し過ぎたころ、レイフは広間に戻った。ひどい空腹を覚え、ジュリアナも同じだろうかと考えた。何組かのカップルがチップフォード邸のダイニングルームに向かいはじめているが、自分も早くその仲間に加わりたい。図書室から戻ってくる途中で足を止め、ダイニングルームをのぞいてみると、贅《ぜい》を尽くしたビュッフェの料理がたっぷり用意されているのが見えた。

だがもう夜も遅いので、ジュリアナは疲れているかもしれない。豪華な食事を楽しむより、馬車を呼んで家に帰りたいと思っていてもおかしくない。レイフはジュリアナの望むとおりにしようと思いながら、広間をぐるりと見まわした。

すぐにはジュリアナに気がつかなかった。もう一度よく見ると、彼女が誰かと一緒にいるのが目に入った。レイフは一瞬眉を吊りあげ、それから不機嫌そうに顔をしかめた。

ジュリアナが踊っている。ここから見るかぎり、空腹を感じている様子も疲れている様子もまるでない。けれどそんなことよりも気になるのは、一緒に踊っている男が誰かということだ。

サマーズフィールドのやつめ。汚らわしい手で妻に触るんじゃない！

本当はイーサンやトニーとダンスをさせるのも、あまり気が進まなかったぐらいなのだ。ふたりとも名うての女たらしで、視線だけで女性を虜《とりこ》にする。でもイーサンとトニーは心から信頼できる友だ。ジュリアナにとって、兄弟と同じくらい無害な相手であることはわかっていた。

だが、サマーズフィールドとなると話は別だ。

あの男はジュリアナが人妻であることなど、どうでもいいと思っているのか？ 世のなかには相手が人妻となると、ますます野心を燃やす男も少なくない。社交界ではほとんどの夫婦が、富や社会的地位のために結婚している。彼らにとって恋や情熱というものは、神聖な結婚の誓いをしたあと、外で相手を見つけて楽しむものなのだ。

サマーズフィールドと結婚する気はないと前に言っていたくせに、ジュリアナはやけに楽しそうではないか。あの男に本気で惹かれているのだとしたら、それがいつか愛に変わってもおかしくない。レイフは胃のあたりに不快感を覚えた。

歯をぎりぎりと嚙みながら、ラッセル・サマーズフィールドがジュリアナと踊るのを見ていた。ワルツの流れるような美しい旋律が広間を包んでいる。ジュリアナはばら色の唇に笑みを浮かべ、嬉しそうにダンスを踊っている。黄金色のサテンのドレスが、つややかなダークブラウンの髪と輝く茶色の瞳を持つジュリアナによく似合っていた。

ジュリアナとサマーズフィールドの体は、こぶしふたつ分ほど離れているが、それでもレイフにはふたりの距離が近すぎるように思えた。せめてあの倍は離れてもらいたい。というより、広間の幅と同じ分だけ離れるべきだ。

レイフは下ろした手をこぶしに握って歩き出した。まわりからどう見られてもかまわない。ふたりのあいだに割って入らなければ。五歩ほど歩いたところで、楽団が最後の装飾楽句を鳴らし、ダンスが終わった。

だがレイフはそのまま歩きつづけた。

目指すふたりのところに着いたとき、ちょうどサマーズフィールド卿がジュリアナの手を取って自分の腕にかけていた。「ダイニングルームに行って食事をしましょうか？」伯爵が言った。

ジュリアナがうなずいた。「ええ、喜んで」

「ご親切にありがとうございます、サマーズフィールド卿」レイフは行く手をさえぎるようにふたりの前に立ちはだかった。「ですが、それにはおよびません。妻の面倒はわたしが見ます」

ジュリアナはぎょっとしたような顔をした。「レイフ、戻ってきたとは知らなかったわ」

「そうだろうな。でも見てのとおり、ぼくはここにいる。ぼくがきみを食事にエスコートしよう」

サマーズフィールド卿は片方の眉を上げた。「お言葉ですが、その栄誉はわたしのものです。サパーダンスのお相手をさせていただいた者が、レディをそのまま晩餐にエスコートするのが慣わしですから」

なんて傲慢《ごうまん》な男なんだ！　レイフはかっとした。こちらがそんなことを知らないとでも思っているのか？

「さあ早く」サマーズフィールド卿や、周囲の人びとがどう思おうとかまわないという気分だった。「つべこべ言わないで、さっさと妻の手を放してもらえませんか」

ジュリアナは思わず息を呑んだ。レイフがひったくるようにしてジュリアナの手をつかみ、わざとらしく自分の腕にかけた。

レイフはジュリアナの手を握ったまま、サマーズフィールド卿をにらんだ。「ひとつ言っておきたいことがあります。レディ・ペンドラゴンと人前で話をするのは、金輪際やめていただきましょう。それから、お茶に誘うのもご遠慮願います」

ジュリアナはレイフの無礼な言葉に驚き、目を丸くした。「レイフ！」

レイフはそれを無視し、伯爵の顔をじっと見据えた。「いいですね？」

サマーズフィールド卿はレイフの目を見た。「ええ、わかりました」

そう言うとジュリアナのほうを向いてお辞儀をした。「楽しい時間をありがとうございました」

サマーズフィールド卿は立ち去った。

ジュリアナとレイフはしばらくのあいだ、無言でその場に立っていた。

「ジュリアナ――」

「やめて」ジュリアナは低い声でぴしゃりと言った。「話しかけないでちょうだい」そして無理やり笑顔を作った。「さあ、食事に行きましょう」

「きみがそうしたいなら、このまま家に帰ってもいい」

「ええ、帰りたかったけど、あなたのせいでそれはできなくなってしまったわ。ここで食事をせずに帰ったら、わたしたちは格好のゴシップの種にされてしまうでしょうね。あなたがわたしの分の料理も取り分けるのよ。笑顔を忘れず、楽しそうにふるまうの。食事がすんだらわたしは広間に戻り、もう一回か二回、ダンスを踊らなくちゃならないわ。帰るのはそれが終わってからよ」

ジュリアナまで、こちらが社交界の作法を知らないと思っているのか？　レイフの胸に怒りがこみあげてきた。自分はただ、そんな作法はくだらないと思っているだけだ。

レイフは表情をこわばらせた。「きみがなんと言おうと、ぼくが帰ると言ったら帰るんだ」

ジュリアナはふいに懇願するような目をしてレイフを見た。

「だがこの場をつくろうには、食事をしたほうがいいだろう」レイフはわずかに口調を和らげた。「それでも、そのあとのダンスは問題外だ」

そしてジュリアナの手に自分の手を重ねたまま、ダイニングルームに向かった。

それからほぼ二時間後、ジュリアナはレイフの手を借りて馬車から降りた。そのあいだ一言も口をきかなかったが、それは馬車に乗っているときも同じだった。一方のレイフも無言のまま、暗い顔でずっと馬車の窓から外をながめていた。

ジュリアナは疲れた体を引きずるようにして屋敷に入ると、小さな声で従僕に挨拶をして階段を上がった。早くネグリジェに着替えて髪をとかし、ベッドに入りたい。眠ってしまえば、最悪だった今夜のことも忘れられるだろう。

晩餐の席は悪夢のようだったが、レイフとふたりで幸せいっぱいの新婚夫婦を必死で演じたかいあって、とりあえず周囲の目をごまかすことができたようだ。サマーズフィールド卿さえ黙っていてくれたら――彼ならなにも言わないだろう――今夜のことは人びとの脳裏からすぐに消え去るにちがいない。いま思い返してみても、レイフと伯爵の会話が聞こえる距離には誰もいなかったはずだ。周囲の目には、ふたりが世間話をしているようにしか映らなかっただろう。

今夜のレイフの言動やサマーズフィールド卿への無礼な態度は、とうてい許せるものではない。あの人がなにを考えているのか、まったくわからない。デイジーにドレスを脱がせてもらいながら、ジュリアナはため息をついた。

自分と伯爵はダンスをしていただけではないか。たしかにレイフは以前、サマーズフィールド卿にやきもちを焼いていたことがあった。でもどうしていまさら、嫉妬心をむきだしにしなければならないのだろう。あの信じられない言動は、たんに所有欲のなせるわざにちがいない。妻を求めているわけではないが、ほかの男に取られることは我慢できないのだ。

自分はほかの男性に興味などない。なんといっても、いまは妊娠五カ月なのだ！　お腹に子どもを宿した女性が不倫の恋を始めるとしたら、相手の男性を死ぬほど愛しているか、頭がおかしくなったかのどちらかに決まっている。第一、自分はラッセル・サマーズフィールドに好感を持ってはいるが、彼のことは友人としてしか見ていない。友情以上の気持ちを抱くことは、これから先も絶対にない。

ジュリアナは腕を上げ、デイジーにネグリジェを頭から着せてもらうと、温かい深紅のベルベットのガウンを羽織った。眠そうな顔をしているデイジーを自室に下がらせ、鏡台の前に座ってブラシを手に取った。

わたしがサマーズフィールド卿をどう思っていようと、レイフが彼にあれほど失礼な態度を取っていいはずがない。ジュリアナは髪をとかしながら物思いにふけった。レイフの理不尽なふるまいのせいで、わたしも伯爵もとてもいやな思いをした。レイフは自分の妻に近づくなとサマーズフィールド卿に警告したが、わたしにはダンスのパートナーや友人を選ぶ権利もないというのだろうか。

ジュリアナは乱暴にブラシを置いた。

わたしが誰を気に入って誰と付き合おうと、レイフには関係のないことだ。たしかに彼は夫かもしれないが、わたしの人生に口を出す権利はない――少なくとも、なにもかも勝手に決める権利はない。結婚してからというもの、いや、考えてみるとそれ以前から、レイフはすべてを自分の思いどおりにしている。

ジュリアナはとっさに立ちあがって部屋を横切った。隣室に続くドアの鍵を開け、磨きこまれた木のドアを軽くノックすると、返事を待たずに部屋に入った。

そして何歩か進んだところで足を止めた。

広いが居心地のよさそうなその部屋は、いかにも男性の部屋という雰囲気をただよわせ、全体が温かみのある茶色と深紅色でまとめられていた。ジュリアナは最初にレイフの書斎を訪れたとき、薄暗い竜の棲《す》み処《か》のようだと感じたことを思い出した。

レイフの寝室に入るのは、それが初めてだった。暗紅《バーガンディ》色のカーテンの垂れ下がった天蓋《てんがい》つきの大きなベッドには、サテンの上掛けがかかっている。がっしりしたマホガニー材の重ねだんすが部屋の奥に置かれているが、上段のキャビネットの扉が開き、二列に並んだ本とブランデーの入ったクリスタルのデカンター、そしてその横に転がっている丸い栓が見える。

明かりはナイトテーブルに灯されたろうそく一本と、弱々しく燃えている暖炉の火だけだったので、ジュリアナはレイフがどこにいるのかすぐにはわからなかった。目を凝らすと、暖炉からそれほど離れていないところに置かれた革のウィングチェアに、彼が座っているのが見えた。盛装用の白いシャツと黒のズボンを着けたままで、はだけたシャツの胸元から素肌がのぞいている。鏡台の上にタイが丸めて置かれ、もうひとつの椅子の背もたれにベストがかかっていた。黒っぽい髪の毛が一筋、額にはらりと落ち、あごにはうっすらとひげが生えはじめている。無造作に脚を投げ出したその姿は、罪深いほど魅力的だ。

ジュリアナの鼓動が速くなり、呼吸が乱れた。

レイフは口に含んだブランデーをごくりと飲み、グラスを下ろした。

「話があるの」ジュリアナは部屋の奥に進んだ。

レイフは片方の眉を上げた。「なんだい？　謝りに来たのかな」けだるそうに言った。

ジュリアナは愕然《がくぜん》とした。「謝るですって！　謝らなくちゃならないのは、そっちのほうでしょう。今夜のあなたのふるまいは、とても許せるものではないわ。サマーズフィールド卿にもわたしにも、あまりに失礼だったもの。いままであれほどの屈辱を感じたことはないわ」

「そっちはどうなんだい？　みんなが見ている前で大はしゃぎして、きみのほうこそ褒められたふるまいじゃなかったな」

「わたしははしゃいでいたんじゃなくて、ダンスをしていたのよ。ダンスがどういうものか、あなた知らないの？」

「もちろん知ってるさ。でも」レイフは指を二本立て、くるりとまわした。「ぼくの目には、きみがダンスをしているんじゃなくてはしゃいでいるように見えた」

「参考までに言っておくけど、あれはワルツといって、いま社交界で大流行しているダンスよ」

「あれが流行しているというのもうなずける。サマーズフィールドのような女たらしにとっては、レディの体にべたべた触ることのできる最高のダンスだろう。だがぼくはあいつがきみにちょっかいを出すのを、黙って見ているわけにはいかない」

ジュリアナは表情をこわばらせた。「サマーズフィールド伯爵は女たらしじゃないわ」

レイフはふんと鼻を鳴らした。

「それに、問題はそのことじゃないのよ」ジュリアナは足を前に進めた。「わたしと伯爵は、なにも悪いことなんかしていないわ。あなたが一方的に割りこんできて、騒動を起こしたんじゃないの。あなたはもう少しで自分の社交界での評判を地に堕とすところだったのよ。サマーズフィールド卿がおしゃべりな人じゃなくてよかったわね。そうでなかったら、いまごろあなたの立場はなかったわ」

レイフのあごがぴくりと動いた。「きみに近づかないかぎり、サマーズフィールドのことなどどうでもいい」

ジュリアナはさらにレイフに近づいた。「そう、そのことよ。あなたがあの人に、わたしに近づくなと警告する権利はないわ。自分の友だちは自分で選ばせてちょうだい」

レイフは目を細めた。「女友だちなら自由に選べばいいが、男はだめだ。とくにサマーズフィールドと付き合うことは許さない。貴族の男は、妻を寝取られてもなんとも思わないものかもしれないが、ぼくは違う」

ジュリアナは耳を疑い、口をあんぐりと開けた。「そんなふうに思ってるの？　わたしが浮気をしてると？」

「いや。少なくとも、いまの段階ではしていないだろう。だが、きみの不貞の話はこの先も絶対に聞きたくない。ぼくは以前、自分のものをほかの誰かと共有するつもりはないと言ったと思う。きみはぼくの妻で、ぼくのものだ」

ジュリアナは深いため息をついた。「どうしてそんなことを言うの？　わたしのことを求めてもいないくせに。あなたはただ、自分の意のままに操れる相手が欲しいだけなのよ」

レイフの目がきらりと光った。「ぼくがきみを求めていないと、誰が言ったんだ？　ぼくを寝室から追い出したのはそっちだろう。きみが望むなら、ぼくはいつでも喜んできみのベッドに行く」

ジュリアナの肌がぞくりとした。

レイフとベッドをともにする？

ジュリアナは心のどこかでそれを強く望んでいる自分に気づいた。でもここでそんな申し出を受けるわけにはいかないと自分に言い聞かせ、首を横にふった。「だめよ」

レイフはブランデーを飲み干し、グラスを脇に置いた。「本気かい？　ぼくにはそうは見えないが」

「本気に決まってるでしょう」ジュリアナは言ったが、その言葉は自分の耳にもそらぞらしく聞こえた。

「だったらいま、確かめてみようか」

「どうやって？」

ジュリアナがよける前に、レイフが手をつかんでその体を引き寄せ、自分のひざの上に座らせた。

「レイフ、なにをしているの？」

「なにをしているように見えるかい？」

ジュリアナはもがいた。「放して」

「しっ、いいから。おとなしくするんだ。なにも心配することはないと、きみもわかっているだろう。きみが本当にそう望むなら、快楽を味わわせてあげよう。この前のことを思い出せばわかると思うが、ぼくはけっして無理強いはしない」

彼の言うとおりだ。あのときレイフは激しい欲望に燃えていたが、それでも自分を抑えて部屋を出ていった。一度自制心で欲望を抑えることができたのなら、今回も同じことができるだろう。わたしにはベッドに行く気などさらさらない。

結局のところ、レイフはわたしをもてあそんでいるだけなのだ。きっとお仕置きでもしているつもりなんだろう。でもわたしは、あとで彼を冷たく突き放してやるつもりだ。

ジュリアナは身をよじるのに疲れ——身重のいまは以前に比べて疲れやすくなっている——抵抗するのをやめた。

ふたりの動きが一瞬止まった。

「それで？　ただこうして座っているだけなの？」

レイフはジュリアナのウェストに視線を落とし、ガウンのベルトをほどきはじめた。ベルベットのガウンの前が開き、薄いローン地のネグリジェが現われた。その下のお腹がかすかに丸みを帯びているのがわかる。

レイフはジュリアナの下腹に手のひらを当て、ゆっくりとさすった。「こんなに大きくなっているとは思わなかった。ドレスを着ているとわからないものだな」

「ええ、いまはね。でも来月になれば、もう隠せなくなると思うわ」

レイフの瞳に一瞬、強い光が宿った。「よかった。ぼくたちの息子の存在を隠してほしくはないからな」

ほら、また所有欲だ。

ジュリアナがレイフのひざから降りようとしたそのとき、赤ん坊が動いた。

「いまのは？」

「わかった？」

レイフは手をさらに大きく広げた。「赤ん坊かい？」

興奮したようなレイフの表情に、ジュリアナは思わず答えた。「ええ。娘が動いているのよ。一、二分でおとなしくなるわ」

「これまでにも同じことがあったのか？」

ジュリアナはうなずいた。「どんどん回数が増えているわ。もうすぐ思いきりお腹を蹴《け》るようになるんじゃないかしら」

レイフは優しくジュリアナのお腹をなでながら、もう一度赤ん坊が動くのを待った。一分待ってもなにも起こらず、手を離した。

だがそれで終わりではなかった。

レイフは手を伸ばし、ネグリジェのすそをまくりあげた。ジュリアナははっと息を呑み、身をよじってレイフの手から逃れようとした。「レイフ!」

「いいから。感じたいんだ」

「もう感じたじゃないの」

「こんなふうに感じたい」

レイフはジュリアナのネグリジェを胸の下までまくり、お腹をむきだしにした。ジュリアナはぞくりとした。レイフの温かく大きな手のひらがゆっくりと肌をさすり、腹部のかすかなふくらみを確かめている。身震いしそうになるのをこらえ、けだるさにも似た悦びが湧きあがるのを感じた。

そのときお腹のなかで、ふたたび赤ん坊が動いた。

レイフは顔を上げ、目を輝かせながらにっこり笑った。そしてジュリアナの背中を腕で支えると、頭をかがめてお腹にキスをした。

「うん、いいにおいがする」

ジュリアナはいますぐ自分の部屋に戻らなければと思いながら、背中にぞくぞくした感触が走るのをどうすることもできなかった。

レイフがお腹に顔をつけたまま、もう二度ばかりキスをした。壊れものにでも触れるように、そっと優しくくちづけている。

ジュリアナのまぶたが閉じた。

レイフは力強い腕でジュリアナの体をしっかり抱くと、上体を起こした。そして彼女になにか言う暇を与えず、唇を重ねた。

レイフの唇が触れた瞬間、ジュリアナは頭がくらくらし、気が遠くなりそうになった。つま先が丸まり、温かくなめらかな彼の手の感触に、肌が火照っている。

ジュリアナは小さな声をもらしながら口を開き、舌と舌をからませて甘くとろけるようなキスをした。レイフは彼女を焦《じ》らし、その欲望に火をつけ、自分の動きに合わせるよう促した。

ジュリアナは身悶えした。柔らかなレイフの髪に手を差しこみ、情熱的なキスを返した。彼のキスと愛撫に夢中になり、それ以外のことはなにも考えられなくなった。

頭のどこかで、理性がささやく声がする。だがジュリアナはその声を無視した。自分がどうしてレイフを遠ざけていたのかも思い出せない。彼を拒絶することに、なんの意味があるというのだろう。彼の愛撫はこんなにも素晴らしいのに。

ああ、なんて素敵なんだろう。

レイフの手が下がり、ジュリアナの太ももをまさぐりはじめた。ほんの少し脚を開かせると、敏感な部分の肌に指を這わせたが、ジュリアナがもっとも触れてほしいところをわざと避けた。

ジュリアナは頭がどうにかなりそうだった。レイフの愛撫はまるで拷問のようだ。全身がぞくぞくし、肉の悦びで震えている。

レイフのキスはますます激しさを増した。ジュリアナは熱いキスでそれに応え、肩で息をした。高熱に浮かされてでもいるように、火照った肌に汗がにじんでいる。

そしてシャツに爪が食いこむほど強く、レイフの肩をつかんだ。夏の夜空を明るく染める花火のように、燃えあがる情熱の炎がジュリアナの全身を包んだ。

レイフは鼻を押しつけながら、彼女の耳の後ろからのどまでキスの雨を降らせると、今度は首筋を軽く噛んだ。ジュリアナは叫び声を上げ、閉じたまぶたを震わせた。レイフは彼女の顔を傾け、その頬にざらざらした自分の頬を重ねると、またもや舌を差しこんで激しいキスをした。

レイフのもらした歓喜の声に、ジュリアナは笑みを浮かべた。レイフの手が一瞬、太ももの内側の肉をぎゅっとつかんだ。ジュリアナは脚をさらに大きく開き、彼が熱く濡れた部分に触れてくれるのを待った。

だがレイフはジュリアナの望みを叶える代わりに、キスをして彼女の背中と腰を両手で支えた。そのまま彼女の体を抱えて立ちあがり、キスを浴びせながらベッドに向かった。

ジュリアナはベッドに横たえられた。ひんやりした柔らかなシーツの感触が伝わってくる。まるで海のように大きなベッドだ。けれどもレイフが隣りに横たわってふたたび唇を重ねてくると、シーツのこともベッドのことも頭から消え、ただ彼のことしか考えられなくなった。ジュリアナはレイフに直接触れたくてたまらず、シャツの下に手を滑りこませると、温かくなめらかな肌と引き締まった筋肉の感触を味わい、がっしりした骨格をなぞった。だんだん大胆さを増す彼女の手の動きに、レイフののどからうめき声がもれた。ジュリアナはズボンのウエストバンドの下に指を入れ、ヒップの上のほうを軽くなでた。レイフははっと息を呑んで身震いした。

そして上体を起こし、ジュリアナのネグリジェをウエストまでまくりあげた。片方の手をまたもや太ももの内側に差しこみ、彼女の秘められた場所を愛撫している。ジュリアナはこのままでは本当に頭がどうにかなってしまいそうだと思った。

脚をしきりに動かしながらあえぎ声を上げ、彼が自分を奪ってくれることをひたすら願った。ジュリアナの欲望の高まりに気づき、レイフが彼女の脚を開かせて熱く濡れた部分に指を一本入れた。

ジュリアナは背中を弓なりにそらしてすすり泣くような声を出すと、腰を浮かせてもっと激しい愛撫をせがんだ。だがレイフは彼女の望みを叶えようとせず、そっと焦らすように指を動かしている。ジュリアナは限界に近づいていた。レイフの指があと一回、一番触れてほしいところに触れたら、自分は絶頂に達するだろう。

そのときレイフの手が動きを止めた。

ジュリアナは満たされない欲望に、身をくねらせた。

「ぼくが欲しいかい？」レイフが耳元でささやいた。

「え、なに？」

「ぼくのことが欲しいかい？」柔らかだが、毅然《きぜん》とした口調だった。「ぼくが欲しいと言うんだ、ジュリアナ。言わないなら、ここでやめよう」

やめる？　そんな、ここでやめたりなんかできない。

ジュリアナはレイフの意図を理解した。彼はわたしを誘惑してその気にさせ、限界の一歩手前まで欲望をかきたてておきながら、この先どうするかは自分の気持ちひとつだと言っているのだ。

わたしに懇願させるつもりらしい。わたしに負けを認めさせ、あなたが欲しいと言わせようとしている。

自分にプライドがあるなら、ここで彼を突き放すべきだろう。でも湧きあがる情熱が、ばかなことをするんじゃないと告げている。

ジュリアナはジレンマに陥った。そのときレイフが挑発するように指を動かした。彼女の体が答えを出した。

「そうよ。あなたが欲しいわ」

「もう一度言ってくれ。わたしを抱いてほしい、と言うんだ」

ジュリアナは目を閉じ、心のなかで悪態をついた。

「わたしを抱いてちょうだい。さあ、お願い、レイフ」

レイフはあっという間にズボンのボタンをはずすと、ジュリアナを深く貫いた。そしてふたりが結ばれている部分に手を伸ばし、彼女の敏感な場所をそっとさすった。その瞬間、ジュリアナの全身を電流のような快感が駆けめぐった。

だがレイフはそのまま一定の速度で腰を動かしつづけた。ジュリアナの欲望の火が消えることを許さず、もう一度絶頂を味わわせようとしている。

ジュリアナはレイフのしたことも忘れ、ただ愛の営みの素晴らしさと、ふたたび彼の腕に抱かれていることの喜びに浸った。

限界に達しているのはあきらかなのに、レイフはあくまでも優しく、ジュリアナの反応に合わせて自分の動きを抑制した。

やがてジュリアナはクライマックスを迎え、体が壊れるのではないかと思うほどの激しい歓喜の波に呑まれて叫び声を上げた。そのまま波間にただよい、まぶたの裏にきらきらと輝く星のようなものを見ながら、レイフへの愛で胸がいっぱいになった。次の瞬間、レイフも絶頂に達した。

ジュリアナはレイフの腕に抱かれ、いまはなにも考えるまいと思った。後悔ならあとですればいい。

そして疲れた体をレイフにすり寄せると、満ち足りた気持ちで眠りに落ちた。

22

それから三週間、時間はゆっくりと流れ、ジュリアナとレイフはふたたび恋人同士になり、それまでとは違う結婚生活が始まった。

レイフに巧みに誘惑され、抱いてほしいと懇願させられたときを境に自分たちの冷戦は終わったのだと、ジュリアナは認めざるをえなかった。傷ついた心が完全に癒されたわけではなかったが、翌日の夜、レイフが寝室にやってくると、形ばかり抵抗してすぐに彼をベッドに迎え入れた。そして唇を重ねた瞬間、互いの体を燃えあがらせている情熱の炎を消そうとしても無駄であることを悟った。

それでもジュリアナは、自分の置かれている状況が絶望的であることに変わりはないと感じていた。レイフを愛し、彼を求めているにもかかわらず、つねに心は不安と悲しみでいっぱいだった。レイフの欲望は今回、いつまで続くのだろう。それがいつか消えることはわかっている。日増しに大きくなっているお腹のことを考えると、彼が欲望を感じなくなるのは前回よりも早いかもしれない。

レイフが赤ん坊を愛していることに疑いをはさむ余地はない。レイフはわたしの体の変化を、目を輝かせながら見守っている。夜中にふと目を覚ますと、彼の手がお腹にかかっていることがよくある。でもレイフが愛おしく思っているのは子どもであって、わたしではないのだ。彼はベッドでわたしを抱いているが、自分の気持ちを口に出して言ったことは一度もない。そのことがレイフの本心をはっきりと物語っている。

寝室の外での生活は、以前とほとんど同じだ。日中レイフは仕事をし、わたしは屋敷のなかのことを取り仕切る。ふたりで一緒に食事をし、ときどき連れ立って出かけることもある。周囲の目には、自分たちは絵に描いたような夫婦に映っていることだろう。

けれども、本当はそうではないのだ。

そこでジュリアナは、ホリデーシーズンにレイフと一緒に遊びに来ないかという手紙がマリスから届いたとき、喜んでその誘いを受けることにした。マリスのところに行けば、少しは心が晴れるかと思ったからだ。

そしていま、ウェアリング邸に到着して馬車から降りながら、ジュリアナはここに来てやはりよかったと胸のなかでつぶやいていた。

「マリス!」大声で叫んで笑みを浮かべ、両腕を広げて待っている妹に向かい、小石の敷きつめられた私道を急いだ。

数カ月ぶりに会ったジュリアナとマリスは、笑い声を上げながら抱き合い、キスを交わした。

「ああ、本当に久しぶりね！」マリスは満面の笑みを浮かべた。「わたしたちと一緒にクリスマスを過ごすことにしてくれて、とても嬉しいわ。ウィリアムの両親のところにみんなで行ってもよかったんだけど、家族や親戚がいっぱい来ているから、ここのほうが気楽でいいかと思ったの。明日は四人で両親の家に行ってクリスマス・ディナーをご馳走になり、そのあとゲームを楽しみましょう」

マリスはふと口をつぐみ、馬車からそう離れていないところに立っているレイフに目をやった。「まあ、わたしったら、ぺらぺらおしゃべりしちゃって。さあ、早く紹介してちょうだい」ジュリアナの腕に手をかけた。「あなたが結婚したなんて、いまだに信じられないわ。手紙が来たとき、そりゃあ驚いたのよ」

「そうでしょうね」ジュリアナはマリスに腕を引かれるようにして、レイフに歩み寄った。「マリス、こちらが夫のレイフ・ペンドラゴンよ」

マリスはジュリアナの腕を放すと、レイフに近づいて親しみのこもったハグをした。レイフがマリスの背中を軽く叩いた。

「お目にかかれて光栄です、ミセス・ウェアリング」

「いやだわ、マリスと呼んでちょうだい。わたしたちはもう兄妹なんだから、堅苦しいことはなしにしましょうよ」

優しい笑みを浮かべたレイフの顔は、うっとりするほど魅力的だった。「ああ、そうだね。悪かった、マリス」

マリスはほっそりした眉をかすかにひそめた。「前に会ったことがあるかしら？」

レイフはジュリアナをちらりと見ると、かぶりをふった。「いや、ないと思う」

「どこかで会ったような気がするんだけど……ああ、そうだわ、書店よ！　あのときの人でしょう、ジュールズ？　あのハンサムな男性よ」

〝マリスったら、そんなことを覚えているなんて〟

「あれが出会いだったの？」マリスは手をぽんと叩いた。「別の日にどこかで再会して、それで知り合いになったんでしょう？　なんて素敵なの！　さあ、いきさつを教えてちょうだい」

ジュリアナはレイフの顔を見ないようにした。「そうね、なかに入ってから話すわ。今日はよく晴れてるけど、外は寒いもの」

「ごめんなさい、ふたりに会えて興奮したものだから。さあ、家のなかで温かい紅茶でも飲みましょう。そのあとでお部屋に案内するわ。ウィリアムもうすぐ戻ってくるはずよ。いまは厩舎《きゅうしゃ》に行ってるわ。馬が産気づいているの」

噂をすれば影で、屋敷の北側にある生け垣の角から、ウェアリング少佐が敷石をブーツでざくざく踏みながら現われた。

ウィリアムの登場で、またしてもひととおり挨拶の言葉が飛びかった。

「マリーゴールドはどう？」四人で屋敷に向かっていると、マリスが訊いた。

ウィリアムはにっこり笑った。「順調だ。彼女は立派な母親だよ。雄の子馬が生まれたが、それは健康そうな見事な馬だ。あとで一緒に見に行こう」

ジュリアナはマントを脱ぎながら、屋敷のなかをぐるりと見まわした。

豪華さという点ではアラートン邸に遠くおよばないが、ジョージ王朝風の二階建てのこの屋敷は、美しくて居心地がよさそうだ。素敵な住まいで、すでにマリスの好みがそこかしこに取り入れられている。玄関ホールの壁紙もそうだし、マイセンの大きな花びんに活けられたツルナスもそうだ。鮮やかなオレンジの実のつくこの植物を、マリスはこよなく愛している。

そのとき、あっと小さな声が聞こえてジュリアナがふり向くと、マリスがこちらをじっと見ていた。お腹を見ている。

「ジュールズ、あなた……それは……あの、子どもができたの？」

ジュリアナが予想していたとおり、この数週間で急激にお腹が大きくなったので、もうごまかすことはできなかった。というより、もともとマリスには報告するつもりだったのだ。

ジュリアナはかすかに微笑んでうなずいた。「ええ」

マリスはつま先立ちになった。「まあ、すごいわ！　どうして教えてくれなかったの？」

「あなたが話す時間をくれなかったんじゃないの」

「そうね、でもこれから時間はたっぷりあるわ」マリスはジュリアナの腕を取り、居間に向かった。「さあ、座って話を聞かせてちょうだい」

居間に入ってから数分もたたないうちに、ウィリアムとレイフはジュリアナたちを残し、生まれたばかりの子馬を見に厩舎に行った。ふたりが出ていくと、マリスはジュリアナを質問攻めにした。自分がジュリアナとレイフが最初に出会った現場に居合わせ、ふたりの人生の出発点に立ち会えたということに、興奮を隠せない様子だった。

ジュリアナはマリスの夢を壊さないほうがいいだろうと考え、妹の思いたいように思わせておくことにした。すべてを打ち明けることはせず、マリスの好奇心を満たし、ロマンチックな想像に水を差さない程度にレイフとのことを話して聞かせた。

嘘をつきたくはないが、レイフと自分が本当はどうやって出会ったのかということも、〈ハチャーズ書店〉で偶然会った日のずっと前から彼の愛人だったということも、マリスに言うわけにはいかない。だが子どものことについては、結婚する前に身ごもったのだと正直に認めた。マリスは自慢の姉が男性とそうした付き合いをしていたことに驚いたのか、ほんの少し目を丸くしたが、すぐに笑みを浮かべ、なんて素敵な恋物語かしらとため息をついた。

そしてジュリアナの話を聞き終えると、結婚式に招かれなかったことに内心で傷ついていたけれど、これで気持ちが治まったと言った。

「だってあなたたちは、ハネムーン中だったじゃないの」

「ええ、でもどうしてあと数週間、わたしたちが戻るまで待ってくれなかったのかと思っていたの。でも、これで理由がわかったわ。だからもういいの」

レイフとウィリアムが帰ってくると、四人はお茶とサンドイッチを囲んで談笑した。

ジュリアナはマリスが幸せな結婚生活を送っていることを確信した。嬉しそうに目を輝かせながら、しょっちゅうウィリアムに笑いかけている。ウィリアムも愛情のこもった優しい笑みをマリスに返している。レイフと自分も、こんなふうに強い絆《きずな》で結ばれていたなら。ジュリアナは嘆息した。ふたたびベッドをともにするようになったからといって、自分たちの関係は基本的になにも変わっていないのだ。

でもいまはそのことをくよくよ考えるのはよそう。ここに来たのはホリデーシーズンを満喫するためなのだから、思いきり楽しむことにしよう。

翌日のクリスマスの日は、みなで素晴らしいご馳走を囲んで浮かれ騒ぎ、楽しく時間が過ぎていった。ウィリアムの家族はジュリアナとレイフを気さくな態度で迎え、先日のレイフの叙爵について簡単に一言二言触れると、彼を優しく抱きしめた。だがジュリアナのお腹のことには触れず、本人が自分の口から話すのを待つことにした。そこにいる全員が、お祭り気分に浸っていた。ジュリアナも肩の力を抜いて陽気にふるまい、ウィリアムの両親の屋敷にいる数時間のあいだは、不安もなにもかも忘れて楽しんだ。

それからの一週間、ジュリアナとマリスは会えなかった時間を埋めるように部屋のなかでおしゃべりに夢中になり、レイフとウィリアムは雪の積もった野原で馬を走らせるか、ウィリアムの書斎で戦争や経済の話をするなどして過ごした。

夕食の時間はとくに楽しかった。おいしい料理に舌鼓を打ちながら会話に花を咲かせ、歌を歌ったりジェスチャーゲームやカードゲームをしたりしているうちに、夜が更けていった。ジュリアナとレイフは同じ寝室を使い、互いの腕に抱かれてぐっすり眠った。レイフはこのうえなく優しくベッドでジュリアナを愛したが、そこが妹の家であることを忘れず、悦びの声が部屋の外にもれてジュリアナが気まずい思いをすることのないように気をつけた。

やがて十二夜（クリスマスから十二日目の夜）が終わり、ジュリアナとレイフがロンドンに帰る日が近づいてきた。だが出発の前日になり、ジュリアナはもう少しマリスの屋敷にとどまれないかと考えた。レイフはいつまでも先延ばしにできない仕事があるので無理かもしれないが、せめて自分だけでもここにいられないだろうか。

夕食の前、寝室でレイフとふたりきりになったジュリアナは、そのことを切り出すきっかけを待っていた。

「そろそろ下に行こうか？」最高級の生地でできた黄褐色の上着の袖《そで》を引っぱりながら、レイフが隣接した化粧室から出てきた。

ジュリアナは磨きこまれたウォールナット材の鏡台の天板を指でなぞり、スツールに座ったまま体の向きを変えた。「ええ、すぐに行くわ。その前に少し話したいことがあるの」

レイフはなんだろうと尋ねるような目でジュリアナを見た。「ああ、なんだい？　ところで今夜のきみは、いつにもまして美しい。ドレスの色がよく似合っている」

ジュリアナは下を向き、目の覚めるようなサファイアブルーのシルクのドレスをちらりと見てから顔を上げた。「ありがとう、閣下。気に入ってもらえて嬉しいわ」

「ああ、本当にきれいだ」レイフはにっこり笑った。「それにしても、自分が閣下と呼ばれることに慣れる日がいつか来るんだろうか。とくにきみからそう呼ばれると、変な気分だ」

「そのうち慣れるわ。だってあなたはもう貴族なんですもの」ジュリアナは肩にかけたブルーと金の柄のショールを抱きしめた。「ここで過ごせて、とても楽しかったわね」

「そうだな。いい休暇だった」

ジュリアナはうなずいた。「あなたがロンドンに帰るのを延ばせないことはわかってるわ。お仕事が立てこんでいるものね」

「ああ、忙しいのはたしかだが、これぐらいの休暇はだいじょうぶだ」

「でもわたしにはなにも縛られるものがないから、もう少しここにいようかと思うの」

「なんだって？」レイフが不機嫌そうな低い声で言った。

「ここはとても平和で、気持ちが休まるわ」ジュリアナは早口で言い、ショールの端を指でもてあそんだ。「マリスと一緒にいたいの。それに出産が近づいているから、あの子がそばにいてくれたら心強いわ」

「出産はまだ三カ月も先だろう」

ジュリアナはうつむいた。「ええ、だから来年の春までここにいようかと思って」

真っ黒な雷雲のような恐ろしい表情がレイフの顔に広がった。「そんなことは論外だ。さあ、早くしないと夕食に遅れてしまう」

「でもレイフ――」

「もういい。話は終わりだ」

ジュリアナは背筋を伸ばし、丸みを帯びたお腹に手を当てた。「まだ終わってないわ。わたしは妹と一緒にいたいの」

「というより、ぼくと一緒にいたくないんだろう。残念だが、それを許すわけにはいかない。そんな考えはいますぐ捨ててくれ。ぼくたちは予定どおり、明日ロンドンに出発する。ふたりともだ」

「あなたは大げさに考えすぎているわ。わたしはただ、赤ちゃんが生まれるまでここにいたいと言っているだけなのに」

「そうなのかい？　赤ん坊が生まれたら、すぐにロンドンに戻るつもりだと？」

「ええ、そうね……あの、体が快復したら帰るわ」

「それにはどれくらい時間がかかるのかい？　三カ月、半年、それとも一年か？　だめだ、ジュリアナ。きみはぼくの妻で、きみの居場所はぼくのそばだ。どうしてもというなら、マリスにロンドンに来てもらえばいい」

「あの子は結婚したばかりなのよ。そんなに長いあいだ、ウィリアムと離れては暮らせないわ。そんなことをしたら、周囲がどう思うかしら」

「きみがここにいたら、周囲はどう思うだろう？　きみだって結婚したばかりじゃないか」

ジュリアナは唇の端を噛んだ。レイフの言うことはもっともだ。でも彼は大きな思い違いをしている。自分はレイフと一緒にいたくないなどと、一度も思ったことはない。ただ少しのあいだマリスと一緒に過ごし、出産という大きな人生の転機に備えて、不安な気持ちを鎮めたいと考えているだけなのだ。

それなのに、レイフはひどく怒っている。

「わたしは時間が欲しいだけなの」ジュリアナは懸命に訴えた。

レイフは冷たい目でジュリアナを見た。「なるほど、そういうことか。赤ん坊が生まれて、それでもまだきみが時間が欲しいと思うなら、そのときは別の方法を考えよう」

ジュリアナははっとした。「どういう意味？」

「きみはぼくの妻であり、死がふたりを分かつまでそれは変わらない。それでも夫婦は、別れることがある。もしもきみがぼくと同じ屋根の下に暮らすことに耐えられないというなら、出ていってくれてかまわない。だがそのときはもちろん、子どもは置いていってもらう」

レイフのその言葉に、ナイフでえぐられたような鋭い痛みがジュリアナの胸に走った。

「わたしはどんなことがあっても、子どもを手放さないわ」

「だったらこのまま、ぼくと一緒に暮らすんだ」レイフは背中をこわばらせ、ジュリアナに腕を差し出した。「夕食の時間に完全に遅れてしまった。マリスとウィリアムが探しに来る前に、早く下に行こう。それとふたりに心配をかけたくなかったら、笑顔を忘れないでくれ」

ジュリアナは立ちあがったが、ショックでなかば呆然とし、食欲もすっかり失せていた。レイフの腕に手をかけ、無理やり口元に笑みを浮かべたものの、本当は声を上げて泣きたい気分だった。


分厚い外套の襟から冷たい風が入り、レイフはこうして馬を駆るのではなく、馬車に乗ることにすればよかったと思った。でもいまは、四輪馬車のなかでジュリアナとふたりきりになるより、身を切るような風に吹かれているほうがまだましだ。

彼女は自分のもとを去りたがっている。

レイフは歯を食いしばった。ジュリアナがマリスの屋敷に残りたいと言い出してからそろそろ丸一日がたつが、いまでもその言葉を思い出すと胸が張り裂けそうになる。別れて暮らすのはほんの少しのあいだだと彼女は言ったが、数週間がやがて数カ月になり、それが数年になるのは目に見えている。

自分たちのあいだの問題は、ここにきてようやく解決しつつあると信じていた。ジュリアナが自分との結婚生活に喜びを見出しているのではないかと、勝手に思いこんでいたのだ。たしかに自分たちの結婚生活は順調なスタートを切ったわけではなかったが、それでもジュリアナとふたたびベッドをともにするようになってからは、彼女が自分に妻としての義務感以上の感情を抱いているとばかり思っていた。

最近では、彼女が自分に愛を感じはじめているのではないかという気さえしていたのだ。だが昨夜のあまりに冷たいジュリアナの言葉で、それが自分の思いこみであったことがわかった。手綱を握るレイフの手に、思わず力が入った。このままではバランスを崩してしまうと思い、レイフは落ち着くよう自分に言い聞かせた。

馬車の窓に目をやり、ジュリアナの上品な横顔に視線を走らせた。アーミンの毛皮で縁取りされた帽子の下から、暗く沈んだ顔がのぞいている。レイフはジュリアナの美しさに、いつものように胸を打たれた。でもそれはたんに、きれいな横顔に目を奪われたというだけのことではない。自分はその美しい外見の下に隠れているのがどういう女性かを知っている。優しく親切で、強い意志の力と勇気を持ち、信念や愛する者のためなら果敢に立ちあがって闘うことも恐れない。

素晴らしく、愛すべき女性だ。

〝自分は彼女を愛している〟

レイフはそのことを噛みしめた。

パメラがいなくなってから、二度と女性を愛することはないと思っていた。だが自分でも気がつかないうちに、ジュリアナへの愛がじわじわと胸に積もり、いまではすっかり心を奪われている。

レイフはため息をつき、向かい風に身を縮めた。なんという悲劇だ。自分を愛していない女性を愛してしまうとは。

本人がそう望んでいるのだから、ジュリアナをマリスとウィリアムのところに置いてくればよかったのかもしれない。けれどもセント・ジョージへの復讐計画が実を結び、あの男がジュリアナに手を出す恐れがなくなるまでは、彼女の身を危険にさらすわけにはいかないのだ。ジュリアナは束縛されているようで窮屈かもしれないが、彼女とお腹の子だけはどんなことがあっても守らなければならない。

それに自分は、ジュリアナに生まれた子どもを連れて出ていくようなことをさせるつもりもない。まだ幼かったころ、自分がどれだけ父のことを恋しく思っていたか。たまに訪ねてきてくれても、一緒にいる時間はいつもあっという間に過ぎていった。

夫婦のあいだがどれだけぎくしゃくしていようと、自分の子どもには両親がそろった暮らしをさせなければ。

レイフはもう一度ジュリアナの横顔を見ると、ため息をついて馬を走らせた。

23

「まあ、素敵！」ジュリアナは一歩後ろに下がり、メイドがたったいま育児室の窓にかけた明るい黄色のカーテンをながめた。

じっくり考えを練り、時間をかけて改装した子ども部屋が、ようやく完成しようとしている。ロンドンに戻ってきてからの二カ月で、ジュリアナは薄暗くかびのにおいのしていた三階の屋根裏部屋を、まもなく誕生する子どものための部屋に造り変えた。

好きなように模様替えをしていいとレイフに言われていたので、腕のいい大工に職人、塗装工を雇い、どんな子どもでも気に入りそうな育児室と寝室と遊戯室を造った。作業員たちはジュリアナの指示に従って腕を発揮し、すきま風の入る古い部屋を、太陽の光が注ぎこむ温かく居心地のいい三つの続き部屋に変身させた。

あとはカーテンをかけ、毛布やおもちゃ、衣類やおむつをしまうなどの最後の仕上げが残っているだけだ。精巧な造りをしたシタン材の大きな揺りかごは、暑くなりすぎないように、暖炉からほどよく離した場所に設置した。ウォールナット材のおむつの交換台と籐《とう》のロッキングチェアが、揺りかごのすぐそばに敷かれた対のオービュッソンじゅうたんの上に置いてある。

遊戯室の隅には、大きな馬の遊具が赤ん坊の誕生を待っている。最初にその遊具が運びこまれたとき、ジュリアナはまだ必要ないと言って首をふった。子どもがそれで遊ぶようになるには、少なくともあと二年はかかるだろうと思ったのだ。だがレイフによると、たとえまだ乗って遊ぶことができなくても、子どもは馬を見ているだけで楽しい気持ちになるとのことだった。そして彼女は、レイフの言うとおりかもしれないと納得した。

ジュリアナは丸く突き出したお腹に手を当てながら、優しい桃色の壁紙で彩られ、自然光がたっぷり注ぎこむ大きな窓のある育児室を見まわした。そのとき赤ん坊が動いた。小さな足で、肋骨の下あたりを何度も蹴っている。体はつらかったが、赤ん坊の元気な動きにジュリアナは安心した。

それでも出産予定日まであと一カ月を切り、ジュリアナは不安と闘っていた。母が出産で命を落とすのを目の当たりにした彼女は、お産のときにはどんなに恐ろしいことが起きてもおかしくないことを知っていた。

きっとなにもかもうまくいくわ。そう自分に言い聞かせた。自分とこの子はだいじょうぶだ。

不安な気持ちを誰かに打ち明けたいが、友人や妹をいたずらに心配させるわけにはいかない。レイフに話すことは、なおのことできない。

ロンドンに戻ってきてから、自分たちの関係はますます冷えこんでいる。最近ではもう彼が寝室に来ることもない。こちらの安眠を邪魔したくないからということだが、それが本当の理由でないことくらい、自分にもわかっている。マリスの屋敷に残る、残らないということでもめて以来、自分たちのあいだの溝はどんどん深くなり、いまではふたたび他人同士も同然の関係になってしまった。

それでも心のどこかでは、レイフに歩み寄り、亀裂を修復したいと思っている。プライドをかなぐり捨てて自分のところに戻ってきてほしいと訴えたいが、あのときの彼の言葉を思い出すと、背筋が凍りついてなにも言えなくなってしまうのだ。

〝出ていってくれてかまわない。だが、子どもは置いていってもらう〟

その言葉がずっと頭から離れず、自分を苦しめている。

レイフは自分のことなどどうでもいいのだ。もしかすると、外に愛人がいるのかもしれない。

ジュリアナは吐き気がこみあげ、胸のあたりにかっと焼けるような不快感を覚えた。そして大きなお腹に手を当て、目の前のことに集中しようとした。

「気をつけてね」はしごを降りるふたりのメイドに声をかけた。

ふたりは床に降り立つと、お辞儀をして微笑んだ。「はい、奥様。ありがとうございます」

ジュリアナは笑みを返し、ふたりがまた別の窓にカーテンをかけるのを見ていた。

来週になれば、マリスが帰ってくる。

新たな社交シーズンの幕開けで、社交界の人びとのほとんどが領地から戻ってくる。みなダンスをしてお酒を飲み、遅くまで大騒ぎするのだろう。だが自分は、出産に備えてずっと家にいなければならない。

そのことでもまた、レイフと衝突した。

先月、しばらく静かな環境に身を置きたいから、ヨークシャーの屋敷に行かないかと言ってみた。だがレイフは一瞬黙ったあと、仕事が山積みになっているのでロンドンを離れるわけにはいかないと、自分の頼みを一蹴《いっしゅう》した。

「第一、ロンドンにいたほうがちゃんとした医療が受けられるだろう」

その一言で、話は一方的に打ち切られた。

ジュリアナはため息をついた。新しい育児室は気に入っているし、ここにいればなんの不自由もないことはわかっているが、それでも豊かな自然に囲まれて息抜きがしたかった。目を閉じ、青々とした草を踏みながら野原を歩くところを想像した。優しい春風が鼻をくすぐり、小鳥のさえずりが耳を楽しませてくれる。

でもそれは、かなわないことなのだ。

ほんの数時間でもいいから、どこか別のところに行きたい！

自分にはアッパー・ブルック・ストリートの屋敷がある。ドアや窓には鍵がかかり、家具は埃よけの布でおおわれているが、あの家はまだ自分の名義になっている。

だからどうだというのか？

つまらないことを考えてはいけない。せっせと赤ちゃんを迎える準備をしよう。帽子や靴下を編まなくてはならないし、純白の繊細なモアレのシルクで作っている洗礼式用の服に、刺繍《ししゅう》もしなければ。

だいじょうぶ。なにも心配する必要はない。

〝いったいどこにしまったんだ？〟

ハーストの机を調べるバートンの頭に血がのぼり、激しい怒りが胸に渦巻いた。すでに寝室と書斎と図書室を二度もくまなく捜し、日記のありそうな場所を片っ端から調べた。

それなのに、なにも出てこない。

この四時間というもの、ハーストのタウンハウスの部屋という部屋を捜索しているが、まったくの徒労に終わっている。呪われた日記はどこにも見つからないのだ。

その日の夕方、ふたりでロンドンに戻ってくると、バートンは日記のありかをハーストに問いただした。ハーストはいつものように酒でろれつのまわらない口調で、一番新しい日記は寝室のナイトテーブルのところにあると答えた。それ以外の古い日記は、トランクにしまってあるとのことだった。それらがあるべき場所に見つからないとわかると、今度は書斎を捜してくれと言った。

バートンがどうしてそんなに日記に執着しているのか、ハーストが不審に思いはじめたときは、もう手遅れだった——バートンがワインに入れた毒がまわり、手足がしびれて呼吸が苦しくなっていた。バートンは明日、ここに立ち寄って友が死んでいるのを〝発見〟することになっている。当局はおそらく、ハーストの死因を、放埒《ほうらつ》な生活が原因の心臓発作だと結論づけるだろう。

ロンドンを離れているあいだ、ハーストが留守宅に使用人を置いておかなかったのは自分にとって幸いだった、とバートンは思った。ハーストにとっては、それが運のつきだったわけだ。この愚かな男は、近侍を先にロンドンの屋敷に送ることさえしなかった。自分たちは気の滅入るような三月の雨のなか、自分の二頭立て小型二輪馬車に乗り、ふたりだけでロンドンに戻ってきた。

当初の予定としては、誰にも気づかれないようにこっそりハーストの屋敷に立ち寄り、すぐに出ていくつもりだった。そしてデボンシャーに行き、しばらく海のそばで過ごそうと計画していたのだ。少なくともハーストは、そうするものだと思いこんでいた。

だが自分は別の計画を抱いていた。ハーストを始末し、この男が置いてきたという日記を処分しようという計画だ。ところがその計画に、小さな誤算が生じた。日記が見つからないと気づいたのは、ハーストに毒入りワインを飲ませたあとだった。

ぜいぜいと苦しそうに息をしているハーストに、バートンは迫った。

「日記はどこだ？」ハーストの真っ青な顔を殴った。

「し——知らない」ハーストは泣きじゃくるような声で言った。「ぼ——ぼくが置いておいた場所にあ……あるはずだ。た……頼む、た……助けてくれ」のどの奥から妙な音を出し、胸をかきむしりはじめた。

やがて体がけいれんし、ズボンの前が濡れた。バートンは胸が悪くなるような尿のにおいに、鼻にしわを寄せた。そして体を丸めてぴくぴく震えているハーストを書斎の床に残し、もう一度、寝室を調べに行った。

やはり、なにも見つからない。

どこにあるんだ！

ふたたび書斎に戻ると、ブルーの瞳で虚空を見つめている長い付き合いの友人の死体を、恐ろしい形相でにらんだ。つかつかと歩み寄り、怒りに任せて思いきり二度蹴った。

ろくでなしの酔っ払いめ！　使いものにならないやつだ！　日記をどこにやった？

というより、そのなかになにを書いていたのか？　自分にとってまずいことが書かれているのでなければ、それでひと安心だ。けれども、もしエレノアの死の真相について書かれていたら、それが自分の命取りになるかもしれない。

前妻の家族は、彼女が夢遊病で階段から落ちて亡くなったという説明にまったく納得していないのだ。とくに父親はこちらの話を強く疑っていたが、反駁《はんばく》する材料がないために引き下がらざるをえなかった。ハーストの日記に証拠になるようなことが書かれていたら、自分はどうなるのか。

なんとしても捜し出さなければ。ハーストはもともと日記のありかを明かすつもりはなく、どこか見つからないところに隠したのではないだろうか。だが老女のように泣きながら命乞いをしてきたあの男の姿は、嘘をついているようには見えなかった。ハーストが嘘をついているのではなく、日記が本当にこの屋敷にないのだとしたら、残る可能性はひとつしかない。

誰かが持ち出したのだ！

いったい誰が？

バートンは胃のあたりに強い不快感を覚え、体の脇に下ろした手を関節が白く浮き出るほど強く握りしめた。腹の底から絞り出すような叫び声を上げると、壁が震えて天井に声が反響した。

犯人が誰であろうと、かならず突き止めてやる。そいつを見つけたら、絶対にただではおかない。

「セント・ジョージとハーストが戻ってきた」レイフがひとりで朝食を食べていると、ハンニバルが朝食室に入ってきて前置きもなしに切り出した。「だがなんといってもおもしろいのは、ハーストが今朝、死体で発見されたということだ。心臓発作という話らしい。セント・ジョージがそれを見つけて――たまげたことに――ひどく悲しんでいるだとさ」

ハンニバルはレイフの向かいの椅子を引き、腰を下ろした。

レイフはわざとらしく眉を上げ、皮をむきかけたオレンジを皿に置いた。「ああ、そうだろうな。古い友人の前に立ち、その体がだんだん白くなるのを見ているときから、悲しみに暮れていたにちがいない」

「あいつがやったと?」

「間違いない。日記になにが書かれていたかを考えると、セント・ジョージがハーストをずっと前に殺さなかったのが不思議なくらいだ」

「日記のことを知らないんだろう」

オレンジをひと切れ食べると、甘く濃厚な味が口のなかに広がった。レイフはオレンジを飲みこみ、べとべとした手をナプキンでぬぐった。「いや、知らないわけがない。だからハーストは殺されたんだ。ぼくが知るかぎり、ハーストの家系に心臓が弱い人間は誰もいない。黄疸《おうだん》や肝臓病というならわかるが、あいつが心臓発作で死ぬとは思えない」

「セント・ジョージが日記のことを知ってるなら、いまごろは必死になって捜してるだろうな」

「問題の箇所の写しを、エレノア・ウィンスロップの父親の侯爵に送っておいた。もちろん匿名でだ。これで侯爵も、娘の死の真相を知ることになる」

レイフはコーヒーを飲み、カップを受け皿に戻した。「侯爵は貴族院で高い地位にある。今回の証拠が手に入れば、しかるべき筋に圧力をかけてセント・ジョージに裁きを受けさせることができるだろう。ぼくが自分でやってもよかったんだが、これまでセント・ジョージとのあいだにあったことを考えると、ここは侯爵に任せたほうがいいだろうと思った」

「あいつは二回、首を吊るされるべきだ。一回は前の女房、もう一回は哀れなパミーのために。ハーストのことはどうでもいい。あの男が死んだのは自分のせいだからな。いまごろは地獄で悪魔に追いまわされているだろう」

「そうだな、ハンニバル。そう祈ろう」

レイフはふと口をつぐみ、ある種の満足感が湧きあがってくるのを待った。パメラを拷問した男たちの三人が罰を受け、そのうち二人は死んだのだ。このままことがうまく運べば、最後の一人――一番の悪党だ――も、まもなく当然の報いを受けることになる。エレノア・ウィンスロップの父親は、娘を殺した犯人への復讐を誓うにちがいない。そして自分は様子を見て、当局にハーストの死因についても調べなおすように働きかけるつもりだ。日記さえあれば、セント・ジョージに疑いの目を向けさせるのはむずかしいことではないだろう。

だがレイフの胸に湧きあがってきたのは満足感ではなく、いつまでも消えることのない悲しみだった。パメラはいなくなった。そしてその事実は、自分がなにをしたところで変わらないのだ。自分が求めているものは、もはや復讐ではない。正義だ。そして自分と家族が、セント・ジョージの脅威から解放されることだ。

ジュリアナの身がこれまで以上に危険にさらされるかもしれないと思うと、レイフの胃がぎゅっと縮んだ。セント・ジョージは彼女が自分と結婚したことを知っているにちがいない。そして日記が忽然《こつぜん》と消えたことの裏に、自分がいるとわかったら……

レイフは食欲が失せ、食べかけのオレンジを脇に押しやった。「今回のことが終わるまで、ジュリアナから目を離さないでくれ。一瞬たりともひとりにするんじゃないぞ、いいな?」

「ああ、わかってる。でも本人に気づかれないように近くで見張るのは、そんなに簡単なことじゃない」

レイフは肩をすくめた。「別に気づかれてもかまわない。真後ろをつけて、もしなにか文句を言われたら、ぼくのところに直接来るよう伝えてくれ」

ハンニバルの目がきらりと光った。「きっとかんかんに怒るだろうな。一番頑丈な鎧《よろい》を磨いといたほうがいい」

「お前もおもしろいことを言うな」

「ふざけて言ってるんじゃない。親切に忠告しているだけだ」

「覚えておこう」レイフはカップを口に運び、残っていたコーヒーを飲み干した。「それから、アップルビーに荷物をまとめてしばらく身を隠すように言うんだ。ハーストにはもう従僕は必要ないから、アップルビーがロンドンから姿を消しても不審には思われないだろう。ハーストのところから日記を持ち出したのがアップルビーだとセント・ジョージが気づく可能性は低いが、もしわかったら彼の命が危ない。セント・ジョージが投獄されるまで、金銭的な面倒はぼくが見ると伝えてくれ」

「アップルビーはマーゲートに家族がいる。今年の春と夏はそこでゆっくり過ごせと言ってやろう。きっと大喜びするだろう」

「そうか。さあ、そろそろ行ったほうがいい。お前にはやってもらわなければならないことがある」

ジュリアナは屋敷に駆けこんだ。

正確には、よたよた歩いて屋敷に入った。最近は〝駆ける〟ことなどできなくなっている。だがそのときのジュリアナの頭を占めていたのは、体の重さのことではなく、別のことだった——レイフだ。

文句を言ってやらなければ気がすまない。いったいなんのつもりなのか？　自分のあとをつけさせたりして。しかも、よりによってハンニバルに！

ジュリアナはこの三日間、自分が玄関ホールに近づくと、ハンニバルがどこからともなく現われることに気づいていた。最初はあまり深く考えなかったが、今朝、ボンド・ストリートに買い物に行こうと馬車を頼んだとき、気のせいではないとはっきりわかった。あの大男は大胆にも屋敷を出る自分のあとからついてきて、当然のように御者の隣りに座ったのだ。

目的地に着いて馬車を降りたあとも、ハンニバルは後ろをついてきたが、自分はなにも言わずに無視した。でもリンネル製品店のなかにまで入ってきて後ろにじっと立たれては、もう我慢できなかった。くるりと後ろを向き、どういうつもりなのかと彼を問いつめた。驚いたことにハンニバルは、自分が尾行していたことをあっさり認めた。しかもそれは、レイフの指示だというのだ。

「文句ならドラゴンに言うんだな。おれはあんたのあとをつけるように命じられてるだけだ」

理由を尋ねると、ハンニバルはがっしりした腕を胸の前で組んで首をふった。「レイフに訊いてくれ」

ええ、もちろんレイフに訊くわ。ジュリアナは精いっぱいの急ぎ足で玄関ホールを横切り、廊下を進んでレイフの書斎に向かった。長年、執事を務めているマーティンでさえ、屋敷に入ってきたジュリアナの目が怒りで燃えているのを見て、開きかけた口を閉じた。

書斎に近づくと、なかから人の話し声が聞こえたが、ジュリアナは意に介さなかった。誰がいるのか知らないが、こちらの話が終わるまで待たせればいい。自分の話のほうが先だ。すばやくノックし、返事を待たずにドアを開けた。「お邪魔させていただくわ、閣下」そう言って部屋の奥に進んだ。「話があるの。いますぐによ」

会話がぱたりとやみ、レイフともうひとりの人物がふり返ってジュリアナを見た。けれどもジュリアナはレイフのことしか目に入らず、その向かいに座っている人物にすぐには気がつかなかった。

次の瞬間、ジュリアナははっと息を呑んだ。天使のように美しいブロンドの女性が、レイフと向き合って座っている――お腹が大きく突き出した自分とは違い、ほっそりした体型だ。

机の向こうでレイフが立ちあがった。

「ジュリアナ、なにかあったのか?」

ジュリアナはレイフと女性に、さっと交互に視線を走らせた。

この女性は誰? それに、レイフはどうして彼女とふたりきりで話をしているのだろう?

「いいえ。あの、そうよ。話があるの」

レイフは眉根を寄せた。「あと数分待ってもらえないか?」

ジュリアナがもう一度目をやると、女性はかすかになだめるような笑みを浮かべた。

ジュリアナは気後れし、あとでいいという言葉がのどまで出かかった。けれどもそれを呑みこみ、背筋を伸ばした。「いま話したいの」

この人は誰？　まさかレイフの愛人？　でもいくらなんでも、そんな女性を自分の——わたしたちの——家に入れたりはしないはずだ。

ジュリアナの顔からさっと血の気が引いた。

レイフが近づいてきて、ジュリアナの肘に手をかけた。「顔色が悪い。気分でも悪いのかい？」

ジュリアナは少し落ち着きを取り戻し、レイフの手をふり払った。「だいじょうぶよ」

レイフはブロンドの女性をちらりと見た。「ちょっと失礼する」

「ええ、どうぞ」女性はフランス語訛りの英語で言ったが、その声も外見に負けないほど魅力的だった。

レイフの先に立って書斎を出ながら、ジュリアナは彼が自分に女性を紹介してくれなかったことに気づいた。自分の疑惑は当たっているのだろうか。レイフの作った愛人が、いまこの瞬間、隣りの部屋にいるというのか？

ジュリアナはレイフに訊きたくてたまらず、口を開きかけた。でもすぐに思いなおして口をつぐんだ。

もしレイフがそうだと答えたらどうしたらいいのだろう。自分は本当に彼の口からそんなことを聞きたいのか？

「それで話とはなんだい、ジュリアナ？」

もともとの用件がなにかを思い出し、ジュリアナの胸に怒りがよみがえってきた。あごを上げ、レイフの目を見た。「よくもそんなしらじらしいことが言えるわね。ハンニバルがわたしをつけまわしているのは、あなたの命令だというじゃないの。いますぐやめさせてちょうだい」

レイフはズボンのポケットに手を入れた。「ああ、そのことか」

「ええ、そのことよ。いますぐやめさせて、レイフ」

「申し訳ないが、それはできない。ハンニバルのことなら無視してくれ」

ジュリアナは啞然とした。「無視するですって？　あの大男を？　無理よ。わたしが急にボディガードなんか連れていたら、みんながどうしてだろうとひそひそ噂《うわさ》するでしょう。そんなに屈辱的なことはないわ」

「どうしてだ。女性が使用人を連れているのは、ごく普通のことだろう」

「レディが連れているのは従僕かメイドよ。ハンニバルがそのどちらでもないことは、誰が見たってすぐにわかるわ」

「今年の社交シーズンは、あまり予定を入れていないじゃないか。それに出産が間近なんだから、そんなにしょっちゅう外出するわけでもないだろう。なにが問題なのか、ぼくにはわからない」

「信用の問題だわ。あなたがわたしを信じていないことが問題なのよ。どうしてハンニバルにわたしのあとをつけさせるの？」

レイフは意味深な表情を浮かべた。「それにはちゃんとした理由がある」

「どういう理由だというの？　まさかサマーズフィールド卿がロンドンに戻ってきているからというんじゃないでしょうね？」

レイフは眉をひそめた。「いや、そうではないが、とにかくあいつには近づくんじゃない」

ジュリアナは唇を固く結んだ。「自分の友だちは自分で選ぶと、わたしは前に言ったはずよ」

「友だちは慎重に選ぶよう、ぼくも前に言ったはずだ」

〝あなたはどうなの？〟その言葉がジュリアナの口から出かかった。〝書斎のドアの向こうにいる女性のことは、どう説明するつもり？〟

ジュリアナはぐっと胸を張った。「サマーズフィールド卿のことじゃないなら、いったいなんなの？　少なくともわたしには、説明を受ける権利があるわ」

レイフはなんと返事をしようか迷っているように、しばらく黙っていた。「きみとお腹の子の安全を守るためだ」

「わたしとこの子ならだいじょうぶよ。護衛なんかいらないわ。それとも、ハンニバルにわたしのことを監視させてるのかしら？」

レイフの顔に一瞬、傷ついたような表情が浮かんだ。「いつでも好きなときに外出してくれてかまわない。だがそのときはハンニバルも一緒だ」

「じゃあ、尾行をやめさせるつもりはないのね?」

レイフは謎めいた目でジュリアナを見た。「ああ、そうだ。さあ、話はそれだけかな?」

ジュリアナの目に涙があふれた。まばたきして泣くのをこらえたが、氷の塊のような悲しみで胸が詰まった。

レイフはきびすを返し、ドアノブに手をかけた。

「あなたに出会わなければよかった」ジュリアナがつぶやいた。

レイフはひと呼吸置いてから言った。「きみがそう思っていることは、よくわかってる」

ジュリアナは精いっぱいの急ぎ足で部屋を出ていった。

レイフは真鍮《しんちゅう》のドアノブに手をかけたまま、しばらくその場に立ちつくしていた。目を閉じ、気持ちを落ち着かせようとした。自分のやり方がまずかったのだろうか。セント・ジョージのことが理由なのだと、彼女に話してやればよかったのかもしれない。だが出産を間近に控えているジュリアナを怖がらせたくはなかった。怯《おび》えて外に出られなくなるよりは、しばらくのあいだ、自分を悪者にさせておけばいいと思ったのだ。最悪の場合、ジュリアナがこちらの懸念をただの考えすぎだと決めつけ、いたずらに自分の身を危険にさらすこともありうる。

ジュリアナは信用のことを言っていた。彼女のほうこそ、こちらを信用していないというのか？　自分はジュリアナにとってなにが一番いいことなのか、それだけを考えているのだ。

レイフは深呼吸し、ドアを開けて書斎に戻った。

イベット・ボリューが顔を上げて微笑んだ。「奥様はだいじょうぶですか？」

「ああ」レイフは嘘をつき、椅子に腰を下ろした。「だいじょうぶだ」

「奥様とお子様の肖像画を、わたしに依頼なさったわけがわかりました。あんなにきれいな奥様なら、生まれてくるお子様《プティ・アンファン》もきっとびっくりするほど可愛いでしょうね。いまから描くのが楽しみですわ。もちろん、このことは奥様には秘密にしておきます」

「ああ、よろしく頼む」

レイフは絵を描いてもらう日など、本当に来るのだろうかと考えた。ジュリアナと赤ん坊の肖像画を描くという計画をジュリアナ本人が知ったら、そんなものはいらないと言い出すかもしれない。でももう話がまとまったのに、いまさら依頼を取り消すかもしれないなどと、とてもマダム・ボリューには言えない。

亡くなった古い友人の妻であるイベットは、少ない寡婦給与を補って四人の子どもを育てるため、こうして依頼を受けて絵を描いている。イベットが施しを受け取らないのはわかっているので、肖像画を頼むのは、彼女を経済的に助けるいい方法だと思ったのだ。それにジュリアナにとっても、いい贈りものになるはずだった。だがイベットを見たときのジュリアナの顔を思い出すと、本人がそれを喜ぶかどうか、確信が持てなくなってきた。

レイフは机の一番上の引き出しの鍵を開け、硬貨を取り出して数えた。「着手金として、報酬の半分を渡しておこう。残りは絵が仕上がったときに支払わせてもらう」

全額を渡してもよかったが、イベットのプライドが傷つくだろうと考えた。

「まあ、こんなにたくさんですか。三分の一で充分でしたのに」

それでもイベットは、ほっそりした手を伸ばして硬貨を受け取った。ほっとした顔をし、かすかに震える手で着手金をハンドバッグにしまった。

「それでは失礼します、ムッシュー……まあ、ごめんなさい《パルドネ・モワ》、いまは閣下でしたわね」

レイフは微笑んだ。「いままでどおり、〝レイフ〟と呼んでくれ。体に気をつけて、イベット。坊やたちによろしく」

「ええ、そうしますわ《メ・ウィ》」イベットは笑いながら立ちあがった。

レイフはイベットを出口までエスコートした。イベットが背伸びをし、フランス人らしく、レイフの左右の頬に音をたててキスをした。そしてドアを大きく開けて待っているマーティンを見て、もう一度笑った。

きびすを返しかけたレイフの目に、上方でなにかが動くのが映った。踊り場のところで、ジュリアナのスカートがひるがえるのがちらりと見えた。

レイフはため息をつき、書斎に戻った。

ジュリアナは二階の居間の窓から、通りを往来する人びとをながめた――紳士にレディ、乳母に子ども、メイド、従僕、露天商などが、いつもと変わらない日常を送っている。自分もみなと同じようにしたいが、昨日のレイフの言葉で、もはやハンニバルの監視なしで外に出ることはできないのだとわかった。

どうして自分のあとをつけさせるのだろう？　ジュリアナは何度となく繰り返した問いを、またもや胸のうちでつぶやいた。昨夜はそのことやさまざまな問題について考え、心が乱れてほとんど眠れなかった。行動を見張らせなければと思うくらい、レイフは自分のことを信用できないのだろうか。それとも、なにかほかに理由があるのか？

レイフがそのことについてなんの説明もしなかったことに、ジュリアナはひどく腹を立てていた。

そして以前にもまして、しばらく屋敷を離れたいという思いがつのっていた。市内に住む友人の家を訪ねることもできるが、それでは気をまぎらすことはできないだろう。同情はされたくないし、そもそも結婚生活がうまくいっていないことを打ち明けるつもりもない。

ジュリアナの胸が悲しみで詰まった。すらりとした金髪の女性が、つま先立ちをしてレイフにさよならのキスをしている光景が脳裏によみがえってきた。

彼女は愛人なのだろうか？　あの光景を思い出すと、そうとしか考えられない。それでもジュリアナは、レイフが愛人を堂々と自分たちの家に連れこむほど、無神経で残酷だとはどうしても信じられなかった。

この屋敷を離れて、考える時間が欲しい。レイフからしばらく離れて考えたい。でもハンニバルの監視の目をかいくぐることなどできるだろうか？

ジュリアナはソファに座り、計画を練りはじめた。


それから二時間近くたったころ、ジュリアナはアッパー・ブルック・ストリートのタウンハウスの錠前に鍵を差しこんだ。胸がどきどきしたが、ようやく解放されたという嬉しさがこみあげてきた。ドアを後ろ手に閉め、見慣れた玄関ホールを横切った。屋敷はしんと静まり返り、物音ひとつ聞こえない。

計画はうまくいった。ハンニバルの目を逃れるのは、思ったほどむずかしいことではなかった。もっとも仕立屋の女店員の機転がなければ、この計画も成功しなかっただろう。ここから脱け出すのに協力してほしいとこっそり頼んだところ、店員は快く応じてくれた。

そこでハンニバルが店の前で自分の買い物が終わるのを待っているあいだに、裏口から脱け出して待っていた貸し馬車に乗りこんだ。そしてあっという間に、同じメイフェア地区にある懐かしいタウンハウスの入口に着いた。

居間に入ってカーテンを開けると、まぶしい春の陽射しが部屋に注ぎこんだ。ジュリアナはお気に入りの椅子にかかっていた埃《ほこり》よけの布をはずし、腰を下ろしてくつろいだ。といっても、赤ん坊が小さな足でお腹をどんどん蹴っている状況では、それほどゆっくりくつろげるわけではない。ジュリアナは赤ん坊がおとなしくなるよう、手のひらでゆっくりお腹をさすった。それから二分ほどたつと、赤ん坊はだんだん落ち着き、最後にもう一度動いてからおとなしくなった。ジュリアナはウィングチェアの背もたれに寄りかかり、まぶたを閉じた。そんなに長くはいられない。きっといまごろハンニバルはわたしを捜しまわり、レイフにもこのことを報告しているだろう。いまのうちに自由な時間を楽しみ、自分の家にいられる喜びを満喫しよう。

ところが椅子に座ってあれこれ考えごとをしているうちに、いくら懐かしい我が家であっても、この屋敷はもう自分の住む場所ではないという思いが、ジュリアナの胸に湧きあがってきた。いいか悪いかは別にして、わたしの居場所はレイフのそばなのだ。ふたりのあいだにどんな問題があるにせよ、過去に戻り、以前と同じ生活をすることはできない。以前の自分にはもう戻れない。

ジュリアナはまたもやお腹をなでた。

昨日、あなたに出会わなければよかったとレイフに言ったが、あれは本心から出た言葉ではなかった。もし彼と出会わなければ、わたしはいまも以前と同じ生活を送っていただろう。快適な暮らしだが、心を震わすような感動を覚えることもなく、一年一年がただ漫然と過ぎていったにちがいない。そしてわたしは、誰かの姉であり、叔母であり、友人ではあっても、それ以上のものになることはなかった。ましてや母親になることは、けっしてなかったのだ。レイフはわたしに子どもを与えてくれた。そのことについては、みじんも後悔していない——子どもは天からの大切な授かりものだ。でもレイフへの愛は？　わたしはそのことを後悔しているのか？

一筋の涙が頰を伝った。ジュリアナは手の甲で涙をぬぐった。彼を愛してしまったことを後悔するべきなのだろう。そのほうがずっと話は簡単だ。

だが、どうしてもそれはできない。レイフへの愛は、もはや自分の一部になっている。たとえ心が深く傷つくことになっても、それを否定することはできない。

ふたりに夫婦としての未来があるとしたら、それはどんなものだろう。レイフが言ったとおり、どれだけ悲惨な結婚生活であろうとも、自分たちは死ぬまで添い遂げなければならないのだ。

だとしたら、わたしはもっとレイフに歩み寄る努力をしたほうがいいのではないか。不安や恐れを捨てて自分の正直な気持ちを認め、彼に愛を打ち明けるべきなのかもしれない。そして彼が少しでもわたしに愛情を感じてくれることを、ただ祈るだけだ。

〝でも昨日、レイフの書斎にいたあの女性のことは？　彼女が本当にレイフの愛人だったら？〟

もしそうだとしたら、別れてもらうしかない。彼女との関係を終わらせ、わたしとやりなおす努力をしてほしいとレイフに訴えるのだ。

〝レイフがそれを拒否したら?〟

そのときはまたそのときで考えよう。それにわたしを四六時中見張らせるというレイフのばかげた仕打ちについても、なんとかしなければならない。レイフは本当にわたしを信じていないのだろうか? それとも、わたしを守っているつもりでいるのか? だとしたら、なにから守っているのだろう?

今日こうして脱け出せたということは、なにも心配する必要はないということだ。わたしは無事で、なにも悪いことは起きていない。

ジュリアナは深呼吸し、そろそろ帰らなければと思った。

そのときがらんとした屋敷に、玄関ドアが開閉する音が響いた。

やれやれ、見つかったらしい。レイフだろうか、ハンニバルだろうか?

磨きこまれた大理石の床に足音が鳴り響いた。ゆっくりと歩きながら、部屋を一つひとつ調べている。ジュリアナはスカートをなでつけ、心の準備を整えた。

足音が止まり、居間の入口に背の高い男性が現われた。だがそこに立っていたのは、よく知っているグリーンの瞳ではなく、ブルーの瞳の男性だった。背筋が凍りつくような恐ろしい瞳だ。

ジュリアナは悲鳴を上げた。

24

「まだ見つからないのか？」

レイフはイーサンに向かって軽く首をふってみせ、書斎を横切った。ブランデーの入ったデカンターに手を伸ばし、乱暴な手つきで中身をタンブラーに注ぐと一気にあおった。琥珀《こはく》色の液体で、舌とのどが麻痺《まひ》したようにかっと熱くなった。

残念なことにブランデーも、ジュリアナの身を案じて不安と恐怖でいっぱいの心を慰めてはくれなかった。ジュリアナが仕立屋でハンニバルの監視の目を逃れて姿を消してから、まる二日がたとうとしているが、彼女の行方を示す手がかりはまったくつかめない。

レイフはぼさぼさの髪を手ですいた。そしてその手を体の脇に下ろし、こぶしを握った。

こちらがハンニバルに尾行させたことに腹を立て、友だちの家にでも泊まっていると考えるのが一番妥当だろう。もしそうだとしたら、自分は怒りこそ感じても、これほど心配することはないのだ。でもジュリアナの友人に片っ端から訊いてみたが——もちろんそれとなく——誰も彼女を匿《かくま》ってはいないようだった。みなこの数日、ジュリアナの姿を見ていないという。

仕立屋の店員にも訊いてみたが、店を出て貸し馬車に乗ったあと、ジュリアナがどこに行ったかはわからないということだった。ハンニバルは女性――しかも小柄な妊婦――にまんまと出し抜かれたことを恥じつつ、貸し馬車の御者を捜した。ようやくその御者を突き止めたところ、彼女をアッパー・ブルック・ストリートまで乗せていったという答えが返ってきた。

ジュリアナのタウンハウスだ。

「屋敷にもう一度行ってみた」レイフは暖炉の前に行き、マントルピースに寄りかかった。「椅子の埃よけがはずされていたから、誰かがいたことはたしかだ。でもジュリアナがひとりでそこにいたのかどうかはわからない」

それにジュリアナが自分で屋敷を出たのか、誰かに連れ去られたのかどうかもわからない。

もしセント・ジョージがジュリアナを連れ去ったのだとしたら?

レイフの胃がぎゅっと縮んだ。ジュリアナのボディガードがしくじった以上、その可能性は否定できない。ハンニバルだけでなく、自分が雇った三人のボディガードもジュリアナを見失ったのだ。おそらく誰かが彼女に危害を加えないかということだけに神経を集中させ、まさか本人が逃げ出すとは思ってもみなかったのだろう。

そして近くの店や通りでジュリアナを必死で捜しているうちに、男たちはセント・ジョージの行方さえも見失ってしまった。自分は激怒し、男たちを首にしてハンニバルをこっぴどく叱《しか》った。

それでも今回のことは、すべて自分の責任だ。

彼女がいなくなったのは、自分が本当のことを言わなかったせいかもしれない。レイフはジュリアナとの口論を思い出した。ジュリアナの身にもしも恐ろしいことが起きたら、自分はどうやって生きていけばいいのか。

「彼女はきっと無事だ」イーサンがレイフの心を読んだように言った。「気を落とすな」

レイフは力なくうなずいた。「そうだな。たぶん妹のところにでも行っているんだろう」

だがそれはまず考えられない。マリスとウィリアムはここ二、三日のうちにロンドンにやってくることになっている。ふたりと行き違いになるかもしれないのに、ジュリアナがわざわざ旅立つとは思えない。それにいくらこちらに腹を立てているとはいえ、出産が秒読み段階に入っているこの時期に、長旅をしようなどと思うだろうか。

「彼女から連絡がなかったか、ぼくがもう少し誰かに訊いてみよう」イーサンが言った。「ネヴィル夫妻のことなら、お前よりもぼくのほうがよく知っている。お前からジュリアナのことを尋ねられたとき、ベアトリスが本当のことを言わなかったという可能性もあるだろう」

「そうかもしれないが、レディ・ネヴィルは嘘をついているようには見えなかった」

昨日、イーサンが友人夫妻のご機嫌でも伺おうと訪ねてきてみると、屋敷じゅうが緊迫した空気に包まれ、寝不足で真っ赤な目をしたレイフが出てきた——昨夜も前日同様、ほとんど寝ていないという。事情を聞いたイーサンは、自分も力になろうと申し出て、知り合いにジュリアナのことを尋ねまわった。

「それでも、もう一度訊いてみたら、なにかわかるかもしれない」レイフは藁《わら》にもすがる思いだった。

そのときドアをノックする音がし、ハンニバルが十代の少年を引きずるようにして大またで部屋に入ってきた。「邪魔してすまない。この小僧がどうしてもドラゴンと直接会いたいと言い張るもんで」そこで言葉を切り、恐ろしい形相で少年をにらんだ。ハンニバルに汚れた襟をつかまれた少年は、その手から逃れようともがいた。「手紙ならおれが渡してやると言ったのに、こいつは聞きやしねえ」

レイフは眉根を寄せた。「きみは手紙を持ってるのか？」

少年はうなずいた。

「放してやれ、ハンニバル」

ハンニバルは不満げにため息をつくと、少年の背中を乱暴に押した。がりがりに痩《や》せた栄養失調らしき少年はつまずきそうになったが、なんとか体勢を立てなおした。そして落ち着かない様子で咳払いをした。「あんたがペンドラゴンかい？」

「ペンドラゴンに決まってるだろう」ハンニバルが怒鳴った。「ペンドラゴン卿とお呼びしろ」

少年は怯えたように目を丸くしたが、逃げ出そうとはしなかった。そしてすりきれた黄褐色の上着の内側を探ると、くしゃくしゃになった手紙を取り出した。「あんたに直接渡すように言われたんだ。ほかの人じゃ絶対だめだって。これを頼んできただんなは、そうすればあんたが半クラウン銀貨をくれると言ってた」

「その男は誰だ？」

「知らない。見たことのない人だった」

「髪の色は？」

「茶色っぽかった。手間賃をやるから、レディを見張ってくれと言われたんだ。それで今度はこの手紙を渡されて、二日後にあんたのところに持っていくようにって」

イーサンがはじかれたように立ちあがり、ハンニバルがののしりの言葉を吐いた。

レイフは胃がおかしくなった。「どんなレディだ？」

「さあ。きれいだったけど、お腹が大きかったな。弟が生まれる前の母ちゃんみたいだった」

部屋は重苦しい沈黙に包まれた。

「あのだんなの言ってたことは嘘じゃないんだろう？」少年は不安そうな目で三人を見た。

「銀貨のことだけど」

レイフは手の震えを抑えようとしながら、上着のポケットに手を入れて銀貨を取り出した。

「ああ、嘘じゃない。さあ、手紙をくれないか」

少年は手紙をレイフに渡すと、さっとひったくるようにして銀貨をつかんだ。端を噛んで偽物ではないことを確かめてから、ポケットの奥深くにしまった。そして誰かが口を開く前に走り出した。ハンニバルがそのあとを追おうとした。

「放っておけ」レイフが言った。

「でもドラゴン、あいつはもっとなにか知ってるかもしれないぜ」

「残念だが、こちらが知りたいことはすべてこの手紙に書いてあるはずだ」

レイフは机の前に行き、銀のレターオープナーを取りあげて封印をはずした。そして無言のまま手紙に目を走らせた。

「あいつか？」イーサンが訊いた。

レイフは吐き気がこみあげてきた。恐れていたことがとうとう現実になってしまった。

「セント・ジョージがジュリアナを誘拐した。彼女とお腹の子の命と引き換えに、日記と金が欲しいそうだ。場所がここに書いてある。馬の用意ができ次第、すぐに発とう。一刻の猶予も許されない」

ジュリアナは硬い籐椅子の上で、体を動かして楽な姿勢を探した。寒さが身に沁《し》み、ウールのマントの前をぐっと合わせた。二部屋しかない小さな田舎屋《コテージ》のなかに、冷たく湿った外気が忍びこんでいる。バートンが窓の前に行き、長いあいだ外を見ていたが、やがて窓のそばを離れた。

「この部屋は寒いわ。外に行ってまきを持ってきたら」

春とはいえ、まだ身を切るような寒さが続いていたが、部屋にひとつしかない暖炉で燃えている火はあまりに弱々しかった。

バートンはふり返り、あざけるような顔をした。「つべこべ言うんじゃない」

ジュリアナは重ねた手をお腹に当て、身を縮めてマントにくるまった。ここに連れてこられてから三日がたつが、ミドルトンはひどくいらいらし、いつ感情を爆発させるかわからない状態だ。

わたしが食事を作るのを拒んだときも、ミドルトンは激昂し、頬をこっぴどく叩いて言うことを聞かせた。そのことがあってから、わたしは我が身とお腹の子の安全を守るため、おとなしくしていようと心に決めている。

バートンがまたもや窓に近づいた。この二日ほど、しょっちゅう窓のところに行っては外を見ている。きっと不安が高まっているのだろう。人質をとってここに立てこもっていると いう状況に、だんだん神経が参ってきているのだ。

わたしも精神的に追いつめられている。でもきっと、レイフが助けに来てくれるにちがいない。子どもの身に危険がおよんでいるのに、彼が黙っているとは思えないからだ。それにいくら夫婦の関係がぎくしゃくしていても、わたしを見殺しにはしないだろう。

それまでは自分のためにも赤ん坊のためにも、気持ちを強く持たなければ。恐怖で押しつぶされそうだが、なんとかがんばろう。ミドルトンの脅しに負けてはならない。

ミドルトンがいまより機嫌がよかったときに話したことによると、彼はストリート・チルドレンを使い、屋敷を出入りするわたしを見張っていたそうだ。最初のうちはハンニバルがぴたりと背後についていて、手を出すことができなかった。ところがある日、本人の言葉を借りれば、運命が彼に味方した。わたしがハンニバルの目を盗んで逃げ出し、結婚前に住んでいた屋敷にひとりきりで戻ったのだ。ミドルトンはくすくす笑いながら、そのときのことを勝利の瞬間と呼んだ。わたしはなにも知らず、まんまと彼の罠《わな》にはまってしまったというわけだ。

レイフはわたしを守ろうとしていたのだ。彼の言うことをちゃんと聞いていれば、こんなことにはならなかったのに。もちろん、きみの身が心配なのだと正直に話してさえくれれば、こちらも耳を傾けていたかもしれない。それでもわたしのことだから、レイフの心配などどこ吹く風で、危険を顧みずに好きなことをしていたにちがいない。

その結果、わたしはここにいる――といっても、ここがどこかはわからない。

馬車に乗っていた時間や、窓から肥沃《ひよく》なローム質の農地が見えたことなどからすると、きっと東部に連れてこられたのだろう。ミドルトンのエセックス州の領地か、その近くのサフォーク州ではないだろうか。確信は持てないが、たぶんそうだ。このコテージは人里から遠く離れたところにあるらしく、到着してから一度も人の声が聞こえたり、気配を感じたりしたことはない。

逃げ出せる可能性は低いだろう。このお腹であればなおさらだ。でもどんなに可能性が低くても、チャンスがあれば迷わずつかむことにしよう。

ミドルトンは警戒を怠らず、つねにこちらの動向に目を光らせている。日中はわたしを監視し、食事を作らせるとき以外は、ナイフや調理道具を手の届かないところに隠すことを忘れない。用があって外に行くときは、わたしの手首をロープで椅子に縛りつけている。夜になると、ひとつしかない別室に閉じこめる。窓がなく、シングルベッドと洗面台がかろうじて入るくらいの狭い部屋だ。

けれども緊張と睡眠不足から、ミドルトンの注意力にもだんだんほころびが見えるようになってきた。ほんの少し動揺する材料を与えてやれば、なにかミスを犯すかもしれない。危険な賭《か》けだが、やってみる価値はあるだろう。

「レイフなら来ないわ」ジュリアナは思いきって切り出した。「あの人にわたしを助けるつもりがあるなら、もうとっくに来ているはずでしょう?」

バートンはふり返ってジュリアナの顔を見た。「いや、あいつはかならず来る。お腹に自分のガキがいる妻を、放っておくわけがない」

ジュリアナは努めて無造作に肩をすくめた。「普通ならそうでしょうね。でもあなたは、わたしがどうしてあの人と結婚することになったのか、本当のところを知ってるわけじゃないでしょう」

「おもしろそうな話だな。聞かせてくれ」

「これまで必死で隠してきたけれど、この期におよんでそんなことをしても意味がないわね。わたしは去年、ペンドラゴンの愛人になることに同意したの。弟がギャンブルにのめりこんで、あの人に莫大な借金を作ってしまったのよ。そこでわたしたちは取引をしたの。借金の返済の代わりに、わたしの体を差し出すことで合意したわ」

バートンが愉快そうに目を輝かせた。「そういうことだったのか。きみがあの下賤《げせん》な男を相手に選んだことが、どうしても解せなかったんだ。ふたりが……その……なんで一緒になったのか」

「相手に情熱を感じたからじゃないわ。ただの取引だったのよ」

「だったらどうして結婚したんだ？　なにもしなくてもきみをベッドに連れていけるのに、わざわざ結婚することはないだろう」

「それは……この」ジュリアナはそこで言葉を切り、お腹を示した。「間違いが起きたせいよ。わたしが身ごもったとわかったとき、あの人はそれを利用して貴族になろうと考えたの。自分の財力だけでは無理かもしれないけど、血筋のいいわたしと結婚すれば、爵位を得ることも夢ではないと思ったらしいわ。でもいまはもう、わたしとお腹の赤ん坊のことなんかどうでもいいと思っているはずよ。あの人は自分の欲しいものを手に入れたんですもの——上院議員の地位と肩書きを」

「そうした特権をあの男に与えるなんて」バートンはいまいましそうに言い、ののしりの言葉を吐いた。「ペンドラゴンのような育ちの卑しい人間に爵位を与えてこの国の品位を汚すとは、皇太子も欲に目がくらんだとしか思えない。あんな男が名誉ある貴族の仲間に入ってくるとは、考えただけで虫唾《むしず》が走る」

名誉ある貴族のなかに、強姦魔や殺人犯がいるのはなんの問題もないというわけか。ジュリアナは背筋がぞっとした。少なくとも、この人の頭のなかではそうなのだ。

ぱちぱち音をたてている暖炉を見ながら、ジュリアナは気持ちを落ち着かせようとした。

「そういうことだから、あの人にわたしを追ってくる理由はないのよ。ばかなことはやめて、わたしを解放してちょうだい。もし逃がしてくれたら、この……不幸な出来事のことは、誰にも言わないと約束するわ」

「それはそれは」バートンは吹き出し、皮肉たっぷりの口調で言った。「ご親切に感謝します。ですがわたしはいま大変お金に困っておりまして、ここであなたを解放するわけにはいかないのです。ペンドラゴンが払ってくれなければ、あなたのご家族に払っていただきましょう」

「わたしの家族は、きっとあなたを生かしておかないわ」ジュリアナはふいに強い憤りを覚えた。

「ぼくを殺したいなら、並んで順番を待つんだな」バートンは体の脇でこぶしを握りしめた。「ロンドンを離れる直前に、当局が事情聴取のためにぼくを捜していることを知った。元妻の父親が、娘の死にぼくが関わっていることを示す証拠とやらを手に入れたらしい。彼がそうすると言い張れば、ぼくは裁判にかけられる。殺人容疑での裁判だ」

バートンは部屋のなかをうろうろしはじめた。「ハーストのごたくなど誰も信じないに決まっているが、そうした疑いをかけられたというだけで、ぼくの人生は大きく狂うだろう。連中はぼくを監獄に入れ、衆目のなかで恥をかかせようとしている。ぼくのように身分の高い人間を尋問しようだなんて、いったいどういうつもりなのか。ぼくはバートン・セント・ジョージ、ミドルトン子爵なんだぞ」

バートンは怒りを爆発させて自分の胸を叩くと、目を閉じて感情を抑えようとした。ふたたび目を開けたとき、その青い瞳から怒りの炎は消えていた。

「そう、万一の場合には、きみの家族に身代金を支払ってもらおう。だが誰にもぼくを仕留めることはできない。金を受け取ったら、船に乗ってフランスに向かうつもりだ。ボーニー《ナポレオン》の目をかいくぐり、オーストリアかイタリアにでも行こうと思っている。イタリアという国は、いつも天気がよくて暖かいそうだ。

ところで、きみはペンドラゴンが来ないと言うが、あいつは絶対に現われる。今日のうちか、遅くとも明日には来るだろう。なんといってもきみは妻なんだし、腹にあいつの子どももいる。来ないことは自分のプライドが許さないはずだ」バートンはジュリアナの腹部に視線を落とした。「もっとも、きみがそうしてくれと言うなら、その……こぶを始末するのを手伝ってやってもいい」

ジュリアナは身震いし、バートンが正気を失っていることを、ますます強く確信した。そしてまだ見ぬ我が子を目の前の怪物から守ろうとするように、両手でお腹を隠した。

バートンは笑い声を上げながら、ジュリアナが恐怖と嫌悪で震えるのを見て楽しんだ。

「手遅れになる前に、マリスがあなたの正体に気づいてよかったわ」

バートンの笑い声がやみ、その顔に険悪な表情が浮かんだ。「そのことについても、ずっと不思議に思っていた。きみの世間知らずの妹は、どうして婚約する直前になってぼくから逃げ出したのか。マリスはぼくのものになるはずだった。誰かに入れ知恵をされるまでは、い、い、いぼくのものだったんだ。きみか？　きみがマリスにぼくから離れるように言ったのか？　ペンドラゴンから悲しく哀れな物語でも聞いたんだろう？」

バートンはジュリアナに近づいた。「その顔を見ると図星らしいな。あの男はなんて言っていた？　ぼくと仲間があいつの売春婦になにをしたか聞いたかい？　あいつと結婚することになっていた娘のことだ。正直に言うと女は期待はずれだったが、ペンドラゴンが嘆き悲しむ姿を見るのは最高の気分だった。あいつはぼろぼろ涙を流したんだぞ。大の男が、つまらない売春婦のために泣くところを想像してくれ」

　ジュリアナの体がびくりとした。

「ところがあの男は、それからぼくたちに復讐を始めたんだ。もっとも、ぼくはそのことにすぐには気がつかなかった。あいつはチャロナー、アンダーヒル、ハーストを破滅させ、今度はぼくを狙っている。だがあいつはぼくに勝つことはできない。それは断言しよう」

「どういう意味なの？」ジュリアナは震える声で訊いた。

「金を受け取り次第、あいつを殺すつもりだ」

　ジュリアナははっと息を呑んだ。

「あの男の墓場をもう決めてある」バートンはさらにジュリアナに近づき、腰をかがめてそのあごをつかんだ。「きみも気をつけないと」ぞっとするような笑みを口元に浮かべてささやいた。「同じ運命をたどることになるぞ」

　ジュリアナは思わず声が出そうになるのをこらえた。

　バートンは獲物にからみつくヘビのような目で、しばらくじっとジュリアナの顔を見ていた。

それからようやく手を放した。「きみがげんなりするほど太ってしまったのが残念だ。そうでなければ、ふたりでもっと楽しい時間つぶしができたのに」

ジュリアナはぞくりとし、大きなお腹に感謝した。無事に帰ることができたら、これからは体重が二、三ポンド増えたくらいでくよくよするのはよそう。

バートンはまたしても窓の前に行って外をながめた。しばらくしてふり返り、両腕をさすった。「ちくしょう、寒いな。暖炉の火が消えかかってるじゃないか」

部屋が寒いことにたったいま気づいたようなバートンの言葉に、ジュリアナは目を丸くした。

「まきを取ってくる」バートンは部屋を横切り、ジュリアナを縛るためのロープを手に取った。「ついでに馬に水とエサもやってこよう」ジュリアナに近づきながら、ひとり言のようにつぶやいた。

椅子に縛りつけられ、身動きもできずに心細さに耐えることを思い、ジュリアナは体を硬くした。やめてちょうだいという言葉がのどまで出かかったが、そんなことを言ってもバートンを喜ばせるだけだと思いなおした。唇を嚙みしめ、じっと辛抱した。バートンがジュリアナの片方の手首を椅子の肘掛けに縛り、ロープを体に二回まわすと、反対側の手首も同じようにして肘掛けに固定した。

次にテーブルに置いてあったフォーク類をジュリアナの手の届かないところにしまった。

それから厚手の外套を羽織り、なにも言わずに外に出ていった。

　赤ん坊が抗議をするように、ジュリアナのお腹を蹴った。「ええ、わかってるわ」ジュリアナはお腹の子だけでなく、自分自身も慰めるようにつぶやいた。「だいじょうぶよ」

　少しでも緊張を和らげようと、椅子にもたれかかった。無駄だとわかっていながら、ロープが動かないかいつものように手首をねじってみた。ジュリアナの心臓がふたつ続けて打った。結び目がかすかにゆるんだようだ。気のせいではないかと思い、もう一度ねじってみると、ロープはたしかに動いた。

　ふいに胸に希望の光が灯り、このチャンスを絶対につかまなければという思いで鼓動が速くなった。ミドルトンを不安にさせる作戦は失敗だったとばかり思っていたが、どうやらこちらの予想以上に彼は動揺していたらしい。それでも本当に、このロープをほどくことなどできるだろうか？

　とにかく、やってみるしかないだろう。ぐずぐずしている暇はない。ミドルトンはきっとすぐに戻ってくる。逃げようとしているところを見つかったら、なにをされるかわからない。ジュリアナは背筋に冷たいものが走るのを感じ、怖《お》じ気《け》づきそうになる自分を叱った。ロープが体に食いこむのをこらえながら、必死で手首を動かして結び目をゆるめようとした。やがて手首を抜くには、怪我を覚悟するしかないということがわかった。それでもほかに方法はないと観念し、歯を食いしばって右手を動かした。

右手をねじるたび、粗いアサのロープが柔らかな肉に食いこんだ。皮膚がめくれ、腕に耐えがたいほどの激痛が走った。ジュリアナはもうこれ以上我慢できないと思いながら、最後にもう一度、力いっぱい手を引いた。

右手が自由になった。

血が流れているのにもかまわず、体に巻かれたロープをはずすと、左手の結び目を無我夢中でほどいた。途中で右手の爪が三枚折れたが、そのことにもほとんど気づかず、ようやくほどけたロープを床に放った。立ちあがって出口に急いだが、ドアの少し手前で足を止めた。窓の前に行ってそっと外をのぞき、バートンの姿がないかどうか確認した。まだ戻ってきていないことがわかると、ドアを開けて外に駆け出し、必死で逃げた。

だがそれほど遠くまで行かないうちに、急にお腹に鋭い痛みを覚えて立ち止まった。ジュリアナはあえぎながら、前かがみになって両手でお腹を抱えた。しばらくすると痛みは治まったが、この状態であまり無理をすると、自分かお腹の子に危険がおよぶかもしれないと思った。

ふたたび歩き出そうとしたそのとき、馬のひづめの音が聞こえてきた。

誰かが来るのだろうか？　ああ、神様、どうかその人がわたしを助けてくれますように。レイフが来てくれたんでありますように！

やがて見慣れたダークブラウンの髪をした男性が、わだちのついた田舎道の角を曲がって現われた。

〝レイフだわ！〟

ジュリアナの心臓が早鐘のように打ち、目に喜びの涙があふれた。レイフがイーサン・アンダートンと一緒に、こちらに向かって全速力で馬を駆っている。

レイフと目が合い、そのグリーンの瞳に安堵の色が浮かんだのが見えた。ジュリアナは微笑み、二歩前に進んだ。

ふいにレイフの表情がこわばった。なにかを懸命に叫んでいるが、気まぐれな三月の風が邪魔をして聞き取ることができない。ジュリアナは眉根を寄せて耳を澄ませたが、次の瞬間、レイフがなにを言おうとしているのか直感で察した。

ミドルトンだ！　一瞬でも彼のことを忘れるとは、自分はなんてうかつなのだろう。

身をかわして逃げようとしたそのとき、バートンのがっしりした腕が腋《わき》の下にまわされた。逃れようともがいたが、バートンは腕にぐっと力を入れ、肋骨が折れるのではないかと思うほどきつくジュリアナの体を締めあげた。

「おとなしくしないと、ますます痛い目にあうぞ」バートンはぞっとするような声で言った。

ジュリアナはお腹の子に危害がおよぶことを恐れ、抵抗するのをやめた。

「彼女を放すんだ、セント・ジョージ！」レイフは叫び、イーサンとともに数フィート手前で馬をとめた。馬から降りようとしたレイフに、バートンは言った。

「動くんじゃない、ペンドラゴン。彼女の命が惜しいなら、それ以上近づくな」

ジュリアナの耳元でかちりという音が聞こえ、冷たい銃口がこめかみに当てられた。ジュリアナは震えながら目を閉じ、悲鳴を上げたくなるのを必死でこらえた。そしてしばらくしてから目を開けた。

「お前ならわかっていると思うが、ぼくは引き金を引くのをためらったりしない。彼女を殺されたいか？」

レイフは首をふった。「やめろ。要求を言え」

「手紙を読んだなら、こちらの要求はわかっているはずだ。現金二万ポンドと日記だ。早くよこせ」

「ジュリアナを解放したら渡そう」

バートンはジュリアナの体にまわした腕に、さらに力を入れた。「金と日記を受け取ってからだ。持ってきただろうな？」

「もちろんだ。お前の言うとおり用意した」

「見せろ」

レイフは鞍《くら》の上で体を動かした。「申し訳ないが、お前のことは信用していないんだ、セント・ジョージ。だから用心のため、金と日記はここに来る途中で埋めてきた」

バートンは体をこわばらせ、苛立ちをあらわにした。「どこに埋めた？」

「ここからそう遠くない場所だ。ジュリアナを解放したら、ぼくが案内しよう。なんだったら銃は持っていてもいい」

「レイフ、やめて！」ジュリアナは叫んだ。

レイフもバートンもジュリアナを無視し、じっと互いの顔をにらんでいた。

バートンはしばらくどうするべきか考えていたが、やがて口を開いた。「お前は」ジュリアナのこめかみから銃を離し、それをイーサンに向けた。「馬から降りろ。その前に武器をすべて出せ。お前もだ、ペンドラゴン。上着の前を開けて、なにも持っていないことをこちらに見せろ」

イーサンがレイフの顔を見た。「いいのか？」

「言われたとおりにしてくれ。ほかに方法はない」

「そのとおりだ」バートンが言った。「ペンドラゴンに男やもめになる気がないのなら、ほかに方法はない」

レイフとイーサンはポケットからゆっくりと銃を取り出し、それから外套のボタンをはずして前を開けた。それぞれの外套の内側には、もう一対の銃が入っていた。

ジュリアナは、バートンに言われるまま武器を捨てたりしないようふたりに訴えたかったが、どうせ聞いてはもらえないと思って黙っていた。

「ヴェッセイ。鞍嚢《あんのう》に銃を入れろ」バートンが言った。

イーサンは警戒しながら言われたとおりに馬から降り、鞍についた革の袋を開けて銃をなかに入れた。

「こちらに歩いてこい。だがあまり近づきすぎるな」バートンはふたたびジュリアナのこめかみに銃を当てた。

イーサンはすまなそうな顔でジュリアナを見ると、前に進んで鞍嚢を地面に置いた。

「戻れ」

イーサンが数フィート後ろに下がったところで、バートンは指が食いこむほど強くジュリアナを締めつけたまま、その体を盾にするようにして鞍嚢に近づいた。手が届くところまで来ると、ジュリアナを自分の右方に押しやり、腰をかがめてさっと鞍嚢を拾いあげた。

ジュリアナはよろけ、なんとか体勢を立てなおそうとした。あやうく転びそうになったが、その寸前で今度は別の腕に抱きとめられた。イーサンの腕にしっかりと抱かれ、ジュリアナはレイフのほうを見た。

目の前が真っ暗になった。ミドルトンがイーサンの馬に乗り、レイフにまっすぐ銃口を向けている。

「彼女を頼む、イーサン」レイフが言った。

そしてバートンとともに、馬の向きを変えて走り去った。

「ああ、どうしよう、レイフが」ジュリアナはショックと恐怖で震えた。「ミドルトンはあ

れなかった。


「レイフならきっとだいじょうぶだ」イーサンが言ったが、その口調にあまり自信は感じられなかった。

「あとを追わなければ」

「きみを置いていくわけにはいかない。レイフに殺される」

「置いていかなければいいじゃない。厩舎に馬と馬車の用意があるの。いまから追えば、数分の遅れですむわ」

「論外だ」

ジュリアナはイーサンの腕をふりほどき、両手を腰に当てた。「だったら、わたしひとりで行くわ」

そう言うとくるりと後ろを向き、厩舎に向かって歩き出した。

背後でぼそりとつぶやく声がした。「まったく、女ってやつは!」

しばらくして後ろから歩いてくるイーサンの足音が聞こえた。

25

「あとどれくらいだ?」バートンがレイフに銃を向けて訊いた。ふたりは馬に乗って田舎道を走っていた。

「ここからそう遠くない。すぐそこだ」

とはいえ、〝すぐそこ〟というのがどこなのかは、これからレイフが決めることだった。身代金と日記を途中で埋めてきたというのは真っ赤な嘘なのだ。ジュリアナを無事に逃がさなければという一心で、とっさにセント・ジョージに嘘をついた。その場で考えたことなので、とても完璧な作戦とは言いがたい。自分が撃ち殺される可能性もある。だが少なくとも、ジュリアナと赤ん坊はこれで安全だ。

身代金と日記は、ハンニバルが近くの宿屋で部屋の棚に鍵をかけて保管している。それでも、ジュリアナを解放してくれれば自分が人目のある宿屋に案内しようなどと言ったところで、セント・ジョージが首を縦にふるとは思えなかった。きっとすぐに罠だと見抜かれていたにちがいない。

そもそも自分は、セント・ジョージに金も日記も渡す気はない。そのふたつは、ジュリアナを取り戻すための最後の切り札として持ってきたにすぎないのだ。いまはとにかく森のなかのそれらしき場所にセント・ジョージを連れていき、隙を見て銃を奪うことに全力を尽くさなければ。彼の自由を奪うことに成功したら、ロンドンに連れ帰って当局に身柄を引き渡すつもりだ。

といっても実行するのはそれほど簡単なことではないとわかっている。一瞬たりとも気を抜かず、すばやく判断を下さなくてはならない。

バートンがだんだんいらいらしてきているのがわかり、レイフはどこか適当な場所はないかとあたりを見まわした。地面はそれほどぬかるんでいないので、とりあえずどこでも問題はなさそうだ。角を曲がったところで、樹木のうっそうと茂った格好の場所が目に入った。

「あそこだ」レイフは大きな木を指さした。「あのカシの木の下に埋めた。道路から数ヤード歩いて森のなかに入ったんだ」

「間違いないか？」

「当たり前だ。二万ポンドもの大金を埋めた場所を忘れるわけがないだろう。馬から降りていいか？」

バートンはいいだろうというように銃をふった。「案内しろ。言っておくが、おかしなまねをしたら撃つぞ」

どちらにしても撃つつもりだろう、とレイフは思った。目的のものを手に入れたら、のちのち邪魔になりそうなものは始末するつもりでいるにちがいない——それはつまり自分のことだ。ことわざにもあるとおり、死人に口なし、というわけだ。もっともハーストの日記のことを考えると、それも厳密には正しいとは言いがたい。ハーストは墓場に行ってもなお、多くのことを饒舌《じょうぜつ》に語っているではないか。

ブーツのかかとを少し食いこませながら、レイフは雪が溶けて湿った地面を森の中へと入っていった。後ろにバートンがぴたりとついている。節だらけのずんぐりした手のような裸の木の枝が、頭上に広がっていた。新芽はまだ固く閉じているが、じきに開きはじめるだろう。

レイフは心臓の鼓動を鎮めるために深呼吸をし、いまはなによりも冷静でいることが大切だと自分に言い聞かせた。チャンスが来たらそれを見逃さず、迷わず行動しなければならない。もし失敗したら、二度目のチャンスはないだろう。

「ところで」レイフはバートンの気をそらそうとして言った。「どうしてぼくが日記を持っているとわかったんだ?」

バートンは笑い声を上げた。「確信があったわけじゃないが、お前が盗んだと仮定して賭けに出ることにした。もし違ったとしても、お前の妻を誘拐すれば金をせしめることはできるだろう。第一、そんなことをするやつがお前以外に考えられるか? ぼくにそれほどの深い恨みを持っている人間なんて、ほかに思いつかない」

「いや、ほかにも何人かいるはずだ。エレノア・ウィンスロップの父親もそのひとりじゃないか」

「あのろくでなしの老いぼれめ。犯罪の証拠とやらを持っているらしいが、ぼくを有罪にすることはできない。日記の原本さえ処分してしまえば、いくら写しがあったところで、こちらを貶《おとし》めるために捏造《ねつぞう》された証拠だとして片づけられるだろう。世間は侯爵のことをこう思うにちがいない――娘の死をいつまでも受け入れられず、悲しみにとりつかれた父親だ、と」

「ハーストのことはどうだ？　警察《ボウ・ストリート》はあいつが毒殺されたとわかってるぞ」

「そうなのかい？　あいつの死因は心臓発作だと判定されている。仮に毒が原因だとしても、それは長年にわたって浴びるほど酒を飲みつづけたせいだ」

「あくまでもそう言い張るつもりなんだな。ぼくを相手に、いまさらしらを切ることもないじゃないか。どうせ殺すつもりなんだろう？　どうして嘘をつくんだ？」

「いいから歩け、ペンドラゴン」バートンはレイフの肩を銃でつついた。

「それにしても、だ。殺人を犯しておきながら、なぜお前がそこまで無事に逃げおおせられると自信満々でいられるのか、不思議で仕方がない」

「決まってるじゃないか。前にも経験があるからだ」

「前妻のことだろう?」レイフは短い傾斜を下りながら言った。「それもそうだが、じつはもうひとりいる。長い付き合いのお前が相手だから言うが、それはお前のとても近しい人間だ」

レイフの背筋を冷たいものが走った。「どういうことだ?」

「パパの死について疑問を抱いたことはないのか?」バートンはゆっくり引き伸ばすように言った。「まだ若いのに、どうしてとつぜん死んだのか」

「心臓発作だろう」

「ああ、そうだ。毒物というものはじつに興味深い。ぼくはそれについて、少しばかり勉強した。毒のなかには味のないものもあると知ってるか? もっともそれ以外の種類のやつには、独特の味を消すためにそれよりにおいの強いものが必要になる。酒は毒を混ぜるのにもってこいだ。狙った相手が特定の酒を習慣的に飲んでいるとなればなおさらだ。パパはブランデーが好きだった。毎晩、食事のあとに飲んでいた」

レイフは激しく動揺し、やっとの思いで歩きつづけた。〝なんてことだ、セント・ジョージが父を殺したとは!〟

「どうということはない。人を殺すのに勇気がいるのは、最初の一回だけだ。パパはぼくが耳元に口をつけて本当のことを教えてやるまで、自分の身になにが起きたのかさえわかっていなかった。自分が息子の手にかかって死ぬのだとわかったときの、あの恐怖に満ちた目をいまでもはっきりと覚えている」

「なぜだ？」レイフは絞り出すような声で訊いた。「そんなに憎かったのか？」

「憎むだと？　まさか、そんなはずがないだろう。ぼくはパパが大好きだった。彼の死で、ぼくほど打ちひしがれた者はいない。だがパパは、ぼくが子爵家を継ぐのにふさわしい人間ではないなどと、許しがたいことを言った。ぼくは身勝手で心というものがなく、自分より下だと思った相手に対して残酷になるそうだ。そしてお前が嫡出子で、自分の跡継ぎならよかったと言い放った。ぼくたちふたりを比べたら、お前のほうが人間的に優れている、と」

バートンはまたもや銃でレイフをこづいた。「いまはどっちが勝っている？　ここを勝者として出ていくのはどっちだ？」

お前じゃない。レイフは胸のうちでつぶやき、顔の高さにある低い木の枝をかきわけて歩いた。そしてチャンスが到来したことを知った。

〝いまだ！〟

分枝した大きな枝をしなるほど強く押すと、すばやく身をかがめてから手を離した。

枝が勢いよく後ろに飛んでいき、バートンをしたたかに打った。

バートンはうめき声を上げながら、粗くとがった枝から逃れようともがいた。体をねじり、必死で枝を払っているバートンの横で、レイフはこぶしを構えて待った。

バートンのあごを殴った瞬間、レイフの手に鋭い痛みが走った。だがレイフの頭には、相手の手から銃をもぎ取らなければという思いしかなかった。そしてバートンの手首をつかんでねじあげた。指を相手の肉に食いこませ、骨と骨をぶつけながら、ふたりは銃を自分のものにしようとして争った。

次の瞬間、銃が空中を飛んだ。そして鈍い音をたて、別の木の根元に落ちた。

レイフが銃に飛びつき、ついにやったという満足感を覚えながら木でできたグリップをつかんだ。反転し、銃を上げてバートンの胸に狙いを定めた。そして銃を構えたまま立ちあがった。

バートンは動きを止め、青空のような色の瞳を失望と憎悪で光らせた。呪いの言葉を吐いたが、自分の負けを認め、それ以上抵抗しようとはしなかった。

「やれ、ペンドラゴン。引き金を引くんだ。それがお前の望みだろう」

「そうだ。それがぼくの望みだ。だがぼくとお前の違いはそこにある、セント・ジョージ。ぼくは平気で人を殺すことなどできない。そのほうが世のなかのためになるとわかっていてもだ」

「腰抜けめ」

「死刑執行人がお前の首に縄をかけたとき、どちらが腰抜けかわかるだろう。ぼくの証言と証拠があれば、貴族院がお前を死刑にすることは間違いない」

バートンは青ざめたが、なにも言わなかった。

「歩け」レイフは言った。「帰りはお前が前を歩くんだ」

帰り道は行きよりも短く感じられた。レイフとバートンが戻ってきたのを見て、馬が甘えるように鼻を鳴らした。

「ここで待ってろ。動くんじゃないぞ」道路に出たところでレイフは言った。コテージに引き返す前に、バートンの自由を完全に奪うつもりだった。

そして銃を水平に構えたまま、馬に近づいて鞍嚢からロープを取り出した。それを手に、バートンのところに戻った。

手を後ろにまわせと命じようとしたそのとき、泥道を走ってくる馬車の車輪のがたがたという音と、馬のひづめの音が聞こえた。

レイフは顔を上げ、御者が誰かを見て目を丸くした。

イーサンが優しく号令をかけると、馬がとまった。

「いい光景だな。銃を持っているのがお前だとわかってほっとした」

「ああ、なんとか形勢を逆転した。それにしても、なんで来たんだ？　ジュリアナのそばにいるという約束だろう」

「わたしならここにいるわ」ジュリアナが馬車の窓を開けて身を乗り出した。「助けに来たのよ」

心臓がふたつ続けて速く打ち、レイフはいやな予感を覚えた。

イーサンはばつの悪そうな顔をした。「彼女に押し切られた」

「いますぐジュリアナを連れて安全な場所に戻るんだ。セント・ジョージとぼくもすぐに行く」

「あなたを彼とふたりきりで残していくわけにはいかないわ」ジュリアナはとんでもないという顔をした。「ヴェッセイ卿、レイフに手を貸してあげて」

「イーサン、そこを動くんじゃない」

「さあ、早く！」ジュリアナが言った。

「来るな」

「やはりぼくが手を貸したほうがいいだろう、レイフ」イーサンは言った。「そいつに油断は禁物――」

そのときバートンがすばやく動き、レイフのみぞおちに肘を入れた。レイフは苦痛に顔をゆがめながら、銃を奪われまいと必死に抵抗した。

次の瞬間、銃声があたりに鳴り響き、弾が森に向かって飛んでいった。レイフは役に立たなくなった武器を投げ捨て、こぶしを構えた。

バートンがさっと身をかわし、腰をかがめてブーツに手を入れた。上体を起こしたとき、その手には不気味に光るナイフがあった。バートンは呪いの言葉を叫びながら、レイフに襲いかかった。

馬車のなかからそれを見ていたジュリアナは、息が止まりそうになった。

ふたりは互いの顔をにらみながら、弧を描くように動いている。バートンがナイフで切りつけようとすると、レイフがすんでのところでそれをよけた。バートンがナイフを握った手をふたたび大きく突き出したが、レイフの体にはあと数インチ届かなかった。

イーサンが御者席で銃を手に取るのがジュリアナの目に入った。撃鉄を起こすかちりという小さな音がした。イーサンは銃を構えたが、撃つことができなかった。レイフとバートンの距離はあまりに近く、その動きも速すぎる。ジュリアナはイーサンが、バートンではなくレイフに弾が当たるのを恐れているのだとわかった。

レイフがバートンに飛びかかり、手首をつかんで内側にひねった。ふたりは取っ組み合い、激しい闘いを繰り広げた。

そしてもつれあったまま地面に倒れた。上になったり下になったりしながら殴り合っている。いまやナイフはどこにあるのかわからなくなっていた。

闘いはしばらくのあいだ続いた。ふいにレイフの体がびくりとしたかと思うと、そのまま動かなくなった。バートンが手足を広げ、レイフの上におおいかぶさっている。

ジュリアナの心臓が一瞬、止まった。

〝まさか、そんな！　レイフ！〟

ジュリアナは反射的に馬車の扉を開けて外に出た。地面に降り立った瞬間、バランスを崩し、馬車に寄りかかって体勢を立てなおした。

そのときレイフの手が動き、バートンの体を押しのけるのが見えた。仰向けになったバートンの胸には、ナイフが柄まで突き刺さっていた。おびただしい血が流れ、本人はもとより、レイフの全身も真っ赤に染まっている。

ジュリアナはレイフのもとに急ぎ、隣りにひざまずいた。「怪我は？　刺されたの？」血の海を前にしてすっかり気が動転し、レイフの体に両手を這わせて傷を探した。

レイフは肩で息をしながらかぶりをふった。「いや、ぼくは無事だ」

恐ろしいうめき声が聞こえ、ジュリアナは跳びあがった。ちらりと横を見ると、バートンと目が合った。そのブルーの瞳はショックと痛みでもうろうとしている。やがてバートンは憎しみに満ちた目をレイフに向けた。「地獄で会おう、ペンドラゴン！」

そして耳障りな音をたてながら、最後にひとつ荒い息を吐き、唇の端から真っ赤な血を一筋垂らして絶命した。

ジュリアナはレイフに抱きつき、目を閉じて胸に顔をうずめた。恐ろしさで体が震えたが、それと同時に、ようやく終わったのだという安堵感がこみあげてきた。レイフがジュリアナの背中に手をまわし、その体をしっかり抱きしめた。

「だいじょうぶかい？」ジュリアナの額にくちづけながら訊いた。「あいつにひどいことをされたんじゃないのか？　その手首の傷は――さっきは訊く暇がなかったが、あいつに

「——」

「この傷なら、逃げ出そうとして自分でつけたものよ。ほかに怪我はないわ。ただ、怖くてたまらないだけ——ああ！　ううっ」

ナイフで刺されたような痛みが腹部に走り、ジュリアナはレイフに抱かれたままうずくまった。

「どうしたんだ？　だいじょうぶかい？」レイフはあわてふためいた。

ジュリアナは返事ができず、じっとして痛みが過ぎ去るのを待った。

「だいじょうぶか？」イーサンが近づき、心配そうにふたりの顔をのぞきこんだ。

「わからない」

「たぶん陣痛だろう。産気づいたんじゃないのか？」

「産気づいただって！　予定日はまだ三週間も先だぞ」

「赤ん坊は予定など気にしないものだ。出てきたいときに出てくる」

ふたりの会話を聞いているうちに、ジュリアナの痛みの波が引き、緊張していた筋肉から力が抜けた。

「ジュリアナ？　なにか言ってくれ。赤ん坊かい？」レイフの深いグリーンの目に、バートンと闘っているときでさえ見せなかった不安の色が浮かんだ。

ジュリアナはうなずいた。「ヴェッセイ卿の言うとおりだと思うわ。今日、痛みを感じたのは、これが初めてじゃないの」

レイフは腕をほどいて立ちあがった。そしてジュリアナに手を貸し、ゆっくりと立たせた。

「歩けるかい？」

「ええ、だいじょうぶだと思うわ」

「馬車に乗ろう」レイフはイーサンの顔を見た。「イーサン、セント・ジョージの死体を頼めるか？　ひとりで運ぶのが無理なら、ここに残していってまたあとで戻ってこよう」

「ひとりで馬に乗せられると思う。ぼくのことは心配しなくていい。早く行くんだ」

「じゃあコテージで会おう」

「お願い、それだけはやめて。あそこには戻りたくないわ」

レイフは眉根を寄せた。「どうしてだい？」

「あの寒くてぞっとするような場所に、三日も閉じこめられていたのよ。もう二度と行きたくないわ。あそこで子どもを産むなんて絶対にいやよ」

「きみの気持ちはわかるが、ここでお産をするわけにはいかない」レイフは片方の手をこぶしに握って腰に当てた。「ハンニバルが待っている宿屋に行ってもいいが、あそこも快適さという点ではコテージとたいして変わらない。イーサン、お前の領地のアンダーリーに行けないか？」

「もちろん大歓迎だ。誰もぼくたちが来るとは思っていないから、屋敷の準備はできていないだろうが、うちの女中頭は優秀だ。彼女に任せておけば安心だろう。ここからなら一時間少々で着くが、それまでレディ・ペンドラゴンの体がもつだろうか」

レイフはジュリアナの顔をのぞきこんだ。「どうだい、ジュリアナ？　それくらいの時間、我慢できるかな？」

「たぶんだいじょうぶよ。子どもが生まれるのはきっとまだ何時間も先だし、イーサンの屋敷なら申し分ないわ」

「馬車のなかで生まれないことを祈ろう」レイフはつぶやき、ジュリアナを抱きかかえた。そしてそっと優しく馬車の座席に座らせた。「なにかあったら大声で呼んでくれ」

ジュリアナは笑みを浮かべてうなずき、レイフが扉を閉めるのを見ていた。

レイフが御者席に飛び乗り、馬を動かそうとしたとき、ジュリアナはふたたび陣痛に襲われた。唇を噛んでお腹をさすり、赤ん坊にもう少し辛抱するよう言い聞かせた。

26

「いい加減にうろうろするのをやめないと、じゅうたんに穴が開くぞ」

レイフはイーサンの言葉を無視し、居間のなかを行ったり来たりした。もう十四時間も前から、幾度となく同じことを繰り返している。心配で胃がおかしくなりそうだ。

あまりに長すぎる。赤ん坊はまだ生まれないのか。

子どもが生まれるのはまだ当分先だというジュリアナの言葉は、大げさでもなんでもなかった。最初のうちはこれが自然なのだと思っていたが、時間がたつにつれ、だんだん不安がつのってきた。

介助に来た助産婦が、数時間前に一階の居間に下りてきて、ジュリアナのお産はゆっくりとではあるが順調に進んでいると教えてくれた。

「赤ちゃんのなかには」彼女はイーサンと同じようなことを言った。「のんびり出てくるのを好む子もいます。いまのところ、なにも心配することはありません」

けれども、それはもう四時間前のことだ。心配になるのも当たり前ではないか。

二階から苦しそうなうめき声が聞こえ、レイフの不安をさらにかきたてた。ジュリアナの苦痛の叫びがもうかれこれ十数時間も屋敷のなかに響きわたっている――昨日の午後に始まり、永遠に明けないのではないかと思われるほど長い夜のあいだも、ずっとこうして苦しそうな声を上げているのだ。そしていま、窓の外はうっすらと白みはじめ、いまにも燃え尽きそうなろうそくの灯に朝日が取って代わろうとしている。

ジュリアナがまたしても、階下まで届く大きなうめき声を上げた。

これほどの苦しみに、彼女はいつまで耐えられるのか？

レイフはぼさぼさの髪を手ですき、廊下に出て階段の上り口からジュリアナのいる二階を見上げた。「ぼくも行ったほうがいいだろうか？」

「行ってどうするんだ？」イーサンがソファに座ったまま言った。「女性たちに任せておけばだいじょうぶだ。お前やぼくにできることはなにもない。さあ、せっかくシェフが朝食を用意してくれたんだから、冷める前に食べたらどうだ」

「食欲がないんだ」

イーサンはやれやれという顔をした。「この数日、まともな食事をとっていないじゃないか。それにロンドンを発つ前から、ろくに寝てないだろう。疲れが顔に出ているぞ。はっきりいって、ひどい顔だ」

疲れが顔に出ているどころではないだろうと、レイフは思った――頬は無精ひげでざらざらし、髪の毛は逆立ち、胸元からはタイも消えている。血だらけの上着とともに、とっくにどこかに捨ててしまった。だがいまは、外見などかまっている場合ではない。自分が食事や睡眠をとろうがとるまいが、そんなことはどうでもいい。いまこのとき、ジュリアナが上階で産みの苦しみに耐えているのだ。

もしもジュリアナが命を落としたら、自分はどうすればいいのか？　彼女なしで、いったいどうやって生きていけるだろう？

そんなことを考えてはいけないとわかっているが、セント・ジョージの魔の手からようやく救い出したジュリアナを、出産で亡くすなどということがあれば、それ以上の悲劇はない。しかも自分はまだ、彼女に愛していると言っていないのだ。

レイフはいますぐ階段を駆けあがり、手遅れになる前に愛を打ち明けたいという衝動に駆られたが、それをぐっとこらえた。

ジュリアナはだいじょうぶだ。そう自分に言い聞かせた。無事に決まっている。

ふとふり返ると、イーサンがすぐ後ろにいた。「食べないのなら、せめて紅茶だけでも飲んだらどうだ」そう言ってカップを差し出した。

レイフは仕方なくカップを受け取って紅茶を二口ほど飲むと、部屋を横切って椅子に腰を下ろした。そして黙ってカップを脇に置いた。

「さっきハンニバルが到着した」イーサンが言った。「ぼくの手紙を読み、まっすぐここに来た。ミドルトンの死体があることを、地元の治安判事に伝えに行ってもらっている。カップはまっとうな判事だし、今回の件がこちらの正当防衛であることはあきらかだ。とくに問題はないだろう」

「ロンドン警察も同じ結論を下すはずだ」レイフは組んだ手を、ひざのあいだに落とした。「事情聴取はされるだろうが、ミドルトンの犯した罪はもう世間の知るところになっている。こういう結末になったことに、みな内心でほっとするはずだ。紳士というものは、同じ貴族仲間が裁判を受けるのをひどくいやがるからな」

「ああ。たとえミドルトンのように誰が見ても疑わしい人物であっても、みな裁判だけは避けたいと思うものだ」

そのとき二階からまたもや苦しそうな声が聞こえ、レイフの頭からミドルトンのことが吹き飛んだ。

ジュリアナの声が弱々しくなってきたように思えるのは、気のせいだろうか?

レイフは立ちあがり、ふたたび部屋のなかを行ったり来たりしはじめた。

次の瞬間、胸が締めつけられるような悲鳴があたりに響きわたった。

大変だ、ジュリアナが死んでしまう!

レイフは彼女のもとに行かなければという一心で、居間を飛び出して階段を一度に二段ずつ駆けあがった。ジュリアナのいる寝室のドアを勢いよく開け、なかに入った。

四人の女性がいっせいに視線を向けた。ジュリアナがベッドの中央に横たわり、ネグリジェのすそを大きく突き出したお腹の上までまくりあげている。ダークブラウンの髪を汗で額にはりつかせ、痛みのあまり体をねじっている。

ベッドの足元に立った助産婦が、とがめるような目でレイフを見た。「閣下、どういうおつもりですか？　ここにいらしてはいけません。出ていってください」

レイフはその言葉を無視し、ジュリアナの顔を見つめたまま部屋の奥に進んだ。「きみの叫び声が聞こえた。無事かどうか心配で来たんだ」

ジュリアナがまたもやうめき声を上げ、背中を弓なりにそらして痛みにあえいだ。太ももとふくらはぎの筋肉が収縮し、腹部が小刻みに震えている。レイフは体をこわばらせ、ジュリアナの痛みを自分の痛みのように感じた。

「レディ・ペンドラゴンはお産の真っ最中ですから、邪魔をなさらないでください」助産婦はいらいらしたような手つきで、助手と若いメイドにレイフを部屋から追い出すよう合図した。

レイフはふたりに無理やり部屋から出されそうになったが、その場を頑として動かなかった。「もう十数時間もかかっている。一階でずっと彼女の苦しそうな声を聞いていた。妻が無事だとわかるまで、ここを動くつもりはない」

「奥様のお産になにも問題はありません。さあ、赤ちゃんが出てきます。いますぐお戻りください」

「赤ん坊が出てくるだって？」助産婦の言葉の意味を呑みこみ、レイフははっとした。「いまから？」

「はい。い、いまからです」

ふたたび陣痛が襲った。ジュリアナは叫び、肘をついていったん上体を起こすと、すぐにまた力尽きたように横たわった。

レイフは自分がいても邪魔になるだけかもしれないと思い、助手とメイドに促されるまま、一、二歩後ろに下がった。

ジュリアナが横を向き、懇願するような目でレイフに手を差し伸べた。「行かないで、レイフ」

レイフは立ち止まった。

そして助手とメイドの手をふり払い、迷うことなくジュリアナのそばに駆け寄った。ひざまずき、そのほっそりした手を握り、優しく額をなでた。かすかに震える指で、紅潮した額や頬にはりついた髪を後ろになでつけた。

「だいじょうぶだ、ぼくはここにいる」レイフはささやき、ジュリアナの目を見つめた。

「痛くて我慢できないわ」次の陣痛がやってきて、ジュリアナは音をたてて息を吸うと、歯を食いしばって痛みをこらえた。

レイフはジュリアナの肩を抱き、腕のなかでその体が震えるのを感じた。あまりに苦しそうなジュリアナの姿に、レイフは胸を引き裂かれる思いだった。

自分が代わってやりたい。もしできることなら、自分が喜んで彼女の苦しみを引き受けよう。だが出産は、女性だけに課せられた仕事なのだ。自分はただそばで見守ることしかできない。

「閣下、お願いですから出ていってください」助産婦が強い口調で言った。「ここは殿方のいるべき場所ではありません」

「男のいるべき場所であろうがなかろうが、ぼくはここを動かない」

レイフはふたたびジュリアナの顔を見た。

「怖いの」ジュリアナの頰に一筋の涙が伝った。「無理よ。わたしにはできないわ」

「いや、きみならできる」レイフはきっぱりと言った。「きみのように勇気のある女性なら、絶対にだいじょうぶだ。ぼくはきみの勇敢さを誇りに思っている。きみならなんだってできるに決まってる。さあ、次の陣痛が来たら、ぼくの手を思いきり握るんだ。ぼくはここにいる。きみのそばを離れない」

まもなくその言葉どおり、ジュリアナがレイフの手をぎゅっと握りしめた。指の骨が二、三本折れるのではないかと思うほど強い力だったが、レイフは我慢した。ジュリアナが耐えている痛みに比べると、これくらいなんでもない。

「頭が見えてきました」助産婦が言った。「あともう二、三回いきめば、赤ちゃんが出てくるでしょう。次の陣痛が来るまで、力んではいけませんよ」

「さあ、あともう少しだ」レイフが励ました。

それから二度、陣痛がやってきたときも、ジュリアナはレイフの手を命綱のようにつかんで放さなかった。そして全身を震わせながら、赤ん坊を産み落とした。

ジュリアナはレイフの胸に顔をうずめ、か細い声で泣いた。

赤ん坊の元気な泣き声が部屋じゅうに響いた。

レイフはジュリアナをそっと枕に寄りかからせると、首を伸ばして赤ん坊を見た。赤ん坊の小さな体は赤くしわだらけで、つやつや光っている。

「どっちなの？」ジュリアナは弱々しい声で訊いた。

「男の子だ」レイフは喜びで胸が躍った。「男の子の誕生だ！」

「泣いているのね」ジュリアナはつぶやき、震える指でレイフの頬に触れた。

「ぼくが？」レイフは嬉しさと驚きを覚え、濡れた目をしばたいた。そして妻の耳元でささやいた。「ぼくが泣いているとしたら、それはきみを深く愛しているからだ。ぼくたちの子を産んでくれてありがとう」

そう言うとまわりの目も気にせず、ジュリアナにキスをし、心からの感謝と喜びを伝えた。

それから二日間、ジュリアナは寝たり起きたりして過ごした。

ミドルトンに誘拐されたことに続き、出産という心身ともに大変な負担のかかる仕事をなしとげ、いまや疲労は体の芯にまで達していた。

細切れに睡眠をとっては目を覚まして子どもにお乳を与え、それからふたたび眠りに落ちた。最初に授乳したとき、生まれたばかりとは思えない力で赤ん坊に乳首を吸われ、ジュリアナは驚いた。やがてその不思議な感覚にも慣れ、授乳の時間に安らぎを覚えるようにすらなった。懸命にお乳を吸う赤ん坊の小さな頭をなで、黒っぽい柔らかな毛の感触を楽しんだ。

イーサンの女中頭――母のように優しくまじめな女性だ――が子守係の役目を引き受け、赤ん坊とジュリアナの面倒を見てくれた。そしてジュリアナにとにかく食事をとらせようとした。

「お子様を元気に育てたいなら、いまは栄養をとることが大切です」そう言って子どもを産んでからまだ一時間しかたっていないジュリアナに、温かい牛肉のスープを勧めた。くたくたに疲れていたジュリアナがいらないと言っても、無理やり口のなかに流しこむようにして食べさせた。女中頭に言われるまま食事をし、休んでいるうちに、ジュリアナはしだいに元気を取り戻していった。

レイフはといえば、お産のとき以来、ほとんど姿を見せなくなった。女中頭のミセス・マッキーによると、しょっちゅう寝室に様子を見に来ているが、妻には休息が必要だと言ってすぐに立ち去るそうだ。

それでも赤ん坊のことだけは、どうしてもかまわずにはいられないらしい。ある日の午後、ふと眠りから覚めると、レイフが赤ん坊を腕に抱いて小さな声であやしていた。やがて額にくちづけて揺りかごに戻し、足音を忍ばせて部屋を出ていった。ジュリアナはそれからまたすぐ眠りに落ち、しばらくして目覚めたとき、あれはもしかすると夢だったのだろうかと考えた。

もうひとつ、レイフが愛していると言ったのを聞いたような気がするが、あれも夢だったのだろうか。もしかするとお産の苦しみにあえいでいる自分が、勝手に頭のなかで作り出した幻だったのかもしれない。子どもが生まれたあと、レイフとほとんど顔を合わせなくなったこともあり、あれが現実だったという確信がますます持てなくなっている。

三日目の朝、東の空が白みはじめたころ、ジュリアナは眠りから覚めた。まぶたを開ける前から、久しぶりに体に力がみなぎり、頭もすっきりしていることがわかった。顔を横に向けると、レイフがベッドのそばに置かれた椅子に座っているのが見えた。「レイフ?」

「すまない。起こすつもりはなかった」レイフは低い声で言った。

「いいえ、自然に目が覚めたのよ。まだこんな早い時間なのに……どうしたの?」

レイフはかすかに口元に笑みを浮かべた。「寝顔を見ていたんだ。初めてきみに見つかったようだね」

ジュリアナの胸に嬉しさが広がった。「前にもこうしていたことがあるの？　気がつかなかったわ」

「きみは疲れきっていたからな。気分はどうだい？」

ジュリアナは枕にもたれかかった。「だいぶよくなったわ。まだ少し痛いけど」

そのとき部屋の反対側から小さな声がし、すぐにそれが泣き声に変わった。

「ぼくたちの声が聞こえたらしい」

ジュリアナはうなずいた。「そろそろ授乳の時間だわ」

上掛けをめくって立ちあがろうとしたが、レイフがそれを止めた。「ぼくが連れてこよう。きみはここにいてくれ」

レイフが赤ん坊を連れて戻ってきた。ジュリアナは一瞬、ネグリジェの前をはだけることにためらいを覚えた。だが赤ん坊を腕に抱いて乳首を含ませると、気まずい思いはすぐに消えた。レイフがそばにいてくれると、こんなに安心できるなんて。

「食欲旺盛だな」レイフは言い、透きとおるような頬を指でなでた。赤ん坊の顔の横で、レイフの手はひどく大きく見える。「名前はどうしようか？」

もうとっくに名前をつけていなければならない時期であることを、ジュリアナは思い出した。「キャンベルはどうかしら？　キャムよ。わたしの母方の祖父の名前なの。とても優しくて思慮深い人だったわ。わたしがまだ小さかったころ、よくおもしろい話をしてくれたの。

いつもわたしを笑わせてくれたのよ」

「ああ、強そうでいい名前だ。キャンベルにしよう」

ジュリアナは赤ん坊を見下ろし、その愛らしく、日ごとにはっきりしてきている顔をそっと指でなぞった。広い額にしっかりしたあご、それに貝殻のような形の耳をしている。瞳は青いが、よく見るとすでに緑色を帯びているのがわかる。このままグリーンの瞳になるのだろうか、それとも自分のように濃い茶色の瞳になるのだろうか？　きっと父親譲りの目になるにちがいない。キャンベルが父親似であることは、いまの時点でもう誰の目にもあきらかだ。

「マリスとウィリアムに手紙を送った」レイフは言い、椅子にもたれかかった。「ふたりは子どもの誕生を心から喜んでくれた。マリスはここに来たがっていたが、もうすぐロンドンに戻るから待っててくれと返事をしておいた」

「そうね。この屋敷も快適だけど、早く家に帰りたいわ。マリスとウィリアムに会えるのが待ち遠しい」

お腹いっぱいお乳を飲んで満足したキャンベルが、うとうとまどろみはじめた。ジュリアナは赤ん坊を肩に抱き、軽く背中を叩いてげっぷをさせた。それが終わると、レイフがキャンベルを抱いて揺りかごに連れていった。

ジュリアナはネグリジェのボタンを留め、枕に頭を乗せた。

レイフがジュリアナのそばに戻ってきた。シーツと毛布を整えてジュリアナの体にしっかりかけると、その頬にかかった一筋の髪を後ろになでつけた。「少し眠ったほうがいい」

「行かないで。わたしは……疲れてないわ——その、それほど疲れてないという意味だけど。ここにいて……話がしたいの」

レイフはためらい、しばらくのあいだジュリアナの目を見ていたが、やがてうなずいて椅子に腰を下ろした。

「わかった」

ふたりのあいだに沈黙が流れた。窓の外から小鳥のさえずりが聞こえてきた。

ジュリアナはのどになにかがつかえているような気がして、ごくりとつばを飲んだ。行かないでと引き止めておきながら、なにを言えばいいかわからないなんて。伝えたいことも訊きたいことも、数えきれないほどあるというのに。これまでいろいろあったけれど、できることなら彼ともう一度やりなおしたい。

ジュリアナは眉根を寄せた。

レイフも濃い茶色の眉をひそめた。

「ジュリアナ、ぼくは——」

「レイフ、わたしは——」

ふたりは同時に口を開いた。ジュリアナが笑い声を上げると、レイフも微笑んだ。ジュリアナはふと落ち着かなくなり、胸の鼓動が速まるのを感じた。

「失礼。なにを言おうとしたんだい?」

「あなたが先に言って。わたしはあとでいいわ」

「いいのかい?」

ジュリアナはうなずき、柔らかいが少しちくちくするウールの毛布をなでた。

レイフの顔から笑みが消え、真剣な面持ちになった。「じゃあそうさせてもらおう。ぼくは……ジュリアナ、きみに謝りたい」

ジュリアナは顔を上げた。それはまったく予想もしていない言葉だった。

「なにを?」

「たくさん謝らなければならないことがあるが、まずはセント・ジョージのことだ。きみをこんなにつらい目にあわせるつもりはなかった。怖かっただろう……ああ、だいじょうぶかい? あいつに口に出せないようなひどいことをされたんじゃないか? ぼくに隠す必要はないから言ってくれ」

レイフは手を伸ばし、ジュリアナの右手をそっと包んだ。そして傷ついた手首に巻かれた包帯をなでた。

「なにも隠してないわ。もちろんとても怖かったし、赤ちゃんのことが心配でたまらなかったけれど、これは」そこで手首をほんの少し動かした。「自分でつけた傷よ。ほら、前にも言ったでしょう。本当になんでもないの。わたしはだいじょうぶよ」

レイフはじっとジュリアナの顔を見た。「そうか。ほかにひどいことはされなかったかい？」

「いいえ。あの人はあなたと対決することで頭がいっぱいで、わたしのことまで気がまわらなかったみたい。でももう彼はいなくなり、すべては終わったわ。忘れましょう、レイフ。なにもかも終わったのよ」

レイフはうつむき、ジュリアナの手を握りしめた。その手はすべすべして柔らかく、命のぬくもりを感じさせた。〝そうだ、自分たちは生きている〟

ジュリアナの手を口元に持っていき、手のひらにくちづけてその甘いにおいを胸いっぱいに吸いこんだ。彼女の言うとおりだ。いまこそ過去を葬り、前に進むべきときだ。自分の、いや、ふたりの未来に向かって歩いていこう。ジュリアナは一緒に歩いていってくれるだろうか。自分はもう少しで彼女を失うところだった。いまここで彼女を失うわけにはいかない。

レイフはもう一度、手のひらにキスをしてからジュリアナの手を放した。「きみに話すべきだった」

「なんのこと？」

「セント・ジョージのことだ。あいつがきみに危害を加えることが怖いのだと、正直に言えばよかった。なのにぼくは傲慢にも、自分ひとりの力できみを守れると思っていた。きみを不安にさせたくなかったんだ。そこでハンニバルとボディガード数人に、きみのあとをつけさせることにした」

　ジュリアナは仰天した。「ボディガードも雇っていたの？　まったく気がつかなかったわ」

「きみに見つからないようにしていた。セント・ジョージがロンドンに戻ってきていなければ、きみの後ろにぴたりとついて護衛するよう、ハンニバルに命じることもなかっただろう。だがいまにして思うと、それはとんでもない間違いだった。きみが黙ってぼくの言うことを聞くだろうなどと思わず、ちゃんと本当のことを話して、気をつけるように注意すればよかったんだ。そうすれば、きみが逃げ出すことも、危険な目にあうこともなかった」

「わたしは逃げ出したんじゃないわ。まあ、そうかもしれないけど、あなたが思っているようなこととは違うのよ。ただ少しだけ、ゆっくり考える時間と場所が欲しかったの」

「ぼくのいるブルームズベリー・スクエアの屋敷では、ゆっくり考える時間など持てないと思ったんだろう。きみはぼくのせいで家を出たんだ、ジュリアナ。そしてその結果、あいつの罠に落ちた」

　ジュリアナは小さく首をふった。「あなたがなにを言ったにせよ、きっとこうなっていたと思うわ。わたしには頑固なところがあるから、たとえあなたに注意されても、自分のやりたいことをやっていたはずよ。わたしが誘拐されたのは、自分のせいでもあるわ」

「たとえそうだとしても、きみをそこまで追いつめたのはこのぼくだ。きみは家にいると息が詰まり、ハンニバルやボディガードの目をかいくぐって逃げようと考えたにちがいない。それもこれも、ぼくの目の届かないところに行きたい一心で」ジュリアナの美しい瞳を見つめると、レイフの胸が締めつけられた。

訊くのが怖いが、どうしても訊かなければならないことがある。レイフは覚悟を決めて切り出した。「きみはぼくとは一緒に暮らせないと思うくらい、結婚生活に絶望しているのかい？　たしかにぼくは……クリスマスのとき、きみと離れて暮らすつもりはないと言った。きみはいまでも……マリスのところに行きたいと思っているのか？」

ジュリアナの瞳に答えが浮かぶのを見るのに耐えられず、レイフは目をそらした。

「もしそうだと答えたら、あなたはわたしとキャムを引き離すつもりなの？」ジュリアナは静かな声で言った。

レイフの胸に、ナイフを突き立てられたような鋭い痛みが走った。やっとのことで息を吸い、口を開いた。「いや。子どもには母親が必要だ。子どもから母親を取りあげるつもりはない」

ジュリアナはため息をついた。緊張していた肩から力が抜け、胸がぱっと明るくなった。

「わたしも子どもから父親を取りあげるつもりはないわ。あなたが言いたいのはそういうことなんでしょう、レイフ？」

レイフは困惑したような顔をした。「どういう意味だい？」

ジュリアナの心臓が早鐘のように打った。きみの考えているようなことじゃないと言われたらどうしよう？　彼に自分とやりなおすつもりなどなかったらどうするのか？　もしそうだとしたら、自分の心は今度こそ粉々に砕けてしまうだろう。

それでもジュリアナは答えを知りたかった。いままでと同じ暮らしを続けていくことだけは、どうしてもできないという思いだった。

「お産のとき」ひざの上で指をからめながら言った。「あなたはわたしを愛していると言ったわ。あれは本当の気持ちなの、それとも赤ちゃんが生まれる興奮で、つい口から出てしまった言葉なの？」

レイフは身を前に乗り出した。「そんなふうに思っているのかい？」思わず声が大きくなった。「ジュリアナ、どうしてわからないんだ？」

「わからないって、なにを？」ジュリアナの胸の鼓動がますます激しくなった。

レイフはジュリアナのあごに手を伸ばして自分のほうを向かせ、その目をのぞきこんだ。

「ぼくはずっと前から、狂おしいほどきみを愛している」

「そうなの？　でも、そんなことは一度も言ってくれなかった――」

「それもぼくの犯したあやまちのひとつだ。ひとつ言い訳をさせてもらえるなら、最初のうちはきみを愛していることに自分でも気がつかなかった。というより、そのことを認めるのが怖かったんだ。ぼくがもう二度と人を愛さないと決めていたのは、きみも知っているだろう。それに、きみがぼくをどう思っているのかもわからなかった。きみは子どもができ、ぼくに脅されて仕方なく結婚することにしただけ――」

「わたしはあなたを愛しているから結婚したの」ジュリアナはレイフの言葉をさえぎった。「最初にプロポーズを断ったのは、あなたがわたしに飽きたと前にはっきり言ったからよ。あなたは一度、わたしを棄てたわ」

レイフはベッドに腰を下ろし、ジュリアナを抱き寄せた。「きみと別れたくなどなかった。ぼくがそうした理由はただひとつ、セント・ジョージのことがあったからだ。あいつがきみとマリスに関心を持っていることがわかった以上、きみと会うのをやめなければならないと決心した。ぼくと付き合っていることが万一あいつに知れたら、きみの身が危ないと思ったんだ。ぼくは昔、パメラを失った。きみを同じ危険にさらすことだけはできなかった。それでもう飽きたと嘘をつき、きみを冷たく突き放した」

「あなたのお芝居は完璧だったわ。わたしは自分があなたの重荷になっていると思いこんでいたもの」

「いや、そんなふうに思ったことは一度もない」

「どうして本当のことを言ってくれなかったの？　あなたは子どもが欲しいだけで、わたしのことなんかどうでもいいんだと思っていたわ」

「そうなのかい？　ぼくはきみのために五十万ポンドを出して爵位を手に入れた。そのことで多少なりとも、きみにぼくの気持ちが伝わっているだろうと思った」

「でもあなたが爵位を手に入れたのは、キャムに貴族の肩書きを残してやりたかったからでしょう」

レイフはかぶりをふった。「それだけじゃない。ぼくはきみのために貴族になろうと思ったんだ。これまでもぼくがその気になりさえすれば、爵位を得るチャンスは数えきれないほどあった。それでもいままでは、肩書きなどという表面的なことにはまるで興味がなかったんだ。けれどきみと結婚することになった以上、きみに恥をかかせ、友人や家族から背中を向けられてつらい思いをさせることだけはできないと思った。きみにそういう思いをさせなくてすむ手段があるのに、それを実行しないわけにはいかないだろう。爵位を買ったのは、きみへの贈りもののつもりだったんだ。ただぼくは、それをきみにうまく伝えることができなかった」

ジュリアナはレイフの背中に両腕をまわした。「ああ、レイフ、なんて言えばいいのかわからないわ。それほどの大金を使っただなんて。そんなことをしなくてもよかったのよ。家族はもちろん、本物の友だちなら、わたしに冷たくしたりしなかったはずだわ」

「そうかもしれない。でもぼくは、きみを悲しませたくなかった」

「あなたが愛しているのは子どもであって、わたしじゃないと思っていたわ」

「もちろんキャムのことは愛している」レイフは言い、ジュリアナの頬にそっとキスをした。

「でも、もっと愛しているのはきみだ。いまだから白状するが、赤ん坊ができたと聞いたとき、ひそかな願望を実現するチャンスがやってきたと思い、ぼくは内心で喜んでいた。これできみを自分の妻にし、大手をふって愛することができると思ったんだ。だからきみに寝室から追い出されたときは、目の前が真っ暗になった」

「わたしもよ。ああ、わたしたちって、なんてばかだったのかしら！」

「そうだな」レイフはジュリアナのあごにくちづけた。「きみがセント・ジョージに誘拐されたとき、ぼくは自分の本当の気持ちを永遠に伝えられなくなるのではないかと思い、怖くてたまらなかった。でももう、同じあやまちはしない。愛してる、ジュリアナ。この気持ちは永遠に変わらない」

そう言うとジュリアナに唇を重ね、とろけるようなキスをした。ジュリアナはめまいを覚え、このうえない悦びに包まれた。そしてもう二度と離れたくないというように、レイフの背中にまわした腕にぐっと力を入れ、思いのすべてを伝えた。

レイフがジュリアナの体を横たえ、濃厚なキスをしようとした。そのときジュリアナの脳裏に、ふとあることが浮かんだ。

唇を離し、顔をそむけた。「あの女性のことは？」か細い声で訊いた。

「あの女性って？」

ジュリアナは顔をしかめた。「あのきれいなブロンドの女性は、あなたの新しい愛人なんでしょう」

「ブロンドの女性？　きみが誰のことを言っているのかわからない……ああ、もしかしてイベット・ボリューのことかな」

「イベット、という名前なのね」ジュリアナは深呼吸をし、どういう答えが返ってきてもレイフを責めるまいと心に決めた。

「ああ。でも彼女は愛人なんかじゃない」

ジュリアナの胸に明るい希望の光が灯ったが、まだ疑念を完全にぬぐうことはできなかった。「だったら、どういう関係の人なの？」

「イベットは亡くなった古い友人の妻だが、少しばかりお金に困っている。そこでぼくは彼女を雇い、絵を描いてもらうことにしたんだ——きみとキャムの肖像画を」

「なんですって！」

「秘密にしてあとで驚かせるつもりだったが、きみがそこまで疑っているのなら、これ以上隠しておいても仕方がないだろう」

「本当なの？　とてもきれいな人だったわ」

レイフはくすくす笑った。「そうだな。マダム・ボリューはたしかに魅力的な女性だが、きみにはかなわない。初めて会った日から、ぼくの愛人はきみひとりだ。死ぬまできみだけを愛している」

ジュリアナの口元がほころび、やがてそれが満面の笑みに変わった。「そういうことだったら、もう一度キスしてもいいわ」

レイフは大きな笑い声を上げ、ジュリアナに言われたとおりにした。

エピローグ

イングランド、ウェスト・ライディング
一八一三年五月

「今日の郵便に間に合うように出しておいてくれ」レイフは手紙の束をマーティンに渡した。

執事はお辞儀をし、それを受け取った。「かしこまりました、閣下。これからすぐに使いをやります」

「ありがとう、マーティン。ところでジュリアナを見なかったかい？　まだ庭にいるんだろうか？」

「そうだと思います。一時間半ほど前にキャンベル坊ちゃまを連れてお庭に行かれましたが、先ほどお見かけしたときもまだお外にいらっしゃいました」

レイフはうなずき、廊下を屋敷の奥に向かって歩き出した。期待がシャンパンの泡のように胸をくすぐり、一歩ごとに足取りが軽くなった。やれやれというように首をふったが、妻と息子に会えるのだと思うと、頬がゆるむのを抑えられなかった。ジュリアナと一緒に昼食をとってからまだ三時間しかたたず、今朝キャムとも遊んだばかりなのに、自分はいったいどうしたというのだろう。

ジュリアナの提案で、春から夏にかけてロンドンを離れ、田舎で過ごすことにしたのは正解だった。緩やかに起伏したヨークシャーの谷は、見渡すかぎり鮮やかな緑でおおわれている。

レイフは庭に続くドアを開けて外に出ると、小石の敷きつめられた小道をざくざく踏みながら歩いた。胸いっぱいに息を吸いこみ、大地と新緑のすがすがしいにおいを味わった。ここには数えきれないほど来ているが、これほど美しい五月の日がいままであっただろうか。空は青く澄みわたり、木々は舞踏会のために着飾った若い娘のように、みずみずしい葉をつけている。色とりどりの花が競うように咲き誇り、その芳しい香りがあたりにただよっている。

母のことは大好きだったが、この故郷の土地を今日ほど美しいと思ったことはない。ジュリアナがいるからだ。彼女は触れるものすべてを明るく輝かせる力を持っている。とくに自分は、ジュリアナと出会って大きく変わった。

レイフは胸に温かいものがこみあげるのを感じ、満面の笑みを浮かべてジュリアナとキャンベルのもとに急いだ。ふたりは大きなカシの木陰に、ブランケットを広げて座っている。そのカシの大木は、自分がまだ子どもだったころ、友だちと呼んで親しんでいたものだ。

キャムがもう少し大きくなったら、木登りのやり方を教えてやろう。自分が昔していたように、あのがっしりした枝に座り、空想にふける楽しみを教えてやらなければ。でもキャムは生後二カ月にもならないのだから、まだそれは当分先の話だ。

ジュリアナが顔を上げ、嬉しそうに目を輝かせた。「お仕事はもう終わったの？」

すぐそばに敷かれたキルトの上で、キャムが挨拶をするように小さなこぶしをふった。

レイフは手をふり返したい衝動を抑えた。

ブランケットに腰を下ろし、隣りに座るジュリアナにキスをした。「いや、まだ終わっていない。だがこんなに気持ちのいい午後に、じっと屋敷に閉じこもっている気にはなれなかった。きみたちふたりが待っているとなればなおさらだ」

ジュリアナはレイフの手を握った。「本当に気持ちのいい日ね。暑すぎず寒すぎずのちょうどいい気候だわ。キャムもご機嫌よ。さっきから笑ってるの」

「笑ってるだって？　子守係はきっと、唇から息がもれているだけだと言うだろう」

「ミセス・バスカムは優しくて聡明な女性だけど、このことに関してはわたしの言うことに間違いはないわ。キャムが笑っているのはたしかよ。見ててちょうだい」

ジュリアナは両手で目を隠し、興味津々で見ているキャムのほうに身を乗り出した。「いないいないばあ！」おどけた口調で言うと、両手をぱっと開いて顔をのぞかせた。

キャムは一瞬、きょとんとした顔をしてから、甲高い笑い声を上げた。そしてすぐにおとなしくなり、じっとジュリアナの顔を見た。

ジュリアナはまたもや顔を隠し、勢いよく両手を開いた。「いないいないばあ！」

キャムの笑い声がそよ風に乗って運ばれた。

「ほらね」ジュリアナは嬉しそうな顔でレイフを見た。「笑ってるでしょう」

「本当だ」レイフはにっこりし、キャムに向かっておもしろい顔をしてみせた。キャムは笑い、父親そっくりになってきたグリーンの目でレイフを見た。「すごいな」

ジュリアナはうなずき、まじめな表情になった。「そうね。この子はわたしたちの小さな奇跡だわ」

レイフはジュリアナのウェストに腕をまわし、その首筋に顔をうずめた。「この子のきょうだいを作れるのはいつだろう」

ふたりは毎晩、同じベッドに寝ていたものの、キャムが生まれるずっと前から愛の営みをしていなかった。そのことにふたりとも不満をつのらせていたが、とくにレイフのほうはそろそろ我慢も限界に達していた。

「じつを言うと、今朝あなたが小作人の農場を見に行っているとき、お医者様が来たの」

レイフは期待に満ちた顔で訊いた。「それで、医者はなんと言っていた？」

「わたしの体は健康そのものだそうよ。わたしがその気になりさえすれば、いつでも夫婦生活を再開していいと言われたわ」

レイフは一瞬、間を置いてから言った。「それで、きみには——その気はあるのかい？」

ジュリアナはかすかに頬を赤らめた。「ええ、あるわ。というより、そうしたくてたまらないの」

そこが屋敷から丸見えの場所で、赤ん坊がそばにいるのでなければ、レイフはその場でジュリアナを押し倒して愛していただろう。けれどもさすがにそれはできなかった。

そこで手を伸ばしてジュリアナのあごをくいと上げ、ありったけの愛を込めて甘くとろけるようなキスをした。ジュリアナが小さな声をもらしてレイフの髪に手を差しこみ、唇を開いて彼の舌を招き入れた。レイフは夢中で彼女の唇を吸い、欲望に身を震わせた。

やがて無理やり体を引き離し、浅い息をついた。ふたりはしばらく互いの顔を見つめ、それから赤ん坊に視線を落とした。

キャムはなにも気づかず、ぐっすり眠っている。

「もう少しで理性を忘れるところだったわ」

レイフはうなずいた。「まったくだ」

ふたりは同時にため息をつき、それから声を上げて笑った。

「愛してるわ、レイフ」

「ぼくも愛してる。自分でも信じられないが、きみへの愛が日ごとに大きくなっている」

「わたしも同じよ」

レイフはまたもやジュリアナにくちづけたが、今回は軽いキスにとどめるように気をつけた。「そろそろキャムの昼寝の時間だ。二階に連れていき、しばらく子守係に預けよう」

ジュリアナは瞳を輝かせた。「そうしましょう。わたしもときどき昼寝をすることがあるの。二時間ばかり寝室にこもっても、誰も気に留めないと思うわ」

「ぼくも寝室から本を取ってこようと思っていた。少しぐらい長居してもだいじょうぶだ」

ふたりの口元にゆっくりと笑みが広がった。

レイフはキャムを優しく抱いて立ちあがった。そして片方の腕でその体をしっかり抱き、もう片方の手をジュリアナに差し出した。

「行こうか？」

「ええ、レイフ」

レイフはジュリアナの手を取って立たせた。そしてふたりで屋敷に向かって歩き出した。

訳者あとがき

「トラップ・シリーズ」に続く新シリーズ、「ミストレス三部作」の第一弾をお届けします。

未亡人のジュリアナ・ホーソーンは、子どものときに母を亡くし、それから献身的にふたりの弟妹の面倒を見てきました。まだ十代のころ、父の言いつけで何十歳も年の離れた貴族に嫁ぎますが、身勝手な夫との五年間の結婚生活はけっして幸せなものではありませんでした。やがて夫が亡くなると、ジュリアナは一生再婚をせず、未亡人として自立して生きていこうと決心します。

そんなある日、伯爵の地位を継いだ弟がギャンブルで借金を作り、領地を手放さなければならないところまで追いつめられていることを知ります。ジュリアナは弟を助けようと、冷酷無情として知られる資本家、レイフ・ペンドラゴンの屋敷を訪ねるのでした。ところがレイフは、ジュリアナに対して同情を覚えるものの、借金の返済を待ってほしいという彼女の頼みをつっぱねます。庶子であるレイフが金融発祥の地、ロンドン・シティの金融界で大成功を収めたのは、ビジネスに関してはいっさい私情をはさまないという姿勢を冷徹なまでに貫いてきたからでもありました。レイフはジュリアナがなかなか引き下がらないことに困り果て、六カ月間、自分の愛人になるなら弟の借金を免除してもいいと、とっさに口にします。そう言えば彼女があわてて逃げ帰ると考えてのことでしたが、レイフの予想に反し、ジュリアナは家族を助けたい一心でその申し出を受けます。そうしてふたりは期限付きの愛人契約を結び、昼下がりに人目を忍んで逢瀬《おうせ》を重ねているうちに、いつしか体だけでなく心も通い合わせるようになるのでした。

身分の違い、打算で始まった愛人関係——。ジュリアナとレイフのあいだには大きな障壁が立ちはだかっていましたが、ふたりは期限付きなのだからと自分に言い聞かせ、限られた時間を精いっぱい楽しもうとします。ジュリアナは前夫との結婚生活では知ることのなかった悦びを教えてくれたレイフにのめりこみ、一方のレイフもずっと胸の奥深くにしまっていたむごすぎる思い出を打ち明けるなど、知らず知らずのうちにジュリアナに心を開いていきます。ところがある日、レイフはジュリアナに魔の手が忍びよっていることを知り、彼女を守るために つらい決断を下すことに——。

新しい三部作の一作目となる本作には、残酷な過去を持つヒーローの復讐劇に多くのページが割かれるなど、ロマンスの要素が物語全体を占めていた前シリーズとはまたひと味違った魅力があります。心理描写の巧みさはこの作者の特徴ですが、本作はそれにさらに磨きがかかり、読む者を物語の世界にぐいぐい引きこんでくれます。とくにレイフがジュリアナのためを思い、心を鬼にして別れを告げる場面や、ふたりの気持ちがすれ違ってどんどん溝が深まっていく場面では、訳者も何度ため息をついたか知れません。デビューから四作目にしてこれだけ完成度の高い作品を書いてしまう作者の力量には、ただ感嘆するばかりです。甘く官能的なシーン、ほろ苦く切ないシーン、息詰まるサスペンス・シーン……。さまざまな要素が盛りこまれたこの素敵な大人のラブストーリーを、読者のみなさんもきっと楽しんでくださることでしょう。

さて、本作に続く「ミストレス・シリーズ」第二作目の *The Accidental Mistress* は、本作にも登場するヒーローの友人のヴェッセイ侯爵と、冷酷な継父の決めた結婚から逃れるため、身分を偽ってロンドンにやってきたヒロインの熱い恋がテーマになっています。第三作目 *His Favorite Mistress* は、同じくヒーローの友人であるワイバーン公爵と若いヒロインの物語ですが、本作でレイフの宿敵として出てきた人物がヒロインの出自に深くかかわっています。第二作目は今年の秋、第三作目は来年の春にそれぞれ出版される予定ですので、どうぞ楽しみにお待ちください。

最後になりましたが、本作の翻訳にあたり、二見書房編集部のみなさんにはひとかたならぬお世話になりました。この場をお借りしてお礼申し上げます。どうもありがとうございました。

二〇〇九年四月

ザ・ミステリ・コレクション

昼下《ひるさ》がりの密会《みっかい》

著者 トレイシー・アン・ウォレン
訳者 久野郁子《くのいくこ》

発行所 株式会社 二見書房
東京都千代田区三崎町2-18-11
電話 03(3515)2311［営業］
03(3515)2313［編集］
振替 00170-4-2639

印刷 株式会社 堀内印刷所
製本 合資会社 村上製本所

落丁・乱丁本はお取り替えいたします。
定価は、カバーに表示してあります。

ISBN978-4-576-09054-2
http://www.futami.co.jp/

あやまちは愛
トレイシー・アン・ウォレン
久野郁子［訳］

双子の姉と入れ替わり、密かに想いを寄せていた公爵と結婚したバイオレット。妻として愛される幸せと良心の呵責の狭間で心を痛めるが、やがて真相が暴かれる日が…

愛といつわりの誓い
トレイシー・アン・ウォレン
久野郁子［訳］

親戚の家へ預けられたジーネットは、無礼ながらも魅惑的な建築家ダラーと出会うが、ある事件がもとで〝平民〟の彼と結婚するはめになり…。『あやまちは愛』に続く第二弾！

黄昏に輝く瞳
キャサリン・コールター
栗木さつき［訳］

世間知らずの令嬢ジアナと若き海運王。ローマの娼館で出会った波瀾の愛の行方は……？ C・コールターが贈る怒濤のノンストップヒストリカル「スター」シリーズ第一弾！

夜の炎
キャサリン・コールター
高橋佳奈子［訳］

若き未亡人アリエルは、かつて淡い恋心を抱いた伯爵と再会するが、夫との辛い過去から心を開けず…。全米ヒストリカルロマンスファンを魅了した「夜《ナイト》トリロジー」第一弾！

夜の絆
キャサリン・コールター
高橋佳奈子［訳］

クールなプレイボーイの子爵ナイトは、ひょんなことからいとこの美貌の未亡人と、三人の子供の面倒を見るハメになるが…。『夜の炎』に続く待望の「夜《ナイト》トリロジー」第二弾！

いつもふたりきりで
リンゼイ・サンズ
上條ひろみ［訳］

美人なのにド近眼のメガネっ嬢《こ》と戦争で顔に深い傷痕を残した伯爵。トラウマを抱えたふたりの熱い恋の行方は――？ とびきりキュートな抱腹絶倒ラブロマンス

黒き影に抱《いだ》かれて
ローラ・キンセイル
布施由紀子［訳］

十四世紀イタリア。大公家の生き残りエレナはイングランドへと逃げのびた—十数年後、祖国へ向かうエレナを待ち伏せていたのは…。華麗な筆致で綴られるRITA賞受賞作！

夜風はひそやかに
ジャッキー・ダレサンドロ
宮崎 槙［訳］

十九世紀、英国。いつしか愛をあきらめた女と、人には告げられぬ秘密を持つ侯爵。情熱を捨てたはずの二人がたどり着く先は…？　メイフェア・シリーズ第一弾！

あなたの心につづく道（上・下）
ジュディス・マクノート
宮内もと子［訳］

十九世紀、英国。若くして爵位を継いだ美しき女伯爵エリザベスを待ち受ける波瀾万丈の運命と、謎めいた貿易商イアンとの愛の旅路を描くヒストリカルロマンス！

とまどう緑のまなざし（上・下）
ジュディス・マクノート
後藤由季子［訳］

パリの社交界で、その美貌ゆえにたちまち人気者になったホイットニー。ある夜、仮面舞踏会でサタンに扮した謎の男にダンスに誘われるが……ロマンスの不朽の名作

灼熱の風に抱かれて
ロレッタ・チェイス
上野元美［訳］

一八二一年、カイロ。若き未亡人ダフネは、誘拐された兄を救うため、獄中の英国貴族ルパートを保釈金代わりに雇う。異国情緒あふれる魅惑のヒストリカルロマンス！

悪の華にくちづけを
ロレッタ・チェイス
小林浩子［訳］

自堕落な生活を送る弟を連れ戻すため、パリを訪れたイギリス貴族の娘ジェシカは、野性味あふれる男デインに出会う。全米読者投票一位に輝くロマンスの金字塔

二見文庫　ザ・ミステリ・コレクション